Witchlands

Tome 2 :

Windwitch

Déjà paru :

Witchlands, tome 1 : Truthwitch (2023)

Susan Dennard

Witchlands

Tome 2 :

Windwitch

Traduit de l'anglais (États-Unis)
par Ombeline Marchon

LA MARTINIÈRE
fictions

La traductrice remercie Elaine Peterson pour son énergie, son temps et sa patience infinie.

Illustration de couverture : Sasha Vinogradova

Édition originale publiée sous le titre *Windwitch, A Witchlands Novel* par Tor Teen Book, New York.

une marque des éditions de La Martinière,
57 rue Gaston Tessier, 75 019 Paris.
ISBN : 979-10-401-1342-3

www.editionsdelamartiniere.fr

Conforme à la loi n° 49-956 du 16 juillet 1949 sur les publications destinées à la jeunesse.

Ceci est une œuvre de fiction. Tous les personnages, les organisations et les événements dépeints dans ce roman sont le fruit de l'imagination de l'autrice ou utilisés de manière fictive.

POUR JENNIFER ET DAVID

AVANT

Du sang sur le plancher, éclairé par la lune.

Il s'écoule d'un côté pour former une petite flaque avant que le léger tangage du navire ne le renvoie de l'autre côté.

Lâchant le pommeau de l'épée, le prince fait deux pas en arrière. Son cœur cogne contre ses côtes. C'est la première fois qu'il donne la mort. Cet acte fait-il de lui un nouvel homme ?

La lame reste plantée dans le bois à la verticale, même quand le jeune homme embroché tente de se relever. À chaque mouvement de l'assassin, le trou dans son abdomen s'élargit. Ses tripes brillent comme des pièces d'argent dans la nuit étoilée.

– Qui es-tu ? grogne le prince.

Ce sont ses premiers mots depuis qu'il s'est réveillé face à cette ombre dans la cabine.

Grâce à Noden, son père avait accroché au-dessus du lit des épées afin de se défendre contre les assassins.

– Elle… t'attend, répond celui qui devait le tuer.

Il essaie à nouveau de se lever. Sa main gauche ensanglantée effleure cette fois le pommeau de l'épée.

Pas de petit doigt, remarque au passage le prince, qui s'interroge sur ce « elle ». Il ne voit qu'une seule possibilité. Une seule femme veut sa mort – elle n'a cessé de le clamer.

Pivotant sur ses talons, il s'apprête à donner l'alarme quand il entend l'homme s'esclaffer dans son dos. D'un rire haché, lourd de sens mais impossible à décrypter.

Il se retourne. L'homme a renoncé à saisir l'épée. Il s'écrase sur le plancher dans une nouvelle explosion de sang et de rire. Sa main droite plonge dans la poche de sa veste. Un pot d'argile en tombe et roule sur le plancher jusqu'à l'autre bout de la cabine. En traversant la mare de sang, l'objet dessine sur le sol une longue ligne brillante.

Le jeune assassin étouffe un dernier gloussement avant de murmurer : « Feu ! »

Du haut de la falaise à nu, le prince regarde brûler son navire de guerre.

La chaleur gronde autour de lui. Les flammes noires émergent à peine de la crête des vagues. Seul leur cœur d'un blanc alchimique luit à l'horizon.

Le monde se consume à grand bruit. Les craquements, les explosions d'un bois goudronné qui a affronté plus d'orages et de batailles que le prince n'a vécu d'années.

Il devrait être mort. Sa peau a la couleur du charbon, ses cheveux sont brûlés et ses poumons réduits en cendres.

Comment a-t-il survécu ? Mystère. Comment a-t-il pu contenir le feu de mer assez longtemps pour permettre à tous les hommes et toutes les femmes à bord de quitter le navire ? En vérité, il n'est pas sûr de s'en sortir. Il tient à peine debout…

Son équipage contemple le spectacle depuis la plage. Certains sanglotent. D'autres hurlent. Quelques-uns parcourent le rivage, les vagues. Mais la plupart se contentent de regarder, tout comme le prince.

Ils ne savent pas qu'un assassin est venu. Ils ignorent qu'une femme attend confirmation de son décès.

La princesse de Nubrevna. Vivia Nihar.

Si elle apprend que sa tentative a échoué, elle tentera à nouveau de faire tuer le prince. Alors son peuple, son équipage sera à nouveau en danger. Voilà pourquoi, en se laissant glisser à terre, il a décidé que les marins ne devaient surtout pas savoir qu'il était encore en vie. Ils doivent le croire mort, et Vivia aussi.

Un pour tous…

Les ténèbres envahissent son champ de vision. Ses yeux finissent par se fermer, et il se rappelle les paroles de sa tante : « Plus longue sera la chute pour les âmes pures ».

C'est vrai, *pense-t-il,* j'en suis la preuve vivante.

Merik Nihar, prince de Nubrevna, sombre ensuite dans un sommeil profond dénué de rêves.

UN

Être mort présentait bien des avantages.

Merik Nihar, prince de Nubrevna et ancien amiral de la flotte nubrevnienne, aurait dû y penser plus tôt. Il était tellement plus efficace dans la peau d'un cadavre !

En ce moment, par exemple… Il avait gagné Judgment Square, à Lovats, avec une idée en tête. L'objet de cette idée se trouvait dans un petit cabanon, une extension jouxtant la prison où étaient stockés les registres. Merik avait besoin d'informations concernant un prisonnier. Un prisonnier auquel il manquait le petit doigt à la main gauche et qui résidait maintenant au fin fond des abysses du dieu Noden.

Merik enfouit la tête dans sa capuche. Quoique son visage fût difficilement reconnaissable à cause des brûlures – ses cheveux commençaient tout juste à repousser –, il préférait se cacher sous sa cape brune avant d'affronter la folie qui régnait à Judgment Square, appelée aussi Oak Square à cause du chêne massif qui trônait en son centre.

Son tronc pâle, aussi gros qu'un phare et au moins aussi haut, était bosselé à cause des fréquentes inondations, et ses branches n'avaient pas vu de feuilles depuis la nuit des temps. *Cet arbre,* pensa Merik en contemplant sa plus longue branche, *n'a pas l'air plus vivant que moi.*

Toute la journée, la place accueillait des flots de curieux. Qui serait exposé en place publique ? Attaché aux pavés sans nourriture ni repos ? Étranglé par une corde brûlante avant de recevoir le baiser glacé des lamproies de Noden ?

Des badauds désespérés affluaient en masse. Des familles venaient implorer la pitié des soldats nubrevniens pour leurs proches, des vagabonds mendier de la nourriture, un abri ou de l'aide.

Mais en ces temps difficiles, la miséricorde et la pitié n'avaient plus cours. Même chez Merik Nihar.

Il avait déjà tout donné, tout sacrifié pour négocier un traité de commerce avec le domaine des Hasstrel, en Cartorra. Il était sur le point d'en décrocher un autre auprès des Marstokis quand la mort avait croisé son chemin.

Une famille lui bloqua le passage. Une femme et ses deux enfants, qui déversaient leurs slogans sur tous les passants.

– Pas de honte à avoir faim ! clamaient-ils. On veut la liberté et le pain !

Le plus âgé des enfants, un grand échalas aussi fin qu'un serpent de mer, invectiva Merik.

– Pas de honte à avoir faim ! lança-t-il en se rapprochant de lui. On veut la liberté et le pain !

Merik, esquivant le garçon, contourna son frère avant de dépasser la mère aux cheveux délavés par le soleil. Le visage tordu de colère, c'est elle qui criait le plus fort.

Cette fureur était familière à Merik. Elle lui donnait l'énergie d'avancer même quand son corps était perclus de douleur, quand le frottement de sa chemise de bure faisait éclater les cloques sur son torse.

D'autres personnes reprirent en chœur le slogan. *On veut la liberté et le pain ! Pas de honte à avoir faim !* Merik se rendit compte qu'il avait réglé ses pas sur leur cri de ralliement. Rares étaient les habitants des Witchlands dotés d'un pouvoir magique, encore moins nombreux ceux dont la magie s'avérait utile. Pour survivre, le peuple s'en remettait à la nature – ainsi qu'aux sorcières et sorciers – au prix d'un immense courage.

Le prince était arrivé au pied des gibets installés sous le gros chêne. Dans la chaleur de cette matinée déjà bien avancée, six nœuds coulants pendaient paresseusement à une branche. Alors qu'il tentait de contourner l'estrade, il remarqua une silhouette élancée, aux épaules carrées et au visage pâle.

Kullen. Ce nom vint transpercer le cœur de Merik dont les poumons se vidèrent aussitôt tandis que son cerveau protestait : *Non, ce n'est pas Kullen. Impossible !*

Kullen avait clivé à Lejna deux semaines auparavant. Il était mort. Jamais il ne reviendrait à la vie.

Merik martela les parois du gibet de coups de poing jusqu'à ce que ses phalanges lui fassent mal. Douloureuses, ses mains le rappelaient à la réalité. Son corps criait la vérité.

Il continua de frapper toujours plus fort. D'où lui venait cette nausée ? Il avait payé sa dette au fantôme de Kullen. Une fois vendu le seul bouton en or encore cousu à sa jaquette d'amiral, il avait fait ériger un autel sur la colline et prié les lamproies d'accueillir son ami au plus profond des abysses.

Merik avait fait le nécessaire. Il n'était plus censé souffrir.

Quand la silhouette finit par disparaître, ses poings en sang absorbaient la douleur du souvenir. Le visage toujours dissimulé, il se força à avancer, prêt à jouer des coudes. Après tout, si Safiya fon Hasstrel était capable d'atteindre cette jetée à Lejna alors que les Marstokis et les Clivés faisaient tout pour l'en empêcher – si elle réussissait à décrocher un accord commercial avec sa propre famille pour une nation qui n'était pas la sienne –, alors Merik devrait pouvoir mener à bien sa mission, non ?

Bon sang, pourquoi fallait-il qu'il repense à elle ? Il avait tout fait pour l'oublier depuis l'explosion. Depuis que le monde tel qu'il le connaissait avait disparu au profit d'un nouveau. Penser à elle ne lui était pas désagréable. Par Noden, ce dernier moment qu'ils avaient passé ensemble…

Non, non – Merik ne devait plus y penser. À quoi bon se rappeler le goût de sa peau sur ses lèvres, maintenant que celles-ci étaient en charpie ? Que son corps tout entier n'était plus qu'une ruine, une carcasse douloureuse à regarder ? Un mort n'était pas censé avoir des regrets.

Aussi poursuivit-il son chemin à travers la crasse et les effluves corporels. La marée humaine résistait sur son passage, tel un perpétuel orage. À chaque fois qu'un membre lui heurtait la main ou l'épaule, un éclair de douleur le traversait.

Il arriva aux fers. Cinquante prisonniers enchaînés aux pavés grillaient au soleil, indifférents à la foule qui se pressait contre les barrières, suppliant les gardes de donner de l'eau à leur fils, de trouver de l'ombre pour leur femme, de relâcher leur père. Les deux soldats postés à l'entrée – derrière les barrières, pour éviter d'être piétinés – ne montraient pas plus d'intérêt pour la foule affamée de Lovats que pour les prisonniers dont ils avaient la garde.

Les deux hommes s'ennuyaient même tellement qu'ils jouaient au tarot pour tuer le temps. L'un portait une bande de tissu bleu iris autour de son biceps en hommage à son défunt prince. L'autre avait posé la sienne sur son genou.

À la vue de ce bandeau de deuil dénoué, Merik sentit la colère lui gonfler la poitrine. Lui qui avait tant donné à Nubrevna, voilà ce qu'il récoltait : un semblant de deuil. Des hommages vides et creux, à l'image de ces couronnes et banderoles accrochées partout dans la ville pour masquer l'indifférence avec laquelle la population accueillait la mort de son prince.

L'œuvre de Vivia.

Merik ne tarda pas à arriver à la cabane. Noden soit loué ! Il ne pouvait pas garder éternellement son calme et retenir ses vents ; il était sur le point d'exploser.

La foule le recracha devant des murs orange striés de crottes d'oiseaux. Le prince se dirigea vers une porte située côté sud. Quoique toujours verrouillée, cette dernière n'était pas infranchissable.

– Ouvrez ! cria-t-il. Je sais que vous êtes là !

Il frappa un coup. Grave erreur ! La peau à vif de ses doigts s'écorcha sur le bois.

Pas de réponse. En tout cas rien d'audible, mais peu lui importait. Il laissa la vague de chaleur dans sa poitrine monter. Enfler. *Se déverser.*

Le vent s'enroulait autour de son corps quand il frappa à nouveau.

– Dépêchez-vous ! Ça se déchaîne, dehors !

Le verrou remua. La porte s'entrouvrit… Et Merik força le passage. Avec vigueur, avec ses poings, avec ses vents.

Le soldat de garde tomba à la renverse, ce qui fit trembler tout le cabanon. Avant qu'il puisse se relever, Merik ferma la porte derrière lui. Il avança vers l'homme au milieu d'un cyclone qui faisait voler la paperasse. Quel plaisir il éprouvait !

Pour la première fois depuis longtemps, il laissait se déchaîner ses vents, se déployer sa magie. Un incendie grondait dans ses tripes, une colère qui ne demandait qu'à s'exprimer. Qui lui remplissait l'estomac quand la nourriture venait à manquer. Autour de lui, l'air soufflait en rafales, calé sur sa respiration.

D'âge moyen, le soldat resté à terre protégeait de ses mains son visage au teint cireux. Apparemment, il trouvait plus sage de capituler.

Dommage. Merik aurait bien aimé se battre. Dépité, il s'obligea à balayer la pièce du regard, poussant ses vents à lui indiquer, par vibration, où d'autres hommes pouvaient se cacher, d'autres respirations osciller. Mais personne n'était tapi dans l'ombre, et la porte qui menait à la prison principale restait fermée.

Concentré, prudent, Merik finit par reporter son attention sur le soldat. Sa magie, en s'atténuant, laissa choir sur le sol des feuilles de papier. Il combattit la douleur qui lui envahit le crâne au moment d'ôter sa capuche.

Puis il attendit de voir si l'homme allait le reconnaître.

Aucune réaction. Les mains à peine ôtées de son visage, le soldat se recroquevilla sur lui-même.

– Qui êtes-vous ? souffla-t-il.

– Un homme en colère.

Merik avança d'un pas.

– Je cherche une personne récemment libérée de son second passage aux fers.

L'homme jeta un coup d'œil autour de lui.

– Il me faudrait plus de précisions, Monsieur. Son âge, le délit commis, la date de sa libération…

– Je n'en sais rien, dit Merik en avançant d'un pas.

Le soldat bondit sur ses pieds pour s'écarter. Il attrapa les papiers qui lui tombaient sous la main.

– Ce prisonnier, fit le prince, je l'ai rencontré il y a onze jours. Et je l'ai tué.

Il marqua une pause. Il revoyait dans sa tête le rayon de lune.

– Il avait le teint mat, de longs cheveux noirs, et deux lignes tatouées sous l'œil gauche.

Deux lignes. Donc deux fois condamné aux fers à Judgment Square.

Merik leva la main gauche. Sa peau, en voie de cicatrisation, prenait des teintes rouges et brunes, sauf aux phalanges où le sang affleurait à nouveau.

– Et il lui manquait un petit doigt, précisa-t-il.

– Garren Leeri ! s'écria le soldat en hochant la tête. Je me souviens très bien de lui. Il faisait partie des Neufs, avant qu'on ne sévisse contre les gangs des Tanières. La deuxième fois qu'on l'a arrêté, c'était pour un vol à la tire.

– D'accord. Qu'est-il devenu après avoir purgé sa peine ?

– Il a été vendu, Monsieur.

Merik tressaillit. Il ignorait que les prisonniers puissent être vendus. À cette pensée, une onde de dégoût lui souleva les côtes. Loin de chercher à la contrôler, il la laissa s'échapper, et elle fit voleter les papiers tombés à ses pieds. L'un d'eux vint se coller contre le tibia du soldat, qui se remit aussitôt à trembler.

– Ça n'arrive pas souvent, Monsieur. Qu'on vende les prisonniers. Seulement quand on n'a plus de place dans les cachots. Et nous ne vendons que les petits délinquants : ils travaillent pour purger leur peine.

– Et à qui avez-vous vendu le dénommé Garren ?

– À Pin's Keep, Monsieur. Ils achètent régulièrement des prisonniers pour travailler au dispensaire, histoire de leur donner une deuxième chance.

Merik réprima un sourire. Pin's Keep avait pour vocation d'accueillir les plus déshérités de Lovats. Sa mère était à l'origine du projet qui, à sa mort, avait été repris par Vivia.

Quelle chance ! Merik venait de trouver, servi sur un plateau, le fil qui reliait Garren à Vivia. Il ne lui manquait plus qu'une preuve tangible – une preuve matérielle à présenter au Haut Conseil pour lui montrer de manière irréfutable que sa sœur avait du sang sur les mains. Qu'elle ne pouvait pas gouverner.

Il tenait enfin une piste. Une sacrée piste !

Merik s'apprêtait à sourire quand il entendit un bruit résonner dans la pièce, comme du métal qui racle du bois. La porte qui donnait sur l'extérieur venait de s'ouvrir. Il se tourna pour croiser le regard stupéfait d'un jeune gardien.

Pas de chance. Pour le gardien.

Les vents du prince le firent aussitôt voler jusqu'à lui, à toute vitesse, et ses phalanges abîmées heurtèrent la mâchoire de l'intrus. Un ouragan contre une montagne. Le gardien perdit aussitôt connaissance et, tandis qu'il s'effondrait, Merik jeta un regard au premier soldat.

Le vieil homme, cherchant à s'échapper, s'escrimait sur la serrure de la porte qui menait à la prison.

– Je suis trop vieux pour ça, marmonnait-il. Bien trop vieux pour ça.

Par les eaux de l'Enfer ! Merik se sentit percé d'une pointe de culpabilité. Il avait obtenu ce qu'il voulait. Rester dans les parages ne lui attirerait que des ennuis. Laissant le soldat s'enfuir, il se dirigea vers la porte d'entrée de la cabane.

Il s'arrêta à mi-chemin, car une femme déboula en criant : « Pas de honte à avoir faim ! On veut la liberté et le pain ! »

Encore cette femme et ses deux fils qui lui traînaient dans les pattes ! Nom de Noden, Merik avait déjà été assez dérangé comme ça, non ?

Apparemment, non.

Les yeux de la femme passèrent du soldat inconscient à la tête découverte de Merik. Elle cessa alors de brailler pour se figer dans le silence. Une lueur d'espoir brilla dans ses yeux injectés de sang.

– Vous, souffla-t-elle en s'avançant vers lui, les bras ouverts. Je vous en prie, Fureur, nous n'avons rien fait de mal.

Merik rabattit la capuche sur sa tête. La douleur, d'une violence aveuglante, absorba tous les sons. La femme approcha, suivie de ses fils.

Elle attrapa la main de Merik.

– Je vous en prie, Fureur ! répéta-t-elle.

Ce titre fit grimacer le prince. Était-il à ce point grotesque ?

– Je vous en supplie, Monsieur ! Nous avons été de bons sujets, nous nous sommes recueillis sur votre autel ! On ne mérite pas votre colère... On veut juste nourrir nos familles !

Merik se libéra de son étreinte et sa peau se déchira sous les ongles de la femme. À tout moment, des soldats risquaient de sortir du bureau, et même s'il pouvait affronter les garçons et leur mère, il n'avait aucune envie d'attirer l'attention.

– La liberté et le pain, c'est ça ? demanda Merik en détachant le trousseau de clés accroché à la ceinture du gardien inconscient. Tenez !

La maudite femme recula en tremblant devant sa main tendue.

Il n'y avait plus de temps à perdre. Le roulement familier du tambour à vent retentit dans les airs. *Appel à tous les soldats, rendez-vous à Judgment Square,* grondait-il.

Merik lança les clés au garçon le plus proche, qui les attrapa d'un geste maladroit.

– Libérez les prisonniers si vous voulez, mais faites vite ! C'est le moment pour nous tous de prendre la fuite...

Puis il plongea dans la foule, la tête basse et le pas vif. Tant pis si la femme et ses fils n'avaient pas le bon sens de déguerpir. Merik, lui, n'avait plus rien à faire ici.

Après tout, même les morts avaient le droit de s'accrocher à la vie.

DEUX

Ce n'était pas Azmir.

Safiya fon Hasstrel n'était pas très forte en géographie, mais elle savait bien que cette baie en forme de croissant de lune n'était pas celle de la capitale du Marstok. Quel dommage…

Rien n'était moins intéressant que ces éternelles vagues turquoise qu'elle contemplait depuis une semaine, en contraste absolu avec la masse sombre et dense de la jungle qui couvrait les terres. Car ici, à la frontière orientale des Terres Contestées – un no man's land en forme de longue péninsule qui n'appartenait pas vraiment aux factions pirates de Saldonique sans pour autant être inféodé aux empires –, il n'y avait absolument rien d'intéressant à faire.

Derrière Safi, le froissement du papier faisait écho au rythme des vagues et à la voix infiniment calme de l'impératrice du Marstok. Celle-ci passait ses journées à jongler entre les messages et les missives sur une table basse disposée au centre de sa cabine, ne s'arrêtant que pour informer Safi d'une alliance politique assez complexe ou d'une modification récente des frontières sud de son empire.

Safi la trouvait prodigieusement assommante. Selon elle, les personnes au physique avenant ne devraient pas avoir le droit de vous faire la leçon. Rien ne gâchait plus un beau visage que les sermons prodigués par son propriétaire.

– Tu m'écoutes, Domna ?

– Bien sûr, Votre Majesté !

Safi se tourna vers elle dans une valse de robe blanche. Elle battit des cils pour accentuer son air innocent.

Vaness n'était pas dupe. Les traits de son visage en forme de cœur s'étaient durcis, et Safi doutait que les glissements et frottements de sa ceinture de fer semblable à deux serpents entremêlés fussent le fruit de son imagination.

D'après les érudits, Vaness était l'impératrice la plus jeune et la plus puissante de toute l'histoire des Witchlands. Elle était aussi, selon la légende, l'Ironwitch la plus forte et la plus coriace qui ait jamais existé – elle avait réduit en poussière une montagne entière à l'âge de sept ans. Et bien entendu, de l'avis de Safi, Vaness était aussi la femme la plus belle, la plus élégante à avoir jamais honoré le monde de sa présence.

Quelle importance, après tout ? En vérité, Vaness était barbante.

Jamais un jeu de cartes, jamais une plaisanterie, jamais d'histoires palpitantes au coin du feu – rien pour égayer l'attente. Voilà une semaine qu'elles avaient jeté l'ancre ici, en premier lieu pour fuir un cotre cartorréen. Puis une armada cartorréenne. Tout le monde s'était préparé à une bataille navale… qui n'avait jamais eu lieu.

Certes, Safi s'en réjouissait – toute guerre était absurde, comme le répétait Habim –, mais elle trouvait que passer ses journées à attendre était un véritable enfer.

D'autant plus que sa vie entière avait été chamboulée deux semaines et demie auparavant. Ses fiançailles surprise avec l'empereur de Cartorra l'avaient entraînée dans une spirale faite de conspiration et de fuite. Elle avait appris que son oncle, un homme qu'elle méprisait depuis toujours, avait élaboré un plan à grande échelle pour ramener la paix au sein des Witchlands.

Puis, comme si sa vie n'était pas assez compliquée, Safi avait découvert qu'elle et Iseult, sa sœur filaire, étaient peut-être les mythiques Cahr Awen, dont la vocation était de guérir la magie sur tout le territoire.

L'impératrice se racla la gorge avec ostentation pour ramener Safi au moment présent.

– Mon traité avec les pirates Bornyes est extrêmement important pour le Marstok, déclara-t-elle, le visage grave. On a mis des années à se mettre d'accord avec eux, et il va nous permettre de sauver des milliers de vies. Tu n'écoutes même pas, Domna !

Elle n'avait pas tout à fait tort, mais Safi ne se sentit pas moins offensée par le ton de l'impératrice. Elle qui se comportait comme une élève parfaite ! Vaness aurait dû s'en réjouir. D'habitude, Safi ne se souciait pas de paraître attentive. Ni avec ses mentors, Mathew et Habim, ni même avec Iseult.

La gorge serrée, elle attrapa instinctivement la pierre filaire posée contre sa clavicule. Toutes les deux ou trois minutes, elle sortait le rubis non taillé pour en sonder les profondeurs chatoyantes.

La pierre était censée s'allumer si Iseult était en danger. Pour le moment, elle ne projetait pas la moindre lueur. Safi s'était sentie soulagée, au début : ce pendentif était son unique connexion avec sa sœur filaire, sa moitié qui lui sauvait systématiquement la mise et qui ne l'aurait jamais laissée rejoindre l'impératrice.

Avec le recul, Safi se rendait compte qu'elle avait conclu un marché de dupes. Offrir sa magie de Truthwitch pour permettre à l'impératrice de traquer la corruption au sein de la cour marstokie ! Quelle idée ! Elle s'était sentie si noble d'avoir consenti un tel sacrifice. Car en se mettant au service de Vaness, elle aidait la Nubrevna, un pays moribond, à obtenir des échanges commerciaux.

Sauf qu'en vérité elle se retrouvait coincée. Sur un bateau. Au milieu de nulle part, avec pour seule compagnie l'Impératrice de l'Ennui.

– Viens t'asseoir près de moi, ordonna Vaness, interrompant sa séance d'auto-apitoiement. Si la stratégie des Bornyes ne t'intéresse pas, ce message retiendra peut-être ton attention.

Safi haussa les sourcils. Un message ? Cet après-midi promettait d'être plus alléchant que la veille.

Les mains sur sa ceinture de fer, elle traversa la cabine jusqu'à un banc disposé face à l'impératrice. Vaness farfouilla dans une pile de documents en vrac, l'air légèrement contrarié.

Sa moue rappela à Safi un autre adepte du froncement de sourcils. Un autre souverain qui, comme l'impératrice du Marstok, faisait passer le bien-être de ses citoyens avant le sien.

Merik.

Les poumons de Safi se gonflèrent. Ses joues s'enflammèrent de manière fort peu discrète. Ils n'avaient échangé qu'un baiser, après tout ! Pas de quoi rougir à ce point…

Comme en écho à ses pensées, elle aperçut trois mots sur la feuille sortie du tas par Vaness : *Prince de Nubrevna.* Son pouls s'accéléra. Était-ce l'instant tant attendu – celui où elle allait enfin avoir des nouvelles du monde et de ceux qu'elle avait laissés derrière elle ?

Avant qu'elle ait pu apprendre quoi que ce soit, ou déchiffrer le moindre mot supplémentaire, la porte de la cabine s'ouvrit en grand. Un homme se rua dans la pièce, vêtu de l'uniforme vert des marins marstokis. À la vue de Safi et Vaness, il resta pétrifié le temps d'un ou deux soupirs.

Faux. Le mot frétilla le long de son échine de Truthwitch et Safi comprit qu'il y avait du mensonge dans l'air. Qu'elle avait sous les yeux un traître, dont la main levée…

– Attention ! cria-t-elle en plongeant sur l'impératrice.

Elle tenta de les mettre toutes deux à l'abri, mais trop tard. Le marin avait déjà appuyé sur la détente. Le coup partit. *Crac !*

Mais la balle ne toucha pas sa cible. Elle se figea en l'air, tournant sur elle-même à quelques centimètres du visage de l'impératrice.

Une lame vint alors perforer le dos de l'assaillant pour ressortir, sanguinolente, par son estomac, comme un hachoir sépare les vertèbres des organes et de la peau.

L'épée se retira. L'homme tomba. Le chef des gardes du corps de Vaness apparut, vêtu de noir des pieds à la tête, sa lame ensanglantée.

La Haute Vipère.

– Assassin, déclara-t-il d'une voix calme. Vous savez ce qu'il vous reste à faire, Majesté.

Sans un mot de plus, il s'éclipsa.

Une fois tombée à terre dans un cliquetis métallique, la balle se mit à rouler tandis que des voix s'élevaient à l'extérieur de la cabine.

– Viens, dit Vaness.

Comme si elle craignait de n'avoir pas été entendue, elle convoqua sa magie d'Ironwitch pour resserrer la ceinture autour de la taille de Safi et la pousser vers la porte.

Celle-ci, malgré la terreur qui l'envahissait, malgré les questions qui lui traversaient l'esprit, n'avait pas le choix.

Elles passèrent devant le corps de l'assassin. Vaness ralentit pour l'examiner. Avec un petit hoquet dédaigneux, elle souleva ses jupons noirs avant d'enjamber le cadavre. Ses pieds laissèrent des empreintes de sang de l'autre côté.

Safi, elle, prit soin de contourner le corps. Elle s'empêcha aussi de regarder le cadavre dans les yeux, dont les iris bleus fixaient le plafond calfaté.

Sur le pont, le chaos régnait, mais Vaness garda son sang-froid. D'un mouvement du poignet, elle transforma les chaînes qu'elle avait aux poignets en quatre fines cloisons métalliques qui s'érigèrent autour de Safi et elle. *Un bouclier.* L'impératrice se dirigea alors vers la gauche. On entendit s'élever des voix marstokies.

Quoique grêles et feutrées, celles-ci étaient parfaitement compréhensibles. Apparemment, un deuxième assassin se trouvait à bord. Il fallait que les Vipères et les membres de l'équipage le dénichent.

– Plus vite, ordonna Vaness.

La ceinture de Safi la tira plus fort.

– Où allons-nous ?

Cernée par le bouclier, elle ne voyait rien d'autre que le ciel d'un bleu parfait.

Mais elle ne tarda pas à obtenir une réponse. Elles étaient arrivées au canot de sauvetage du navire de guerre, situé à la poupe, en hauteur, afin de faciliter la mise à l'eau. Vaness transforma la cloison de métal en un escalier qu'elle gravit aussitôt.

Elles étaient désormais installées dans la barque, dont les parois se paraient peu à peu d'une couche de métal protectrice. Mais aucun toit, aucun blindage ne pouvait les couper de la voix qui hurlait : « Il est dans l'entrepont ! »

Vaness croisa le regard de Safi.

– Accroche-toi, prévint-elle.

Ses mains se levèrent dans un bruit de chaînes, et le canot se mit à vaciller.

Elles chutèrent au milieu des vagues. Safi faillit tomber de son siège. Dès qu'elle se fut remise d'aplomb, les embruns se mirent à voltiger, suivis par une brise poisseuse, salée. La mer était si calme, si tranquille. Comment pouvait-il régner une telle sérénité quand la violence se déchaînait non loin ?

Mais ce calme n'était qu'un leurre : l'instant d'après, une explosion de lumière parsemée d'éclats de verre se déchaîna dans le ciel, au-dessus des parois. Le bateau se mit à gîter dangereusement.

Puis vint le tonnerre. Violent. Brûlant. Vivant.

Le navire avait explosé.

Des flammes vinrent heurter le bouclier, mais l'impératrice tint leurs assauts à distance. Les parois de métal s'étendirent jusqu'à tapisser toute la surface du bateau, protégeant ainsi Vaness et Safi de la chaleur suffocante et réduisant les flammes infernales à un faible crépitement.

L'impératrice saignait du nez et ses muscles tremblaient, signes qu'elle ne pourrait pas maintenir le bouclier bien longtemps pour les protéger du cataclysme.

Aussi Safi sortit-elle les rames sans même se poser la question – de même qu'elle ne se demandait pas si elle devait nager lorsqu'elle était emportée par une vague. Elle avait des rames à disposition et un rivage à l'horizon, elle prit donc les choses en main.

Dès qu'elle eut compris l'intention de Safi, Vaness perça pour les rames deux trous dans le bouclier, par où s'engouffrèrent chaleur et fumée.

Malgré ses doigts brûlants, malgré ses poumons remplis de fumée iodée, Safi resta de marbre.

Chaque coup de rame éloignait les deux femmes de la mort. Le canot finit par heurter les graviers. L'impératrice entreprit de déliter les parois de métal, qui se retransformèrent en bracelets. Safi put alors contempler les flammes noires qui s'élevaient au loin.

Un feu de mer, dont la soif semblait inextinguible.

Le vent ne pourrait pas l'éteindre. Et l'eau ne faisait que stimuler les flammes résineuses qui montaient toujours plus haut dans le ciel.

Entourant de ses bras l'impératrice sonnée, Safi traversa avec elle les vaguelettes jusqu'au rivage. Elle ne se sentait pas soulagée d'avoir survécu à cette attaque. Elle ne se sentait pas fière d'avoir réussi à rejoindre la terre ferme. Un vide l'envahissait petit à petit, comme une ombre se dilate. Voilà à quoi ressemblerait sa nouvelle vie. Fini l'ennui, fini les sermons. Place aux flammes infernales, aux assassins. Aux massacres, à la fuite éperdue.

Et elle ne pourrait compter que sur elle-même.

Et si je me mettais à courir ? songea-t-elle en longeant des yeux la côte couverte de mangroves et de palmiers. *L'impératrice ne s'en rendrait même pas compte. Elle s'en moquerait.*

En prenant la direction sud-ouest, Safi finirait par atteindre la République pirate de Saldonique. La seule civilisation – si on pouvait la qualifier ainsi –, le seul endroit où elle pourrait trouver un bateau. Le problème, c'est qu'elle ne se voyait pas survivre toute seule dans ce cloaque.

Ses doigts se refermèrent sur sa pierre filaire. Maintenant que sa vie dépendait d'une lame de couteau, le rubis s'était enfin illuminé.

Avec Iseult à ses côtés, elle n'aurait pas hésité à s'enfoncer dans la jungle. En sa compagnie, Safi était courageuse. Forte. Intrépide. Mais elle ne savait pas où se trouvait sa sœur filaire. Allait-elle seulement la revoir un jour ? Elle n'en avait aucune idée.

Pour le moment, elle avait donc tout intérêt à rester auprès de l'impératrice du Marstok.

Une fois le navire de guerre réduit à l'état de squelette fumant, une fois la chaleur atténuée, elle se tourna vers Vaness. L'impératrice, campée sur ses jambes, avait adopté une pose aussi rigide que le fer contrôlé par sa magie.

Sa peau était zébrée de cendres, chacune de ses narines soulignée d'une traînée de sang.

– On va devoir se cacher, annonça Safi, la voix rocailleuse.

Dieux des Enfers ! Il lui fallait de l'eau. De l'eau fraîche et non salée.

– L'incendie va attirer l'armada cartorréenne, expliqua-t-elle.

Le regard de l'impératrice quitta l'horizon pour se poser lentement sur elle.

– Il y a peut-être des survivants.

Pour toute réponse, Safi serra les lèvres. Devant son silence, les épaules de Vaness s'affaissèrent légèrement.

– Allons en Saldonique, dit l'impératrice du Marstok.

Suivie par Safi, elle se mit à longer la plage parsemée de rochers tandis que l'obscurité gagnait.

TROIS

Stase, s'ordonna Iseult det Midenzi pour la millième fois depuis l'aube. *Stase de tes doigts et de tes orteils.*

Comme si elle pouvait encore les sentir ! Elle avait descendu la montagne au pas de course, les pieds dans le ruisseau, pendant une éternité. Deux fois elle était tombée dans l'eau ; deux fois elle s'était retrouvée trempée de la tête aux pieds.

Mais pas question de s'arrêter. Elle n'interromprait pas sa course. Restait à savoir quelle était sa destination. Si elle avait lu correctement la carte quelques heures auparavant, avant que les Clivés ne repèrent son odeur et se lancent à ses trousses, elle devait se trouver non loin de la frontière nord des Terres Contestées.

Là, elle ne pourrait pas trouver refuge dans des campements. Personne ne pourrait la protéger de ses assaillants.

Iseult marchait depuis une semaine en direction du Marstok. Les plaines désolées qui entouraient Lejna avaient fini par prendre de la hauteur pour se transformer en collines. Jamais encore Iseult ne s'était aventurée dans des contrées d'où l'on ne pouvait plus voir tout le ciel. Bien entendu, elle avait vu en illustration des cimes enneigées et des contreforts escarpés, elle avait entendu les descriptions que Safi en faisait, mais elle n'aurait jamais deviné à quel point elle se sentirait minuscule face à cet imposant relief. Minuscule, mise à l'écart, piégée quand les collines l'empêchaient de voir tout le ciel.

Mais le pire, c'était l'absence complète de Filaments. En tant que Threadwitch, Iseult avait le pouvoir de voir les Filaments qui construisent, les Filaments qui unissent, les Filaments qui se rompent. Mille couleurs vibraient autour d'elle à chaque moment de la journée. Sauf qu'en l'absence d'individus, il n'y avait pas de Filaments – et sans Filaments, point de ces ajouts colorés qui lui ravissaient les yeux et l'esprit.

Iseult avançait seule depuis des jours. Quand elle cheminait sur un tapis d'aiguilles de pin, seuls les craquements des arbres agités par la brise lui tenaient compagnie. Quel que soit le terrain, elle se déplaçait avec prudence. Elle ne laissait jamais de trace de son passage, jamais d'empreintes, et elle ne déviait jamais de sa direction : l'est.

Jusqu'à ce matin.

Quatre Clivés avaient repéré sa trace. D'où ils venaient, comment ils l'avaient suivie, elle n'en avait aucune idée. La cape en fibre de salamandre que le Bloodwitch Aeduan lui avait donnée deux semaines auparavant était censée empêcher son odeur de parvenir jusqu'à eux, mais cette fois elle n'avait pas fonctionné. Iseult sentait les Filaments noirs de malice des Clivés qui la pourchassaient.

À chaque minute, ils gagnaient du terrain.

Il faudrait que j'enveloppe cette pierre filaire dans du tissu, pensa Iseult au cours du dialogue qu'elle entretenait vaguement avec elle-même entre deux pas sur le sol ou dans la rivière. *Comme ça, elle ne taperait pas contre mes os quand je cours.*

Cent fois déjà elle avait pris cette décision, car ce n'était pas la première fois qu'elle courait ainsi sur le terrain accidenté d'une forêt. Mais à chacune de ses pauses, cachée sous une souche, elle se contentait de reprendre son souffle ou de convoquer sa magie pour savoir quels types de Filaments la poursuivaient… et oubliait d'emballer la pierre filaire. Jusqu'à ce que le pendentif recommence à lui faire mal.

D'autres fois, Iseult s'égarait si loin dans les rêveries qu'elle faisait totalement abstraction de son entourage. Elle imaginait quel effet cela ferait d'être vraiment une Cahr Awen.

Iseult et Safi s'étaient rendues au Puits des Origines, en Nubrevna. Dès l'instant où elles avaient touché la source, un tremblement de terre avait secoué le pays. *J'ai trouvé les Cahr Awen,* avait déclaré la moniale Evrane, *et vous avez ressuscité le Puits des Eaux.*

Safi méritait ce titre. Cette fille toute simple était un rayon de soleil. De toute évidence, elle était celle des Cahr Awen qui *apportait la lumière.* Iseult, quant à elle, n'était même pas le contraire de Safi. Elle n'avait rien de complexe, elle ne brillait pas comme un astre. Elle n'était rien du tout.

Sauf si je le deviens. Sauf si je le décide.

Iseult s'endormait bercée par ces pensées réconfortantes.

Mais aujourd'hui, pour la première fois, la pierre filaire s'était allumée, signe qu'Iseult était vraiment en danger. Elle espérait juste que Safi, où qu'elle soit, ne panique pas à la vue de sa propre pierre qui scintillait.

Iseult espérait aussi que la pierre brillait à cause d'elle, et que Safi, de son côté, était en sécurité.

Il était temps d'arrêter de se ronger les sangs. Il était temps de fuir !

Deux semaines seulement s'étaient écoulées depuis que Lejna avait plongé dans les flammes de l'Enfer. Depuis qu'Iseult avait abandonné Safi entre les mains des Marstokis, sauvé Merik des ruines d'un immeuble, et décidé de partir à la recherche de sa sœur filaire quoi qu'il en coûte.

Elle avait parcouru la ville fantôme de Lejna jusqu'à tomber sur l'échoppe abandonnée de Mathew. Il restait de la nourriture dans la cuisine, ainsi que de l'eau potable. Elle avait même déniché, dans la cave, une bourse remplie de pièces d'argent.

Au bout de huit jours, comme personne ne s'était manifesté, elle avait compris que personne ne s'intéressait à son sort. Dom Eron avait certainement appris que Safi avait été kidnappée par l'impératrice du Marstok ; Habim, Mathew et Eron devaient être à sa recherche.

Iseult n'avait donc pas d'autre choix que de marcher d'un bon pas vers le nord-est. Elle dormirait le jour et cheminerait de nuit. Car elle n'allait croiser que deux types d'habitants dans les forêts des Witchlands : ceux qui tenteraient de la tuer et ceux qui y réussiraient. Autant les éviter…

Elle allait se confronter à bien d'autres choses en voyageant de nuit. Des ombres, des brises, des souvenirs dont elle ne pouvait se défaire. Elle pensait à Safi. Elle pensait à sa mère. Elle pensait à Corlant, à la flèche ensorcelée qui avait failli la tuer. Elle pensait aux Clivés de Lejna et à la cicatrice en forme de larme qu'ils avaient laissée derrière eux.

Elle pensait à la Marionnettiste, qui s'escrimait à envahir ses rêves. Weaverwitch, de son propre aveu. Celle-ci insistait néanmoins sur le fait qu'Iseult était son âme sœur. Mais la Marionnettiste faisait cliver les gens et contrôlait leurs Filaments. Jamais Iseult ne pourrait s'y résoudre. Jamais elle ne se le permettrait.

Pour finir, Iseult pensait à la mort. À sa mort. Après tout, elle n'avait plus qu'un coutelas et cheminait vers un avenir qui n'existait peut-être pas.

Un avenir qui pouvait s'envoler très prochainement, si les Clivés finissaient par la rattraper. Ou plutôt *quand ils la rattraperaient,* car elle n'était pas bonne à ce jeu. Voilà pourquoi elle s'appuyait à ce point sur Safi – celle dont l'intuition rebondissait à chaque pas, celle dont l'instinct seul guidait la fuite. Dans les situations périlleuses, Iseult avait pour pire ennemie sa propre peur, qui prenait le pas sur son raisonnement de Threadwitch.

Jusqu'à ce qu'elle remarque les belles-de-jour le long du rivage. Un tapis de fleurs qu'on aurait dites sauvages et innocentes.

Sauf qu'elles n'étaient ni sauvages ni innocentes.

Iseult bondit hors de la rivière pour remonter la pente. Ses pieds engourdis la faisaient trébucher. Elle chuta avant de se rattraper sur les mains, les poignets tordus en arrière.

Mais elle n'y prêta guère attention : les belles-de-jour s'étendaient à perte de vue – presque invisibles dans cette pénombre mouchetée, mais impossibles à manquer si on savait regarder. Impossibles à manquer pour une Nomatsie.

Même s'il ressemblait à un itinéraire ordinaire tracé au milieu des pins, Iseult savait reconnaître un chemin nomatsi quand elle en croisait un. Parsemés de pièges, ces sentiers servaient à protéger les tribus des importuns mais signifiaient la mort pour quiconque n'était pas attendu par la caravane.

Ce qui était le cas d'Iseult. Néanmoins, en tant que Nomatsie, elle ne serait pas considérée comme une étrangère.

Elle avançait désormais avec prudence. Fini la course ! Un seul faux pas déclencherait la brume cachée par les Poisonwitchs dans les corolles des fleurs.

Là. Elle dénicha, plantée dans la terre, la branche en forme de V dont une ramille tordue indiquait le nord et l'autre, le sud.

D'un côté, on quittait le chemin nomatsi. De l'autre, on s'enfonçait dans leur pays.

Iseult ralentit encore le pas pour contourner les pins les uns après les autres. Elle enjamba une pierre couverte de mousse. Elle avançait sur la pointe des pieds, le regard à l'affût, en retenant son souffle.

Les Clivés se rapprochaient dangereusement. Elle sentait vibrer la menace de leurs Filaments noirs, fétides, affamés. Dans deux ou trois minutes, ils lui tomberaient dessus.

Mais elle s'en sortirait, car elle aperçut bientôt une deuxième branche enfoncée dans la terre et mêlée au lacis des arbres. Celle-ci annonçait des pièges à ours.

Aux yeux des Clivés, elle ne signifierait rien de spécial. Bientôt, ils se feraient mordre les pieds par des dents d'acier trop puissantes pour être écartées.

Les jambes d'Iseult brûlaient de piquer un sprint. De franchir au pas de course cette clairière de fougères hérissée de pièges. Agrippant sa pierre filaire, elle se força à garder une allure mesurée. *Stase, stase, stase.* Elle dénombra six pièges jusqu'à l'autre bout de la clairière.

Elle pouvait maintenant se mettre à courir, et tant mieux : derrière elle, le sentier nomatsi prenait vie. Les brumes des Poisonwitchs entrèrent en éruption dans un nuage de chaleur qui vibra dans l'air jusqu'à lui percuter les vertèbres.

Les Clivés, qui l'avaient pourtant déclenché, n'en ressentaient pas les effets, puisqu'ils continuaient à avancer.

Iseult accéléra la cadence. Son souffle se fit plus court. Encore quelques centaines de mètres à parcourir pour leur échapper.

Les pièges à ours s'activèrent dans un cliquetis métallique, comme une horloge sonne minuit. Des hululements s'élevèrent de gorges bestiales. Quatre jeux de Filaments se mirent à claquer dans l'air avant de s'attaquer à l'acier qui leur croquait les jambes.

Iseult ne ralentit pas pour autant. Il lui fallait prendre le plus d'avance possible – les Clivés n'allaient pas tarder à gagner à nouveau du terrain. Ses pieds martelaient le tapis de fougères et d'aiguilles de pin. Dans quoi allaient-ils s'enfoncer plus loin ? Elle ne distinguait rien d'autre qu'une armada de pins. Des pousses, des troncs, des racines qu'elle traversait au pas de course, en se tordant les chevilles, en s'éreintant les genoux.

Courir n'était pas une bonne idée. Les sentiers nomatsis, on n'était pas censés les parcourir si vite. Ils exigeaient du temps, du respect.

Iseult n'aurait donc pas dû s'étonner que le sol s'effondre tout à coup sous ses pieds à l'entrée d'une clairière. Elle n'aurait pas dû s'étonner qu'un filet l'emporte là-haut, au milieu des branches.

Ce vol impromptu la fit glapir. Quand le filet s'immobilisa, elle se retrouva suspendue dans les airs.

Elle eut un hoquet de stupeur. *Au moins,* songea-t-elle, *j'ai toujours mon coutelas.* Mais comment l'utiliser à six mètres de hauteur ?

Un Clivé déboula dans la clairière, le dos courbé, suivi par une traînée de sang noir. Il lui manquait la moitié du pied, et sa peau exsudait cette substance magique jaillie de ses entrailles lors du clivage. Pourtant, il avançait d'un pas sûr, sans cette frénésie de violence aveugle qui agite d'habitude les Clivés.

Iseult ne tarda pas à comprendre pourquoi. Presque invisibles, des Filaments rompus s'élevaient mollement au-dessus de sa tête jusqu'au ciel.

La Marionnettiste. Comme pour les Vipères et les marins marstokis à Lejna, la Marionnettiste avait dû cliver ces hommes à distance. Et elle les contrôlait toujours.

Sous ses yeux, les Filaments se flétrissaient. Les Clivés bloqués dans les pièges à ours trépassaient un par un.

Comme si la Marionnettiste, ayant décidé que leur heure avait sonné, cisaillait leurs Filaments rompus.

L'homme de la clairière, lui, restait bien vivant. Il continuait de rôder, ce qui ne laissait pas le choix à Iseult : elle allait devoir se libérer d'un coup de couteau, pour tuer le Clivé avant qu'il ne la tue.

Le temps qu'elle se décide, le chasseur se heurta à un second piège. Un filet jailli du sol l'emporta dans les airs dans un grincement de cordes. Il se démena, se débattit tout en poussant de hauts cris à un mètre ou deux d'Iseult, jusqu'à ce que ses Filaments ténébreux s'évanouissent en fumée. Le silence se fit.

La Marionnettiste venait de le tuer. Iseult serait à nouveau seule à fouler le sentier nomatsi.

Elle ne put s'empêcher de rire. Elle était épuisée et allait enfin profiter d'un peu de répit ! Elle avait réussi à échapper à ses poursuivants, et voilà où ça l'avait menée…

Mais son hilarité fut de courte durée. Un torrent de glace se déversa dans ses veines.

Si Esme avait envoyé ces Clivés à sa poursuite, elle recommencerait.

On verra ça plus tard, pensa Iseult. Pour l'instant, elle n'avait plus d'adversaire. Il ne lui restait plus qu'à trouver le moyen de se libérer sans se rompre les os.

– Corne de bouc ! murmura-t-elle, reprenant son juron favori.

Elle serra les doigts autour de sa pierre filaire – qui ne clignotait plus –, rassurée à l'idée qu'elle en tirait de la force.

Puis, armée de son coutelas et de sa détermination de Threadwitch, elle entreprit de se libérer.

QUATRE

Merik se plongea dans Hawk's Way, une rue passante qui traversait Lovats de bout en bout le long du fleuve, en priant pour que l'orage qui menaçait retienne ses eaux quelques heures encore, le temps qu'il trouve un abri. S'il pouvait en profiter pour manger, aussi…

Il avait besoin de retrouver des forces avant de s'aventurer dans Pin's Keep.

Il sentait à chaque inspiration cette touffeur épicée de l'air qui annonçait la pluie. Le tonnerre doublait de son grondement le refrain du tambour à vent – *« Appel aux soldats, rendez-vous à Judgment Square »*.

Par chance, Merik se trouvait à plus d'un kilomètre, perdu dans le chaos de Hawk's Way, avec sa succession de ponts et ses rues adjacentes en zigzag. Les façades des immeubles penchaient comme des marins après une nuit d'ivresse, et à chaque intersection, des guirlandes de feuilles séchées pendaient au-dessus de la voie.

Leurs nuances jaune et ambre attiraient systématiquement le regard de Merik. Au cours des années passées en pays Nihar, il avait constaté que la plupart des terres n'avaient jamais connu les vendanges d'automne – ni les bourgeons du printemps – tellement le sol était infesté de poison dalmotti.

Comme ce poison n'avait jamais atteint le secteur nord-est de Lovats, on pouvait encore y tresser des feuilles de chêne piquées de sauge et de menthe. Ces guirlandes vertes relevées de jaune soleil avaient été déployées pour les funérailles royales qui auraient lieu trois jours plus tard. Les funérailles de… *Merik.*

Noden avait décidément un sens de l'humour un peu spécial.

Merik pressa le pas tandis que résonnait à nouveau l'appel aux soldats. Il grimpa les marches de granit usées qui menaient à l'ancien temple, érigé en même temps que la ville. Les années avaient poli les six colonnes qui en agrémentaient le porche plongé dans l'ombre.

Les lamproies. Ces messagères de Noden avaient pour tâche d'emporter les morts par-delà la dernière marche, au plus profond des abysses divins. De ces sculptures antiques ne restaient plus que les anneaux de fer, à un mètre de hauteur, et les traits effacés des visages à niveau d'épaules.

Suivant un filet de lumière dessiné sur le sol, Merik se dirigea vers le mur du fond. À chaque nouveau pas, l'air se faisait plus frais et le grondement du tambour à vent plus discret. La lumière du soleil s'estompa graduellement, remplacée par deux timides lampes accrochées au-dessus d'une statue de Noden assis sur son trône en plein cœur du temple.

À cette heure de la journée, le temple était presque vide. Il ne croisa que deux vieilles dames en train de quitter l'édifice.

– J'espère qu'ils donneront du pain à l'enterrement, dit l'une, dont la voix flûtée ricocha sur le dieu de granit.

Les Linday en ont distribué aux funérailles de la reine, tu te souviens ?

– N'y compte pas trop, marmonna son amie. J'ai entendu dire qu'ils allaient peut-être annuler l'enterrement.

Merik, piqué de curiosité, se glissa derrière le trône pour écouter.

– Mon neveu Rayet est page au palais, poursuivit la vieille. Selon lui, la princesse n'a eu aucune réaction en apprenant que le prince avait été tué.

Qui l'eût cru… Merik croisa les bras sur sa poitrine. Ses ongles se plantèrent dans ses biceps.

– Ton neveu sait qui a tué le prince ? Le boucher au bout de la rue affirme que ce sont les Marstokis, mais mon voisin accuse les Cartorréens…

Sa voix se perdit alors en borborygmes que Merik ne tenta pas de démêler.

Il en savait assez. Plus qu'assez. Bien sûr que Vivia allait annuler les funérailles ! Il l'entendait d'ici : *Pourquoi gâcher la nourriture en la donnant au peuple alors qu'elle peut nourrir nos troupes ?*

Le pouvoir. C'est tout ce qui l'intéressait. Elle convoitait la couronne que le Haut Conseil lui avait, par la grâce de Noden, refusée. Mais si l'état de santé du roi s'aggravait – s'il décédait à son tour, puisque le peuple croyait à la mort de Merik –, Vivia accéderait forcément au trône.

Merik abandonna la statue du dieu pour se planter devant les deux fresques qui ornaient le mur du fond.

Celle de droite représentait Lady Baile, sainte patronne du changement, des saisons et des carrefours, surnommée la Main droite de Noden. La flamme de la lampe se reflétait dans l'or du froment qu'elle tenait dans la main gauche et la truite argentée qui luisait dans la droite. Sa peau noire mouchetée de blanc évoquait une nuit étoilée. Sur son visage, un masque semblable à une tête de renard renvoyait des éclats bleutés. Elle se tenait dans un champ verdoyant. Toutes les couleurs avaient été rafraîchies récemment, ainsi que les versets inscrits à ses pieds :

Même si nous n'avons pas toujours conscience
qu'une perte peut être une bénédiction,
Lady Baile nous fait don de sa force
et jamais ne nous abandonnera.

L'urne de cuivre posée devant la fresque débordait de pièces de bois et d'argent. Des offrandes pour acheter sa bienveillance. Pour qu'elle murmure à l'oreille de Noden : *Aide-les.*

Rassemblées en amas flamboyant à la base de l'urne, des guirlandes de feuilles de l'année précédente mêlées de sauge, de menthe et de romarin – des présents pour honorer les morts. Merik se demanda s'il y en avait pour Kullen.

Comme il sentait sa poitrine se serrer, il tourna les yeux vers l'autre fresque. La Main gauche de Noden. Le saint patron de la justice, de la vengeance, de la colère.

La Fureur.

C'est le nom que lui avait donné cette femme, à Judgment Square. Comme si c'était son titre. Comme si elle le priait.

Trapu, chauve et couvert de cicatrices, le saint de tout ce qui était cassé méritait bien son nom. Celui de sa vocation. Il rendait justice aux victimes, il punissait les méchants, et alors que Lady Baile était belle comme la vie, la Fureur était plus grotesque encore que les lamproies.

Personne n'avait jugé utile de rafraîchir les pigments carmin et noir de son corps aujourd'hui délavés, tout comme l'était le gris profond sur lequel il se détachait – et les mots inscrits sous les griffes de ses pieds :

Pourquoi tiens-tu un rasoir à la main ?
Pour que les hommes se rappellent
Que je suis tranchant comme une lame.
Pourquoi un bris de miroir dans l'autre ?
Pour qu'ils se rappellent que je les surveille.

« Dire que cette femme m'a confondu avec lui... », marmonna Merik dans sa barbe.

Lui, c'est le monstre qu'elle avait cru reconnaître en la personne du prince.

Il inspecta l'urne de la Fureur. Elle était vide, car personne ne voulait attirer son attention par accident, de crainte d'être jugé à son tour.

Dehors, l'orage finit par éclater. Une averse se mit à tomber si fort que Merik l'entendait depuis l'intérieur. Il se retourna vers les colonnes, s'attendant à ce que les gens se précipitent sous le porche, mais non – une seule silhouette courut s'abriter. À chacune de ses enjambées, elle trempait les dalles.

Cam. La seule alliée de Merik.

– Vous voulez de l'agneau séché ? demanda-t-elle une fois à son côté.

Sa voix se réverbéra contre les dalles de granit. Comme le prince, elle portait une veste brune à capuche par-dessus une chemise beige et un pantalon noir. Ses habits de bure étaient d'une propreté douteuse.

– La viande n'a pas pris la pluie, précisa-t-elle.

Les sourcils froncés, Merik joua l'offusqué.

– Ce n'est pas bien de voler, gronda-t-il.

Une lueur de malice s'alluma dans les pupilles de Cam.

– Vous n'en voulez pas ? J'vais le garder pour plus tard.

Merik lui arracha le paquet des mains. La faim triomphait toujours de la morale – il le savait d'expérience.

– J'm'en doutais. Même les morts ont besoin de manger !

Un sourire enchanté traversa son visage, étirant les taches claires sur sa peau mate.

Son corps entier était parsemé de traînées blanches qui partaient du côté droit de son cou pour rejoindre son avant-bras gauche et sa main droite. Elles s'imposaient à qui les regardait mais passaient inaperçues autrement.

Or jusque-là, Merik ne lui avait jamais prêté attention. Il n'avait jamais fait l'effort de retenir son nom – tout le monde l'appelait « la nouvelle recrue ». Du reste, il ne savait même pas que c'était une fille. À bord du *Jana*, elle ressemblait à un matelot et excellait dans ce rôle.

Mais jamais il n'avait abordé avec Cam la question de son sexe. Et comme elle semblait déterminée à garder le secret, il avait continué de l'appeler « mon garçon ». Après tout, quelle importance ? Elle seule était restée à bord pendant que tout l'équipage se rendait au Cadeau de Noden.

Je sentais dans mes tripes que vous n'étiez pas mort, avait-elle expliqué à Merik, *je vous ai donc cherché, cherché, cherché jusqu'à vous retrouver.*

Merik attaqua la viande desséchée d'avoir été trop longtemps fumée.

– Tu crois que les rues sont sûres, mon garçon ? demanda-t-il, la bouche pleine.

– Hye, confirma Cam tout en mâchant elle aussi. Mais pas grâce à vous, chef. L'Armée royale est en ébullition. Vous auriez dû me garder à vos côtés.

Elle croqua sous ses yeux une bonne grosse bouchée.

Merik lâcha un soupir. Depuis l'explosion, la question revenait sans cesse sur le tapis. À chaque fois que Merik, incognito, s'introduisait dans un petit village pour trouver des vivres, à chaque fois qu'il allait chasser son dîner au bord de la rivière, Cam insistait pour l'accompagner. Et à chaque fois, il refusait.

– Si tu étais restée avec moi, l'Armée royale serait aujourd'hui à tes trousses, se justifia-t-il.

– Impossible, chef, répondit Cam en fouettant l'air avec son morceau d'agneau. Si j'avais été avec vous, j'aurais ouvert l'œil. Et le pickpocket ne vous aurait pas piqué ça...

Elle sortit de sa poche une bourse fripée qu'elle agita son nez.

– Vous n'vous êtes même pas rendu compte qu'on vous faisait les poches, si ?

Merik laisse échapper un juron avant de lui arracher son bien des mains.

– Non, en effet. Comment l'as-tu récupérée ?

– Comme d'habitude.

Elle remua les doigts devant ses yeux. Il vit la vilaine cicatrice briller sur sa main gauche.

Alors qu'elle lui racontait comment elle avait assisté à cet épisode depuis un toit, il se laissa bercer par son talent de conteuse. Elle parlait sans filtre, sans érudition, sans pudeur, accentuant certains mots, baissant par moments la voix pour conférer à son récit une tension dramatique.

Ces deux dernières semaines, elle n'avait pas cessé de jacasser. Et ces deux dernières semaines, Merik lui avait prêté une oreille attentive. En vérité, il avait plaisir à se laisser emporter par ses histoires. Quand il grimpait avec elle les pics de son récit avant de glisser sur l'onde de ses mots, il oubliait, l'espace d'un instant, les vagues infernales qui avaient ravagé sa vie.

– Les rues grouillent de soldats, chef, précisa Cam avec un grand sourire. Mais vu la pluie, je peux vous guider incognito jusqu'à la vieille ville. Finissez de manger et on y va.

– Hye hye, acquiesça Merik.

Par Noden ! Depuis le temps qu'il n'avait rien mangé, il aurait préféré prendre le temps de savourer la viande ;

il avala pourtant aussi sec la dernière bouchée d'agneau fumé avant de se lever.

– Je te suis, mon garçon. Je te suis.

Vivia Nihar se tenait devant les hautes portes de la salle des Batailles dont les parois de chêne brut avaient la pâleur des nuages qui s'amoncelaient dans le ciel. Du dehors, on entendait le bourdonnement étouffé de voix graves.

Pas de regrets, pensa-t-elle en tirant sur les manches de sa veste de marin. *Continue d'avancer.* Elle lissa les plis de son chemisier. Chaque matin, au réveil, elle récitait ces formules qu'elle se répétait ensuite tout au long de la journée, pour mieux l'affronter avec son lot de décisions difficiles. Et pour combler le vide qu'elle ressentait au creux de sa poitrine.

Pas de regrets, continue d'avancer… Où est le valet de pied ? Bon sang, la princesse de Nubrevna n'était pas censée ouvrir elle-même la porte ! Surtout quand les treize vizeurs du Haut Conseil qui patientaient de l'autre côté décortiquaient le moindre de ses gestes.

Toute la journée, elle était harcelée par le personnel du palais, les employés de la ville ou les nobles aux manières obséquieuses. Et maintenant qu'elle avait besoin d'aide, il n'y avait plus personne !

Contrariée, Vivia fixa une tache lumineuse tout au bout du hall plongé dans l'ombre. Deux silhouettes s'escrimaient à fermer l'énorme portail – signe que les nuages se transformeraient bientôt en orage.

Quelle plaie ! Vivia n'avait pas le temps d'attendre le valet, ni l'averse. Comme disait toujours le roi, *Rester assis, c'est risquer la folie.*

Le chêne grinça ; les gonds gémirent ; les vizeurs assis dans l'immense salle firent silence. Quand Vivia entra, treize paires d'yeux décollèrent de la longue table installée au centre de la pièce…

Pour se poser sur elle. Treize regards ahuris.

– Quoi ? lança-t-elle tandis que les portes se refermaient derrière elle. Noden aurait-il écouté mes prières ? Les lamproies vous ont enfin coupé la langue ?

À ces mots, l'un des vizeurs s'étouffa. Onze autres détournèrent le regard. Et le dernier – celui qui s'opposait à Vivia de manière systématique – contempla ses ongles.

Le vizeur Serrit Linday. Toujours méfiant. Toujours hostile. Comme une épine incrustée à jamais dans son talon.

Ses doigts se crispèrent et elle sentit une vague de chaleur lui traverser les bras. Elle se demandait parfois si c'étaient là les symptômes de ce fameux tempérament Nihar dont son père souhaitait qu'elle eût hérité.

Mais non. Apparemment pas. Les flammes se calmaient déjà, son masque de colère se fendillait. *Continue d'avancer.*

Elle gagna l'extrémité de la table en prenant soin de faire claquer ses talons aussi fort que possible sur les dalles pour simuler la rage.

Tamisée par les nuages, la lumière du soleil s'infiltrait dans la salle des Batailles par une fenêtre unique, caressant les bannières fatiguées et poussiéreuses qui pendaient là depuis des générations.

L'un des douze carreaux de la fenêtre, cassé, avait été condamné. Vivia traversa l'ombre projetée pour accéder à l'extrémité de la table.

Parmi les vizeurs, six la saluèrent au passage, sept s'abstinrent.

La résistance. Voilà à quoi était confrontée Vivia au quotidien, et son pire adversaire était son propre frère qui ne cessait de contester ses ordres et de remettre en question ses moindres décisions.

Au moins, ce problème-là avait été réglé. Si seulement elle pouvait procéder de même avec le Haut Conseil…

Est-ce qu'elle va suivre le chemin de sa mère, se demandaient les vizeurs, *reine de lignée mais folle à lier ? Ou prendre la suite de son père, le vizeur Nihar qui règne à présent en tant que régent avec une autorité naturelle ?*

Vivia connaissait déjà la réponse. Elle la connaissait, car elle avait depuis longtemps décidé qu'elle voulait être une Nihar pur jus. *Jamais* elle ne deviendrait comme sa mère. *Jamais* elle ne se laisserait gagner par la folie, par les ténèbres. Elle serait la monarque qu'attendait le Haut Conseil.

Il lui suffisait de continuer à agir. De continuer à avancer. Encore un peu, sans se poser de question. Sans rien regretter. Car même si les membres du Haut Conseil finissaient par lui confier les fonctions qui lui revenaient de droit, ils pourraient tout aussi bien l'en démettre par la suite, comme ils l'avaient fait treize ans auparavant avec sa mère.

Vivia arriva enfin au bout de la table, dont les angles étaient rognés et le vernis, dépoli. D'épaisses cartes de vélin en recouvraient le plateau grêlé par les années. La Nubrevna, les Sirmayennes, les Cent Îles – elle avait sous les yeux l'ensemble des Witchlands.

Des plans de la ville étaient déroulés sur la table, leurs coins bloqués par de lourdes pierres. Que Noden les emporte ! Ces salopards avaient commencé la réunion sans elle.

Qu'il s'agisse de la guerre ou de l'enlèvement des déchets, rien ne se décidait sans l'aval du Haut Conseil, même si la décision finale revenait au roi régent.

Ou désormais, puisque Serafin quittait rarement son lit, à Vivia.

– Princesse, lança Serrit Linday, mielleux, en se penchant au-dessus de la table.

À peine plus âgé que Vivia, qui avait vingt-trois ans, il affectionnait les tuniques démodées, de celles que portent les vieilles filles ou les étudiants marstokis. Et comme tous les Linday, il arborait la Witchmark des Plantwitchs sur le dos de la main – main avec laquelle il frappait avec impatience sur la table.

– Nous étions en train d'échanger sur votre projet de réparer le barrage… Nous estimons plus judicieux d'attendre au moins la fin des funérailles. Rien ne presse : le barrage est dans cet état depuis des années…

Connard prétentieux.

Derrière son visage impassible, la colère de Vivia était en train de monter. Et dire qu'elle et ce vizeur avaient été amis dans leur jeunesse ! Le dénommé Serrit avec lequel elle avait joué petite était devenu le vizeur Linday, et en moins d'un an, depuis qu'il avait remplacé son défunt père au sein du Conseil, Linday était devenu le plus redoutable des treize nobles attablés devant elle.

Tous des hommes, d'ailleurs ! Les Linday, les Quintay, les Sotar et les Eltar avaient tous des héritières mais, par un heureux hasard, aucune d'elles n'avait envie d'abandonner leurs terres. *Nos frères/maris/fils peuvent nous remplacer, non ?*

Non. Voilà ce que répondrait Vivia une fois nommée reine. *Seul le premier héritier, mâle ou femelle, de la lignée prendrait place à cette table.* En attendant, elle devait s'accommoder du *oui* consenti par son arrière-grand-père.

– Bien, Votre Altesse, poursuivit Linday en gratifiant l'assemblée d'un sourire affable. J'ai fait les comptes comme prévu, et les chiffres parlent d'eux-mêmes. Lovats ne peut plus accueillir de nouveaux habitants.

– Je ne me rappelle pas avoir demandé qu'on fasse les comptes.

– La demande ne vient pas de vous, précisa Linday avec un sourire carnassier, mais du Conseil.

– Altesse, lança une autre voix.

Seul le vizeur Eltar avait un timbre aussi grinçant. Vivia tourna les yeux vers son visage rondouillard.

– Plus la cité accueille d'étrangers, reprit-il, plus nous autres, les vizeurs, devons réduire nos portions. C'est inconcevable ! Nous attendons tous de la famille et du personnel pour les funérailles du prince, et vu les portions actuelles, je ne pourrai même plus nourrir les miens !

Vivia soupira.

– J'attends du ravitaillement, Eltar.

– Vous nous l'avez déjà promis la semaine dernière ! glapit-il. Plus que six jours avant l'enterrement ! Comment allons-nous approvisionner toute la ville en nourriture ?

– Sans compter que plus nous accueillons de gens, plus nous risquons de laisser entrer des ennemis, claironna le vizeur Quihar. Nous ne savons toujours pas qui a tué le prince ! En attendant que la lumière soit faite, il faut fermer l'accès des Sentinelles et refuser l'entrée à tous les nouveaux venus.

Tous les nobles manifestèrent leur accord, sauf un : le vizeur Sotar. Avec sa peau d'ébène et son corps rond comme un tonneau, c'était le seul homme de la pièce à avoir un cerveau.

Il lança un coup d'œil complice à Vivia, qui l'accueillit avec… plus de plaisir que prévu. Il ressemblait tellement à sa fille Stacia, qui avait tenu le poste de second dans son équipage… Stacia, que seuls ses intimes avaient le droit d'appeler Stix. Si Stix était là en ce moment même – sur le bateau de Vivia, entourée de ses matelots –, elle se jetterait illico sur ces vizeurs si lâches. Sans aucune pitié. Car elle au moins avait hérité du tempérament Nihar, ce qui lui attirait le respect des hommes de Nubrevna.

Mais en bon second, Stix inspectait les tours de guet de la ville tandis que Vivia se retrouvait piégée entre quatre murs, à regarder l'obséquieux Serrit Linday apaiser les vizeurs d'un geste de la main.

– J'ai une proposition à faire au Haut Conseil. Et à Votre Altesse.

Vivia leva les yeux au ciel.

– Tiens donc.

– Les Puristes nous ont proposé de la nourriture et mettent à notre disposition leurs camps. En Nubrevna et au-delà, dit-il en pointant du doigt une carte que le vizeur Eltar était, comme par hasard, en train de dérouler pile au bon moment. En cas de danger, notre peuple serait à l'abri, même en dehors de nos frontières.

Sotar se racla la gorge avant d'intervenir de sa voix rocailleuse.

– Installer nos citoyens à l'extérieur des frontières ? J'appelle cela une invasion, Linday.

– Sans compter qu'il doit y avoir une contrepartie, ajouta Vivia en posant les mains sur la table. Un geste n'est jamais gratuit, même de la part d'un Puriste soi-disant noble.

Tout en avançant son argument, elle ne put s'empêcher de contempler le plan déroulé sous ses yeux.

Sur cette carte simplifiée des Witchlands, la position des troupes ennemies les plus proches des frontières était signalée par des taches de peinture. Jaunes pour le Marstok, éparpillé à l'est et au sud. Noires pour la Cartorra, disséminée dans l'ouest. Bleues pour le Dalmotti, rassemblé dans les eaux du Sud.

Et enfin, un profond rouge sang pour les pirates Bornyes et Voiles Rouges qui encerclaient la Saldonique et les armées du roi des Rebelles dans le nord, assez loin… pour le moment. Les montagnes Sirmayennes étaient saturées de fortes pluies qui les rendaient infranchissables.

Ce qui ne serait pas le cas en hiver.

Vivia détourna les yeux de ces cartes. De ces couleurs et de la mort absurde qu'elles finiraient par symboliser.

– Qu'exigent les Puristes, Vizeur Linday ? En contrepartie de la nourriture et des murs ?

– Des soldats.

– Pas question !

Ces mots avaient jailli de sa gorge. Aussi explosifs qu'une grenade. Et pourtant, une fois redressée pour balayer du regard l'assemblée, Vivia ne put que constater l'intérêt du Conseil. Les visages des vizeurs semblaient tout à coup épanouis.

Ils savaient ce que Linday allait proposer. Ils y consentaient depuis le début.

Serrit Linday méritait d'être castré !

Vivia consulta du regard son seul allié, Sotar, qui affichait un air sombre. Son visage fermé exprimait le dégoût. Lui, au moins, était aussi surpris que Vivia par cette manifestation de lâcheté politique.

– Les Puristes comptent dissuader notre peuple d'utiliser la magie, déclara Vivia en faisant les cent pas autour de la table. Ils considèrent que la magie est un péché, alors que c'est grâce à elle – et aux sorciers ! – que la Nubrevna est encore libre et indépendante à ce jour. Vous-même, Linday, êtes un Plantwitch ! Et vous ne voyez pas d'inconvénient à livrer nos citoyens et nos soldats aux Puristes ?

Pour toute réponse, Linday renversa la tête en arrière avec un petit sourire moqueur.

– Quihar, votre famille est douée de magie Stonewitch ! Eltar, votre fils est un Glamourwitch et votre femme, une Voicewitch !

Elle continua sa litanie, rappelant à tous les sorcières et sorciers auxquels ils tenaient le plus.

À chaque nouveau vizeur qu'elle apostrophait, l'imbécile s'absorbait soudain dans la contemplation de ses manches de chemise, ou de ses ongles, ou d'une tache invisible sur le mur.

Une fois Vivia retournée à sa place, le vizeur Eltar puisa dans ses testicules le courage d'intervenir.

– Au moins, si notre peuple est avec des Puristes, ça nous fera moins de bouches à nourrir à l'enterrement du prince.

Ces mots résonnèrent un moment dans le crâne de Vivia en écho aux battements de son cœur. *Prince. Enterrement.*

Puis ils se déposèrent comme du sable sur de l'eau, et Vivia s'empara de la carte la plus proche, qu'elle serra avec rage. Ce sentiment, au moins, elle n'avait pas besoin de le simuler, parce qu'une semaine auparavant elle s'était opposée de toutes ses forces aux funérailles. *Des dépenses inutiles,* s'était-elle offusquée. *Un gâchis de matériaux précieux, de main-d'œuvre et de temps ! Il faut réparer ce barrage et nourrir le peuple !*

Mais le Conseil ne l'avait pas écoutée. Son père non plus. Bien sûr. Merik était tellement apprécié, lui qui avait hérité de la colère Nihar et avait le bon goût d'être un homme. Tranquille – il avait mené une vie tranquille. Aucune résistance. Tout ce qu'il voulait, il l'avait obtenu.

Même sa mort avait été tranquille.

Avant que Vivia puisse prononcer d'autres mots bien choisis sur le sujet, Linday ouvrit la bouche.

– Vous avez tout à fait raison, Eltar. Nous avons le devoir d'honorer les morts, et nous ne pourrons pas le faire correctement avec tous ces nouveaux arrivants.

Que les lamproies le dévorent ! Tout compte fait, la castration n'était pas un châtiment suffisant. Cet homme méritait d'être étiré, écartelé, éviscéré puis réduit en cendres.

– De plus, continua-t-il, galvanisé par l'attention que lui portait l'assemblée, nos familles à tous ne vont pas tarder à débarquer pour assister aux funérailles. Pas question d'avoir à réduire nos portions pour nourrir une ville envahie par…

Immédiatement. Et sans pitié !

L'eau jaillit du pichet posé sur la table. Treize gerbes parfaites, une pour chacun des vizeurs – même le vizeur Sotar.

– Ça suffit, souffla Vivia.

L'eau se figea à quelques centimètres de leurs gosiers. Les vizeurs avaient pour moitié fermé les yeux, pour moitié tourné la tête sur le côté.

– Pour les Puristes, c'est non. Pas question. Les vivres ne vont pas tarder à arriver, et les Nubrevniens restent les bienvenus dans notre ville.

Elle rapprocha encore un peu les fouets d'eau de ses interlocuteurs.

– Perdre un peu de graisse ne vous fera pas de mal, reprit-elle, donc à partir de demain, vos portions seront encore réduites d'un quart. Si vos familles ont faim, dites-leur de rester chez elles.

Prête à partir, elle s'écarta de la table avant de se raviser. C'était quoi, le fameux truc de son père ? Ah oui. Le sourire Nihar, si terrifiant. Elle se retourna vers l'assemblée pour en gratifier tous ces idiots alignés à table. Puis, d'un geste parfaitement contrôlé, elle renvoya les gerbes d'eau dans le pichet.

Voilà qui leur rappellerait qu'elle n'était pas seulement une princesse, pas seulement le capitaine d'un bateau. Pas seulement la reine légitime de la Nubrevna – si le Conseil daignait enfin lui accorder le trône.

Vivia Nihar était une Tidewitch. Et elle avait de sacrés pouvoirs ! S'il le fallait, elle les noierait sans aucun regret. Si Serrit Linday et le reste du Haut Conseil essayaient encore de se mettre en travers de son chemin, ils verraient bien !

Fini les obstacles à affronter parce qu'on la pensait non qualifiée et déséquilibrée.

Plus question de marcher sur la pointe des pieds sous prétexte qu'une femme ne doit ni courir, ni hurler, ni gouverner.

Et surtout : terminé, le temps des secrets.

Assez !

CINQ

Aeduan le Bloodwitch détestait les Puristes.

Pas autant que les Marstokis ou les Cartorréens, mais presque.

C'était leur confiance en eux qui le hérissait. Leur certitude arrogante, inébranlable, que tous les individus doués de magie méritaient de brûler en Enfer.

Au moins, songea-t-il en approchant du camp délabré situé à la pointe orientale de la frontière nubrevnienne, ils traitent tous les étrangers avec le même mépris. D'habitude, les cris *Repens-toi, démon ! Paie pour tes péchés !* lui étaient réservés. Il était bien agréable de voir la haine se répandre autour de lui.

Aeduan arriva au campement plus tard que prévu. Il était censé retrouver le contact de son père deux jours avant, mais il avait passé deux semaines à parcourir la Nubrevna de long en large sur les traces d'un fantôme.

Il se trouvait maintenant à des centaines de kilomètres, au pied de cloisons en bois de pin érigées au bord d'une colline de roche calcaire. Le camp avait l'air aussi misérable et dépouillé que la terre qui l'hébergeait. Aeduan enjamba des troncs éclatés sur un sol brûlé avant de rejoindre les deux gardes postés à l'entrée.

Même s'ils portaient tous deux les tuniques brunes des Puristes, aucun d'eux n'avait la tête – ni l'odeur – de ces fanatiques anti-magie. *Champs de bataille et goudron.* Ces hommes fonctionnaient à la violence, et ils le prouvèrent en levant leurs arbalètes à la vue d'Aeduan.

– Je cherche l'un de vos prêtres, annonça Aeduan en levant les mains.

– Lequel ? demanda le plus maigre des deux, dont la peau sombre trahissait les origines marstokies.

– Un dénommé Corlant, arrivé récemment.

Aeduan ralentit l'allure afin de montrer aux gardes ses mains vides. Bien entendu, il avait caché ses couteaux sous son manteau boutonné jusqu'au col.

– Votre nom ? demanda le deuxième homme, noir comme l'ébène.

Il avait un accent du Sud, mais Aeduan n'aurait pas su dire de quel pays.

Dès qu'il déclina son nom, les deux gardes baissèrent leurs arbalètes. L'homme du Sud le conduisit jusqu'à une porte latérale située à quelques pas du portail principal.

Le campement lui apparut encore plus sordide que vu de l'extérieur. Dans un marécage de boue, des poulets piaillaient au milieu de huttes grossières qui s'écrouleraient à la moindre rafale. Alignés contre le mur principal, des hommes et des femmes munis de paniers ou de sacs vides attendaient en silence de pouvoir rentrer dans la hutte la plus proche.

– Ils écoutent l'un de nos prêtres, expliqua l'homme du Sud. En échange de nourriture pour leur famille.

– Ce ne sont pas des Puristes ?

– Pas encore. Mais ils vont le devenir.

Sur ces mots, un garçon sortit de la tente en clignant des yeux comme pour s'éveiller d'un rêve. Il portait dans ses bras un panier.

Un souvenir revint aussitôt à l'esprit d'Aeduan. Celui d'un autre garçon, muni d'un autre panier, dans une autre vie, et d'une moniale du nom d'Evrane qui lui avait sauvé la mise.

Quelle erreur. Elle aurait mieux fait de passer son chemin…

– Vous êtes en retard.

Ces mots traversèrent la cour et se déversèrent comme de la boue dans l'oreille d'Aeduan avant de glisser le long de sa colonne vertébrale.

Sa magie s'éveilla aussitôt. *Grottes humides et poings serrés. Faim insatiable et serrures rouillées.*

À ce moment précis, l'ombre d'une silhouette sortit d'une hutte. Devant les planches de bois délavé se dressait un homme filiforme aux traits nomatsis.

Par sa seule présence, le prêtre suscita chez Aeduan un sentiment de profonde hostilité. Comme s'il regardait un cloporte cavaler à travers la pièce. À chacune de leurs rencontres, il ressentirait désormais dans ses muscles une folle envie de le massacrer.

Corlant congédia le garde d'une main paresseuse.

– Retourne à ton poste, ordonna-t-il.

– Bénis soient les purs, récita l'homme du Sud en s'inclinant.

Corlant attendit que l'homme soit sorti du campement pour reporter son attention sur Aeduan, le front creusé de trois rides profondes. Ils échangèrent un long regard.

– Tu sais que tu ressembles de plus en plus à ta mère ?

Corlant le provoquait, mais c'était un ami de son père. Les deux hommes avaient grandi au sein de la même tribu et n'aspiraient qu'à se venger des trois empires. Aeduan avait beau crever d'envie d'étriper le prêtre – une scène qu'il se plaisait à imaginer –, il ne pourrait jamais assouvir son désir.

Une fois sûr qu'Aeduan ne répondrait pas, Corlant se mit à parler affaires.

– Alors, où est l'argent ?

– Je suis en train de le rassembler.

– Ah ? Donc tu ne l'as pas sur toi ? dit-il en grimaçant.

Son visage reflétait plus la convoitise que la colère. On aurait dit qu'il flairait l'entourloupe, comme une sangsue repère le sang dans l'eau.

– On m'a promis des thalers d'argent, reprit-il.

– Vous les aurez, mais pas aujourd'hui.

Corlant porta les doigts à sa chaîne en esquissant un sourire.

– Tu as perdu l'argent, c'est ça ? On te l'a volé ?

Aeduan garda le silence. L'argent obtenu du prince Leopold fon Cartorra, il l'avait dissimulé dans un tronc d'arbre. Mais quand il était revenu le chercher, le coffre de métal était vide. Il ne restait plus qu'une poignée de pièces et, suspendue dans l'air, une odeur de sang familière – *lacs limpides et hivers gelés*. Celle de la personne qui avait conspiré avec le prince Leopold pour trahir Aeduan, lequel s'était aussitôt lancé à ses trousses.

Sauf qu'après avoir cheminé une semaine vers l'ouest il avait perdu la trace de l'odeur, et n'avait eu d'autre choix que de renoncer pour venir ici les mains vides. Avec ou sans argent, il était de toute façon censé prendre auprès de Corlant les nouvelles consignes.

– Ton père est au courant ? insista le prêtre. Je vais me faire un plaisir de l'informer dès que possible de la situation…

– Le roi ne sait rien, rétorqua Aeduan en laissant son regard se perdre au loin.

Corlant, dans un éclat de rire sonore, laissa retomber sa lourde chaîne sur sa poitrine.

– Tiens donc ! Quelle surprise.

Il tourna les talons pour se diriger vers un groupe de huttes situé à l'autre bout du camp. Aeduan se sentit obligé de le suivre.

Des poulets clopinaient dans le sillage du prêtre, ainsi que d'autres hommes vêtus de tuniques brunes. Rien que des hommes, remarqua Aeduan – on ne trouvait aucune femme chez les Puristes. Il s'efforçait de rester quelques pas derrière son guide. Par déférence ? Non. Parce qu'il se réjouissait de l'obliger à se tordre le cou pour lui parler.

– Nous voici arrivés à un moment très intéressant, lança le prêtre par-dessus son épaule. Moi, j'ai besoin d'un service et toi, de garder ton secret.

– Je ne vois pas où vous voulez en venir.

– Tu n'es pas aussi fort que tu le crois, gamin, railla-t-il, les yeux brillants.

Il s'arrêta devant une porte ouverte. Dans la pénombre de la hutte, un escalier descendait sous terre.

– Tu es le fils de Ragnor, mais je le connais depuis bien plus longtemps que toi. Donc en matière de loyauté…

– Le roi serait capable de nous sacrifier tous les deux afin de gagner la guerre, l'interrompit Aeduan.

Corlant, contrarié, poussa un soupir.

– Sur ce point, tu n'as pas tort, gamin, finit-il par concéder. Raison de plus pour que nous coopérions. J'ai besoin qu'on me retrouve quelqu'un. Mes hommes n'y sont pas arrivés, mais peut-être que grâce à ton… talent… tu y parviendras.

Il avait réussi à piquer la curiosité d'Aeduan. Si cette saleté de prêtre cherchait quelqu'un, c'est que cette personne devait avoir de la valeur – et la capacité de lui causer du tort.

Aeduan s'en tint pour le moment à l'essentiel.

– Mon père a donné des ordres ?

– Que tu suives mes instructions, répondit Corlant, tout sourire.

Plus que jamais, Aeduan eut envie de l'écraser comme un cloporte.

– J'ai besoin que tu me retrouves une Threadwitch nomatsie. Aux dernières nouvelles, elle se trouvait à Lejna, une ville de la côte nubrevnienne.

Une terrible intuition, noire comme la suie, jaillit dans le crâne d'Aeduan.

– Son nom ?

– Iseult det Midenzi.

Le nuage d'ombre se répandit dans ses veines.

– Et pourquoi la cherchez-vous ?

– Ça ne te regarde pas.

Aeduan, le visage impassible, rassembla les mains dans son dos avant de serrer les poings.

– Il me faudrait un peu plus de détails pour la retrouver, Père Corlant. Surtout si la mission est urgente, comme j'en ai l'impression.

Corlant haussa les sourcils. Les trois rides réapparurent sur son front.

– Dois-je comprendre que tu acceptes ce marché, gamin ?

Aeduan fit mine de réfléchir à la proposition. Quatre temps plus tard, il donna sa réponse.

– Il est contraire à vos principes de travailler avec quelqu'un de… *talentueux*, non ?

Il préférait ne pas faire mention de son pouvoir au sein d'une population hostile à toute forme de magie.

Corlant le comprit à demi-mot.

– Tu es un pécheur, certes, mais tu es aussi le fils du roi. Et tu as, comme moi, un besoin précis. Je vais informer le roi que tu m'as versé l'argent comme prévu ;

en échange, tu vas partir à la recherche de cette jeune femme pour moi.

Aeduan détendit les doigts. Il brûlait d'envie de figer le sang de Corlant dans ses veines, de faire jaillir la vérité de ses artères. Mais chaque question donnerait naissance à d'autres questions. Aussi se contenta-t-il d'acquiescer.

– Entendu.

Aussitôt, le front de Corlant se détendit.

– Parfait.

Avec un sourire mauvais, il glissa la main sous le col de sa tunique et fouilla dans une poche secrète pour en sortir une fine lame de fer.

Une pointe de flèche effilée, de type nomatsi, maculée de sang.

– Voilà son sang.

Corlant tendit la pointe à Aeduan, qui la prit dans ses mains sans laisser filtrer la moindre émotion.

– Quand tu la retrouveras, gamin, ne la tue pas. Elle a quelque chose qui m'appartient, et cette chose, je veux la récupérer. Dis-moi, combien de temps te faut-il pour mettre la main sur elle ?

– Le temps nécessaire.

Le sourire disparut.

– Alors prie pour que ce temps ne se prolonge pas, sinon je vais perdre patience. Prie la Mère Lune, ou les Cahr Awen, ou les dieux de ton choix.

– Je ne prie personne.

– Tu as tort.

Aeduan ne releva pas.

Et il se mit en route. Après tout, il n'avait pas de temps à perdre en prières, d'autant que personne n'était là pour les entendre.

SIX

Merik marchait à longues enjambées derrière Cam, les yeux rivés sur sa touffe de cheveux mouillés.

Il n'était pas encore habitué à sa nouvelle tête – elle avait coupé le matin même ses nattes de matelot nubrevnien. *À quoi bon ressembler à un marin alors que je n'en suis plus un ?* avait-elle demandé sur le ferry qui les menait à la capitale. *Et puis comme ça, personne ne me reconnaîtra.*

Merik n'en aurait pas donné sa main à couper. D'accord, il connaissait d'autres personnes au visage moucheté, mais pas à ce point – d'autant que chez Cam, les taches claires se distinguaient plus nettement à cause de son teint mat. Avec en plus cette vilaine cicatrice sur la main gauche, elle n'était pas de celles qu'on oublie.

Le visage caché sous sa capuche comme Merik, elle traversait les rues de la Vieille Ville rincées par l'orage. Ici, dans la partie nord-ouest de la ville, à des kilomètres de Judgment Square, les immeubles s'affaissaient les uns sur les autres. Il n'était pas rare que quatre familles vivent agglutinées dans la même maison étroite, et les rues bouillonnaient de passants. Ici, Merik pourrait trouver refuge et se préparer pour son voyage à Pin's Keep.

Cam traçait son chemin au milieu de la circulation, aussi agile qu'un bécasseau sur ses jambes longilignes. Comme elle avait grandi dans les rues de Lovats, elle connaissait les meilleurs itinéraires, en plus d'avoir un sixième sens pour repérer les patrouilles de soldats.

Car les soldats grouillaient. Ils cherchaient à embarquer tous ceux qui présentaient sous l'œil gauche le tatouage des condamnés de Judgment Square. À chaque coin de rue, Cam était obligée de changer d'itinéraire pour emprunter des voies secondaires. Même en l'absence de patrouilles, elle préférait prendre les ruelles sombres et les passages discrets.

Merik finit par reconnaître un bâtiment familier. Il montra du doigt une modeste maison mitoyenne aux volets clos dont l'enseigne annonçait un magasin de jouets.

– Stop ! ordonna Merik. On est arrivés.

Cela n'expliquait pas grand-chose, mais Cam s'en contenta. Elle avait pour principe de ne jamais poser de questions. Elle faisait confiance à son ancien amiral, à son ancien prince, même quand il n'avait pas les idées claires ni aucun plan précis. Merik était le poisson de la fable qui s'aventurait dans la grotte pour chercher le trésor de la Reine Crabe. Cam, de son côté, était le frère aveugle qui le suivait sans poser de question. Comme un idiot. Jusqu'à tomber dans le piège.

Dans la boutique décrépite, Merik contourna des enfants en train de jouer. Il enjamba des grand-mères recroquevillées, le ventre vide. La pièce était encore plus bondée que la fois d'avant – les gens s'étaient installés jusque dans l'entrée. Comme si l'endroit était une extension de leur logis de fortune.

Merik faillit les informer que la distribution alimentaire n'allait pas tarder à arriver, car contrairement à ce que Vivia avait prétendu quelques semaines auparavant, il ne pensait pas que les Nubrevniens allaient refuser de la nourriture sous prétexte qu'elle venait d'un des empires.

Il monta trois étages, suivi de Cam. Les cuisses lui brûlaient, mais cette douleur était la bienvenue : elle l'empêchait de penser à ce qui l'attendait, et lui rappelait qu'il aurait pu mourir pour de vrai. Qu'il devait chaque particule de son organisme encore en vie à la bienveillance de Noden et à l'instinct légendaire de Cam.

Mon instinct, avait-elle expliqué à Merik, *m'avertit toujours en cas de danger, et pour l'instant il ne s'est jamais trompé.* Voilà le genre de sottises auxquelles le prince n'accordait aucun crédit… sauf que c'était grâce à cet instinct et à lui seul qu'il était encore là, et que ce mystérieux organe leur avait sauvé la peau au moins six fois au cours de leur voyage vers Lovats.

– Dix-sept, dix-huit, dix-neuf, comptait Cam derrière lui.

Elle attribuait un numéro à chaque marche d'une voix de plus en plus essoufflée. Depuis quelques jours, l'os de ses épaules pointait sous l'étoffe de la chemise. Merik avait beau insister à chaque fois pour qu'elle partage leur nourriture en deux portions égales, elle se sacrifiait sans doute à son avantage.

À la vingt-septième marche, ils atteignirent le dernier étage.

Ils firent douze pas de plus dans une salle grouillant de monde pour rejoindre une petite porte. Merik jeta un coup d'œil à droite, un autre à gauche avant de frapper une combinaison magique sur le panneau de bois.

Son cœur se mit à battre plus vite. Sous ses doigts, le pin parut se désagréger.

Puis le sort fit son effet. De l'autre côté de la cloison, un verrou métallique glissa. Merik, droit comme une statue, se mit à fixer le loquet. Et la brèche creusée dans le bois juste à côté. Une brèche familière.

C'était au-dessus de ses forces. Il pensait y arriver, mais maintenant qu'il se trouvait au pied du mur, il avait l'impression de faire une erreur.

– Chef, murmura Cam, on entre ?

Le pouls de Merik se déchaînait dans ses oreilles.

– C'est là qu'habitait... Kullen.

– Votre second. J'm'en doutais, chef, confia Cam en baissant les yeux.

Merik ouvrit la porte d'un geste brusque et se précipita à l'intérieur. Il balaya du regard cet espace familier. Puis il avança de quelques pas fiévreux avant de se figer sur place, tel un pendu oublié au bout d'une corde.

D'une étroite fenêtre filtrait un seul rayon de lumière presque joyeux, moqueur, comme s'il chuchotait ses secrets aux lattes du plancher, au pigment rouge des murs et aux poutres apparentes du plafond. Ces poutres trop basses empêchaient de circuler librement dans la pièce : Kullen se cognait la tête à chaque fois, comme sur le *Jana*. Comme dans la cabane du domaine des Nihar où il avait grandi, dans le sud.

– Avancez, chef, dit Cam en posant sa main calleuse sur le bras de Merik. On nous r'garde. Il faut fermer la porte.

Le prince restant immobile, Cam le força à faire deux pas de plus. Un bruit sourd résonna à travers la pièce. Le sortilège venait de fermer le verrou derrière eux.

– Feu ? hasarda Cam, comme si elle espérait que les lampes accrochées aux poutres fussent envoûtées par un Firewitch.

C'était le cas, et celles-ci s'allumèrent pour éclairer l'espace repas sur leur gauche. Il était envahi de livres de toutes les couleurs, reliés dans différents cuirs. Il y en avait partout : dans l'armoire, sur la table, posés sur les trois chaises dépareillées.

Une pour Kullen. Une pour Merik. Et la plus récente des trois, pour l'âme filaire de Kullen.

Ryber. Merik sentit sa poitrine se serrer en pensant à ce nom et au ravissant visage noir qu'il convoquait. Elle avait disparu à la mort de Kullen en ne laissant rien d'autre qu'un message. Merik ne se sentait pas vraiment proche d'elle – il n'avait jamais compris ce qui la rapprochait de Kullen –, mais il aurait bien aimé l'avoir à ses côtés, histoire de pouvoir partager ce qu'il ressentait avec quelqu'un.

Il se tourna vers Cam qui patientait, prudente, à quelques pas de lui.

– J'peux vous laisser tranquille, chef, si vous préférez. Et chercher de quoi nous remplir l'estomac, ajouta-t-elle en portant la main à son ventre creux. J'sais pas pour vous, mais l'agneau m'a pas calé.

– Hye, souffla Merik. Il devrait y avoir... des martes...

Il tituba jusqu'au lit sans finir sa phrase. Sur les draps en désordre, encore des livres.

La main glissée sous l'oreiller, il trouva une bourse dont il sortit une seule marte d'argent. Mais Cam fit « non » de la tête.

– J'en veux pas, chef, dit-elle, les joues enflammées. Les gens croiront que je l'ai volée.

Pour se justifier, elle désigna ses habits crasseux.

Cam avait raison. Merik plongea les doigts dans la bourse dont il réussit à extraire une marte de bois. Puis deux autres.

– Tiens.

– Merci, chef. J'vais faire au plus vite, promit-elle en se frappant le cœur.

Elle attendait sa confirmation. Ou au moins une réaction. Un geste.

Mais Merik n'avait plus rien à offrir. Tel un puits à sec, il était vidé de son énergie, de sa magie. Anéanti.

Il se détourna. Cam comprit. Quelque temps plus tard, il sentit, dans un crissement de magie, que la porte s'ouvrait et se refermait. Il se trouvait maintenant seul dans la pièce.

Il s'approcha de la table et des chaises couvertes de livres. Ryber avait donné à Kullen le goût de la lecture en lui offrant un livre au tout début de leur relation. L'Airwitch, qui n'avait jamais ouvert un seul ouvrage de sa vie, était devenu un lecteur assidu. Il achetait tous les romans, tous les livres d'histoire qui lui tombaient sous la main.

C'était le seul sujet sur lequel il pouvait échanger avec Ryber. Ils passaient leur temps penchés sur les mêmes pages, à débattre les thèses d'un philosophe dont Merik n'avait jamais entendu parler.

L'attention du prince fut attirée par un titre en particulier. *La Véritable Histoire des Douze Paladins.*

Cet ouvrage, Kullen le lisait sur le *Jana* quelques heures avant de mourir. Retenant son souffle, Merik s'en empara. Le cuir gémit dans un nuage de poussière. Le prince tourna la page de couverture…

Et poussa un soupir. Ce n'était pas le même exemplaire. La première page de celui-ci était déchirée. Celle du *Jana*, intacte. Il avait dans les mains un livre blanc de poussière, avec des paragraphes entiers soulignés et des phrases entourées, alors que l'exemplaire du *Jana* n'avait pas été annoté.

Bien sûr qu'il s'agissait d'un autre livre. Celui du bateau n'était plus que cendres – et même si, par chance, il s'était agi de la même édition, ça n'aurait rien changé. Jamais un livre ne pourrait remplacer son frère filaire.

Merik laissa défiler les pages jusqu'à tomber sur le dos doré d'une carte à jouer, qu'il retourna. *Le Roi des Lévriers.* Elle provenait du jeu de tarot dont Ryber ne se séparait jamais – ça, il pouvait l'affirmer. Sous l'image, le texte avait été entouré : « Les paladins que nous avons fait enfermer reviendront un jour parmi nous, armés de vengeance et en proie à une fureur incontrôlable, car leur pouvoir n'était pas à prendre. *Une fois morts, ils ont enfin compris la vie. Et une fois en vie, ils pourront changer le monde.* »

Merik, lui, n'était pas vraiment mort, sans être tout à fait vivant. Comment faire sans bateau, ni équipage, ni couronne ?

Il lui restait toutefois un indice. Un lien entre Garren, l'assassin, et Vivia, qui allait lui permettre de prouver que la princesse était responsable de l'explosion, de l'attaque. Muni de cette preuve, le Haut Conseil refuserait certainement d'installer Vivia sur le trône.

Le simple fait de penser à Vivia suffit à lui chauffer les artères. Ses bras, ses doigts s'enflammèrent. Quelle délicieuse sensation de brûlure ! Merik s'appliquait depuis des années à apprivoiser la colère Nihar. Il avait fait de son mieux pour combattre cette fameuse rage qui rendait sa famille redoutable. Après tout, c'était à cause de son tempérament qu'il avait passé l'examen de sorcellerie beaucoup trop jeune. Depuis, le roi Serafin surestimait l'étendue de son pouvoir…

Toutes ces années, Merik avait étouffé sa colère pour marquer le contraste avec sa sœur, et à quel prix ?

Il n'avait pas sauvé Kullen de son propre ouragan.

Il n'avait pas sauvé Safiya fon Hasstrel des griffes marstokies.

Et, aussi vrai que les Enfers de Noden sont profonds, il n'avait pas sauvé la Nubrevna de la famine ni de la guerre.

Aussi Merik donna-t-il libre cours à sa rage. Il la laissa imprégner chacune de ses respirations, chacune de ses pensées. Et s'il utilisait sa colère pour nourrir cette ville affamée ? Pour protéger ce peuple moribond ?

S'il arrive aux âmes pures de chuter – et Merik était tombé bien bas –, elles peuvent aussi se relever à la force de leurs bras.

Le quatorzième carillon venait de braver la bourrasque quand Vivia trouva enfin un moment pour s'aventurer au cœur de la ville, dans les profondeurs du plateau.

Elle était venue tous les jours sans exception ces neuf dernières semaines. À chaque visite, elle procédait de la même manière : elle commençait par inspecter le lac, puis elle vérifiait les tunnels à la recherche de cette fameuse ville souterraine secrète.

Vivia avait quitté la salle des Batailles pour affronter le chaos. Les tambours à vent sonnaient l'alarme, réclamant des renforts à Judgment Square, et le temps qu'elle arrive, la situation avait tourné à l'émeute.

Au bout d'une heure passée à courir en vain après les prisonniers échappés pour leur mettre à nouveau les fers, alors que le ciel s'obscurcissait à vue d'œil, Vivia avait ordonné aux soldats d'arrêter.

À quoi bon, maintenant que la pluie s'était mise à tomber ? La plupart des prisonniers avaient enfreint la loi dans le seul but de se faire arrêter, espérant bien naïvement que s'ils se retrouvaient en prison, ils auraient droit à deux repas par jour. Mais comme la prison de Lovats était pleine à craquer, on se contentait de passer les fers à ces faux criminels désespérés – sans les nourrir, bien entendu.

Une poignée de condamnés vraiment dangereux se baladaient néanmoins dans la nature. Sans compter ce fameux monstre qui avait libéré les prisonniers.

« La Fureur », murmura Vivia en s'aventurant plus loin dans les tunnels. Quel pseudonyme idiot, tout juste bon à s'attirer les foudres des lamproies ! La foule rassemblée à Judgment Square avait la naïveté de croire que Noden avait envoyé, par vengeance, un saint censé les délivrer, mais Vivia savait que son adversaire était un homme. Rien de plus.

Un homme, on peut le retrouver. L'arrêter. *Le pendre.*

Elle accéléra le pas. À cette profondeur, l'air ne se réchauffait jamais et on ne rencontrait plus grand monde. La lumière diffusée par sa lanterne rampait contre les parois de calcaire brut des tunnels successifs. Rien à voir avec la symétrie des citernes de brique de la ville, où passaient les égouts et la plomberie ensorcelée par les Waterwitchs. À chaque fois qu'elle regagnait la surface, sa peau, ses cheveux, son uniforme étaient pleins de poussière.

Voilà pourquoi elle gardait toujours un uniforme de rechange dans le jardin de sa mère, bien au sec dans une boîte. Elle veillait également à travailler seule, car jamais personne ne circulait dans ces souterrains en nid d'abeilles restés secrets. Apparemment, elle était la seule à connaître l'existence de ce monde magique traversé par une rivière.

C'était en tout cas ce qu'avait prétendu sa mère la première fois qu'elle y avait conduit Vivia, quinze ans auparavant. À l'époque, ni sa folie ni le Haut Conseil ne lui avaient encore volé sa couronne. La reine Jana gouvernait et régnait. *Voici la source de notre pouvoir, mon Petit Renard,* avait-elle confié à Vivia. *La raison pour laquelle notre famille règne aujourd'hui sur la Nubrevna. Ces eaux nous connaissent. Elles nous ont choisis.*

Le sens de ces paroles lui avait échappé à l'époque, mais plus maintenant. Aujourd'hui, elle sentait la magie qui liait ceux de son sang aux canalisations souterraines.

Elle chemina jusqu'au dernier tunnel, où une vieille lampe ensorcelée réchauffa sa vision. Comme elle éclairait plus fort que sa lanterne, ses yeux lui firent mal.

Continue d'avancer. Au moins, cette fois, c'était sa décision. Cette fois, elle pouvait fixer les ténèbres sans craindre que sa mère la fixe en retour.

Devant elle s'étendait à perte de vue une étendue d'eau noire comme de l'encre. Un immense lac alimenté par une rivière souterraine longue de plusieurs kilomètres, en plein cœur du plateau de Lovats. En vérité, c'était d'ici qu'émanait la puissance de la Nubrevna. C'était ici que battait le pouls du pays.

Au bord du lac gisait le squelette d'une barque où Vivia avait pour habitude de poser sa lanterne et d'étendre ses vêtements, à commencer par ce bandeau bleu iris qu'elle portait autour du bras.

Le protocole exigeait de tous les hommes et les femmes de l'Armée royale qu'ils portent ces bandeaux de deuil jusqu'aux funérailles, mais quelle plaisanterie ! La plupart des recrues n'avaient jamais rencontré le prince et ne s'en souciaient guère. Merik avait grandi dans le Sud. Contrairement à Vivia, qui avait gravi les échelons à la sueur de son front, à la force de ses bras, il s'était vu confier un navire, un équipage et une superbe jaquette de capitaine sans lever le petit doigt.

Quelques années plus tard, insulte suprême aux yeux de Vivia, Merik s'était vu attribuer le titre d'amiral. Si l'indignation manifestée à l'époque par les marins et les soldats – les troupes au sein desquelles elle s'était entraînée – lui avait fait chaud au cœur, cette décision du roi Serafin n'en restait pas moins douloureuse.

Tranquille, tranquille. Décidément, la vie de Merik avait toujours été tranquille.

Vivia continua de se déshabiller à grands gestes rapides. Une fois ses bottes arrachées, sa veste ôtée, elle se lança dans le rituel habituel en sifflant : « Éteindre ».

Les ténèbres envahirent aussitôt la grotte, et elle retint son souffle le temps que ses yeux s'acclimatent... Bientôt, les étoiles se mirent à scintiller.

Pas de vraies étoiles, mais des stries, des rais de lumière, des lueurs émises par les champignons luminescents qui suffisaient à éclairer, une fois ses yeux habitués. Quatre rayons dessinés sur la roche se croisaient au centre du plafond. Sa mère appelait ces champignons des *foxfires.*

Normalement, les rayons étaient au nombre de six. Mais neuf semaines auparavant, le plus éloigné – celui qui s'étendait de l'autre côté du lac – s'était éteint. Pendant trois semaines, il était resté cinq traits… jusqu'à ce qu'un autre sillon disparaisse à son tour.

De toute leur vie, ni Vivia ni la reine Jana n'avaient jamais vu la lumière s'éteindre. Pour la première fois depuis deux siècles, des rayons avaient disparu.

C'était le signe que notre peuple était trop faible pour continuer à se battre, avait expliqué Jana. *Et c'était le signe que la famille royale était trop faible pour continuer à le protéger.*

Voilà pourquoi les habitants de la ville s'étaient cachés sous terre, dans une vaste cité creusée dans la roche. Où les foxfires formaient des nappes magiques si importantes qu'ils fournissaient assez de lumière pour permettre la croissance des plantes – d'autant que les Plantwitchs pouvaient prêter main-forte.

La ville souterraine est aussi importante que la ville principale, mon Petit Renard. Elle a été construite il y a des siècles par des sorciers beaucoup plus puissants que ceux d'aujourd'hui, afin de cacher les habitants de Lovats et assurer leur survie.

Vivia avait voulu en savoir davantage. *Comment l'ont-ils construite, Mère ? Pourquoi les sorciers d'aujourd'hui ont perdu de leur pouvoir ? Comment le foxfire sait-il qu'on est trop faibles ? Et où se trouve cette ville ?*

À ces questions fort pertinentes, Jana n'avait pas eu de réponse. La ville souterraine avait été utilisée une dernière fois par les ancêtres avant d'être oubliée. Il n'en restait aujourd'hui plus aucune trace, plus aucun vestige.

Il y avait une question que Vivia, cependant, n'avait jamais osé poser à sa mère : *Est-ce que tu comptes montrer ça à Merik un jour ?* Parce qu'elle redoutait la réponse et n'avait pas envie de lui en donner l'idée. Pour une fois qu'elle partageait un secret avec elle…

Aujourd'hui, ce secret était le sien. Et cet endroit aussi. Il lui appartenait.

D'un pas léger, elle descendit sur la berge. Une lumière verte caressait la surface de l'eau, oscillant au rythme des flots. Un poisson, un coquillage en ponctuaient parfois la cadence. La puissance de l'eau s'infiltra dans le corps de Vivia avant même que ses orteils n'y plongent. Elle était connectée aux vagues et aux marées, à leur pouvoir intemporel.

Le lac accueillit Vivia en son sein tel un ami. Avec bienveillance. Ses eaux lui rafraîchirent les orteils, et, au moment de plonger les mains dans son immensité, elle ferma les paupières. En se mouvant dans l'onde, elle pouvait sentir l'ensemble des gouttes qui s'écoulaient au cœur du plateau. De là venait sa force. L'eau était son foyer.

La magie de Vivia, en se diffusant dans l'eau, irradiait des créatures qui vivaient de toute éternité dans ce monde sans lumière. Des rochers, des galets, des trésors à jamais perdus, oubliés. Sa magie remontait le courant. Sa magie s'écoulait au fil de l'eau. Le temps s'évaporait. Les flots se moquaient de ce concept créé par l'homme. Ils n'en avaient pas besoin.

Vivia se réfugia au cœur d'elle-même tandis qu'un sentiment de perte lui effleurait l'épiderme, comme à chaque fois que sa connexion avec le liquide prenait fin. Si seulement elle avait pu ne jamais partir ! Si elle pouvait planter ses racines dans le lac et y sombrer pour l'éternité…

Vivia reprit ses esprits. Non. *Non.* Elle devait continuer d'avancer. Au rythme de la rivière, au rythme des marées.

Les bras croisés sur la poitrine, elle sortit de l'eau. Un instant plus tard, chaussée de ses bottes – ses orteils humides recroquevillés sous le cuir sec –, elle récupéra sa lanterne.

La veille, elle avait exploré une série de grottes qui surplombaient le lac avant d'arriver à un éboulement, derrière lequel elle avait senti la présence de l'eau. De l'eau vive, comme ces torrents qui nettoyaient les Citernes.

Elle allait tenter de se frayer un passage au milieu des rochers, car, même si d'étourdissants rapides l'attendaient de l'autre côté, ils ne faisaient pas peur à une Tidewitch.

Vivia arrivait à un croisement de tunnels quand elle reçut quelque chose sur la tête.

Surprise, elle porta les mains à son crâne. Elle sentait des pattes, des pattes et encore des pattes lui cavaler dans les cheveux. Elle frappa. Fort. Une tache noire tomba sur le sol de la caverne.

Une araignée-loup, monstrueuse et velue. Celle-ci détendit ses longues pattes pour s'enfuir alors que Vivia retrouvait son souffle. Que son pouls s'apaisait.

Un rire hystérique lui remonta dans la gorge. Elle était capable d'affronter des flottes entières, de chevaucher une cascade depuis le haut d'une falaise jusqu'à la baie où elle se jetait, de sortir victorieuse d'un combat avec n'importe quel adversaire, homme ou femme…

Mais une araignée… Toute frissonnante, elle rentra la tête dans les épaules. Au moment de se remettre en marche, elle repéra du mouvement à ses pieds. Et sur les parois de la grotte.

L'araignée-loup n'était pas la seule créature à ramper vers la lumière. Elle n'était pas la seule à trembler de peur. À ses pieds, des dizaines de mille-pattes sortaient de crevasses. Et des salamandres filaient sur les parois.

Par Noden, d'où venaient toutes ces bestioles ?

Et surtout, que fuyaient-elles ?

SEPT

Une demi-journée de marche.

Une demi-journée de soif.

Comme Safi avait perdu ses chaussures dans les vagues, elle marchait pieds nus. Même si un fléau de métal lui avait écrasé le pied deux semaines auparavant, elle avait de l'entraînement et pouvait avaler des kilomètres !

Mais la soif… C'était une expérience inédite, rendue plus douloureuse encore par toute cette eau saumâtre – donc imbuvable – qui infiltrait la mangrove.

Ni Safi ni l'impératrice n'ouvraient la bouche. Aucune importance : la jungle des Terres Contestées faisait assez de bruit pour deux.

Pendant des heures, elles cheminèrent vers le sud-ouest pour s'éloigner de la côte, des éventuelles armadas cartorréennes à leurs trousses et des assassins à l'affût. Elles s'enfoncèrent jusqu'aux genoux dans la boue. Dans les racines des mangroves et de cyprès. Griffées par les vignes, coupées par les épines, dévorées par les insectes.

Elles avaient besoin d'une pause.

Vaness fut la première à s'asseoir. Safi se traîna encore sur quelques pas avant de remarquer l'absence de bruit derrière son dos. Elle tourna la tête vers la jungle hantée d'ombres vertes. Son cœur manqua un battement. Où avait disparu Vaness ?

Là. Elle aperçut une silhouette penchée sur un palétuvier tombé à terre. La robe noire de Vaness se fondait dans les feuilles et les ombres.

– Vous êtes blessée ? demanda Safi, rassurée.

– Hmm.

L'impératrice inclina la tête et ses cheveux bruns trempés de sueur tombèrent en cascade devant son visage.

Safi fit demi-tour. De l'eau, de l'eau – ce mot résonnait dans sa tête tandis qu'elle approchait de l'impératrice. Vaness était déshydratée. Elles n'iraient plus très loin sans boire.

Pourtant, l'abattement de Vaness n'était pas dû à la soif. Elle pleurait, et son chagrin était si pur qu'il s'égrenait comme une mélodie. Comme des chœurs enflammés qui auraient chanté : *vrai-vrai-vrai,* aux oreilles de Safi. Elle les visualisait presque, ces chants funèbres qui se diffusaient telles des ondes à travers la forêt avant de se matérialiser en racines d'ébène parfaites.

Une fois à côté de Vaness, elle ne trouva pas les mots adaptés. Elle se sentait dépassée.

Les Ironwitchs n'étaient pas censées sangloter.

Comme pour illustrer ce principe, Vaness porta les mains à son visage dans un cliquetis de bracelets pour frotter, essuyer, effacer ses larmes. Quand elle prit la parole, sa voix tremblotante se perdit dans le mugissement perpétuel de la jungle.

– Ils étaient ma vraie famille. Les Vipères. Les marins. Je les connaissais depuis toute petite. Ils étaient mes amis… ma famille, s'étrangla-t-elle.

Un silence passa.

– Je ne pensais pas que la guerre allait reprendre si vite. La Trêve a pris fin il y a deux semaines à peine…

Elle laissa sa phrase en suspens, laissant la terrible vérité s'installer parmi les arbres.

C'est moi qui ai mis fin à la Trêve en t'embarquant à mes côtés en Nubrevna. Je ne peux m'en prendre qu'à moi-même.

Puis Vaness se redressa et se raidit, semblable au fer qu'elle contrôlait. Lorsqu'elle croisa le regard de Safi, son visage ne portait plus aucune trace de ses larmes ni aucun signe de regret.

– Je vais tuer les Cartorréens qui ont fait ça, Domna.

– Comment savez-vous qu'ils sont coupables ?

Alors même qu'elle formulait sa question, Safi songea que l'empire de son enfance – celui qui avait envoyé à ses trousses toute une armada – était forcément à l'origine de l'attaque.

Et pourtant… il manquait un rouage à cette explication. L'idée, telle une clé introduite dans la mauvaise serrure, refusait de s'enclencher. Pourquoi donc l'empereur aurait-il voulu tuer Safi ? Il avait toutes les raisons de vouloir garder en vie sa précieuse Truthwitch.

Cela dit, peut-être qu'il préférait la perdre à jamais plutôt que la voir rejoindre les rangs de l'ennemi. L'assassin avait les yeux bleus, après tout…

– Henrick, cracha Vaness, comme si elle lisait dans les pensées de Safi. Lui et toute sa flotte. Je vais les retrouver… et les massacrer.

– Je sais.

Elle le savait parce que la vérité énoncée par Vaness lui brûlait la peau, lui embrasait les entrailles. Et en temps voulu, elle se délecterait de la chute de l'empereur Henrick. Le souverain de l'Empire cartorréen, ce crapaud aux mains moites qui avait tenté d'épouser Safi de force pour s'emparer de ses pouvoirs de Truthwitch.

Safi offrit sa main à l'impératrice qui, à sa grande surprise, l'accepta. Ses paumes étaient douces. Ses doigts n'ayant pas manié beaucoup d'armes, sa peau n'était pas abîmée.

Pourtant, Vaness ne s'était pas plainte une seule fois ce jour-là.

Le fer pleurait, mais il restait solide.

Les éraflures et les griffures que Safi n'avait jamais remarquées jusque-là se manifestèrent. Une fois à l'arrêt, ses pieds endoloris refusaient de se laisser plus longtemps malmener. Surtout son pied gauche, en voie de guérison.

– Pas question de s'arrêter, Votre Majesté, s'entendit-elle néanmoins protester. Nous sommes encore trop près de la côte.

– Je sais… Domna, admit Vaness avant de froncer les sourcils. Je ne peux pas continuer à t'appeler comme ça. Pas quand on sera à Saldonique.

– Safi, dans ce cas. Appelez-moi Safi.

Vaness acquiesça d'un signe de tête. Puis elle articula les syllabes, comme si c'était le premier prénom qu'elle prononçait de sa vie.

– Et moi ? Comment dois-je vous appeler ? demanda Safi, soudain réjouie à l'idée d'utiliser un surnom. Nessie ? Van ? V ? Ssen… av ?

Vaness fit la grimace. Jamais elle n'aurait dû mettre le sujet sur le tapis !

Mais Safi comptait bien continuer sur sa lancée. Ce qu'elle préférait dans les braquages, c'était inventer des pseudos, au grand dam de Mathew, son mentor.

En pensant à lui, Safi se mit à paniquer. Elle songea à tous ces hommes et ces femmes qui travaillaient pour l'oncle Eron. Ils n'avaient désormais aucune idée de l'endroit où elle se trouvait. Le pire, c'était qu'ils devaient la croire morte et renoncer à la chercher.

Elle respira un grand coup pour se libérer de son angoisse avant d'enfouir ses soucis au plus profond de son crâne, dans un endroit secret. La seule option, c'était de continuer à avancer.

Et, bien sûr, de trouver un nouveau nom à l'impératrice.

– Fer, proposa-t-elle en reprenant leur marche vers l'ouest, dans la direction du soleil jusqu'à Saldonique. Acier ? Oh, Fer-ocité.

Et elle se mit à glousser. Vaness lui lança un regard noir.

– Ah, je sais ! s'écria Safi en tapant dans ses mains, ravie de son propre génie. Je vais vous appeler *Impératriste.*

– Ça suffit, maugréa Vaness. Tais-toi…

Mais Safi n'avait pas fini.

Elles cheminèrent pendant des heures. La mangrove tressait maintenant une véritable jungle. Acajous et chênes, bambous et fougères traversés çà et là par des bandes de prairie jaunes qu'elles évitaient autant que possible. D'abord parce qu'elles y seraient trop visibles pour d'éventuels poursuivants, ensuite parce que les herbes, qui leur arrivaient à la taille, s'y avéraient impénétrables. Dans la forêt, la canopée poussait tellement serrée qu'elle empêchait la lumière du soleil de passer, de sorte qu'aucune plante ne poussait sur le sol terreux. La vue était donc plus dégagée. Par ailleurs, on trouvait de l'eau dans la jungle. Deux fois, les femmes tombèrent sur un semblant de ruisseau, infime filet boueux qui avait toutefois le mérite d'exister. Crayeuse, épaisse et poussiéreuse en bouche, c'était de l'eau malgré tout.

Elles venaient de longer un pré quand Safi constata que les nuages s'amoncelaient. L'orage n'allait pas tarder à éclater. Elles s'arrêtèrent donc au pied d'un arbre mort. Une fois immobile, Safi sentit la douleur irradier dix fois plus fort. Ses plantes de pied hurlaient. Ses chevilles gémissaient. Et cette soif…

À l'instant où elle s'agenouilla devant la souche, elle fut prise de vertige et faillit tomber à la renverse. Elles avaient toutes les deux les muscles transis, épuisés. Il fallut à Vaness rassembler toute son énergie pour ramper sous les vignes grimpantes.

Au moins, songea Safi, l'impératrice n'était pas difficile. Face à cette épreuve – et à l'humour de Safi –, elle se montrait aussi stoïque qu'Iseult l'aurait été dans ces conditions.

Elle s'apprêtait à rejoindre Vaness quand elle sentit une goutte lui frapper la nuque, suivie d'autres gouttes qui se mirent à couler sur son avant-bras, traçant des lignes blanches dans la sueur, la cendre et la terre.

Il lui fallait capturer cette pluie, alors qu'elle rêvait de se poser un moment.

– Pourriez-vous fabriquer une bouteille ? demanda-t-elle à l'impératrice. Il nous faut un récipient pour garder l'eau.

Vaness hocha la tête avec mollesse. À bout de force, elle était à nouveau noyée de chagrin. Cependant, après quelques rafales de pluie, deux bidons apparurent dans ses paumes ouatées, chacun issu d'un bracelet. Safi s'en empara avec douceur, craignant que le moindre geste un peu brusque ne terrorise sa compagne au regard vide et au visage creusé dans l'obscurité.

– Je vais retourner à la dernière clairière, il sera plus facile d'y recueillir l'eau de pluie.

– D'accord, répondit Vaness d'une voix pâteuse. Bonne idée.

Elle retourna se pelotonner au creux de la souche, confiante, ou peut-être indifférente au fait qu'elle se retrouverait toute seule s'il arrivait malheur à Safi.

Celle-ci dénicha au bord de la clairière un endroit où d'anciennes colonnes gisaient sur le sol au pied d'un vestige de mur. Elle reconnut les veinures du marbre sous les fougères et la vigne mais pas le monument dont il s'agissait. Sans doute l'œuvre d'une civilisation oubliée, absorbée par un empire il y a une éternité.

Quelle importance… L'essentiel était de récolter la pluie, aussi pure que puissante, qui se déversait sur sa peau. Elle la laissa couler dans sa bouche et le long de son corps. Elle la laissa s'infiltrer sous la robe tachée, dans ses cheveux emmêlés.

La sensation était agréable, le goût exquis. Mais le crépitement de la pluie l'empêcha d'entendre les pas qui approchaient. Et les herbes hautes dissimulaient les silhouettes des intrus.

Les bras levés, les paupières fermées, Safi se frottait la tête, focalisant toute son attention sur la fraîcheur de l'eau contre ses lèvres. C'est alors qu'une pointe d'acier s'enfonça dans son dos.

Elle resta immobile. Elle ne ferma pas la bouche, elle n'ébaucha pas le moindre geste.

– Reste tranquille, Hérétique, et nous ne te ferons pas de mal.

Cet ordre déclencha quatre informations simultanées dans le cerveau de Safi. La personne qui tenait l'épée était un homme ; il parlait cartorréen avec un accent des montagnes ; il avait dit « nous » comme s'ils étaient plusieurs dans la clairière et il l'avait appelée « hérétique ».

Un barde de l'Enfer.

Safi ouvrit grand les yeux. La pluie glissa le long de ses cils, l'obligeant à cligner des paupières. Elle ne s'était pas trompée.

Un barde de l'Enfer se tenait à cinq pas. Coiffé d'un casque d'acier, son visage reposait sur un cou énorme.

Safi n'avait jamais vu d'homme aussi massif ! Les deux haches qui pesaient dans chacune de ses mains étaient aussi longues que ses jambes. La pluie faisait scintiller les plates métalliques de sa brigandine écarlate, ses manches en cotte de mailles et ses gants de cuir. Une telle armure aurait dû faire du bruit. Pourtant, elle n'avait pas entendu ni vu la brute approcher…

Elle tourna la tête juste assez pour voir qui parlait dans son dos. Et ce qu'elle aperçut ne présageait rien de bon. Moins costaud que le géant, le deuxième barde de l'Enfer était lui aussi taillé comme une armoire à glace. Revêtu d'une armure complète, il brandissait sa longue épée à deux mains. Les barrettes rouges cousues sur ses gants correspondaient au grade d'officier.

Si ton adversaire est plus armé ou mieux entraîné, répétait Habim, *obéis aux ordres. Mieux vaut rester en vie en attendant une meilleure opportunité que de mourir.*

– Qu'attendez-vous de moi ? demanda-t-elle au commandant.

– Pour l'instant, que tu ne bouges pas.

Sa voix résonnait sous son casque. La magie de Safi ne réagit pas à ces mots, comme s'ils ne relevaient ni de la vérité ni du mensonge.

– Je suis trempée, lança-t-elle.

– Depuis quand ça te gêne ?

Le fait était que ça la gênait. Elle avait les orteils engourdis et les genoux paralysés. Mais elle se garderait bien de l'avouer – surtout à un barde de l'Enfer, au moment même où sa magie lui faisait défaut. Tout se réduisait à la manière dont la pluie ricochait sur l'armure de l'homme et à l'immobilité du second barde, aussi raide que les piliers de marbre disséminés un peu plus loin.

Depuis toute petite, Safi redoutait ce moment précis, et voilà que son entraînement lui revenait en mémoire.

Tous ces exercices, ces cours, ces heures de pratique avec Habim, tous ces conseils, ces histoires sinistres racontées par l'oncle Eron – elle les avait intégrés. Bien avant qu'elle rencontre Iseult, ses professeurs lui avaient martelé qu'elle était forte, qu'elle savait se battre et se défendre, et que personne ne l'acculerait jamais dans un coin.

Safi était un loup dans un monde de brebis.

Sauf qu'elle avait cette fois en face d'elle des membres de la brigade des bardes de l'Enfer. Une troupe d'élite dont la mission était de traquer les sorcières et sorciers non déclarés de l'Empire cartorréen. Jusqu'ici, Safi leur avait toujours échappé : son pouvoir magique était bien trop précieux pour qu'elle le révèle.

Depuis son premier voyage à la capitale cartorréenne, à l'âge de cinq ans, son oncle et ses tuteurs lui répétaient qu'il était inutile de se battre contre les bardes de l'Enfer. Qu'on ne pouvait pas gagner face à eux. L'oncle Eron, ancien barde de l'Enfer révoqué, savait mieux que quiconque ce dont la brigade était capable. *Dès que tu vois leur armure écarlate,* serinait-il, *cours en sens inverse : si tu t'approches d'eux, ils détecteront ta magie. Ils te démasqueront.*

Si Safi était un loup, les bardes de l'Enfer étaient des lions.

Vaness n'est pas loin, songea-t-elle. L'impératrice était capable de bloquer des explosions ou de réduire en miettes des montagnes entières – un lion ferait pâle figure face à elle.

Vaness finirait bien par remarquer son absence. Elle viendrait d'un instant à l'autre récupérer ses gamelles remplies à ras bord.

– Zander, va aider Lev, ordonna leur chef en enfonçant la pointe de son épée dans le dos de Safi.

Le géant, avec un hochement de tête, tourna les talons pour disparaître en silence au milieu des herbes.

Safi se retourna vers le commandant sans prêter attention à l'épée qui perçait sa robe ni au regard noir qu'il lui lançait.

– Laissez-moi partir, dit-elle en modulant son accent cartorréen.

Elle soignait ses intonations royales alors que le commandant avait l'accent du petit peuple, celui des montagnes qui avait bercé sa jeunesse. Elle espérait ainsi l'impressionner.

– Je vous déconseille de me chercher des noises, Barde de l'Enfer.

L'épée s'enfonça plus profond dans sa chair. Une douleur froide lui mordit la peau.

Soudain, un ronronnement fendit la pluie. L'homme s'esclaffait et son rire étrange, venu d'ailleurs, soufflait comme un coup de vent. Comme une rafale avant l'orage.

– Tu as raison, Safiya fon Hasstrel. Je n'ai aucune envie de te chercher des noises, reprit-il d'une voix amusée.

Entendre prononcer son nom la glaça. Elle eut la sensation de chuter dans le vide.

– Mais en toute franchise, poursuivit-il sans prêter attention à la colère qui se peignait sur son visage, c'est surtout à ton fiancé que je ne veux pas chercher des noises. Comme il tient mon sort entre ses mains, je vais là où il me dit d'aller. Et je capture les proies qu'il me désigne.

Il a gagné, pensa Safi, abasourdie. Non content d'avoir détruit son navire, l'empereur Henrick en personne l'avait capturée.

Après une main plutôt médiocre, l'empereur avait tiré la carte Soleil. *Mais la carte Impératrice était encore dans le paquet.*

Sauf que non. Ils venaient de mettre la main sur l'impératrice. Cette cruelle réalité s'abattit sur Safi quelques minutes plus tard.

L'averse s'était transformée en crachin quand un nouvel arrivant fit son entrée dans la clairière, une arbalète à la main. Le troisième barde de l'Enfer était le moins baraqué des trois.

– Commandant Fitz Grieg, lança une voix féminine. Nous avons mis la main sur l'impératrice.

Zander, le géant, déboula alors avec Vaness évanouie dans les bras. Le cou de l'impératrice était entravé par un collier de bois.

Safi en connaissait l'usage. Depuis toute petite, cet objet la terrorisait autant que les bardes eux-mêmes. *Ils posent ce collier aux hérétiques,* répétait l'oncle Eron. *Ce joug annule l'effet de leur magie. Grâce à lui, les loups se transforment en brebis.*

La panique s'empara aussitôt de Safi. Il n'y avait plus d'issue possible. Inutile de se battre, de s'enfuir. Elle s'était mise dans un sacré pétrin, et personne n'allait venir à son secours.

Que ferait Iseult ?

La réponse s'imposa à elle. Ce conseil, Habim n'avait cessé de le leur seriner : Iseult étudierait ses adversaires. Elle analyserait le terrain afin de choisir son champ de bataille.

– Combien de temps l'impératrice va-t-elle rester inconsciente, Lev ? demanda le commandant au plus frêle de ses bardes.

Il avait entrepris d'attacher les poignets de Safi derrière son dos à l'aide d'une corde mouillée qui lui cisaillait la peau. Elle se laissa faire sans protester, mais, dans son apparente docilité, elle avait tout de même pris le soin de serrer les poings, ce qui augmentait le volume de son poignet.

– Je lui ai collé une grosse dose, ânonna Lev d'une voix enrouée où perçait l'accent des bidonvilles de Praga. Sa majesté est un petit gabarit, elle va mettre plusieurs heures à se réveiller.

– Tu te sens capable de la porter tout ce temps-là ? demanda le commandant au géant tout en tirant sur la corde pour vérifier la solidité du nœud.

Une vague de douleur déferla dans les bras de Safi, mais elle ne détendrait pas tout de suite ses doigts. Elle attendait que le commandant s'éloigne.

– Oui, commandant, confirma Zander d'une voix si ténue qu'elle se perdit dans le crachin. Mais nous sommes passés près d'un campement il y a une heure. On pourrait y trouver un cheval.

– Ou à défaut, intervint Lev, des chaussures pour ces dames.

– Bonne idée, acquiesça le commandant avant de s'éloigner.

Enfin ! Safi déplia les mains. Un léger soulagement se diffusa dans ses bras. Le sang se remettait à palpiter dans ses doigts.

Qui disait « campement » disait « arrêt », et qui disait « arrêt » disait « occasion de s'échapper ». Surtout si Safi arrivait à s'informer entre-temps sur ses adversaires. Par les flammes de l'Enfer ! À défaut d'être *parée,* elle se sentait maintenant *prête.*

Lorsque le commandant aboya : « Debout, Hérétique », elle se redressa.

Et lorsqu'il lui ordonna d'avancer, elle avança.

HUIT

UNE FOIS SORTI DU CAMP DES PURISTES, Aeduan poursuivit son chemin dans la forêt de pins de Nubrevna. Il n'avait pas de destination particulière en tête, mais comme Corlant avait envoyé deux hommes à ses trousses, il voulait leur faire croire le contraire.

Il laissa ses adversaires le suivre un moment avant d'utiliser toute la puissance de sa magie, courant de plus en plus vite jusqu'à les avoir suffisamment distancés pour s'autoriser une pause dans une clairière envahie de broussailles, mais frappée çà et là de lumière malgré le filtre des nuages. Aeduan en profita pour examiner la pointe de flèche.

Rien. Pas plus d'odeur de sang que chez la Threadwitch.

Mais il décela d'autres effluves. Évanescents et emmêlés, comme s'ils avaient été plusieurs à manipuler la pointe de flèche. L'odeur de Corlant restait ancrée au plus profond, et par-dessus, des arômes de larmes et de cheminée.

Mais rien qui lui évoque Iseult, la Threadwitch.

Aeduan se demandait pourquoi. Son sang n'avait-il vraiment aucune odeur ? Ou s'avérait-il, lui, incapable de la déceler ?

Alors qu'il passait son pouce sur la tête de flèche, une image lui revint en mémoire, d'abord de manière diffuse. *Un visage fait d'ombres et de clair de lune. Un vieux phare et une plage de sable. Un ciel nocturne formant un halo autour du visage de la Threadwitch.*

Elle avait berné Aeduan cette nuit-là, en retenant son attention le temps que son amie soit en sécurité. Puis elle avait sauté du haut du phare, et ce plongeon l'aurait tuée si Aeduan ne s'était pas jeté dans le vide lui aussi. Elle avait compté sur lui pour la rattraper en vol.

Plus tard, sur la plage, lorsqu'elle lui avait laissé la vie sauve, son visage grimaçait de douleur et son pansement sur le bras était imbibé de sang.

Il s'agissait d'une blessure de flèche, bien sûr, et elle était sans doute liée à Corlant. À cette ordure de prêtre Puriste qui travaillait pour son père.

Aeduan lâcha un soupir tandis que ses doigts se refermaient sur la pointe.

Il avait le choix entre deux options, deux fantômes à poursuivre : la fille au sang inodore ou les thalers disparus.

La décision s'imposa d'elle-même. Il huma ses thalers d'argent.

Avant d'abandonner sa cassette de fer dans la souche creuse, il avait arrosé les pièces de son propre sang. Son sang à lui, il le connaissait ; il saurait le suivre à l'odeur. Pourtant, jusqu'à maintenant, il s'était montré incapable d'identifier les moindres effluves de ces pièces maculées – encore moins de les pister pour les récupérer. Comme si on les avait cachées sous des fibres de salamandre. Mais voilà qu'il pouvait enfin en percevoir l'odeur.

Tel un appât dans une rivière, celle-ci venait titiller son flair de Bloodwitch.

Aussitôt, Aeduan se remit à courir de toutes ses forces, propulsé par sa magie. Il avançait deux fois plus vite qu'avant et ne pourrait pas maintenir cette allure très longtemps. Mais l'odeur des thalers était si proche qu'il ne pouvait pas se permettre de la laisser filer.

Il lui semblait percevoir d'autres odeurs de sang. Nauséabondes. Aigres. Mais pour lui, affronter des hommes n'avait jamais été un problème, aussi décida-t-il de les ignorer. Toujours au pas de course, il franchit un cours d'eau, un buisson de belles-de-jour flétries et une clairière envahie de fougères.

Ce n'est qu'au moment où les dents d'acier d'un piège à ours mordirent l'os sous son genou droit, répandant du même coup l'odeur de son propre sang dans la forêt, qu'Aeduan s'en rendit compte : il avait atterri sur un sentier nomatsi.

Quel idiot. Quel triple idiot ! Incapable de se repérer dans le lacis des chemins nomatsis, il savait néanmoins comment les éviter. Et maintenant, qu'il veuille ou non guérir, son corps refermerait la plaie. Il ne pouvait pas choisir à quel moment faire intervenir sa magie : s'il était blessé, elle se mobilisait d'elle-même.

Le sang qui jaillissait teintait de rouge les épines de pin avant de s'écouler jusqu'à une tache de soleil asymétrique où l'attendaient ses pièces, à quelques pas de là. Une sacoche entière. Remplie de quarante pièces, à vue de nez.

Quarante, sur les mille cinq cents.

Échappées du sac, trois pièces d'argent maculées de sang séché scintillaient sous la lumière diffuse. Aeduan les contempla. Elles le narguaient. Elles le provoquaient.

Après deux semaines à pister les thalers royaux, voilà où ses efforts le menaient ! À une clairière piquée de pièges à ours, une jambe meurtrie, et à peine assez de thalers pour acheter un cheval.

Grinçant des dents, il reporta son attention sur le piège. Il avait la jambe en bouillie. Au-dessous du genou, la chair n'était que charpie. Son mollet entier avait été broyé, réduit en lambeaux désarticulés de muscle et de peau.

Les mouches allaient se régaler.

À ce gâchis s'ajoutait la douleur, même s'il savait la dompter – il y était habitué.

Il inspira profondément. C'était la première chose qu'on apprenait aux novices : comment respirer, comment séparer. *Un homme ne se réduit pas à son esprit. Un homme ne se réduit pas à son corps. L'un et l'autre sont des outils mis à disposition pour le combat de la vie.*

Les yeux rivés sur sa plaie, Aeduan vidait ses poumons tout en comptant avec précision. À chaque souffle, à chaque nombre, le monde se brouillait. La brise qui effleurait son tibia, les mouches qui se posaient sur les lambeaux de muscle, le sang qui continuait de s'écouler – tout s'estompait.

Il finit par ne plus rien sentir du tout. Aeduan n'existait plus que par une succession de pensées, d'actions. Il ne se réduisait plus à son esprit. Il ne se réduisait plus à son corps.

À la seconde où son tout dernier souffle quittait ses poumons, il se pencha pour saisir les mâchoires du piège. Dans un grognement, il rassembla toute sa puissance pour écarter les dents d'acier qui l'emprisonnaient.

Lentement – tout en endiguant les vagues de nausée qui lui brûlaient la poitrine – Aeduan libéra sa jambe du piège.

Clang ! Les mâchoires se refermèrent en dispersant des morceaux de jambe dans la clairière. Aeduan balaya du regard les environs sans repérer d'autres obstacles à éviter. Il perçut une odeur de cadavres, mais les cadavres ne présentaient aucun danger. Il s'assit en attendant que sa magie le guérisse, goutte de sang après goutte de sang.

La tâche requérait toute son énergie. Trop d'énergie. Les ténèbres s'infiltrèrent dans son esprit.

Alors qu'il était à deux doigts de sombrer dans l'inconscience, une odeur de fumée humide vint lui chatouiller les narines. Comme un feu de camp éteint par la pluie. Contre son gré, contre sa volonté, le visage de sa mère s'afficha dans sa mémoire – accompagné des derniers mots qu'elle avait prononcés.

Fuis, mon fils, fuis !

Après avoir sollicité au maximum son pouvoir de Threadwitch, une fois certaine qu'aucun Clivé, aucun poursuivant ni aucune autre forme de vie ne rôdait dans les parages, Iseult se libéra du filet.

Elle amortit sa chute par une roulade improvisée, puis entreprit d'explorer méticuleusement les environs. Tout portait à croire qu'une tribu nomatsie était récemment passée par là. Un camp tentaculaire avait été dressé dans les bois et, à en juger par les pièges, les traces et le matériel laissé sur place, tout le monde avait déguerpi dans l'urgence sans avoir eu le temps de désactiver la piste nomatsie. Mais la menace qu'ils avaient fuie avait disparu, elle aussi. Iseult ramassa tout ce qu'elle pouvait récupérer, rassurée de n'avoir personne à affronter. De n'avoir pas à prouver qu'elle était une Nomatsie, elle aussi.

Tout en ratissant le camp, elle dressa dans sa tête la liste de ses besoins. *De l'huile pour mon coutelas. Une pierre à aiguiser. Des ustensiles de cuisine faciles à transporter. Et un sac à dos pour transporter tout ça.*

Elle s'aventura plus loin dans le camp en s'arrêtant tous les trois pas, sa magie à l'affût d'un Filament, d'une trace de vie alentour.

C'était la première règle que Habim lui avait enfoncée dans le crâne : *toujours* avoir conscience de ce qui l'entourait. Il s'amusait parfois à la suivre pour déterminer combien de temps elle mettrait à le débusquer, en s'approchant tout près, une lame à la main.

La première fois, elle ne l'avait remarqué qu'au moment où il allait se jeter sur elle. Ses Filaments l'avaient trahi. Il ne s'attendait pourtant pas à ce qu'elle détecte sa présence. C'est alors qu'elle avait compris l'avantage qu'elle avait sur lui.

Elle était capable de discerner la trame du monde. À chaque instant, elle avait le pouvoir de se concentrer pour *sentir* qui se trouvait dans les environs. Quels Filaments tournoyaient et à quel endroit, quel sentiment éprouvait telle personne, et si elle était ou non concernée.

Cette perception de la présence, elle l'avait cultivée. C'était même devenu une obsession : spontanément, elle se plongeait dans cette trame toutes les deux ou trois minutes. De plus en plus profondément. Et plus elle creusait, plus elle prenait conscience de l'étendue de son pouvoir de Threadwitch.

La dixième fois que Habim avait poursuivi Iseult à travers les rues de Veñaza, elle l'avait repéré alors qu'il était à une rue de distance et s'était échappée par une ruelle adjacente.

Aujourd'hui, dans ce camp abandonné, Iseult procédait de même. Tous les deux ou trois soupirs, elle analysait la texture de la forêt. La localisation des Filaments.

Pour l'instant, elle n'en repérait aucun.

Petit à petit, Iseult trouva ce qu'elle cherchait, caché sous les pierres et au milieu des herbes. Dès qu'un objet lui paraissait utile, elle le fourrait dans son sac. Des allumettes ensorcelées, une broche à viande, un bol en céramique, et une petite pierre à aiguiser…

Sa plus belle découverte fut un piège en roseau abandonné dans un ruisseau. Éberluée, Iseult le sortit de l'eau pour découvrir trois brochets et une truite qui s'y débattaient. Elle les écailla, les vida, puis elle entreprit de se chercher un abri car la pluie menaçait.

Elle s'installa sous un surplomb rocheux où un foyer avait été dressé. Il ferait bien l'affaire. La pluie commençait justement à s'infiltrer sous l'abri pour arroser la mousse et la vigne vierge qui avait envahi l'endroit. Régulièrement, des éclairs illuminaient le feu de camp inondé qu'Iseult s'escrimait à ressusciter.

Les yeux perdus dans le ciel qui s'obscurcissait, elle fit cuire un brochet. Elle ne se rendit compte qu'elle avait égaré ses pièces d'argent qu'au moment où elle retira du feu le poisson grillé. Le temps de trois éclairs, elle se demanda quoi faire.

Elle pourrait les laisser sur place. Mais la voix de Mathew lui murmurait : *On ne sait jamais ce qui va arriver… l'argent est un langage universel.*

Bon. Elle allait devoir retourner sur ses pas. Mais d'abord, elle mangerait son brochet. Charnu, délicieux, frais, elle le dévora en quelques secondes. Puis elle fit cuire le deuxième poisson, qu'elle dégusta plus lentement, en se concentrant sur son plaisir.

La pluie finit par se transformer en bruine. Elle fit griller les deux derniers poissons – pour les manger plus tard – avant d'éteindre le feu. Puis elle revint sur ses pas. Jusqu'aux pièges à ours.

Jusqu'à ce Bloodwitch étalé dans la boue.

Iseult passa de longues minutes à l'observer. De toute évidence, il était encore inconscient. Ses vêtements, trempés par la pluie, étaient tachés de sang et il avait une jambe en lambeaux.

Un million de questions jaillirent dans son esprit. Mais aucune n'avait le poids de cette intuition : *Fuis.*

Elle resta toutefois plantée là, le souffle coupé. Sans Safi pour la guider, sans les Filaments de Safi pour orienter ses émotions, Iseult se demandait pourquoi ses poumons se gonflaient encore sous ses côtes. Pourquoi son cœur palpitait si vite.

Elle aperçut sa bourse au milieu de la clairière. Même si la pluie avait effacé une partie de la scène, Iseult pouvait retracer le trajet du Bloodwitch. Elle retrouva le chemin qui l'avait mené depuis l'ouest jusqu'ici. Elle repéra les traces plus profondes qu'il avait laissées en se précipitant vers les pièces d'argent.

Il suit l'argent à la trace, devina Iseult, et même si le *pourquoi* et le *comment* lui échappaient, elle sentit un frisson de certitude lui picoter la colonne. Ces thalers d'argent avaient de l'importance, puisque le Bloodwitch les recherchait.

Comme disait Habim, *Profite de toutes les ressources qui s'offrent à toi.*

Iseult pénétra dans la clairière avec prudence. Comme le Bloodwitch ne bougeait pas malgré le clapotis de ses pas, elle s'enhardit. Arrivée au sac de pièces, elle jeta un coup d'œil à l'intérieur. Comme dans son souvenir, les écus frappés de l'aigle à deux têtes brillaient sous ses yeux, même s'ils étaient maculés de terre. Et de sang.

C'est le sang qu'il suit à la trace.

Iseult se tourna alors vers le Bloodwitch. Une nuée de mouches bourdonnait autour d'un piège à ours taché de sang dont les dents refermées mordaient des lambeaux de chair et des tendons. Le Bloodwitch avait déclenché le piège. Il était maintenant en train de guérir.

Des sillons de son muscle déchiré s'échappaient des lambeaux de chair morte. Malgré la pluie, on entendait nettement les craquements et les bruits de succion de la plaie qui cicatrisait.

Quel spectacle inouï ! Ce don de régénérer le corps n'avait rien d'humain. C'était le pouvoir d'un démon. Un pouvoir issu du Vide.

Iseult contempla le visage souillé de terre du Bloodwitch endormi et sa jambe blessée. Non, il n'avait rien d'un démon.

Elle resta stupéfaite.

Certes, elle avait déjà croisé Aeduan à trois reprises, mais pour la première fois elle avait le temps de l'observer. De le découvrir.

Et ce qu'elle vit l'étonna.

Peut-être parce qu'en proie au sommeil ses muscles d'habitude prêts à attaquer étaient relâchés. Que son nez n'était pas redressé en signe de dédain. Que ses yeux ne brillaient pas d'une faim prédatrice.

La tête légèrement penchée sur le côté, le cou étiré, il offrait un visage apaisé. Ses lèvres pâles étaient entrouvertes et ses longs cils épais frissonnaient à chaque souffle.

Il était plus jeune qu'Iseult ne l'imaginait. Elle lui donnait vingt ans à peine, mais sa voix bourrue le vieillissait – ainsi que ses intonations guindées.

Sans parler de sa démarche. On aurait dit qu'il cheminait depuis mille ans pour ne jamais s'arrêter.

Ce jeune homme poursuivait déjà Iseult à Veñaza. Ses yeux d'azur teintés de rouge soulignaient alors son sourire cruel. À Lejna, il lui avait sauvé la vie. Grâce à une cape en fibre de salamandre et à ces mots : *Mhe verujta.* Faites-moi confiance comme si mon âme était la vôtre.

Sur le moment, Iseult s'était demandé comment il avait appris ces mots. Comment il pouvait parler nomatsi aussi bien qu'un autochtone.

Elle avait désormais la réponse. Ses habits détrempés collés à sa poitrine soulignaient sa minceur. Il avait du muscle, mais peu d'épaisseur. En somme, il était taillé pour la course, comme les Nomatsis.

On distinguait également à travers les déchirures de son pantalon la pâleur lunaire de sa peau nomatsie.

Mhe verujta.

Il n'avait néanmoins pas tout d'un Nomatsi. Ses yeux n'étaient pas aussi fendus que ceux d'Iseult, sa chevelure n'était pas d'un noir profond comme la nuit.

Elle s'agenouilla doucement à côté du Bloodwitch, avec un calme qui la surprit elle-même. Dans son baudrier lustré par la pluie, le manche de sa lame se soulevait et s'affaissait au rythme de sa respiration. Les doigts d'Iseult s'avancèrent vers la grosse boucle posée sur sa clavicule. Pour la défaire, il lui faudrait effleurer sa peau nue car le fermoir, en s'accrochant à l'étoffe, avait déchiré net sa chemise de coton.

Sa peau nue, d'une pâleur nomatsie.

La peau d'un homme.

– Arrête de délirer, cracha-t-elle avant de défaire en hâte la boucle.

Curieusement, sous le martèlement glacé de la pluie, la peau d'Aeduan était tiède au toucher.

Au contact de ses doigts froids, sa respiration s'arrêta. Iseult se figea.

Mais il ne se réveilla pas. Elle resta un moment immobile à contempler son visage endormi avant de poursuivre. D'un geste plus vif, elle tira sur la lanière de cuir bloquée dans son dos.

Nom d'une déesse, comme il était lourd !

Première tentative. Échec. À la deuxième, la lanière se libéra dans un cliquetis de boucles et de lames. Iseult se redressa avec un sourire triomphant.

Une fois ôté le baudrier, on distinguait clairement les taches de sang sur la chemise d'Aeduan. Elles ne provenaient pas d'une seule blessure, mais de six petites plaies larges de deux centimètres et espacées de manière régulière. Deux sous la clavicule, deux sur la poitrine et deux dans l'abdomen.

Iseult cala le baudrier sur son épaule avant de s'éloigner à pas de loup. Elle laissa sur place la bourse pour retourner au camp, où elle cacha les couteaux du Bloodwitch en attendant qu'il se réveille.

NEUF

Le carillon sonna seize fois. Nulle trace de Cam, et pas de nourriture à l'horizon. Incapable de rester assis – *« C'est risquer la folie »*, comme disait toujours tante Evrane –, Merik se força à bouger : il débarrassa les livres de la table, du buffet et du lit.

C'est alors qu'il entendit frapper. Il se retourna si brusquement qu'il lâcha un livre. Sa magie s'éveilla…

Mais c'était le volet qui battait contre la vitre. Le pouls de Merik retrouva peu à peu son rythme de croisière, mais ses vents ne s'apaisèrent qu'une fois arrivé à la fenêtre.

Dehors, la pluie couvrait d'une brume grise la ville plongée dans l'ombre. La faible lumière diffusée par la lampe derrière lui dessinait son reflet sur le verre.

La Fureur lui rendit son regard. Quoique bulbeuse et déformée par le vitrage, la tête éclaboussée de rouge sous un crâne dégarni était bien la sienne. Les vestiges de l'explosion… Il ouvrit la fenêtre d'un geste brusque et se pinça les doigts dans le système de fermeture des volets au moment de les rabattre.

Mais l'obscurité ne fit qu'accentuer le reflet – et la ressemblance. Sur la partie droite de son visage, y compris son oreille, s'étendait une vaste tache d'un rouge brillant encerclé d'une discrète ligne noire. Sans doute de la terre, puisqu'il n'avait pas pris de bain digne de ce nom depuis plusieurs jours.

Comme l'explosion avait atteint Merik du côté droit, son épaule, son bras et sa jambe avaient subi toute la puissance des flammes.

Par prudence, il jeta un coup d'œil à la porte d'entrée : elle était bien fermée à clé. Cam ne pourrait pas débouler dans la pièce sans qu'il active le verrou ensorcelé. Avec une lenteur méthodique, il ôta sa chemise. Il examinait ses blessures depuis onze jours maintenant, mais elles ne représentaient qu'une partie des dégâts. Elles n'étaient que la partie émergée du monstre qui se tenait devant la fenêtre.

La main en visière au-dessus de ses yeux, Merik contempla le reflet de son corps dans la vitre. Des filets de crasse – si c'était bien de la crasse – zébraient sa peau à nu sur toute la moitié droite. Le noir descendait sur sa poitrine pour se concentrer sur son cœur.

À la première occasion, il faudrait qu'il prenne un bain, décida-t-il. Une fois que les rues seraient débarrassées de l'Armée royale. Une fois qu'il aurait obtenu ce qu'il voulait de Pin's Keep.

Il fit un pas vers la gauche pour inspecter son dos. La crasse maculait également ses omoplates, brûlées de manière plus superficielle.

– Promis à un grand destin ? murmura-t-il en remettant sa chemise. Tu ne cessais de le répéter, Kull, mais regarde. C'est moi qui aurais dû mourir, pas toi.

Alors qu'il prononçait ces mots, un souvenir revint à la surface. *C'est toi qui aurais dû mourir, pas notre mère.*

Merik eut un petit sourire triste. D'après tante Evrane, Vivia ne pensait pas vraiment ce qu'elle avait marmonné lors des funérailles. À la vue du corps de sa mère fracassé par la violence de son saut depuis le pont, Vivia avait tenu des propos cruels, irréfléchis.

Mais il savait déjà la vérité – et il ne l'avait pas oubliée depuis. Vivia l'avait toujours tenu responsable de la mélancolie de leur mère. À chaque fois que Jana recommençait à se terrer dans son lit pendant des journées entières, à chaque fois qu'elle portait une lame à ses poignets, qu'elle empêchait ses enfants de la voir pendant des semaines, le ressentiment de Vivia s'accentuait. Parce que dans son esprit, sa mère avait commencé à sombrer à la naissance de son frère.

Elle n'avait pas forcément tort, même si tante Evrane contestait cette version des faits. *Les ténèbres se sont emparées de Jana quand elle a épousé mon frère,* expliquait-elle. *Pas à ta naissance.* Pourtant, le prince n'adhérait pas à ce scénario. D'autant que la relation entre Evrane et son frère était aussi peu cordiale que celle entre Merik et Vivia.

Bien entendu, la haine éprouvée par Vivia était bien plus vive que chez Serafin : elle avait tenté d'éliminer Merik. Sa mort lui aurait permis de régner comme elle l'entendait, mais aussi de venger un suicide qu'il n'avait pas provoqué.

Vivia n'avait toutefois pas réussi à le tuer.

Et maintenant, c'était Merik qui avait les cartes en main.

À son retour, Cam était trempée. Merik ouvrit la porte dès qu'il entendit toquer. Elle entra dans la pièce en recouvrant le sol d'empreintes mouillées.

Une fois la porte refermée, le prince inspecta le sac de victuailles qu'elle serrait contre sa poitrine. Du pain rassis, des légumes fatigués et des fruits abîmés enveloppés dans une toile grossière.

Merik, dont l'estomac gargouillait, s'empara des provisions. Après avoir ânonné un vague remerciement, il se dirigea vers l'évier. Dans l'appartement de Kullen, contrairement à d'autres structures dans Lovats, la plomberie n'avait pas été ensorcelée.

– Il y a un problème ? demanda-t-il à Cam, étonné qu'elle reste figée.

Elle s'approcha d'un pas hésitant en frottant ses bras refroidis par la pluie.

– Dans les rues, on vous appelle la Fureur, chef.

Ah. Ils continuent.

– Y a plus trop de soldats, précisa-t-elle, mais ceux qui restent… Ben, ils sont à votre recherche. Ils cherchent… la Fureur.

Merik, dépité, posa les fruits et légumes dans l'évier – une tête de fenouil desséchée, quatre gros navets recouverts de terre et six prunes noires à moitié moisies. Comme la miche de pain de seigle était dure comme du bois, il l'enveloppa à nouveau dans la toile mouillée avant de la poser sur la table, le temps qu'elle s'humidifie. Sourcils froncés, il garda les yeux fixés sur le pain.

– On va pouvoir rejoindre Pin's Keep, avec tous ces soldats à mes trousses ?

Il tourna la tête vers la fille, qui tordait la bouche d'un côté – signe qu'elle réfléchissait.

– Êtes-vous sûr, chef ? J'veux dire…

Elle se racla la gorge avant de se précipiter vers l'évier où, avec un entrain déconcertant, elle se mit à gratter les navets à l'aide de ses phalanges. Sur sa main gauche, la cicatrice ondula.

– Quoi ? insista Merik en faisant un pas vers elle.

Cam nettoya les légumes avec encore plus de vigueur.

– Vous êtes sûr de vouloir vous rendre à Pin's Keep, chef ? Et si… si c'était pas votre sœur qui avait essayé de vous tuer ?

Merik sentit ses joues s'enflammer.

– C'est elle, lança-t-il d'une voix posée, indifférente. Je m'en doutais déjà avant l'épisode de Judgment Square, maintenant j'en suis sûr.

– Elle dirige Pin's Keep, d'accord, concéda Cam, mais ça veut pas dire qu'elle a envoyé l'assassin…

L'onde de chaleur descendit dans la poitrine de Merik.

– Je sais que c'est elle, Cam. Depuis que je suis de retour à la capitale, elle me considère comme un obstacle. Et maintenant, continua-t-il tandis que la vague envahissait ses poumons, je sais que Vivia et l'assassin sont liés. Il ne me reste plus qu'une pièce du puzzle à trouver, mon garçon. J'ai besoin d'une preuve tangible à présenter au Haut Conseil. Et cette preuve, je la trouverai à Pin's Keep.

– Et si c'est pas le cas ? pépia Cam, d'une voix si fluette que Merik eut des soupçons.

Il serra les poings à s'en faire craquer les jointures.

– Comment ça ?

Elle frottait maintenant les navets de toutes ses forces.

– Disons, chef, que j'ai entendu des rumeurs. De sales rumeurs. Qui m'font penser… eh bien, que votre sœur n'est pas coupable.

– Raconte.

– Il y aurait eu une deuxième explosion, lança Cam avant de dérouler toute l'histoire. Comme celle du *Jana*, chef, et ce serait un coup des Cartorréens. Ou des Dalmottis. Mais on raconte que ceux qui ont fait sauter notre bateau s'en sont pris ensuite à l'autre navire.

– Quel autre navire ? demanda Merik, dévasté.

– Ah, chef…, bafouilla Cam en s'interrompant dans son mouvement. Le navire de l'impératrice du Marstok… tout l'équipage est mort. Y compris la domna qu'on a eue comme passagère sur le *Jana*. Safiya fon Hasstrel.

Vivia ne trouva rien de plus sous terre. Juste d'autres araignées, des mille-pattes et des amphibiens qui décampaient. Elle avait l'impression d'avoir passé des heures à déplacer les pierres de l'éboulis sans aucun résultat.

Mais cette frustration avait du bon. Elle lui permettait de perfectionner son masque en serrant les mâchoires tandis qu'elle descendait Hawk's Way sous un début d'orage. Une fois arrivée à la plus imposante des tours de guet, elle affichait à nouveau le fameux sourire grinçant de la famille Nihar.

Elle monta l'escalier en répondant d'un signe de tête poli aux soldats qui la saluaient l'un après l'autre, le poing sur le cœur. Ici au moins, contrairement à la salle des Batailles, elle ne se heurtait pas à des regards moqueurs. Aucun n'espérait la voir trébucher, tomber, échouer. Vivia aurait pu remettre sa vie entre leurs mains, et ils lui témoignaient la même confiance en retour.

– Bormin, Ferric, dit-elle, saluant par leur nom les deux hommes postés au dernier étage de la tour avant de continuer sous la pluie.

Elle se rendait au bureau de l'officier de garde, une femme grande et large d'épaules du nom de Stacia Sotar.

Sous ses cheveux blancs plaqués en arrière, sa peau noire luisait de pluie. Lorsqu'elle fit un petit signe de la main à Vivia, sa Witchmark – un triangle renversé, symbole des Waterwitch – se déforma.

Contrairement à Vivia, qui pouvait contrôler l'eau sous sa forme liquide, Stix la maîtrisait sous tous ses aspects : de la vapeur à la glace, en passant par l'orage qui se déchaînait. Si Vivia avait besoin d'être proche de l'eau pour la transformer, Stix pouvait la puiser dans les molécules de l'air.

Comme toujours, celle-ci plissa ses yeux de myope à l'approche de la visiteuse. Une fois qu'elle l'eut reconnue, elle la salua.

– Capitaine.

C'est ainsi qu'elle l'appelait – jamais Votre Altesse, ni Princesse. Aux yeux de Stix, Vivia était le capitaine du navire.

Celle-ci conféra à ses traits une expression adaptée au visage grave de Stix avant de sortir de sa veste la longue-vue. Du haut de la tour, le point le plus élevé de la ville, le regard balayait l'étendue chaotique des terrasses jusqu'aux fermes disséminées dans la vallée et au-delà, jusqu'à la steppe. Même sous la pluie, les maisons colorées se détachaient sur ce panorama d'un vert brillant.

Vivia adorait la mer. L'éternel ressac des vagues turquoise. Cette idée toute simple que la barrière entre la vie et la mort était faite de bois goudronné et de foi en la bienveillance de Noden.

Mais surtout, elle adorait cette vue. La masse de Lovats à ses pieds. L'onde verte et vivante qui moutonnait à l'horizon.

Elle s'y sentait chez elle.

La mer permettait aux hommes et aux femmes de la traverser, mais pendant un temps donné, et cette alliance n'était pas sans difficulté. Son tempérament capricieux pouvait déchaîner la colère des nuages. Comme celle des Nihar. Alors que la terre, elle, accueillait sans limite de temps les hommes et les femmes, pourvu qu'ils donnent autant qu'ils prennent. Elle les considérait comme des partenaires. Des amis. Comme une famille filaire.

L'œil collé à sa longue-vue, Vivia inspecta l'horizon de gauche à droite tout en s'humectant les lèvres. Aucun nuage menaçant en vue. La vallée était plongée dans un gris uniforme. Les Sentinelles de Noden, au bout de l'aqueduc sud, découpaient de leurs silhouettes noires le ciel de midi. Surplombant l'aqueduc nord, le barrage offrait au soleil son mur nu fendu en son cœur d'une fissure mal réparée.

Encore un chantier que le Haut Conseil refusait de mettre en place.

Dans un soupir, elle tourna la lunette vers les aqueducs de Stefin-Ekart, des ponts-canaux qui enjambaient la vallée pour relier les montagnes au plateau de Lovats, aussi larges que la rivière qui les alimentait. Ils s'élevaient si haut que les nuages se faufilaient dessous, engloutissant au passage les navires alignés coque contre coque.

Tous ces bateaux, tous ces Nubrevniens… on n'avait pas assez d'espace pour eux. *Il faut que je retrouve cette ville souterraine.*

Stix s'éclaircit la voix.

– Tout va bien, capitaine ? Vous avez l'air… perdue.

Surprise, Vivia faillit lâcher sa lunette. Apparemment, elle ne faisait plus la moue. *Pas de regrets. Continue d'avancer.* Elle referma sa longue-vue d'un geste beaucoup trop sec.

– Quoi de neuf du côté des Renards ?

Stix passa la langue sur ses dents, curieuse de savoir pourquoi Vivia éludait sa question. Mais son visage finit par s'apaiser.

– Bonne nouvelle, capitaine : je viens d'apprendre que notre petite flotte pirate a capturé deux autres navires de commerce aujourd'hui même. L'un était chargé de céréales dalmotties, l'autre de semences cartorréennes.

Loué soit Noden pour cette victoire ! Ces semences allaient permettre de nourrir la Nubrevna pendant des années, si la terre et la météo le permettaient. Vivia avait hâte de partager cette bonne nouvelle avec son père.

Mais elle se garda bien de manifester son enthousiasme.

– Formidable, lâcha-t-elle.

– Je trouve aussi, se réjouit Stix, découvrant ses dents parfaites dans un sourire malicieux.

Vivia se crispa. *Trop belle pour moi.* Elle se détourna.

– Et… le bateau disparu ?

– Toujours pas retrouvé, capitaine.

Vivia poussa un juron. La grimace de Stix la rassura. Voilà le genre de réactions qu'elle devait susciter. Les mêmes réactions que son père.

Deux jours auparavant, le plus petit navire de la flotte des Renards s'était évaporé. Vivia imaginait le pire, mais elle ne pouvait pas intervenir. Les Renards étaient une organisation secrète. Un plan de secours, élaboré avec Serafin, qui permettait de continuer à nourrir la Nubrevna. Les équipages, sélectionnés avec soin, juraient de garder secrète leur activité. Ils savaient ce qui était en jeu, ayant tous perdu un proche à cause de la famine ou de la guerre. Voilà pourquoi le succès des Renards leur tenait à cœur, comme à Serafin et Vivia.

Tant qu'ils n'étaient pas arrivés à leurs fins, personne ne devait soupçonner leur existence – et surtout pas le Haut Conseil. La piraterie restait une pratique illégale.

– De même, nous n'avons aucune nouvelle de nos espions, dit Stix sur un ton formel. Apparemment, celui ou celle qui a commandité le meurtre du prince ne fait pas partie de…

Le sol se mit à trembler. Tout à coup, juste une grande secousse. Si puissante, si subite que les genoux de Vivia cédèrent. Elle s'écroula sur Stix qui partit à la renverse, ses bras dessinant des moulins dans l'air. Vivia l'agrippa et réussit à la remettre d'aplomb avant qu'elle ne passe par-dessus le parapet. Les deux soldats eurent moins de chance : ils s'écrasèrent sur le pavé.

Tout le monde attendit en tremblant que la secousse s'arrête. Stix, les yeux écarquillés, fixait Vivia qui fixait le barrage. Et cette fissure qui s'étendait depuis des décennies pour arriver maintenant à mi-hauteur.

Mais les pierres encaissèrent le choc.

– Un tremblement de terre, souffla Stix.

Ce mot improbable résonna dans le crâne de Vivia. Aucun séisme n'avait menacé Lovats depuis des générations.

Si ce phénomène se réitérait, la ville pourrait bien être détruite avant que la famine ou la surpopulation ne la mette à genoux.

– Hye, confirma Vivia.

Une fois assurée que le barrage était intact, elle laissa ses pensées s'éparpiller. Pour la première fois depuis longtemps, le monde était silencieux.

Elle laissa son regard dériver jusqu'à Stix. Si près l'une de l'autre, son équipière n'avait pas besoin de plisser les yeux. D'habitude, Vivia évitait ce genre de situation : Stix n'y accorderait aucune importance, mais, de son côté, elle ne pourrait s'empêcher de ruminer, d'analyser et de réprimer un sentiment non partagé.

Puis, aussi brusquement que la secousse était arrivée, aussi rapidement que Vivia et Stix s'étaient retrouvées dans les bras l'une de l'autre, le monde se remit en marche avec fracas. Hurlements des soldats. Cris des habitants. Vivia se hâta de lâcher Stix avant de reculer d'un pas. Les deux filles lissèrent leur chemise, arrangèrent leur col.

– Vérifie l'état de la ville, ordonna Vivia. Je vais vérifier le barrage. Je veux un état des lieux dans deux heures. Rendez-vous à Pin's Keep.

Stix, solide mais encore frissonnante, répondit par un salut.

– Hye, capitaine !

Puis elle s'éloigna, suivie des soldats.

Vivia resta un long moment à observer les aqueducs. Contrairement au barrage, ils avaient été ensorcelés par les sorciers qui avaient construit la ville souterraine des siècles auparavant. Seule la magie maintenait en l'air ces structures colossales à des centaines de mètres au-dessus de la vallée.

Face au portail, Vivia ne put s'empêcher de se demander ce qu'il adviendrait des forces magiques du monde émergé si la magie souterraine venait à mourir. Après tout, ce qui arrivait à l'air libre…

Arrivait aussi sous terre.

Merik eut l'impression de chuter. Comme s'il avait sauté du haut d'un aqueduc dans la profondeur des ténèbres, des années après sa mère. La vallée peuplée d'ombres se rapprochait. Dans le ciel d'encre, des nuages glacés s'amassaient.

Et les lamproies attendaient, la gueule ouverte, de l'attraper.

Safiya fon Hasstrel est morte.

Cam continuait de jacasser. Un brouhaha de mots dont les oreilles de Merik ne retenaient que des bribes. « Vous croyez que c'est l'œuvre de votre sœur ? » ; « Pourquoi elle aurait fait ça ? » ; « C'est pas logique, chef. » C'est à peine s'il l'entendait.

Safiya fon Hasstrel est morte. Ces mots glacés le tétanisaient. Le monde se réduisait désormais à cette phrase, aussi simple qu'assourdissante : *Safiya fon Hasstrel est morte.*

C'était absurde. Safi n'était pas du genre à mourir. Elle était de celles qui mettent le monde à leurs pieds. Qui vous embrassent comme elles embrassent la vie : à pleines dents, avec énergie, avec passion. Qui affrontent la mort les yeux brillants de défi, avant de s'y soustraire au moment précis où les lamproies s'apprêtent à les avaler.

Un nouveau décès ? Une deuxième victime ? Impossible. Noden s'était déjà montré trop gourmand.

Merik, dévasté, esquissa un pas vers la porte. Cam l'agrippa de ses mains froides.

– Chef. Chef. Chef.

Mais Merik se libéra avant de s'éloigner.

La magie du loquet ensorcelé, en l'effleurant, atténua un court instant le tintement dans ses oreilles. Il quitta le domicile de Kullen au pas de course. Dans un chaos de passants, de bruit et de faim, il rejoignit les rues encombrées de la ville. La bruine continuait de tomber sans jamais vouloir s'arrêter. Et chacun de ses pas lui semblait être le dernier.

C'est ma faute, se dit-il. Après tout, qui avait insisté pour que Safi gagne Lejna, où les Marstokis attendaient de la récupérer ? Si seulement il avait rompu le contrat qui le liait à dom Eron fon Hasstrel... Si seulement il était resté avec elle au sommet de la falaise au lieu de voler vers Kullen...

Il avait fini par perdre son second. *Mais j'aurais pu sauver Safi. J'aurais dû la sauver !*

Maudit soit Noden ! Ses derniers mots se révélaient aujourd'hui prophétiques : « J'ai peur de ne jamais te revoir. »

Elle avait vu juste. Et c'était la faute de Merik.

Il tourna au hasard dans une rue adjacente. Une fois tombées à terre, les gouttes de pluie s'évaporaient aussitôt pour se transformer en brouillard, noyant le monde dans un halo uniforme. Tous les visages se ressemblaient, les bâtiments se confondaient.

Au carrefour suivant, Merik se retrouva devant une façade à colonnes qu'il connaissait bien. Il se traîna jusqu'à l'entrée du temple. Aussitôt, l'air se rafraîchit ; les ténèbres l'engloutirent. Morose, il avança sur les dalles.

Vingt pas plus loin, il se retrouva devant les fresques représentant les saints de Noden.

À cet instant précis, la terre se mit à trembler ; il tomba à genoux. Son pouls battit une fois, deux fois, avant que les pierres ne se mettent à vibrer. La ville entière grondait. Aussi vite qu'elle était arrivée, la secousse se calma, laissant Merik le cœur affolé et les muscles tendus dans l'attente de la suivante.

Qui n'arriva pas. Il prit une grande inspiration pour se calmer. Puis il leva les yeux vers la fresque représentant la Main gauche du dieu. Vers le monstre qu'il était devenu. Il en contempla un moment le visage macabre.

– Dis-moi ce que je dois faire, Kull, supplia-t-il, comme s'il attendait une réponse.

Mais rien ne vint. Personne ne répondrait. Kullen, à l'instar de ces pierres, garderait le silence à jamais.

Ce silence lui donna toutefois une idée. À chaque fois qu'elle le grondait, tante Evrane disait : *La Fureur n'oublie jamais, Merik. Tu paieras dix fois le prix de toutes les mauvaises actions que tu commets, et elles te hanteront jusqu'à ce que tu te rachètes.*

Merik fit lentement tourner ses poignets. Il se réjouit de voir comment la peau toute neuve réagissait. Comment la chair couverte de cloques et striée de terre se tordait. D'accord, ses fautes le hantaient, mais avec un peu de chance… S'il contemplait le passé sous un autre angle, la malédiction pourrait bien se transformer en don.

L'assassin, cette nuit-là. L'incendie du *Jana*. La femme, à Judgment Square. L'enchaînement de ces épisodes l'avait conduit jusqu'ici, au temple de Noden. Jusqu'à la fresque représentant la Main gauche du dieu.

Il faudrait être idiot pour refuser un cadeau de Noden.

Pourquoi tiens-tu un rasoir dans la main ?

– Pour que les hommes se rappellent, confia Merik aux pierres, que je suis tranchant comme une lame.

Pourquoi un bris de miroir dans l'autre ?

– Pour qu'ils se rappellent que je les surveille.

Accepte le cadeau du dieu. Deviens la Fureur.

Il était temps pour Merik de devenir le monstre qu'il était depuis le début. D'arrêter de rester à l'écart, de tempérer la colère Nihar. Il allait donner libre cours à sa ruse, à sa rage. Et réclamer vengeance pour ceux qu'il avait perdus.

Un pour tous !

Il était temps de faire amende honorable. De rendre justice aux victimes. De punir les méchants.

Merik savait exactement comment s'y prendre.

DIX

Si seulement elle était morte ! Transformée en fantôme, Safi aurait pu revenir terroriser les bardes de l'Enfer.

Ils n'avaient pas emmené Safi et Vaness au camp. Ni fait une pause dans les parages. La femme, Lev, avait été la seule à quitter le groupe pour s'enfoncer dans la jungle. Quelle direction avait-elle prise ? Mystère.

Elle marchait en silence, aussi discrète qu'une biche, derrière le commandant qui lui-même suivait Safi. Et puis, comme par magie, elle avait disparu. Quand Safi jeta un coup d'œil par-dessus son épaule pour scruter l'épaisse végétation, une lame vint piquer sa vertèbre la plus haute.

– Continue d'avancer, Hérétique.

Hérétique. C'est ainsi qu'on appelait les sorciers non déclarés de l'Empire cartorréen. Ceux qui ne respectaient pas la loi.

Ces fugitifs, les bardes de l'Enfer avaient pour mission de les traquer et de les éliminer. Ils savaient repérer les pouvoirs magiques cachés. Ils savaient pourchasser les sorcières et les sorciers cachés.

– J'ai mal aux pieds, Barde.

– Tant mieux.

– Et aux poignets.

– Passionnant.

Safi se retourna pour lui lancer un sourire charmeur.

– Espèce d'ordure !

Sous le casque, aucune réaction.

– Il paraît, rétorqua-t-il d'une voix métallique.

Mais Safi n'en avait pas fini avec lui.

– C'est encore loin ?

Pas de réponse.

– Vous avez administré quel poison à l'impératrice ? Vous comptez nous donner à manger, ou nous laisser crever de faim ? Dites-moi, est-ce que tous les bardes se dandinent comme des canards, ou vous êtes le seul ?

Le barde resta de marbre.

– Et si je me mettais à hurler ?

– Dans ce cas, je te bâillonnerai, Hérétique, soupira-t-il. Ta ruse qui consiste à serrer les poings, tu ne pourras pas la reproduire avec le bâillon.

Sa réplique cloua le bec de Safi. Pas à cause de la menace, mais parce qu'elle ne recelait rien : ni vérité ni mensonges. Aucun des bardes de l'Enfer ne faisait réagir sa magie. Comment était-ce possible ?

C'était la seule chose que Safi avait apprise de ses adversaires depuis sa capture, et elle ne lui serait d'aucune utilité. Néanmoins, dès que l'occasion se présenta, elle sut comment réagir.

Vaness se réveilla.

Loin de revenir graduellement, péniblement à l'état de veille, elle entra aussitôt dans une crise de panique. Elle reposait dans les bras du géant quand Zander, arrivé à un ruisseau encaissé, dut se pencher en avant afin de grimper sur la berge opposée. Son corps formait un angle bizarre.

Safi s'était immobilisée à dix pas de là, sous la pointe de l'épée du commandant. Elle regardait Zander, impressionnée par son agilité à grimper un talus aussi haut que lui, lesté de l'impératrice.

Il était arrivé à mi-hauteur quand Vaness se déchaîna. Elle se mit à hurler, à donner des coups de pied, et finit par tomber par terre tandis que Zander tentait de rétablir son équilibre.

Quand Safi comprit qu'elle s'était réveillée, l'impératrice campait déjà sur ses deux pieds. Elle prit la fuite avant que le géant ou le commandant – ou même Safi – ne parte à ses trousses.

Mais elle n'alla pas bien loin. Les jambes de Zander faisant deux fois la taille des siennes ; il la rattrapa en quelques secondes. Elle se mit à piailler comme un Clivé.

Safi avait largement le temps de réagir. Pivotant sur elle-même, elle se laissa tomber sur les genoux. De son torse, elle frappa les genoux du commandant avant d'enfoncer son épaule gauche dans son entrejambe. Même avec sa longue brigandine, il allait déguster…

Il s'écroula et son dos heurta le muret qui bordait le ruisseau.

Safi envoya son talon dans la gorge du barde, mais elle rata son coup : il atterrit dans son épaule recouverte de cuir.

Le commandant rugit de douleur – elle n'aurait jamais pensé lui faire si mal. Il lâcha son épée, comme si les muscles de son bras et de sa main étaient anesthésiés.

Il est blessé, pensa Safi. Elle balança un deuxième coup de pied dans son épaule gauche.

Il se courba en deux.

Elle s'acharna.

Ses genoux plièrent.

Elle le roua de coups jusqu'à ce qu'il tombe à la renverse, les mains collées à son épaule. Sa tête partit en arrière. Son casque tomba, révélant son visage.

Safi se figea.

Elle mit un demi-soupir à comprendre ce qu'elle avait sous les yeux. Il avait l'air si familier… malgré son exotisme.

Était-ce cette barbichette qu'il se laissait pousser sur le menton ? La croûte de sang sur la partie gauche de son visage, comme s'il avait reçu un coup sur l'oreille qui le faisait saigner depuis des jours ?

À moins que ce ne soit le fait de croiser à nouveau la route du Troublant Tricheur – et qu'il soit un barde de l'Enfer…

Inimaginable. Impossible.

Le commandant des bardes… quel nom lui avait donné Lev ? Fitz Grieg. Caden Fitz Grieg.

Safi n'aurait jamais, jamais pensé qu'il puisse être le Troublant Tricheur – l'homme à l'origine de toutes leurs péripéties. C'est lui qui avait volé l'argent des filles à l'issue d'une partie de tarot, et cette trahison avait déclenché tout le reste.

Si Caden n'avait pas volé son argent, Safi n'aurait pas tenté de le récupérer le lendemain. Si elle n'avait pas tenté de le récupérer, elle n'aurait pas braqué le mauvais fiacre. Si elle n'avait pas braqué le mauvais fiacre, le moine Bloodwitch n'aurait jamais été exposé à l'odeur de son sang. Et si le Bloodwitch n'avait jamais été exposé à l'odeur de son sang, elle serait sans doute libre à l'heure qu'il est.

Libre, et accompagnée d'Iseult.

Comment aurait-elle pu imaginer que sous ce casque se cachait Caden ? À chaque fois qu'elle parlait de lui, elle crachait son nom. Et elle avait juré que si un jour elle le revoyait, elle réduirait en lambeaux sa jolie petite gueule.

Derrière elle, les bruits de lutte continuaient. Les coups de pied et les cris de Vaness. Les grognements de Zander, les cliquetis de son armure. Safi les entendait à peine, absorbée qu'elle était dans la contemplation du Troublant Tricheur. Elle essayait d'assembler les pièces d'un scénario qu'elle ne comprenait pas.

Si seulement elle avait eu une vraie chance de s'échapper, elle aurait tenté le coup. Si elle avait trouvé le moyen de sauver Vaness des griffes de Zander et de ce maudit collier de bois, elle aurait tenté sa chance.

Mais ce terrain n'était pas propice, et trop de questions tournoyaient dans sa tête à la manière d'un essaim de guêpes.

Voilà pourquoi Safi ne vit pas Lev réapparaître après son excursion dans le campement. Voilà pourquoi elle ne se défendit pas lorsque Lev, soudain derrière elle, lui donna un coup de pied dans le genou. Et quand le Troublant Tricheur, avec une grimace, souleva son casque pour redevenir le commandant des bardes de l'Enfer, Safi se contenta de contempler la scène en silence. Même quand on lui entrava les chevilles pour l'empêcher de fuir, de se battre ou de se défendre, elle se laissa faire.

Safi ne réagit qu'au moment où le commandant lui fit une clé de bras en grognant : « Belle tentative, Hérétique ». Elle lui sourit.

C'était en effet une belle tentative, et elle ne regrettait pas son genou enflé. Parce qu'elle en avait appris plus que prévu sur ses adversaires. Elle savait désormais que le géant était puissant, mais lent. Que le commandant sollicitait de préférence la partie droite de son corps parce qu'il était blessé – et que ses plaies risquaient de se rouvrir.

Et surtout, Safi savait que les bardes de l'Enfer ne lui feraient pas de mal. Dès le début du combat, le commandant aurait pu s'en prendre à elle. Il aurait pu lui donner un coup de lame, histoire de la ralentir dans ses gestes, et Lev aurait pu se montrer plus brutale lorsqu'elle l'avait neutralisée.

Pourtant, ils les avaient épargnées, Vaness et elle. Ils tenaient donc à ce qu'elles restent en vie. Indemnes. *Ou plutôt, l'empereur de Cartorra tenait à ce qu'elles le restent.*

Même si elles étaient entravées, l'une par son collier de bois, l'autre par les cordes autour de ses pieds, Safi se sentit en position de force.

La prochaine occasion que lui offrirait Dame Destinée, elle saurait en profiter.

Le soleil se cachait derrière des nuages de pluie quand Aeduan se réveilla. Combien de temps était-il resté inconscient ? Aucune idée, mais sans doute plus qu'il n'aurait voulu. Il fallait à son pouvoir magique une source d'énergie : à défaut de nourriture, elle puisait dans sa léthargie.

Aeduan avait sombré dans un sommeil léger, où les rêves se mélangeaient à la réalité. Il se croyait éveillé, mais au moment d'émerger pour de bon, il se rendit compte qu'il venait de quitter un monde étrange. Avec des pièges à ours aussi gros qu'un homme. Des aiguilles de pin gluantes de sang qui ne séchaient jamais. Une pluie qui écorchait son épiderme reconstitué.

Et toujours, l'odeur des thalers d'argent.

Il ouvrit les yeux et se redressa. Ses muscles fraîchement réparés protestèrent, sa peau tirait. Ses habits étaient trempés.

Balayant du regard les environs, il ne vit rien d'autre que le gris moutonnant du ciel et de la boue partout. Ses narines ne repérèrent aucun danger immédiat. Il inspecta sa jambe guérie. Sous ses braies en lambeaux, sa peau brillait d'un rose nouveau sous la lumière voilée. Il réprima l'envie de se gratter pour marcher à quatre pattes vers les thalers.

Depuis qu'il avait posé le pied dans le piège à ours, la bourse n'avait pas bougé. De ses mains agitées par un léger tremblement à cause de la fatigue, il prit le sac pour jeter un coup d'œil dedans.

C'est alors qu'il entendit une branche craquer.

Il se releva tant bien que mal. La tête lui tournait, mais aucune odeur ne lui chatouillait le nez.

– Ne bouge pas ! lança une voix nomatsie derrière lui.

La Threadwitch, bien sûr. Était-ce un cadeau ou une épreuve envoyée par Dame Destinée ?

– J'ai pris tes couteaux. Et je les ai cachés.

Deuxième solution, donc. Obsédé par les pièces d'argent, il avait complètement oublié ses lames. *Quel idiot !*

Il se tourna vers elle pour l'apostropher en dalmotti.

– Je n'ai pas besoin de mes couteaux pour te tuer, Threadwitch…

La pluie se mit à lui marteler la nuque, le crâne.

La fille soupira bruyamment avant d'entrer dans la clairière. Elle portait la cape d'Aeduan, mais à l'envers. Pas bête, même si c'était contraire aux règles du monastère. Elle avança d'un pas, puis de dix pas, et s'arrêta assez loin de lui pour se sentir en sécurité. Sauf qu'elle avait affaire à un Bloodwitch. Il pouvait lui sauter dessus en un clin d'œil.

Toutefois, il n'en fit rien. Il pourrait l'attaquer, certes, mais comme disait toujours la moniale Evrane, on obtenait davantage d'informations en discutant avec ses adversaires.

Cela dit, la moniale Evrane prétendait aussi que cette fille incarnait la moitié des Cahr Awen, duo mythique que le monastère avait fait vœu de protéger. Aeduan avait du mal à y croire car il doutait de l'existence même des Cahr Awen.

– Où est passé le reste de l'argent, Threadwitch ?

Pas de réponse. Ils restèrent un court instant à se défier du regard sous la pluie. Les gouttes dessinaient des rivières sur la peau terreuse de son visage. Cette fille lui semblait plus maigre qu'il y a deux semaines. Ses pommettes saillaient sous sa peau translucide, et elle avait des poches sous les yeux.

– Où est passé le reste de l'argent ? répéta Aeduan. Et comment as-tu mis la main dessus ?

Elle fronça le nez, signe qu'elle réfléchissait.

La pluie, transformée en averse, creusait des flaques dans la boue. Elle dégoulinait sur sa cape de moine qu'Aeduan aurait bien voulu récupérer, vu que son paletot de laine était aussi sale que trempé.

– J'ai trouvé un abri pour nous, dit la fille en nomatsi, comme si elle lisait dans ses pensées.

– Pour nous ? s'étonna Aeduan, toujours en dalmotti. À quoi tu penses, Threadwitch ?

– À… une alliance.

Il éclata d'un rire rugueux, comme en écho au tonnerre qui grondait au loin. Une alliance, alors que lui et la Threadwitch étaient des ennemis déclarés ! Après tout, il avait pour mission de la livrer à Corlant…

Aeduan était intrigué. Rares étaient ceux qui le surprenaient, plus rares encore ceux qui le défiaient. Or la Threadwitch faisait mieux encore.

Elle le déconcertait. Par chacun de ses actes, chacune de ses paroles.

Il huma l'air à nouveau. Sa magie ne repéra aucune odeur de sang, mais quelque chose lui picotait les narines…

Une fumée poisseuse. *Fuis, mon fils, fuis !*

– Le repas est prêt, déclara la Threadwitch en lui passant sous le nez.

Elle se comportait comme si tout était normal. Comme si la pluie ne tombait pas, comme si elle ne lui avait pas volé ses lames Carawen.

Comme s'il n'était pas dangereux de tourner le dos à un Bloodwitch.

Aeduan testa sa jambe toute neuve en esquissant deux ou trois pas prudents. Le dos raide, il se pencha pour récupérer le sachet de pièces. Puis, sans piège pour l'immobiliser, sans douleur pour le paralyser, il se mit à trottiner derrière la Threadwitch. Où donc l'emmenait-elle ?

Les bottines de Safi étaient bien trop grandes. Elles lui donnaient des ampoules aux talons – mais ce n'était rien comparé à la peau écorchée de ses poignets, qu'éreintait la corde du barde. La corde autour de ses chevilles, rentrée à l'intérieur des bottes, lui lacérait la chair. Chaque pas était un supplice.

Safi se réjouissait de cette douleur : elle la distrayait de la colère qui grondait dans ses tripes.

Fitz Grieg, le commandant des bardes. Caden. Le Troublant Tricheur.

Son casque laissait dépasser une cicatrice au menton. Elle l'avait remarquée à Veñaza, tout comme elle avait remarqué son sourire confiant et l'intensité de son regard. Il n'était pas du genre à ciller ni à détourner les yeux.

Des yeux qu'à cet instant précis, elle rêvait de crever.

Sa bottine s'accrocha dans une racine, ce qui la fit trébucher. Les fibres de corde découpèrent sa chair déjà ensanglantée, et Safi ne put réfréner une grimace de douleur.

– Arrête-toi, Hérétique !

Après avoir défait ses cordes, le commandant se posta devant elle pour l'aider à se relever. D'une sacoche accrochée à sa ceinture, il sortit deux lanières de tissu beige semblables à des bandages.

– Donne-moi tes mains.

Safi obéit. Stupéfaite, elle le regarda enrouler les bandes autour de ses poignets afin de les protéger de la rugosité des cordes.

– J'aurais dû faire ça dès le début, dit-il d'une voix neutre.

Il n'avait pas l'air désolé ni coupable.

Les yeux rivés sur le haut de son casque, Safi eut alors une intuition qui lui serra la poitrine.

Et si c'était Caden qui avait informé l'empereur cartorréen de ses pouvoirs magiques ? Et si ce dernier avait appris *de la bouche de ce barde* que Safi était une Truthwitch ?

Le Troublant Tricheur l'avait arnaquée, puis le commandant des bardes l'avait piégée.

Safi bascula au-delà de la colère. Au-delà de la rage. Voilà la vie à laquelle elle était condamnée – une vie de fuite éternelle, de captive qui passe de geôlier en geôlier jusqu'à finir un jour décapitée par la lame de son adversaire. Elle n'y pouvait rien : depuis qu'elle était née, sa magie avait été une malédiction.

Mais Iseult…

Où qu'elle soit, Iseult fuyait, elle aussi. Elle n'avait pas le choix. Elle avait été obligée d'abandonner la vie qu'elle s'était construite à Veñaza. Tout cela à cause de Safi. Et, surtout, à cause du Troublant Tricheur.

Un torrent de haine glacée se déversa en elle, depuis ses mains blessées jusqu'au bout de ses orteils, menaçant de faire éclater les cordes qui l'entravaient.

Ils se remirent en route et son ressentiment s'accrut à chaque pas. Des heures d'agonie jusqu'à ce que les bardes de l'Enfer se décident enfin à faire une pause. Lorsque Zander attacha Safi à un hêtre couvert de lichen, elle le laissa faire. Les nœuds de vieilles branches lui rentraient dans le dos, mais elle ne se débattit pas. Elle ne réagit pas plus quand il lui tira les bras en arrière pour les entraver, ce qui lui tordit la colonne. Il noua ses mains très haut – trop haut – et ses pieds à l'arbre. Safi ressemblait à ces canards que Mathew faisait cuire à la broche pour son anniversaire.

Elle ne put voir l'impératrice se faire attacher à un arbre derrière elle, mais le devina au crissement des cordes contre l'écorce. Le même craquement des épaules étirées trop haut. Elles n'étaient plus vraiment en position de fuir, ni de se battre…

Elle entendit Vaness demander avec la plus grande courtoisie :

– Pourrais-je avoir de l'eau, je vous prie ?

Le géant grogna quelques mots à Lev, qui s'approcha de Safi, une outre à la main. Elle s'aperçut alors que le commandant des bardes s'était éclipsé. Ses yeux oscillèrent de droite à gauche… il s'était volatilisé dans la forêt.

– Où est passé le commandant ? demanda-t-elle après avoir avalé quatre grandes gorgées d'eau viciée. Il était blessé. Vous devriez aller à sa recherche.

Un rire métallique fusa sous le casque de Lev.

– Certainement pas !

Hilare, elle replaça l'outre à sa hanche avant d'enlever son casque.

Sous la lumière carmin se détacha au milieu des feuilles le visage d'une jeune fille. Pas plus âgée que Safi. Cheveux bruns coupés court, une large mâchoire qui lui dessinait un menton arrondi. Assez jolie, malgré les cicatrices qui striaient ses joues jusque derrière ses oreilles, comme si quelqu'un l'avait lacérée avec une lame de rasoir.

Le sourire esquissé par Lev, en plus de dévoiler ses canines de travers, étira douloureusement ses cicatrices aux contours luisants.

– D'où venez-vous ? demanda Safi, qui se doutait de la réponse.

– De l'Angelstatt, à Praga.

Le bidonville situé au nord de la ville, comme Safi l'avait deviné à son accent – puisque sa magie ne lui donnait aucune indication sur la vérité ou les mensonges proférés par les bardes de l'Enfer.

Elle brûlait de lui demander pourquoi elle ne pouvait pas décrypter les bardes, mais elle se contenta de serrer les dents. Ils ignoraient peut-être avoir affaire à une Truthwitch. Le commandant l'appelait « Hérétique », mais peut-être était-il le seul à connaître sa vraie nature...

– Comment êtes-vous devenue barde de l'Enfer ? demanda-t-elle.

– Comme tout le monde.

– À savoir ?

Lev s'abstint de répondre. Elle fit claquer sa langue en contemplant de ses yeux verts les cordes tendues et les bras étirés de sa prisonnière. Puis elle la dévisagea, comme un barde inspecte une hérétique. Même si Safi n'avait aucune idée de ce qu'elle voyait, de ce qu'elle percevait.

– J'avais le choix entre la corde et le couperet, finit par confier Lev. J'ai choisi la corde. Tu as encore soif ?

Safi déclina d'un signe de tête.

– Comme tu voudras.

Safi la regarda d'un œil absent s'accroupir pour vérifier une par une ses armes, à commencer par l'arbalète. C'est alors que son pouvoir magique refit douloureusement surface.

Mensonges. Juste derrière elle.

C'était une sensation inattendue, comme un frisson le long de ses bras entravés. Il s'en était écoulé du temps, depuis la dernière fois où quelqu'un avait menti devant elle – ou du moins, qu'elle s'en était aperçue... Cette fois, il ne s'agissait pas tant des mots qui se déversaient de la bouche de l'impératrice que du ton théâtral qu'elle employait.

– Vous venez des côtes de la mer du Nord ? demanda Vaness d'une voix faussement douce et aimable. Moi aussi, j'ai grandi près de l'eau. Mais pas une mer froide comme la vôtre. Je vivais à côté d'une rivière baignée de soleil.

Sa voix aux échos lointains faisait à nouveau réagir la magie de Safi.

– J'étais en train de retourner à ce lac avec ma famille. Ma famille filaire. Celle que je me suis choisie. Nous étions presque arrivés, vous savez. Encore un ou deux jours à naviguer...

Elle laissa passer un long silence meublé par le chant d'une sauterelle et le soupir de la brise avant de reprendre la parole.

– Avez-vous détruit mon bateau ?

– Non, lâcha Zander, assez fort pour que Safi l'entende.

Pris au dépourvu, il sembla tendu. Vaness, en jouant la carte de la gentillesse, l'avait piégé.

– Menteur ! aboya l'impératrice, abandonnant son ton doucereux. Vous avez tué ceux qui me sont chers, et vous allez payer pour ça. Je vais vous saigner, Barde de la mer du Nord ! J'espère pour vous que vous n'étiez pas dans le coup !

Les mots de l'impératrice chantaient la vérité. La pureté, l'intensité de leur mélodie effaçait presque la violence de la promesse.

Ces imprécations arrachèrent un sourire à Safi. Elle procéderait de même si elle apprenait que les bardes de l'Enfer étaient responsables de l'explosion. Même si ce n'était pas le cas, elle avait bien envie de saigner le commandant. Le Troublant Tricheur avait allumé ce maudit incendie qui avait réduit en cendres la vie de Safi.

Elle lui ferait payer.

Elle le ferait saigner.

ONZE

– **PAS MAINTENANT,** dit Vivia au huit millième domestique venu la solliciter depuis qu'elle était rentrée au palais.

Elle était en sueur, elle avait faim et elle était en retard. Mais le jardinier qui lui courait après dans les jardins royaux semblait s'en moquer.

– Mais, Votre Altesse, pour les prunes… L'orage a fait tomber la moitié des fruits alors qu'ils n'étaient même pas mûrs…

– J'ai une tête à m'occuper de prunes ?

Elle pouvait éventuellement s'en occuper, à condition que le protocole soit respecté. De plus, son retard avait contrarié le roi régent, ce qui était beaucoup plus ennuyeux à ses yeux que les problèmes soulevés par le jardinier. Aussi Vivia darda-t-elle sur lui son regard Nihar le plus noir avant de lancer : « Pas tout de suite, compris ? »

Résigné, l'homme disparut sous les feuillages desdits pruniers, qui étaient en effet en piteux état. Comme tout ce qui poussait en Nubrevna…

Vivia avait passé beaucoup trop de temps au barrage. Le trajet en pirogue jusqu'à l'aqueduc nord de Stefin-Ekart avait été très rapide : l'ancien barrage avec sa vieille fissure à mi-hauteur se découpait déjà sur le ciel rougeoyant. Elle avait remonté une à une les écluses jusqu'en amont. Là, elle avait trempé ses orteils dans l'eau glacée de la rivière pour capter, percevoir, tenter d'atteindre ce point où elle sentait passer la moindre goutte d'eau filtrée par l'entonnoir ensorcelé du barrage. Mais rien n'avait changé. La fissure arrivait toujours au même niveau, à fleur d'eau.

Vivia avait donc regagné Lovats, et c'est là qu'elle avait perdu du temps, bloquée au milieu des bateaux qui amenaient les Nubrevniens en ville. Le temps qu'elle rejoigne le quai nord, le soleil descendait déjà à l'horizon. Et il avait disparu derrière les Sirmayennes avant même qu'elle arrive au palais perché au sommet de Queen's Hill. Elle pénétra dans la cour cernée par les appartements privés de la famille royale.

Il fallut trois tentatives au laquais pour débloquer à coups de poing le verrou grippé. Les charnières de la porte croassèrent comme des corbeaux survolant un champ de bataille.

Vivia arpenta le hall d'entrée jusqu'à tomber – presque littéralement – sur le plus jeune des pages au service de son père. *Domestique numéro huit mille un.*

– Votre Altesse, pépia le garçon, le roi régent est prêt à vous recevoir.

Son nez se tortilla, faisant frétiller les quelques poils de sa moustache. Vivia avait toujours cru que les autres pages le surnommaient Rat à cause de son nom, Rayet, mais elle avait sous les yeux une autre explication.

– Je suis prête moi aussi, répondit-elle, solennelle, en lissant les pans de son uniforme.

Rat la conduisit. L'écho de leurs pas résonnait contre les murs tapissés de chêne. Aucun tapis pour absorber le battement de leurs semelles, nulle tapisserie pour étouffer leur *clac-clac*. Douze ans auparavant, Serafin avait fait ôter toutes les décorations qui lui rappelaient Jana. Stockées dans des entrepôts en sous-sol, elles avaient pourri et de *vrais* rats s'étaient régalés des portraits des rois tombés dans les oubliettes.

Deux ans plus tôt, Vivia avait revendu chacun des articles. Pièce par pièce, via des filières pas vraiment légales. Les maîtres de guilde dalmottis n'hésitaient pas à échanger en secret de la nourriture contre d'authentiques œuvres d'art nubrevniennes, dont ils étaient friands.

Arrivée à l'aile occupée par son père, Vivia plongea dans la pénombre habituelle. À cause de sa maladie, les yeux de Serafin étaient très sensibles à la lumière, de sorte qu'il vivait désormais dans un monde de ténèbres. Rat se hâta d'ouvrir la porte pour annoncer son arrivée. À peine son nom prononcé, Vivia lui passa sous le nez.

Les appartements du roi, deux fois plus spacieux que la chambre à coucher de sa fille, étaient néanmoins meublés avec parcimonie. Un lit contre le mur de gauche avec un tabouret côté chevet. Sur le mur de droite, un âtre intact par où sifflait le vent. Volets fermés, rideaux fermés.

À la vue de son père, Vivia se redressa. Pas de révérence. Pas de salut. Pas même un bonjour. *Garde ton énergie pour le Conseil,* répétait-il. *Avec moi, sois naturelle.*

La tête grisonnante du souverain reposait sur un oreiller. Elle entendit à distance le raclement rauque de son souffle ; il lui fit signe d'approcher. D'une certaine manière, malgré ses frêles épaules qui pointaient sous sa chemise de nuit et les relents de mort qui imprégnaient l'air comme une brume matinale, Serafin régnait encore sur la pièce.

Une fois arrivée à ses côtés, Vivia eut un mouvement de recul. Le visage de son père, ses yeux… ils étaient vieux. À chaque visite, son état empirait.

Un frisson glacé lui parcourut la nuque. Son père avait dépassé le stade de la faiblesse. Son corps était brisé ; son esprit ne tarderait pas à suivre.

– Assieds-toi, grogna-t-il.

Il glissa un coude sur le côté dans le but de se redresser. Vivia, en l'aidant, sentit le relief de ses côtes sous ses doigts. Une fois qu'il fut assis dans son lit, elle prit place sur le tabouret à son chevet.

– Tu portes une jaquette de capitaine, dit Serafin d'une voix plus assurée. Pourquoi donc ?

Comme tante Evrane, il semblait cracher les consonnes, d'où son ton acerbe.

– J'avais l'impression, Votre Majesté, que c'est *vous* qui aviez repris les commandes de la flotte, répondit-elle.

C'était ce que le roi avait déclaré deux semaines auparavant, lors de cette fameuse conversation au cours de laquelle elle l'avait informé du décès de Merik : « Dans ce cas, le titre d'amiral me revient. » Cette fois, il se contenta de soupirer.

– Tu me crois vraiment en état de commander une flotte ? Je t'en supplie, ne réponds pas, ajouta-t-il avec un soupçon d'autodérision. Toute la journée, les guérisseurs me répètent que mon état s'améliore. Quels menteurs ! Des hypocrites doublés d'idiots…

Continuant sur sa lancée, il lui rapporta ce que les guérisseurs racontaient, pérora sur la force physique qu'il avait dans sa jeunesse, revint sur ses années de règne en tant que roi et amiral, et…

Bien d'autres choses encore, mais Vivia n'écoutait pas. Elle le berçait de « Mmm-hmm » et de « Hye ». Elle aurait bien aimé s'intéresser à ce qu'il disait – vraiment –, mais

Serafin ne faisait que ruminer le passé. Il ressassait des histoires qu'elle avait déjà entendues mille fois.

Foi de Noden, elle n'était vraiment pas une fille docile. Voilà des années qu'elle attendait ce moment de triomphe – il venait de la nommer amirale ! Pourtant, elle n'était même pas capable de l'écouter…

Elle arrangea vite fait ses manchettes pendant que son père continuait à jacasser. Il faisait maintenant des plaisanteries sur le Haut Conseil, analysant les innombrables défauts des vizeurs. En réponse, Vivia se fendit d'un petit rire. Après tout, un gloussement ne coûtait pas grand-chose et lui rapportait toujours un sourire.

Mieux encore : il enchaînait parfois – comme aujourd'hui – avec une raillerie.

– Toi et moi, on est vraiment faits du même bois, pas vrai ? Des Nihar purs et durs. On m'a rapporté ce qui s'est passé dans la salle des Batailles aujourd'hui. Ton petit tour avec l'eau. Bien joué ! Montre-leur que tu as du caractère.

Elle sentit une vague de chaleur l'envahir et prononça les mots qu'il rêvait d'entendre :

– Quelle bande d'abrutis. Il n'y en a pas un pour sauver l'autre.

Comme prévu, il sourit avant de pousser un soupir encombré. Le pouls de Vivia accéléra, mais non. Fausse alerte.

– Qu'a dit le Conseil aujourd'hui ? Raconte-moi.

– Cent quarante-sept navires, dit-elle sèchement, sont passés par les Sentinelles cette semaine. La plupart avec des passagers nubrevniens, Votre Majesté. Les vizeurs s'inquiètent de l'approvisionnement…

– Ça ne va pas tarder, coupa Serafin. Grâce à nos Renards. Nous avons accumulé une belle quantité de vivres au sous-sol du palais, et ces réserves vont nous permettre de tenir pendant la guerre. Le traité signé avec les Cartorréens nous y aidera. Ton frère a été malin…

Vivia sentit sa poitrine se serrer. *Moi aussi, j'ai été maligne,* brûlait-elle de répliquer. *Les Renards, c'est mon idée et le fruit de mon travail.* Mais elle ne contredirait pas son père. Il tenait à toujours partager la gloire héritée des bonnes décisions et les reproches suscités par les mauvaises.

Submergée par la culpabilité, elle songea qu'elle n'avait jamais parlé au roi de cette ville souterraine mythique, ni du lac ; elle avait beau justifier son silence par la promesse faite à sa mère, elle en connaissait la vraie raison : l'égoïsme. Elle n'avait aucune envie de partager la victoire au cas où sa quête de la ville souterraine porterait ses fruits.

– Où en sont nos négociations avec les Marstokis ? demanda le roi. Cette deuxième victoire remportée par ton frère nous aidera elle aussi à subsister…

Sur ces mots, Serafin posa les yeux sur le bandeau de deuil attaché au bras de Vivia. Le roi n'en portait toujours pas, ce qui ne manquait pas de surprendre sa fille, puisque Serafin ne tarissait pas d'éloges au sujet de Merik – au moins depuis qu'il était retourné à Lovats pour rejoindre l'Armée royale.

Elle s'était ensuite réjouie de cette absence de bandeau à son bras, preuve à ses yeux qu'il l'aimait davantage.

Quelle égoïste…

– Les Marstokis ? se força-t-elle à répéter, mal à l'aise.

Elle décelait dans les yeux du roi une lueur retorse, comme s'il attendait de sa fille une réponse précise tout en se doutant qu'elle ne la lui donnerait pas.

Elle s'humecta les lèvres et prit une grande inspiration avant de répondre, prudente :

– Nous sommes encore en discussion avec le sultanat marstoki, Votre Majesté, mais dès que le traité sera signé, je ne manquerai pas de vous en informer.

– Vraiment ? dit-il en s'emparant d'une feuille posée sur les draps. Pourtant, j'ai appris ce matin que tu avais mis fin aux négociations...

Jusque-là restée dans l'ombre, la feuille qu'il brandissait sous ses yeux n'était rien d'autre que le message qu'elle avait envoyé une semaine auparavant à l'ambassadeur du Marstok par l'intermédiaire d'un Voicewitch. Par les eaux de l'Enfer ! Comment Serafin avait-il mis la main dessus ?

– À mes yeux, cet accord n'était pas une bonne affaire, s'empressa-t-elle de répondre avec un sourire décontracté.

Comme Serafin gardait son air grave, elle changea de tactique pour adopter une posture plus hargneuse, plus agressive.

– Dès le premier coup d'œil, je me suis aperçue que l'accord proposé par les Marstokis ne laissait à la Nubrevna que des miettes. Les alliances sont censées servir nos intérêts, pas ceux de l'empire du Marstok. Le fait que les forces navales marstokies ont envahi la Nubrevna il y a deux semaines soulève aussi un léger problème, Votre Majesté.

– C'est pour toi que je me fais du souci, précisa-t-il sans se départir de son expression austère. Je ne tiens pas à ce que le Conseil te juge faible parce que tu n'auras pas réussi à négocier de meilleures conditions.

Vivia, écœurée, se mit à parler plus vite.

– Mais, Votre Majesté, j'étais persuadée que vous ne voudriez pas négocier avec ces va-t-en-guerre. Vous êtes bien trop intelligent pour ça. Si vous aviez vu les termes du contrat ! De toute façon, vu que l'impératrice est sans doute morte, ils auraient mis fin aux négociations eux-mêmes !

– Tu ne pouvais pas savoir que l'impératrice allait mourir. Sauf si...

Le visage de Serafin se détendit un peu. Sa bonne humeur revint.

– Je n'y avais pas pensé, conclut-il, mais sa mort change beaucoup de choses, en réalité.

Vivia accueillit sa remarque avec un rire crispé.

Il se laissa aller contre la tête de lit.

– Comme je te l'ai dit, c'est pour toi que je me fais du souci. Moi, je sais bien que tu es solide, mais le Conseil n'en a aucune idée.

Alors que le roi se délectait à haute voix de ses prouesses à lui, Vivia tenta de calmer le battement de son cœur. Elle faisait mine d'écouter, mais ses mains tremblaient tellement qu'elle dut les glisser sous ses cuisses.

Dès que son père paraissait mécontent, elle se mettait à trembler comme une feuille, ce qui était ridicule. Et honteux, car il l'aimait. Il venait de le répéter : c'était pour elle qu'il se faisait du souci.

Serafin était un bon roi, un dirigeant solide. Vivia pourrait le devenir si elle suivait son exemple. Si elle se contentait de le soutenir. *Partager la gloire, partager les reproches*. Gardant ce principe en tête – cette phrase qu'elle se répétait de plus en plus souvent ces derniers temps –, elle se composa le visage et le maintien d'une auditrice attentive. Et, pendant deux heures, écouta le vieil homme débiter le récit de ses exploits, de sa bravoure et de son brillant parcours dans le milieu politique nubrevnien.

Une fois sortie de l'aile royale, Vivia retrouva l'intendante du palais accompagnée de dix soldats raides comme la justice. Les soldats la saluèrent en la voyant traverser la cour, et l'intendante – une petite femme que Vivia connaissait depuis toujours – s'inclina, souriante.

C'était leur routine du soir : après l'entretien avec son père, Vivia et l'intendante parcouraient les différentes salles du palais, ainsi que les remparts. Elle écoutait la domestique lui lire les demandes, les requêtes, les plaintes recueillies dans la journée. Les employés du palais avaient le droit de s'approcher.

Si le jardinier voulait se plaindre de ses pruniers, c'était maintenant ou jamais.

Elles partirent d'un pas rapide au milieu d'une brise naissante qui s'infiltrait dans les jardins royaux, tandis que se formaient à l'horizon de nouveaux nuages.

Autrefois, les allées de gravier étaient entretenues dans un but uniquement décoratif. Mais dix-huit ans auparavant, la reine Jana avait donné carte blanche au personnel du palais et, en deux ou trois étés, des dizaines de pommiers et de poiriers avaient pris racine autour de la fontaine centrale. Des plants de courgettes aux superbes fleurs jaunes avaient envahi les allées jusqu'aux pieds des rosiers, et l'on comptait plus de têtes de chou dans le coin ouest que de têtes humaines dans l'enceinte du palais.

Vivia posa les yeux sur la seule partie des jardins royaux restée en l'état : un étang de nénuphars au milieu d'un minuscule enclos entouré de haies, dans la partie nord-est. Jana avait toujours adoré cet endroit. Selon sa fille, c'était parce que la porte menant au lac s'y trouvait. Mais elle se demandait…

– Attendez-moi, murmura-t-elle avant de s'éloigner.

Ses pas la menèrent dans un passage couvert à la végétation luxuriante, puis elle franchit le portail rouillé pour entrer dans le jardin de sa mère.

Celui-ci n'avait guère changé. En dehors de l'étang et des massettes qui l'entouraient, le sol était envahi de lierre. Un saule pleureur caressait de ses longs doigts la surface de l'eau. Des buissons de myrtilles prenaient d'assaut le mur du fond.

Tous les jours, Vivia descendait en hâte le sentier de gravier – seul endroit épargné par le lierre – pour gagner la trappe située sous les buissons. Et tous les jours, elle vérifiait qu'il n'y avait aucune autre entrée dans le jardin.

À quelques pas de l'étang se trouvait un banc solitaire. C'est vers lui que se dirigeait Vivia, car c'était là que se posait Jana. Elle s'assit confortablement sur le banc, tout comme sa mère. Puis elle se mit à observer, comme sa mère le faisait, une touffe d'iris barbus.

Les fleurs se dressaient toujours, vaillantes, dans des pots d'argile installés autour des massettes. Vivia n'avait jamais vu d'iris noirs ailleurs qu'ici. La plupart des iris étaient bleus, rouges ou pourpres, mais pas ceux-là. Pas ceux que sa mère chérissait.

Absorbée dans sa contemplation, la reine leur parlait. Systématiquement, elle récitait un couplet de « La Complainte d'Eridysi », cette chanson chère aux marins avinés et aux cœurs brisés. *Une fois morts, ils ont enfin compris la vie. Et une fois en vie, ils pourront changer le monde.* Et elle recommençait, encore et toujours, jusqu'à rendre aussi fous qu'elle tous ceux qui l'entendaient.

Vivia resta à admirer les fleurs le temps de trois soupirs. Plongée dans le passé, elle revoyait sa mère chanter, le regard fixé sur les iris. D'abord de temps en temps, puis une fois par semaine. Puis une fois par jour…

Avant de disparaître à jamais.

Vivia ressemblait à sa mère par certains côtés, mais pas sur le fond. Bien plus solide que Jana, elle était de taille à affronter les ténèbres qui la hantaient.

À cette pensée, elle sauta du banc pour rejoindre l'allée couverte. Hormis la trappe, ce jardin n'avait aucun intérêt. Il était hanté par les fantômes et la folie. Par les complaintes et les souvenirs.

DOUZE

LES TANIÈRES.

C'était le quartier le plus sale, le plus peuplé de la ville. Et de toute la Nubrevna.

– Mon quartier, précisa Cam en guidant Merik.

Elle n'avait rien dit depuis qu'ils avaient quitté l'immeuble où habitait Kullen, et elle prononça ces mots avec une telle intensité – comme s'il lui fallait rassembler toute sa force pour articuler chaque syllabe – que Merik ne trouva pas de réponse appropriée. Même dans les terres Nihar du Sud, pourtant moribondes, on trouvait de l'espace. Et de quoi manger.

La météo n'aidait pas : le tonnerre grondait et la pluie tombait de manière régulière, légère mais menaçante. Et surtout, le tremblement de terre avait fait des dégâts. Gouttières effondrées, tentes saccagées, et cette terreur au fond des pupilles. On était pourtant loin de la tragédie – Merik avait entendu parler de séismes qui détruisaient des immeubles entiers.

Cam avançait d'un pas souple, ses longues jambes habiles à sauter au-dessus des flaques ou contourner les ivrognes.

Merik faisait de son mieux pour la suivre. Deux vers d'une vieille comptine lui trottaient dans la tête. *Frère Filip, cet idiot, guida frère Daret, les yeux clos, dans le noir de la grotte.*

Mais il n'aurait pas su dire s'il était idiot comme Filip ou aveugle comme Daret.

Il n'eut pas le temps de décider : Cam tourna brusquement à gauche. En quelques secondes, elle avait disparu dans l'ombre d'une ruelle, ce qui obligea Merik à accélérer l'allure. La lumière orageuse de l'après-midi avait disparu ; ses yeux fouillaient l'ombre.

– Par ici ! souffla Cam en le tirant vers un passage étroit coincé entre deux immeubles.

Ils restèrent figés. Merik, abasourdi, fixait Cam qui couvrait sa bouche de sa main gauche comme pour bloquer sa respiration.

Comme personne ne venait, elle finit par se détendre. Sa main retomba à ses côtés.

– Désolée, marmonna-t-elle. J'ai cru qu'on nous avait repérés.

Elle sortit la tête de leur cachette et se relâcha enfin.

Aucun rapport avec son petit jeu de la veille, songea Merik.

– Qui nous suivait ? demanda-t-il.

– Des soldats.

Fallait-il la croire ? Il préféra changer de sujet.

– On peut continuer ? La ville a besoin de nous.

Pour neutraliser Vivia, avait-il envie d'expliquer. *Obtenir plus de nourriture et développer les échanges commerciaux.* Mais il garda le silence. Cam n'avait pas besoin qu'on la réprimande : elle était déjà rouge de honte.

– Bien sûr, chef. Désolé, chef.

Ils se remirent en marche. À chaque fois qu'ils croisaient quelqu'un, Cam tirait sur sa capuche.

Ils contournèrent bientôt un ensemble d'appentis de bois pour tomber enfin sur Pin's Keep, fameuse tour, plus ancienne que la Vieille Ville, plus âgée que ses remparts et peut-être même que les aqueducs de Stefin-Ekart. On s'en rendait compte à la couleur de sa pierre : son granit tournait à l'orange sous l'incendie du soleil couchant.

Quand les premiers colons venus du nord s'étaient installés en Nubrevna, ils avaient charrié du granit noir depuis leur pays, bien décidés à asservir ces nouvelles terres. Mais la Nubrevna avait fini par devenir une nation à part entière. Avec son peuple à elle, qui s'était résolu à utiliser la pierre calcaire qu'on trouvait à foison sur place.

Les planches de bois et les tentes effondrées s'accumulaient au pied de la tour. Les gémissements des malades et les hurlements des bébés déchiraient la clameur du soir. Les Tanières s'avéraient plus bruyantes que dans le souvenir de Merik. Plus malodorantes aussi, et surpeuplées. Des infirmes, des boiteux, des grippés et des éclopés, parfois hauts comme trois pommes, patientaient en file indienne dans l'allée couverte qui menait à la tour.

Merik poussa un juron.

– Tu crois qu'on peut doubler tout le monde, mon garçon ?

Du fond de sa capuche, Cam jeta un coup d'œil avisé sur la file.

– L'entrée s'trouve tout au bout, chef. Suivez-moi !

Sans hésiter, elle remonta la file entière avant de contourner la tour pour gagner un portail rouillé. Là, le grand bâtiment s'adossait aux remparts de la ville, taillés dans le même granit.

Deux pas plus loin, les pavés irréguliers de l'allée s'effondraient tout à coup, comme s'il y avait eu jadis un escalier.

– Attendez-moi ici, ordonna Cam en montrant du doigt un recoin que le soleil déclinant n'éclairait plus. J'vais faire ouvrir la porte, et vous vous faufilerez en douce.

Merik eut un moment d'hésitation. Il ne tenait pas à ce que Cam pénètre dans la tour. Il voulait juste qu'elle le guide jusqu'à l'entrée, après quoi il comptait reprendre les rênes de l'expédition. Sauf que la fille avait déjà filé, le poing levé, prête à frapper à la porte.

Aussi, alors que la voix de Safi lui traversait la tête – *J'ai peur de ne jamais te revoir* –, il obéit à Cam en se pelotonnant dans le coin le plus reculé.

Comme il se terrait dans l'ombre, le soleil couchant éclaira de ses flammes les lettres accrochées au-dessus de la porte d'entrée. Il y avait d'abord un P, puis un vide là où la pluie, le temps qui passe et les fientes d'oiseau avaient effacé les lettres, puis in's keep.

Ce qui répondait à la question que Merik se posait depuis tout petit : pourquoi ce refuge s'appelait-il Pin's Keep ? Sous le nom, d'autres lettres plus petites formaient les mots : *L'ombre n'est pas toujours une ennemie, la porte d'entrée se trouve ici.*

Voilà à quoi Cam faisait référence !

Elle toqua à la porte basse qui s'ouvrit presque aussitôt, laissant échapper une nuée de chaleur et de vapeur.

– Qui va là ? Pour la file d'attente, c'est l'autre porte… *Cam !* s'écria la femme.

Elle l'attira si vite à l'intérieur de la tour que le paletot de Cam flotta derrière elle comme deux ailes de papillon.

– Varrmin ! Tu ne devineras jamais qui les lamproies viennent de m'amener !

– Dis-moi, répondit une voix étouffée.

– Camilla Leeri !

La porte commençait à se rabattre. Merik manqua de trébucher en se jetant dans l'entrebâillement, mais il réussit à se glisser juste à temps. Une fois à l'intérieur, dans cette cuisine aussi bondée que mal éclairée, il réalisa que cette femme avait appelé Cam *Camilla.*

Un prénom féminin typiquement nubrevnien, en somme.

Il venait d'obtenir une réponse à l'autre question qu'il se posait.

Une fois sa capuche ajustée, il entreprit de traverser la cuisine de Pin's Keep. Une poignée d'employés le toisèrent, mais la plupart ne prêtèrent aucune attention à lui. Après avoir croisé quatre personnes marquées sous l'œil d'un tatouage fait à Judgment Square, sa poitrine s'enflamma et son pouls s'accéléra. À tous les coups, Garren l'assassin avait été vendu ici même. Merik se trouvait donc au cœur des projets de sa sœur – il le sentait.

Il finit par quitter les cuisines pour tomber sur un vestibule étroit. Les poutres de bois sombre qui striaient le plafond bas évoquaient le ventre d'un bateau, à la différence qu'ici, les vagues ne s'écrasaient pas à l'extérieur, mais à l'intérieur de la coque.

Pin's Keep vivait, respirait au rythme des flux qui passaient par trois entrées différentes. Un premier groupe se dirigeait vers une pièce lumineuse à quelques pas de là. Une salle de soins – les employés portaient tous des blouses de guérisseur. Un deuxième groupe tournait à gauche vers une pièce plus sombre, plus calme, et la dernière vague se dirigeait tout droit vers le bourdonnement de rires et de voix.

Rien de précis ne filtrait de ces flots tumultueux – ni conversations, ni interventions, ni pensées. Le chaos de Pin's Keep emplissait le moindre recoin de son cerveau.

Merik se détendit. La rage qui bouillonnait en permanence dans ses entrailles s'estompa en partie pour céder la place à une sensation plus douce. Plus ancienne. Et plus triste.

La reine Jana venait ici deux fois par semaine, et, deux fois par semaine, Merik et Vivia devaient l'accompagner.

Au moins jusqu'au jour où leur père avait appris que sa magie n'était pas aussi puissante que celle de Vivia. Ce jour-là, Serafin avait envoyé son fils vivre dans le sud avec une tante bannie de la communauté.

Merik reprit ses esprits. Il n'était pas là dans son propre intérêt. Il était là pour les égarés, pour les méchants.

– Chef ?

Les doigts de Cam enserrèrent doucement ses bras. Il reconnut aussitôt sa poigne bienveillante, comme une ancre au milieu de la tempête.

– Tout va bien, déclara-t-il en tripotant ses manches. Je cherche un bureau ou un espace privé où seraient entreposés des registres. Ça te dit quelque chose ?

– Hye.

Elle esquissa un vague sourire... plutôt tendu.

Merik savait d'où venait sa gêne. *Camilla.* Elle craignait sans doute qu'il ait entendu, aussi prit-il soin de la rassurer en lançant d'un ton bourru :

– De quel côté, mon garçon ? Il n'y a pas de temps à perdre.

Son sourire se fit aussitôt lumineux.

– Passons par la salle principale.

Elle attrapa la cape du prince pour le guider avec brutalité, comme une mule tire un bateau sur le canal.

À mesure qu'ils approchaient de la salle principale, il percevait de plus en plus nettement de la musique. D'abord le martèlement des semelles. Puis une vibration qui lui secoua les tripes et la poitrine. Sur le seuil, le chant et les voix lui éclaboussèrent les oreilles.

Merik et Cam se trouvaient dans un immense hall, faiblement éclairé mais saturé par l'odeur des corps que rehaussait une touche de romarin, façon sauté d'agneau.

Le prince en eut l'eau à la bouche. À quand remontait son dernier repas chaud ? Une chose était sûre : il mangeait froid depuis qu'il avait quitté le *Jana*. Son estomac se mit à gargouiller.

Cam montra du doigt un escalier en colimaçon à l'autre bout de la pièce.

– Avant, y'avait un entrepôt en haut de l'escalier, chef, mais il a été transformé en bureau.

Parfait !

– Va nous chercher à manger, ordonna Merik. Je n'en ai pas pour longtemps.

– J'viens avec vous.

Elle fit mine d'avancer, mais il la cloua sur place d'un regard glacé.

– Pas question que tu viennes avec moi, mon garçon. Je travaille en solo.

– Mais vous vous faites choper à tous les coups…

– Ne bouge pas d'ici.

Merik disparut dans la foule avant qu'elle puisse le suivre. Une fois au pied de l'escalier, il s'extirpa de la cohue pour grimper les deux premières marches. Puis il se retourna vers Cam. Pas de problème, elle faisait la queue pour la potée. Tout en jetant des coups d'œil dans sa direction, les doigts entortillés dans sa capuche.

Merik inspira longuement avant de replier les doigts pour convoquer sa magie – comme Kullen le lui avait appris plus de dix ans auparavant, quand les deux garçons jouaient sur la plage en tentant de déterminer comment fonctionnait leur pouvoir. Puis il exhala. Un souffle tiède remonta l'escalier en spirale jusqu'à la salle située à l'étage.

Ses vents ne rencontrèrent personne. La salle était vide.

Après un dernier coup d'œil en direction de Cam, Merik resserra sa cape autour de ses épaules afin de monter les marches.

Un bureau, mais aussi une chambre à coucher : voilà ce qu'il découvrit un étage au-dessus de la salle à manger de Pin's Keep. L'espace compris entre la salle et le toit avait été aménagé en un espace de vie aux dimensions réduites.

Quand ? Bonne question. À la mort de Jana, la gérance de Pin's Keep était revenue à Serafin, qui l'avait à son tour confiée à des domestiques. Trois ans auparavant, lors de son retour à Lovats, il avait entendu dire que Vivia avait pris le relais. C'était forcément elle qui habitait cette chambre…

Sous la fenêtre ouverte, il y avait un canapé dont le dossier, mangé par les mites, était recouvert d'une courtepointe soigneusement pliée aux couleurs de l'étendard Nihar, avec son renard de mer brodé. Un rideau assorti pendait d'un seul côté de la fenêtre. Les volets, mal installés, ne devaient pas suffire à bloquer les courants d'air.

Merik n'arrivait pas à décoller ses yeux du rideau. Il lui rappelait une autre fenêtre, identique, dans une autre pièce située dans une aile oubliée du palais.

Vivia l'avait dénichée, décorée, et les premiers temps elle avait laissé Merik partager cet espace avec elle. *Ma tanière de renard,* comme elle disait. Il jouait aux petits soldats pendant qu'elle lisait des tonnes de livres.

Puis leur mère était décédée. Après avoir mis le feu aux guirlandes de deuil pour les jeter du haut des aqueducs, Vivia était rentrée au palais d'un pas lourd pour s'enfermer dans son terrier.

Où le prince n'avait plus jamais mis les pieds.

Un papillon voletait dans la brise orageuse. Sa danse ramena Merik au moment présent. L'insecte évoluait dans le coin le plus éclairé, là où les planches qui soutenaient le mur servaient aussi d'étagères.

Merik traversa la pièce d'un pas lent pour examiner un à un les dos des livres. *Laissez-vous porter par le vent, Prince,* lui avait appris le maître chasseur Yoris. *Laissez-vous porter par les flots. Si vous avancez trop vite, votre proie vous repérera.*

Yoris entraînait les hommes d'armes au domaine des Nihar. Merik, tout comme Kullen, avait passé des heures à suivre ce grand échalas en répétant tous ses gestes.

Il l'imitait en ce moment même, en se déplaçant lentement. Avec prudence. En réprimant son envie d'accélérer le rythme. Il finit par tomber sur un volume bien utile posé sur l'étagère du haut. *Ventes de Judgment Square, Année 19,* disait le titre. Le prince esquissa un sourire qui s'agrandit à la vue du nom « Garren » sur les pages.

Acquis Y19D173 à Judgment Square. Cédé à Serrit Linday pour des travaux de ferme, en échange de nourriture.

« Cédé à Serrit Linday », lut-il à voix basse.

Stupéfait, il vérifia le texte. Oui, c'était bien le nom inscrit sur la page.

Merik ne s'attendait pas à cela. Il se doutait, bien entendu, que les registres ne porteraient pas la mention *Envoyé à la crique Nihar pour tuer mon frère,* mais il pensait vraiment trouver un lien entre Garren et l'attaque du *Jana.*

À la place de quoi il avait découvert un nouveau maillon de la chaîne. Merik ferma le registre avec un juron. Les mots de Cam lui revinrent en tête. *Et si c'était pas votre sœur qui avait essayé de vous tuer ?*

Mais c'était forcément Vivia. Qui d'autre en aurait voulu à sa vie ? D'ailleurs, le plus jeune des frères Linday – une vraie ordure, ce noble – avait été l'ami d'enfance de Vivia. Quel que soit le maillon, la chaîne menait toujours à sa sœur.

Merik venait de remettre le livre dans l'étagère quand il remarqua que le papillon s'était piégé tout seul dans la lanterne ensorcelée. Quelques secondes plus tard, il était mort. Une fumée nauséabonde masqua un court instant l'odeur de citron.

Merik regarda la flamme s'intensifier et le papillon se transformer en cendres avant de reporter son attention sur le bureau de Vivia. Une simple table, sans tiroirs susceptibles de cacher des informations confidentielles, sans coffre-fort. Il n'en fouilla pas moins les piles de documents en les feuilletant vite fait avant de regarder sous les paperasses, puis derrière.

Il ne trouva rien d'intéressant dans les six tas inspectés, des pages et des pages d'inventaire ou de comptes écrits avec une telle minutie que le texte semblait avoir été imprimé.

Ses yeux se posèrent sur une autre pile. La première feuille, recouverte de calculs, de colonnes et de notes manuscrites, restait lisible malgré une écriture tellement penchée que les chiffres apparaissaient presque à l'horizontale.

Ils étaient tous barrés. D'un trait rageur. Le nombre de nouveaux arrivants (par jour), la quantité de nourriture livrée (par jour, moins la contribution du palais), et en bas de page, la somme dépensée au total.

Mais les comptes ne tombaient pas rond. Pas du tout. Le nombre d'affamés et des sans-logis surpassait largement les quantités de nourriture et de fonds alloués. Par la barbe de Noden ! Comme ils étaient nombreux… Chaque jour, seize nouveaux arrivants espéraient trouver un lit, quarante-quatre autres de la nourriture.

Si tous ces gens se déplaçaient jusqu'à Pin's Keep à la recherche d'un abri, d'un repas ou de soins, combien la ville comptait-elle de nécessiteux ? Son pays était dévasté, Merik le savait. Depuis vingt ans, tout ne faisait que se dégrader, en particulier ces derniers temps. Mais ces chiffres…

Ces chiffres prouvaient que la Nubrevna était dans un état plus désespéré qu'il ne l'imaginait.

Il lâcha un soupir accablé avant de s'attaquer à la dernière pile de paperasses, surmontée d'une grande feuille apparemment dépliée.

Un plan des Citernes, ce vaste réseau de tunnels creusés sous la ville pour acheminer l'eau potable et recueillir les eaux usées. Son regard fut attiré par une grande croix tracée sur la carte. Piqué de curiosité, il se pencha sur le document. Dans un coin, six horaires avaient été griffonnés sur le papier. Le lieu et les heures de rendez-vous, peut-être ?

Merik s'empara du plan pour le replier à l'identique. Il venait de le glisser sous sa ceinture quand un courant d'air gelé le frappa de plein fouet. De la glace, de la magie et une voix qui lui intimait :

– Remets-le à sa place.

Que Noden le pende ! Merik la reconnaissait.

C'était celle de Stacia Sotar.

Merik tourna très légèrement la tête. Sa capuche dissimulait son visage. Il lui suffisait d'accéder à la fenêtre ouverte… La liberté ne tenait qu'à un saut dans le vide.

Du moins le croyait-il, avant de sentir une gerbe d'eau lui lécher la jambe. Elle s'enroula autour de son mollet puis se resserra, le figeant sur place dans un étau de glace. Stacia était une Waterwitch, comment avait-il pu l'oublier ? Merik n'avait plus le choix : il lui fallait céder à son côté sombre.

Il devint la Fureur.

Ses vents se déchaînèrent. La glace céda aussitôt et il tira sur sa jambe, prêt à s'envoler.

La glace fondit et s'évapora vers le haut, brûlant, ébouillantant son visage ravagé.

Merik, dans un hurlement de douleur, s'écroula sur le bureau pour retomber de l'autre côté.

La gerbe de glace rebondit sur les murs avant de lui lacérer le crâne. Sa capuche était tombée, mais il se remit en mouvement. Alors qu'il se dirigeait à quatre pattes vers la fenêtre, il sentit que Stix convoquait plus de magie. Avec facilité, comme si le combat ne faisait que commencer.

Elle frappa du pied le sol, et toute l'eau de la pièce se transforma en brouillard. Merik n'y voyait plus rien.

D'un souffle léger, il se fraya un chemin de vent jusqu'à la fenêtre. La brume s'écarta aussitôt et, bondissant sur ses jambes, il se mit à courir.

Comme il le redoutait, Stix lui barra le chemin. Il pivota vers la droite, ses vents tournoyant pour l'enfermer dans son propre brouillard. Au moment où il allait s'échapper, elle lui saisit le poignet.

L'avant-bras figé dans la glace, Merik se retrouva attaché à elle.

Ils échangèrent un regard. Les yeux de Stix, aussi noirs que les abysses de Noden, s'écarquillèrent. Puis elle plissa les paupières tandis que ses lèvres s'écartaient.

Elle m'a reconnu. Que pouvait-il lui arriver, hormis la mort ? Une fois identifié, il ne pourrait plus mettre son plan à exécution.

Mais les mots prononcés par Stix ne furent ni *Merik*, ni *Prince*, ni *Amiral*.

– La Fureur, souffla-t-elle. Vous existez donc vraiment.

Soudain, le brouillard transformé en neige se mit à tourbillonner doucement dans la pièce.

Un autre type de froid – venu de l'intérieur, cette fois – frappa Merik en pleine poitrine. Était-il défiguré au point d'être méconnaissable ? Il avait beau se dire qu'étant myope, elle ne pouvait le reconnaître à moins d'être collée à lui, il connaissait la vérité. Il était devenu un monstre. La Fureur en personne.

Il devait profiter de sa stupeur.

– Oui, je suis la Fureur.

Le fait de prononcer ces mots, de confirmer cette identité, diffusa une onde de chaleur dans son dos. Il laissa libre cours à la rage.

La magie, la magie, la magie.

– Lâche-moi, ordonna-t-il.

Stix obéit. Elle enleva sa main et la glace se retira – non sans lacérer sa manche au passage. Et sa peau.

Merik se précipita vers la fenêtre. La tête la première, il traversa les volets envahis de citronnelle, les bardeaux et les gouttières. La tête la première, il chuta vers la ruelle étroite en contrebas.

Ses vents l'enveloppèrent pour le déposer en douceur sur les pavés.

Dès que ses bottes touchèrent le sol, il se mit à courir. Deux fois il se retourna : la première, pour voir si Cam était dans les parages, mais il ne la vit pas – et il n'avait pas le temps de partir à sa recherche.

La deuxième, pour voir si Stix le poursuivait.

Ce qui n'était pas le cas. Elle se contenta de le regarder fuir par la fenêtre ouverte, au milieu d'un halo de neige illuminée par les bougies.

TREIZE

ISEULT ET AEDUAN MANGEAIENT EN SILENCE. La mâchoire du moine s'actionnait de manière automatique. Depuis le piège à ours, il n'avait pas dit un mot.

Iseult ne s'en étonnait pas. De son côté, jamais les Filaments ne lui avaient autant manqué. Le monde était si vide, si terne en l'absence des humains ! Depuis des semaines, elle n'était confrontée qu'à de lointaines tresses. Maintenant qu'elle se trouvait de nouveau face à un homme, il n'avait pas de couleur. Ni de Filaments. Il était transparent.

Le langage du corps, les expressions – autant d'énigmes qu'Iseult n'avait jamais eu à déchiffrer jusque-là. Mais comme aucun Filament ne planait au-dessus de la tête du Bloodwitch, il lui fallait décrypter le moindre mouvement sur son visage. Le moindre frémissement de ses muscles.

Or ils n'étaient pas nombreux… *Aussi froid qu'une Threadwitch,* aurait dit sa mère. Dans la bouche de Gretchya, c'était un compliment, puisque les Threadwitchs n'étaient pas censées exprimer la moindre émotion. Mais Iseult le prenait comme une insulte, car cette formule ne s'appliquait jamais à elle. Gretchya l'utilisait pour qualifier les autres :

celles qui maîtrisaient mieux l'art de la stase et savaient garder leur calme, contrairement à Iseult.

Plus elle observait Aeduan, plus elle sentait émaner de lui une émotion. La méfiance.

Elle la décelait dans sa manière de se tenir raide sur sa chaise, comme aux aguets. Dans sa façon de la suivre du regard dès qu'elle se déplaçait dans le camp pourtant peu étendu. *Il me déteste parce qu'il m'a sauvé la vie,* se dit-elle.

Iseult était souvent confrontée à la méfiance et à la haine. Si ces sentiments avaient pu tuer, elle serait morte depuis longtemps.

– Je te ressers ?

Elle se dirigea vers le feu de camp, où le dernier brochet grillait sur sa broche.

Le Bloodwitch s'éclaircit la voix.

– Où sont mes lames, Threadwitch ?

Comme il s'acharnait à parler dalmotti, elle prit soin de lui répondre en nomatsi.

– Cachées.

– Et le reste de mes thalers ?

– Loin d'ici.

Les poings serrés, le Bloodwitch se dressa sur ses pieds.

– Si je le voulais, je pourrais t'obliger à avouer.

C'était faux, et ils le savaient tous les deux. Il avait perdu son pouvoir sur elle le jour où il avait admis, à Veñaza, qu'il ne pouvait ni sentir ni contrôler son sang.

Iseult se mit au diapason, buste raide et menton haut, mais son cœur battait la chamade. Jusqu'à présent, tout s'était déroulé comme prévu – comme elle l'avait espéré. Mais il était temps qu'elle referme son piège.

– Je te rendrai les pièces, déclara-t-elle en se félicitant que son bégaiement ne soit plus qu'un lointain souvenir, si tu m'aides à retrouver quelqu'un.

Aeduan se cabra comme un serpent se dresse. Pendant quelques instants, le temps s'arrêta. Le tonnerre grondait au loin. Le vent qui s'infiltrait sous l'avancée rocheuse les frappait au visage. Pourtant, le Bloodwitch ne bougeait pas d'un pouce.

– Tu as donc besoin de moi, finit-il par murmurer.

– Oui. Pour retrouver Safiya fon Hasstrel.

– La Truthwitch.

À ces mots, Iseult ne put retenir une grimace. Un froncement de nez discret, mais Aeduan l'avait forcément remarqué. Rien ne lui échappait.

– Exact. La Truthwitch, confirma-t-elle.

Prononcer ce mot à voix haute lui procura une sensation étrange. C'était le seul mot qu'elle s'était interdit de prononcer depuis six ans et demi, par peur des oreilles indiscrètes. Parce qu'elle craignait de condamner par accident Safi à la prison ou à la mort.

– Les Marstokis l'ont enlevée. Je ne sais pas où ils la détiennent. Toi qui es Bloodwitch, tu peux retrouver sa trace.

– Et pourquoi je te rendrais ce service ?

– Parce qu'en échange, je te dirai où sont cachées les pièces.

Il fit deux pas vers elle autour du foyer éteint en la scrutant de son regard fixe.

– Tu me paieras avec mes propres thalers d'argent ?

Les thalers lui appartenaient donc bien. Comment avaient-ils atterri dans la cave de Mathew ? Elle n'en avait aucune idée, mais elle comptait bien utiliser cet atout pour négocier.

Elle acquiesça, et Aeduan partit dans un éclat de rire incrédule et outré.

– Qu'est-ce qui t'empêchera de garder mon argent ? Une fois que j'aurai retrouvé la Truthwitch, comment m'assurer que tu tiendras parole ?

– Et moi, comment m'assurer qu'une fois Safiya retrouvée, tu n'essaieras pas de la garder ? Pour la vendre à nouveau ?

Le Bloodwitch hésita un court instant, comme s'il déterminait ses différentes options avant de choisir la meilleure. Ou la plus efficace.

Aussi froid qu'une Threadwitch.

– On jouera contre la montre, dit-il en faisant rouler ses poignets. Ce sera à qui trahit l'autre le premier.

– Tu acceptes le marché ?

Il fit un pas de plus pour se retrouver face à elle. Iseult dut lever la tête pour le regarder dans les yeux.

– Tu n'as pas d'ordres à me donner, Threadwitch. Tu n'es pas ma patronne. Et surtout, tu n'es pas mon alliée. Nous allons faire un bout de chemin ensemble, rien de plus. Compris ?

– Compris.

– Dans ce cas, poursuivit-il en dalmotti, toujours en dalmotti, j'accepte.

Iseult serra les poings. Elle ne tenait pas à lui révéler la vague de soulagement qui la submergeait.

J'arrive, Safi !

Les yeux ancrés dans ceux du Bloodwitch jusqu'à la dernière seconde, elle tourna les talons pour gagner un recoin sombre au pied d'un mur envahi de champignons. Une fois accroupie, elle tendit la main vers le baudrier qu'elle manipula avec précaution, veillant à ce que les manches ne frottent pas les uns contre les autres et à ce que les lanières ne raclent pas le sol. L'objet bien droit dans ses mains, elle avança dans la boue sans faire cliqueter les boucles.

Elle lui tendit l'objet.

– Il faudrait graisser les lames.

Pas de réponse. Il se contenta d'attacher le baudrier sur sa poitrine, avec méthode et en silence, avant de sortir de l'abri sous la bruine. Pour la première fois depuis qu'Aeduan s'était réveillé dans la forêt, Iseult eut l'impression de pouvoir remplir d'air ses poumons.

Il allait l'aider.

Il n'allait pas la tuer.

– Tu es prêt ? demanda-t-elle. Il n'y a pas de temps à perdre.

Elle referma les doigts sur sa pierre filaire. *J'arrive, Safi !*

Aeduan finit d'installer son baudrier et les lames s'entrechoquèrent. Promesse ou menace ?

– Difficile d'avancer sous cette pluie, et la nuit ne va pas tarder à tomber. Nous nous mettrons en route demain dès l'aube, déclara-t-il.

Puis il s'assit en tailleur sur le sol détrempé, ferma les yeux et resta muet.

Le commandant des bardes de l'Enfer, revenu de la jungle, se traîna jusqu'à la besace de Zander qu'il se mit à fouiller avec des gestes malhabiles. Il n'avait pas l'air de sentir le regard de Safi peser sur lui.

Il ferait bientôt noir. Safi pensait qu'ils allaient dresser le camp, mais Dame Destinée ne se montrait pas très accommodante à son égard.

Le commandant sortit du sac de la viande séchée, puis il ôta son casque pour le déposer à côté de la besace. Perçant la canopée de la forêt, un rayon de soleil éclaira la croûte de sang sur sa nuque.

Un bout de tissu blanc émergeait de son col.

Il s'était isolé pour soigner sa blessure, Safi en aurait mis sa main à couper. Il bougeait très peu son bras gauche et son épaule avait l'air gonflée, comme s'il l'avait pansée sous le cuir.

Il est sûrement blessé, conclut Safi. Ce petit coup de pouce du destin lui arracha un sourire. La plaie avait dû se rouvrir quand elle l'avait roué de coups. Résultat : il avait perdu du sang et s'était affaibli.

Son sourire s'agrandit, ce qui n'échappa pas au barde.

– Je ne vois pas pourquoi tu te réjouis, Hérétique. Je te rappelle que tu es attachée à un arbre.

Ce sera bientôt ton tour, songea-t-elle tout en effaçant son sourire. Inutile de lui mettre la puce à l'oreille.

– Je ne faisais que profiter du spectacle, Barde. Tu es mille fois plus beau sans ton casque.

Méfiant, l'homme fronça les sourcils. Sans son casque, il ressemblait à nouveau à Caden, le Troublant Tricheur qui l'avait condamnée à une vie de cavale. Une vie de bête traquée.

Caden s'aventura un peu plus près. Et encore plus près, jusqu'à se trouver à portée de main – si ses mains n'avaient pas été entravées.

Il lui tendit un bout de viande séchée.

– De la poitrine de porc ?

– Avec plaisir, dit-elle en battant des cils. Merci beaucoup.

La moue du barde s'accentua. Il jeta un coup d'œil aux liens qui entouraient ses bras et ses pieds : elle était bien ficelée comme un rôti.

– D'où vient cette bonne humeur, Hérétique ? Et ces manières polies ?

– Je suis une domna. Je suis capable de sourire au plus affreux des crapauds et de le complimenter sur ses verrues les mieux placées.

Caden répondit par un hoquet plutôt qu'un rire. Puis il lui agita sous le nez le bout de viande salée, de sorte qu'elle dut tendre le cou pour l'attraper. Pour le mordre et le mastiquer. Humiliant. Éprouvant.

Elle prit soin d'afficher une mine radieuse tandis qu'elle mâchait et mâchait encore. Et encore, avant de réussir à avaler les fibres desséchées.

– C'est plutôt… sec, lâcha-t-elle. Je peux avoir de l'eau ?

Caden, circonspect, plissa un œil, comme elle l'avait vu faire lors du tournoi de tarot. Une grimace qui signifiait : *Regardez bien ! Je suis en train de réfléchir.*

Comme il ne trouvait aucune raison de refuser, il haussa les épaules avant de détacher de sa ceinture une outre à moitié pleine. Il la porta à la bouche de Safi qui la vida sous ses yeux.

– Merci, dit-elle en passant la langue sur les lèvres.

Elle lui était vraiment reconnaissante.

Avec un hochement de tête, il remit l'outre en place, geste que sa main gauche n'eut pas l'air d'apprécier.

– Blessé ? lança Safi.

– Un barde ne se blesse jamais, grogna Caden.

– Ah. C'est ce qui te permet de tuer à tour de bras d'innocentes sorcières…

– Je n'ai jamais tué d'innocentes sorcières, répliqua-t-il en s'escrimant sur la fermeture de la besace. Mais des hérétiques, oui.

– Combien ?

– Quatre. Ils refusaient de se rendre.

Safi ne s'attendait pas à ce qu'il réponde. Même si sa magie n'arrivait pas à le percer à jour, elle avait l'impression qu'il disait la vérité. Il avait tué quatre hérétiques… pour sauver sa peau.

– Et l'équipage entier de Marstokis que tu viens de massacrer ? Tu les comptes dans ta liste de victimes ?

– Quel équipage ?

Il fronça à nouveau les sourcils en relevant la tête.

– Celui du navire que tu as réduit en cendres. Le navire sur lequel je me trouvais avec l'impératrice.

– Ce n'était pas nous. Nous, on te piste depuis Lejna, dit-il en haussant l'épaule en direction de Lev et Zander.

– Mon œil.

Cette fois, son hoquet trahit bien son hilarité – un petit sourire narquois barrait son visage.

– Ravi de voir que ta sorcellerie ne marche toujours pas avec moi, Hérétique.

Le sourire de Safi, lui, s'affadit. Elle n'arrivait plus à faire semblant. C'était la vérité : elle n'arrivait pas à le déchiffrer. Pour une fois, elle choisit la voie de l'honnêteté. Elle laissa s'estomper sa gaieté au profit d'un front soucieux.

– Pourquoi ? Pourquoi ma magie ne fonctionne-t-elle pas avec toi ?

– La magie est inopérante avec les bardes de l'Enfer.

– Je sais, mais pourquoi ?

Il se gratta le menton à l'endroit de la cicatrice avant de reculer d'un pas.

– Ton oncle ne t'a jamais raconté ? La magie, la sorcellerie, le pouvoir. Ça, c'est pour les vivants, Hérétique. Mais nous…, expliqua Caden en se frappant la poitrine, ce qui fit résonner les plates métalliques de sa brigandine. Nous, les bardes de l'Enfer, nous sommes déjà damnés. Déjà morts.

Aeduan fouilla du regard les pins et les chênes plongés dans l'obscurité. Dans sa poche, la pointe de flèche semblait s'être embrasée. *Qui sera le premier à trahir l'autre ?* Une demi-heure après qu'il avait scellé l'accord avec la Threadwitch, il se posait toujours la question.

La pluie avait fini par s'arrêter. Loin de diminuer progressivement comme au monastère, elle avait cessé de manière abrupte. En un claquement de doigts, l'orage avait disparu. Dans le Sud, la météo suivait ce schéma : de grandes embardées que la nature attendait ensuite de compenser.

Les insectes nocturnes firent leur apparition à l'instant où la pluie cessa. Les cigales se mirent à vibrer, les papillons de nuit à voleter, ce qui éveilla l'appétit des chauves-souris. Celles-ci se lancèrent dans un ballet désordonné au milieu des ténèbres. Les nuages finirent par se dissiper, révélant la lumière des étoiles. Aeduan put alors distinguer le Géant Endormi – cette lumineuse colonne d'étoiles qui indiquait le nord.

Il resta seul à la contempler, car la Threadwitch dormait. Peu après leur conversation, elle s'était installée dans le coin le plus sec de l'abri avant de plonger dans le sommeil.

Aeduan fut stupéfait de la voir s'assoupir aussi vite, dans une position aussi inconfortable, après avoir complètement baissé la garde.

Était-ce courageux ou stupide de sa part ? À en juger par son petit tour de passe-passe avec les couteaux, il opta pour la deuxième réponse. Cela dit, elle avait été assez maligne pour l'entraîner dans ce partenariat absurde. *Qui sera le premier à trahir l'autre ?*

Aeduan n'avait qu'une certitude : tout était lié. La pointe de flèche. Corlant, le prêtre puriste. Et ses thalers évaporés. Tout était lié – restait à savoir comment.

Il lâcha la pointe de flèche pour s'enfoncer dans la forêt à pas feutrés mais assurés. Non loin, un ruisseau lui permettrait de se laver.

Il trouva un endroit où la canopée était plus clairsemée. La lumière des étoiles baignait le rivage dans un clapotis d'eau.

Aeduan se débarrassa de son baudrier, puis de sa chemise. Depuis le piège à ours, il n'avait pas eu le temps de vérifier l'état de ses blessures. Elles n'avaient pas manqué de se rouvrir, mais en les touchant du bout des doigts, il s'aperçut que le sang avait séché.

Contrarié, Aeduan poussa un soupir. Sa chemise et ses braies étaient en piteux état. La forêt s'en moquait, mais pas les humains. Pas la Threadwitch.

Peu importe. Le sang était son domaine, et jamais une plaie ne l'avait freiné. Il ne comptait pas s'arrêter en si bon chemin.

Néanmoins, comme malgré lui, il plongea sa chemise dans le ruisseau glacé et se mit à frotter pour tenter d'enlever les taches. Mais le sang incrusté refusait de partir.

Tout comme ces vieilles blessures qu'il traînait depuis des années. *Fuis, mon fils, fuis !*

Alors qu'Aeduan, tremblant de froid, commençait à se frictionner la poitrine, il vit du mouvement sur l'autre rive. Il crut d'abord avoir rêvé, comme si l'obscurité lui avait joué des tours. C'est alors qu'une chanson lui revint en mémoire. Une comptine que lui chantait son père avant… avant tout le reste.

Méfie-toi de ce que révèle la nuit,
Car Filou se cache dans l'ombre, sous le buis.
Perché dans l'arbre ou sous la terre,
Filou guette, méfie-toi de lui !

Aeduan secoua la tête pour se sécher. Il avait presque oublié cet air. Il secoua à nouveau la tête, cette fois pour faire cesser le mirage.

Mais le mouvement continuait. D'infimes lueurs semblaient clignoter à travers la forêt. Plus Aeduan les scrutait, plus intenses les lumières lui paraissaient. Plus concrètes, plus distinctes, comme une nuée d'étoiles révélée une fois les nuages dispersés.

– Des lucioles, dit une voix derrière lui.

Aussitôt, Aeduan la cloua contre un chêne.

Ils restèrent un moment à se regarder dans les yeux. La Threadwitch adossée au tronc, les mains posées sur le torse d'Aeduan. Lui avec son avant-bras dégoulinant en travers de sa gorge.

Deux souffles plus tard, il la libéra.

– Fais attention la prochaine fois, lança-t-il en s'éloignant.

Ce conseil, l'adressait-il à la Threadwitch ou… à lui-même ? Aucune idée, mais le cœur d'Iseult battait la chamade. Son sang et sa magie se déchaînaient dans ses oreilles.

Malgré son flair, Aeduan ne l'avait pas sentie arriver. Il n'avait pas détecté son odeur, voilà pourquoi son corps avait réagi à la menace.

Il allait devoir faire des progrès. Au moins tant qu'ils chemineraient ensemble.

– J'ai failli te tuer, dit-il.

– Nomatsi, répondit-elle.

– Quoi ? grogna-t-il, le regard noir.

Elle s'écarta de l'arbre pour venir se poster dans la lumière des étoiles. Telle une luciole, son visage s'éclaira. D'un blanc fantomatique. Superbe et étincelant.

Un demi-soupir. Cette illusion ne dura pas plus longtemps. Puis elle redevint une jeune fille ordinaire. *Méfie-toi de ce que révèle la nuit !*

– Tu m'as parlé en nomatsi, reprit-elle en essuyant les gouttes d'eau tombées sur ses bras et son décolleté. Et ces lueurs sont des lucioles. Au Marstok, elles portent bonheur. Quand ils en voient, les enfants font des vœux.

Aeduan poussa un long soupir râpeux. Elle ne se conduisait pas comme s'il venait de l'étrangler, mais comme si seule comptait la langue dans laquelle il s'était exprimé.

– Si tu ne fais pas plus attention, je vais finir par te tuer, insista-t-il, cette fois en dalmotti. Tu comprends, Threadwitch ?

– Dans ce cas, donne-moi l'une de tes pièces, dit-elle.

Elle leva le menton, dévoilant la courbe qui descendait de ses mâchoires à ses clavicules. Pour la première fois depuis son arrivée, Aeduan prit alors conscience qu'il était torse nu, ses cicatrices visibles et le grain de peau hérissé par le froid. Mais il ne retrouvait pas sa chemise et refusait de quitter des yeux la Threadwitch.

– Ces pièces ont été éclaboussées de sang, non ? poursuivit-elle. C'est d'ailleurs comme ça que tu m'as retrouvée. Si tu m'en donnes une, tu me sentiras arriver.

Pas bête. Certes, Aeduan aurait préféré qu'elle n'ait pas conscience de ce problème, mais elle l'avait résolu de manière simple et efficace. Elle savait désormais qu'il ne pouvait pas la repérer à l'odeur, et il ne pouvait rien y changer.

Il hocha la tête. Pressé de se jeter dans l'eau pour récupérer sa chemise, il prit toutefois le temps de lui répondre.

– Demain matin. Je te donnerai une pièce demain matin.

Elle acquiesça à son tour avant de s'éloigner dans la forêt, éclairée par les lucioles.

Aeduan se précipita aussitôt dans le ruisseau, qu'il descendit à grandes enjambées en priant pour que le courant n'ait pas emporté trop loin sa seule et unique chemise.

QUATORZE

TAPI DANS L'ÉPAIS BROUILLARD qui enveloppait les rues de Lovats à la nuit tombée, Merik observait la demeure de la famille Linday. Comme toutes les maisons de vizeurs situées en ville, celle-ci se dressait, solennelle, sur White Street, l'avenue bordée de chênes qui montait vers Queen's Hill.

Aucune lumière derrière les fenêtres, aucune ombre se déplaçant dans les pièces. Le seul autre endroit où le Plantwitch pouvait se rendre de nuit, c'était son jardin.

Quelques minutes plus tard, Merik se trouvait devant la serre des Linday. La vapeur qui baignait les alentours voilait la structure de verre et de métal.

Treize années s'étaient écoulées depuis que Merik avait pour la dernière fois parcouru la jungle de cette serre. Il n'était alors qu'un petit garçon âgé de sept ans.

Cette fois-là, il faisait jour et on l'avait invité.

Aucun des gardes, ces empotés, ne le vit progresser dans la pénombre. À deux reprises, il faillit leur rentrer dedans, mais il s'enveloppa aussitôt d'un nuage de brume pour se soustraire à leur vue.

Il contourna une haie de campanules dont les pousses violettes étaient en pleine floraison avant de plonger sous les rameaux d'un cerisier. Quel lamentable gâchis d'espace, cette serre. Ce jardin. Et surtout, quel lamentable gâchis de magie ! Au lieu de consacrer ses ressources à nourrir les crève-la-faim qui se pressaient à son portail, la famille Linday faisait pousser des plantes ornementales qui ne servaient à rien…

Merik pourrait peut-être ajouter cette question à celles qu'il voulait aborder avec le vizeur.

Il continua de se faufiler dans l'obscurité. Vers Linday, vers la vérité sur Garren, l'assassin. *La magie, la magie, la magie.* Ce pouvoir circulait dans le sang de Merik, facile à solliciter. Facile à contrôler, même s'il se sentait épuisé.

Depuis Pin's Keep – depuis qu'il était devenu la Fureur –, ses vents s'étaient laissé contrôler et il avait réussi à rester calme. Tranquille.

Tranquille : tel était le secret de la réussite. Tranquille, on conduisait les bateaux à bon port sans mettre en danger l'équipage.

Mais tranquille ne signifiait pas *imprudent.* Merik sentit le détecteur installé en travers de la porte du fond de la serre à la seconde où il le heurta avec son tibia – il perçut les vibrations qui en émanaient comme des cordes frappées d'une harpe.

Par les eaux de l'Enfer !

Ses mains s'élevèrent ; ses vents s'activèrent pour compenser le mouvement du fil de métal.

Merik retint son souffle jusqu'à ce que le cordon cesse de vibrer. Jusqu'à ce que le monde entier se stabilise autour de ce maudit fil et de son cœur emballé, qui battait assez fort pour trahir sa présence.

Par chance, aucune alarme ne se déclencha. Aucun piège ne s'actionna. Merik n'en inspecta pas moins chaque feuille, chaque pétale, chaque bout d'écorce. Le fil s'enfonçait dans l'obscurité, le long des poutres métalliques qui soutenaient la structure de verre. Puis il montait à la verticale pour aboutir à une clochette en laiton.

Merik, soulagé, lâcha un soupir. Il s'en était fallu de peu ! Même si la cloche n'était pas grosse, elle aurait suffi à alerter les habitants de sa présence. Seuls les glouglous d'une fontaine installée au cœur de la serre troublaient le silence.

Il n'aurait pas été surpris d'apprendre que le jeune Serrit Linday était parano. Mais dans son enfance, il n'y avait ni fils pièges ni gardiens dans la demeure du noble.

Conclusion : Linday attendait de la visite. Et soit il ne faisait pas confiance à son invité, soit il avait décidé de le trahir. Si Merik avait eu le temps, il se serait caché sous le cerisier le temps nécessaire, histoire de voir qui allait tomber dans le piège. Il aurait bien aimé savoir qui Linday redoutait.

Mais il n'avait ni le temps ni la patience. D'autant qu'il avait abandonné cette pauvre Cam à Pin's Keep. Où donc était passé son amiral ? Elle devait paniquer.

Merik vérifia que sa capuche était bien rabattue avant de se remettre en marche. Il tomba sur deux autres fils pièges, qu'il contourna d'un pas prudent. Il progressait lentement entre les feuilles et les racines, usant de ses vents pour figer la jungle autour de lui. Et empêcher les fils de s'activer.

Il finit par arriver au cœur de la serre, où le gravier des allées latérales cédait la place à des dalles de grès disposées de manière à former un réseau complexe en forme d'étoile. Le sceau de la famille Linday. Au centre, la fontaine suivait le même modèle.

Assis au bord de l'eau, Serrit Linday s'agitait avec une frénésie parfaitement incongrue dans ce havre de sérénité.

Il s'amusait à frapper, frapper, frapper toujours plus fort les somptueux nénuphars blancs qui bordaient le bassin, pendant que ses orteils chaussés d'élégantes pantoufles transformaient en bouillie le gazon impeccable. Même la lumière des réverbères de la rue semblait trop intense, trop pure pour éclairer l'étoffe noire de sa robe de chambre hors d'âge.

Il n'avait plus rien du vizeur arrogant qu'il avait connu. Merik avait sous les yeux un homme terrorisé. Et les hommes terrorisés sont faciles à manipuler.

Le prince marcha jusqu'au bord de l'espace dallé. Dans le dos de Linday, donc hors de sa vue. Puis il baissa sa capuche avant de lancer d'un ton abrupt : « Salut, vizeur. »

Le souffle coupé, l'homme se dégonfla entièrement. Sa colonne vertébrale s'affaissa, ses épaules s'écroulèrent sur ses genoux. Le temps d'un soupir, Merik crut qu'il s'était évanoui... jusqu'à ce qu'il entende un filet de voix.

– Je ne l'ai pas, murmura Linday.

Merik sortit de l'ombre.

– Tu me confonds avec un autre.

À ces mots, le noble se figea avant de tourner la tête vers lui. Il le regarda dans les yeux, puis l'observa de haut en bas, notant au passage ses cicatrices et ses vêtements en lambeaux. L'espace d'un infime instant, Merik crut que le vizeur allait le reconnaître : ils s'étaient croisés à plusieurs reprises au cours de leur existence.

Mais ce ne fut pas le cas. Et l'intrus s'amusa du conflit d'émotions trahi par le visage du jeune noble. Celui-ci oscilla entre soulagement, terreur, confusion... avant d'exprimer à nouveau le soulagement.

Ce qui n'arrangeait pas Merik.

Il s'approcha de la fontaine. Linday recula, mais il ne s'enfuit pas. Même quand Merik l'attrapa par le col pour le tirer à lui.

– Sais-tu qui je suis ? murmura-t-il.

De près, le visage de l'homme n'était plus qu'un assemblage de rides. Il paraissait deux fois son âge.

– Non, bafouilla Linday d'une voix tremblante. Je ne vous connais pas.

– On m'appelle la Main gauche de Noden. On m'appelle la Fureur.

La magie, la magie, la magie.

– Je vais te poser une série de questions, Vizeur, reprit Merik. Tu as intérêt à y répondre vite. Sinon…

Il fit tourner ses poings, resserrant son étreinte pour priver d'air son adversaire.

Linday tremblait désormais de tous ses membres. Enfin une réaction satisfaisante !

– Je vais répondre, je vais répondre !

– Parfait, dit Merik en plissant les yeux. Tu as acheté un prisonnier à Pin's Keep. Un certain Garren. J'ai besoin de savoir où il est passé.

– Je ne sais pas.

Tirer. Tourner. Lindsay pouvait à peine respirer.

– Ne mens pas !

– Je n'ai pas le choix ! gémit-il en se mettant à loucher. Si je dis la vérité, il me tuera !

Une vague de colère déferla sur Merik, qui serra le col encore plus fort.

– Entre quelles mains préfères-tu mourir, Vizeur ? Les siennes ou les miennes ?

– Celles de personne ! s'étrangla le noble. Je vous en supplie – l'homme des ténèbres est à mes trousses. Aidez-moi ! Je vous en prie. Il va me transformer en marionnette… S'il vous plaît… Je vais tout vous expliquer…

La cloche se mit à sonner. Un carillon léger résonna sous la serre.

Le vizeur Linday se liquéfia, comme si ses genoux ne pouvaient plus le porter. Merik l'avait à peine lâché qu'il s'écroulait sur les dalles.

Un deuxième carillon se fit entendre. Merik sentit un frisson lui picoter l'échine. Gagner sa colonne vertébrale. Il se retourna…

Vers le mur de nuit qui se mouvait dans la serre. Celui-ci glissait, rampait, ondulait, se tortillait dans leur direction. Ses mains d'ombre tournoyaient au-dessus du sol, traversaient le feuillage pour effleurer le plafond.

Cours ! lui dictait son instinct. *Fuyez !* ordonnait-il à ses muscles. Mais une autre partie de lui s'y opposait, une pulsion enragée avec laquelle il ne fallait pas plaisanter.

Merik donna libre cours à sa fureur, qui se mit à flamboyer au moment précis où la masse sombre se jetait sur lui.

L'homme des ténèbres était arrivé.

Linday avait raison : il n'existait pas d'autres mots pour décrire ce qui rôdait autour de la fontaine. Cet homme n'était pas seulement fait d'ombres : il était cerné par elles. Englouti par les ténèbres.

Cet homme, ce *monstre* s'élevait devant Merik. Impossible d'en distinguer les traits : les seules parties visibles de son corps – mains, cou, visage – s'agitaient comme un banc d'anguilles qui remonte le courant.

Merik réagit de la manière la plus absurde, la plus imprudente qui soit. Il ferma les yeux et leva les bras pour se protéger le visage. Reculant de deux pas, il faillit trébucher sur Linday.

L'homme des ténèbres, amusé, partit d'un rire si profond qu'il était à peine audible, quoique Merik en ressentît dans ses poumons le grondement orageux. Comme si l'homme avait dit : « Tu essaies de t'opposer à moi, et je respecte ce choix, Vizeur, mais il est trop tard pour les alarmes, trop tard pour appeler les gardes. Donne-moi ce que je suis venu prendre, ou je massacre tout le monde. Tes gardes. Ton copain. Et toi. »

Un gémissement jaillit dans l'obscurité. En réaction, Merik baissa les bras et ouvrit les yeux : l'homme des ténèbres s'approchait tel un serpent. Cette créature avait entre ses mains tout le pouvoir réuni dans la pièce. Tout le pouvoir du monde.

Merik se força à l'examiner. Il se força à réfléchir, à bouger, à puiser dans son propre pouvoir. Mais curieusement, celui-ci était vacillant et froid. Une vrille de glace creusée d'ombre, comme si l'homme des ténèbres avait happé toute l'énergie de la pièce.

– Où l'as-tu caché, Vizeur ? Nous avions un accord.

La voix du monstre était à la fois ondulante et râpeuse, comme un poisson qui glisse sur le sable.

– Je n'ai p-p-as pu le retrouver. Et pourtant, j'ai ch-ch-erché.

Linday claquait des dents au point de rendre inaudibles les mots qu'il prononçait.

L'homme des ténèbres éclata de rire à nouveau. Puis il s'agenouilla devant le vizeur comme si Merik n'existait pas. Apparemment, il ne le considérait pas comme une menace. Dommage pour lui.

Merik, tout en reculant, se hâta de réunir plus de magie. Même sans être activé, son vent glacé s'éveilla. Une brise légère l'enveloppa. S'éleva. S'étendit tandis que l'homme des ténèbres portait ses mains à la gorge de Linday, dans un geste presque affectueux alors que la mort sifflait entre ses doigts.

– C'était ta dernière chance, Vizeur. On va être obligé de mettre à exécution notre plan final. À cause de toi, Vizeur. Tu es le seul responsable.

Une racine jaillit du sol pour frapper la poitrine de l'homme. La magie de Linday.

Un hurlement à la fois humain et animal, vivant et spectral, déchira la serre. Contrairement aux mots prononcés, ce cri existait pour de vrai. C'était un phénomène physique, comme les vents glacés, qui perfora le crâne de Merik et lui écorcha les joues.

Le prince eut tout juste le temps d'échanger un regard avec Linday avant que le poing de l'homme des ténèbres ne s'écrase sur le cou du vizeur, qu'il broya comme si c'était une grappe de raisin. Une gerbe noire sortie de la bouche du pauvre homme répandit autour de lui le sang et l'ombre. Ses yeux se révulsèrent. Merik comprit – comme son échine et sa colonne vertébrale avant lui – que Linday n'avait aucune chance.

Il réunit le peu de magie qui lui restait pour faire un bond en arrière, porté par la glace. Guidé par le froid. La rafale de l'hiver s'engouffra en lui d'une manière à la fois rassurante et terrifiante.

Les branches craquèrent ; les feuilles claquèrent ; la cloche ne cessait de carillonner. L'homme des ténèbres le poursuivait, mais la racine de Linday l'avait blessé. Merik avait l'avantage.

Il se rua vers une porte. Pas celle qu'il avait empruntée à l'aller, mais une autre, qui le recracha dans les jardins. Exposé à l'air de la nuit, il se sentit libéré. Revigoré. Sa sorcellerie pouvait enfin se déployer. Une onde chaude et familière le porta haut dans le ciel, où il se mit à voler, entraîné par ses vents rapides. Une fois sa garde relâchée, au moment d'atteindre sa vitesse maximum, il jeta un coup d'œil en arrière et vit le mur d'ombre foncer sur lui.

Les ténèbres glacées, aveuglantes, s'abattirent sur lui. Comme l'explosion du *Jana*, sauf que cette fois le froid et l'obscurité explosaient aussi dans ses entrailles. Trop de magie, trop de rage, trop de glace.

Puis la magie de Merik s'évanouit. Et il chuta. En vrille, étouffé par la mort. Il finit par heurter quelque chose avec une telle violence qu'il crut avoir les os brisés, l'esprit fracassé.

Pourtant, il continua de tomber. Mais plus lentement. Il coulait.

De l'eau, songea-t-il alors que ses poumons se remplissaient. À cette profondeur, il n'avait plus conscience de rien, hormis qu'il se noyait dans les ténèbres et qu'au plus profond des abysses, la cour de Noden l'attendait.

QUINZE

TU ME FUIS, **DIT UNE VOIX FAITE DE CAUCHEMARS** et d'éclats de verre.

Iseult était retombée dans la Rêverie. Cet état transitoire entre le sommeil et l'état de veille. Une zone grise étouffante où son esprit se détachait de son corps. Où elle ne pouvait pas échapper à la voix de la Marionnettiste.

Elle s'appelait Esme, comme Iseult l'avait appris lors de sa dernière et unique intrusion depuis les attaques de Lejna. C'était en fouillant dans les pensées de la rêveuse que la Marionnettiste l'avait localisée. Elle avait ensuite utilisé ces informations pour cliver, pour tuer.

Et Iseult n'avait eu aucun moyen de l'arrêter.

Avoue ! insista Esme. *Tu me fuis.*

Pourquoi la contredire ? Elle avait raison. Iseult la fuyait en effet, de tout son corps, de toute son âme. Elle fuyait l'autre sorcière.

Du coup, elle avait à peine dormi ces deux dernières semaines. C'était le seul moyen d'échapper à la Rêverie. La meilleure façon d'empêcher les assauts nocturnes de la Marionnettiste.

Des épisodes très courts d'un sommeil agité, sans rêves, d'autant qu'elle était trop épuisée physiquement et nerveusement pour trouver le repos. De fait, les conditions étaient idéales pour qu'Esme vienne l'envahir. Avec une proie vaillante et bien nourrie, elle aurait eu du mal.

Pas ce soir, gémit Iseult dans son rêve.

Sa voix douce, distante et embrumée, semblait résonner dans le crâne de la Marionnettiste.

On aurait dit qu'elle pleurnichait. Iseult le déplorait, mais elle ne pouvait pas plus changer de ton qu'empêcher Esme de partir à l'assaut de son cerveau. Celle-ci picorait au choix dans son esprit, comme un rat au milieu des immondices. *Ne lis pas mes pensées ce soir, Esme. Ni aujourd'hui, ni plus tard.*

La fille parut se crisper – la chaleur de cette sensation figea en écho les muscles d'Iseult. *Je ne peux pas m'empêcher,* se défendit-elle. *Ce n'est pas un acte délibéré. Il se trouve que tes pensées flottent à la surface. Comme le poisson mort que tu as vu ce matin. Eh oui, je vois aussi le poisson et le ruisseau glacé et les Clivés dans la clairière. Je vois aussi que tu as abandonné les Clivés. Pourquoi, Iseult ? Ils étaient là pour t'aider.*

Ils étaient là pour me tuer, Esme.

Un sursaut horrifié secoua d'abord le corps d'Esme, puis la magie qu'elle utilisait pour hanter les rêves d'Iseult. *Mais non ! Jamais je ne te ferais du mal, Iseult. Je t'ai envoyé des alliés.*

Au tour d'Iseult d'être surprise. *Je… je ne comprends pas.*

Un silence. Apparemment, Esme peaufinait sa réponse. Une vague de chaleur passa dans le lien qui les unissait lorsqu'elle déclara : *Ils avaient des cadeaux pour toi, Iseult. L'un d'eux était chasseur – j'ai pensé que tu pourrais lui emprunter son matériel. Les autres étaient des soldats. Ils étaient censés te protéger.*

Iseult sentit monter la nausée dans sa gorge assoupie. *Je… je ne pouvais pas…* Elle laissa sa phrase en suspens. Nom d'une déesse, voilà qu'elle bégayait ! Elle ne savait pas que ça pouvait lui arriver en pleine Rêverie. *Je… je ne pouvais pas savoir que les Clivés voulaient m'aider,* finit-elle par articuler. *On aurait dit qu'ils voulaient me tuer.*

Et c'est l'inverse qui s'est passé, déclara la Marionnettiste dans une gerbe de flammes. *Tu les as attirés sur un sentier nomatsi et tu as tué mes Clivés.*

Iseult avait maintenant des haut-le-cœur. Ces hommes, elle ne les avait pas tués… si ? En tant que Clivés, ils étaient déjà condamnés.

Non, dit Esme, dont le mécontentement se transformait en colère noire. *Ces hommes, je les ai fait cliver pour toi parce que toi, comme une idiote, tu as décidé de traverser les Terres Contestées. Quiconque traverse les Terres Contestées sans escorte n'en ressort pas vivant, Iseult. Mais tu as égaré mes Clivés, et ils en sont morts !*

Iseult avait la poitrine serrée. Elle ne voulait pas qu'Esme sache, pour le Bloodwitch. Ni pour le reste, d'ailleurs. Aussi décida-t-elle de donner le change en faisant du calcul mental. Elle pourrait jouer avec les nombres en surface, et suivre le fil de sa pensée en mode sous-marin.

Les tables de multiplication. Iseult les adorait. *Neuf fois trois, vingt-sept. Neuf fois huit… soixante-douze.*

Elle allait trop lentement. Esme savait très bien ce qu'elle voulait cacher.

Dépourvu de Filaments. L'effarement de la fille contamina Iseult. Elle paraissait tellement choquée que sa Rêverie faillit se teinter de Filaments bleu turquoise.

Pourquoi le Bloodwitch voyage-t-il avec toi ? la pressa Esme, affolée. À cause de sa panique contagieuse, Iseult avait du mal à respirer. *Tu ne sais donc pas qu'il est dangereux ?*

Je sais, gémit Iseult. *Mais j'ai besoin de sa magie. J'ai besoin qu'il retrouve ma sœur filaire.*

Pas question, cria Esme. *Je vais t'aider, Iseult. C'est moi qui vais t'aider ! Il n'est pas connecté au monde comme nous autres. Tu le vois bien, non ? Il n'a pas de Filaments !*

Oui… je le vois. Iseult, choquée à son tour, ne savait pas quoi répondre. *Tu le vois, toi aussi ?*

Bien sûr que oui ! Et tu sais ce que ça signifie ? Que nous autres, les Weaverwitchs, on ne peut pas le contrôler. Et qu'il est vraiment *dangereux, Iseult ! Tu ferais mieux de partir loin et vite ! Réveille-toi avant qu'il ne profite de ton sommeil pour te tuer !*

Mais pour la première fois, Iseult n'avait aucune envie de se réveiller. Elle ne voulait pas être expulsée de la Rêverie. *Comment ça, Esme ? Explique-moi. S'il te plaît.*

Plus tard, Iseult. Une fois qu'il sera parti. Je t'en supplie, réveille-toi ! RÉVEILLE-TOI.

Iseult se réveilla.

Jamais Safi ne s'était sentie aussi fatiguée. Suite au coup de pied de Lev, son genou la faisait souffrir. Quant à son pied en voie de guérison… la douleur devenait insupportable.

Les bardes avaient cheminé toute la nuit à la lumière d'une unique lanterne. Ils s'étaient autorisé quelques pauses, accroupis en pleine forêt. Lev gardait toujours son arbalète pointée sur la tête de Safi.

Ils continuaient de progresser dans un paysage changeant quand les étoiles avaient percé le ciel. À la canopée de la jungle avait succédé l'humidité des marécages parsemés de gerbes d'arbres ou de lumineuses ruines de marbre qui fendaient le ciel. Néanmoins, malgré cette sensation d'espace au milieu des marais, Safi préférait la jungle. Ici, le sol était instable, couvert de bosses. Les herbes, à hauteur de taille, griffaient, lacéraient ses jambes à mesure qu'elle s'enfonçait dans une tourbe épaisse qui l'avalait à chaque pas.

Mais elle ne se plaignait pas. Jamais. Même quand les bardes de l'Enfer lui demandaient si tout allait bien. Systématiquement, elle répondait : « Nickel » d'une petite voix.

Tu parles ! Plus elle marchait, plus son genou lui faisait mal. Malgré le tissu, les cordes à ses poignets lui découpaient la chair, mais elle restait stoïque. Pas question de s'avouer vaincue – ils s'en réjouiraient.

Vaness avait adopté la même stratégie. Elle n'ouvrait pas la bouche. Elle ne se plaignait pas, malgré son collier de bois. Malgré les moustiques qui semblaient la préférer à ses compagnons de route. Malgré les cloques qui explosaient sur ses jambes et ses bras à chaque piqûre.

Safi se retint de pleurer quand, à l'aube, ils retrouvèrent la jungle. Et quand ils découvrirent des traces de vie humaine, elle put à nouveau respirer librement. Ses yeux lui piquaient.

Elle n'avait plus envie de s'enfuir. Elle voulait juste s'arrêter de marcher.

Ils avaient rejoint un groupement de huttes installé près d'une rivière assoupie qu'enjambait une passerelle de bois. De l'autre côté s'étendait une vraie ville entourée de remparts en ruine érodés et brunis par le temps. Des feux de cuisson envoyaient leur fumée caresser le soleil levant.

Safi avait bien envie d'entrer dans la ville. Les bardes aussi. Mais l'impératrice du Marstok n'y tenait pas. Les pieds ancrés dans le sol, elle aboya :

– Ne me demandez pas d'entrer là-dedans !

Alors que Zander la tirait par la manche, elle se tourna vers le chef.

– Nous sommes en territoire bornye. Si j'entre dans cette ville, je suis morte.

D'un geste, le commandant ordonna à Zander de lâcher prise. Tout le groupe s'arrêta sur place, à la frontière entre nature et civilisation.

– Comment savez-vous qu'il s'agit de Bornyes ? demanda le commandant d'une voix tendue.

Safi jeta un coup d'œil à son épaule. Rien dans son attitude ne montrait qu'il souffrait.

Vaness, contrariée, posa les yeux sur la bannière verte qui surplombait les ruines de marbre. Ornée d'un croissant doré, elle ressemblait à l'étendard de la marine marstokie… à un détail près.

– Le serpent autour de la lune, expliqua Vaness. C'est l'emblème des pirates Bornyes.

– Eh bien, claironna le commandant, je ne connais pas d'autre chemin pour entrer en République pirate de Saldonique, donc nous allons passer par là.

– Ils vont me tuer !

En écho à l'expression sur son visage, la voix de Vaness était saturée de terreur, de panique. Pourtant, la vérité écorchait la magie de Safi, dont les bras maculés de boue se hérissaient de chair de poule.

L'impératrice mentait.

Instantanément, Safi se sentit requinquée. L'épuisement, les muscles cuisants, la soif se dissipèrent devant le sursaut d'intérêt provoqué par ces mots. L'impératrice s'accrochait à un espoir, peut-être une occasion de fuir. Safi tenta de se remémorer tous les grands discours qu'on lui avait imposés sur le navire de guerre. Ils recelaient bien quelques informations sur les Bornyes, non ?

Par les portes de l'Enfer ! Mathew avait raison. Elle aurait vraiment dû faire un effort d'attention.

Safi prit une grande inspiration avant de se composer une mine encore plus épuisée. Même sans savoir quelle carte l'impératrice allait jouer, elle allait tenter sa chance.

– Et pourquoi les Bornyes voudraient-ils vous faire la peau ? demanda Lev.

– Parce qu'il y a un siècle, mes ancêtres étaient en guerre avec leurs ancêtres. Quand les Bornyes ont perdu, on les a forcés à rejoindre l'empire du Marstok, mais certains rebelles ont choisi de continuer à se battre sous la bannière des pirates Bornyes. Depuis, ils ont pour ordre de tuer ma famille.

Le regard de Caden se posa tour à tour sur Vaness, le pont et les bardes. Il finit par pousser un soupir.

– Par la barbe des dieux ! Je déteste la politique, finit-il par marmonner.

– Toujours est-il que les Bornyes réclament ma tête, répéta Vaness en se redressant.

Mensonge, mensonge, mensonge.

– Peut-être, mais cette ville reste la seule porte d'entrée, répliqua le commandant. Les Voiles Rouges contrôlent le nord. Là-bas, on se fera tous massacrer. Ou capturer pour les jeux du cirque, auquel cas on mourra également, mais après de longues souffrances.

– Il y a une autre porte d'entrée, chef, murmura Zander d'une voix à peine audible au milieu du raffut de la jungle. Avec un pont plus large. Il y aura plus de circulation, il sera plus facile d'entrer incognito en territoire bornye.

– Ça ne suffira pas, insista Vaness.

Les poumons gonflés, les yeux agrandis d'une terreur simulée, elle entreprit de supplier du regard chacun des bardes.

– Une fois morte, j'aurai moins de valeur pour vous.

– Vous n'êtes pas la première à le dire.

Le commandant prononça ces mots d'une voix tellement lasse que, malgré elle, Safi sentit s'allumer dans son esprit une étincelle de pitié.

Jusqu'à ce qu'elle comprenne le sens de sa phrase. Il parlait des *hérétiques*. Des hérétiques qu'il avait tués.

– Mais pour une fois, intervint Lev d'une voix hésitante, c'est la vérité. Pour nous, elle a plus de valeur vivante que morte.

– D'accord. D'accord. Très bien, soupira le commandant. Nous allons emprunter le pont dont tu parles, Zander. Une fois rejoint notre bateau, on mettra les voiles. Lev, donne ton casque à l'impératrice. Je vais prêter le mien à l'hérétique.

Caden ôta son casque de métal pour l'enfoncer sur la tête de Safi. La chaleur, l'obscurité, les relents de fer et de sueur la submergèrent, mais elle ne protesta pas plus qu'elle ne résista. Et pourtant, elle n'y voyait plus qu'à moitié, et sa perception du monde s'accompagnait désormais d'un écho métallique. Caden la poussa du bras et ils se mirent à marcher d'un bon pas dans la jungle.

L'important, c'était que Vaness avait apparemment un atout à jouer. Safi tenait à être prête à fuir quand elle l'abattrait.

SEIZE

Vivia n'aimait guère être réveillée avant le lever du soleil. Surtout par Serrit Linday. D'autant qu'en plus de son mal de crâne, elle avait la sensation d'avoir la poitrine vide et creuse. Ses trois heures de sommeil haché n'avaient pas aidé à lui faire oublier sa soirée horrible.

Pour commencer, elle s'était rendue à Pin's Keep, où elle avait retrouvé son bureau dévasté. Personne ne savait pourquoi. Personne ne savait comment. Ils disaient tous que Stix était passée, mais voilà des heures que personne ne l'avait vue.

Résolue à attendre sa coéquipière, Vivia était restée dans son bureau bien après minuit. Elle avait commencé par ranger, puis elle avait consulté les registres et, enfin, patienté en regardant par la fenêtre. Comme Stix n'était jamais venue, Vivia avait fini par regagner le palais.

Chaque pas lui coûtait plus que le précédent, car elle savait très bien où était la jeune femme. Elle avait dû trouver quelqu'un pour lui tenir chaud sous les draps. Encore une fois. Et cette personne était certainement bien plus belle, bien plus charmante, bien plus pétillante que Vivia.

La princesse s'était donc retrouvée à suivre Serrit Linday dans la serre familiale, accompagnée de douze soldats de l'Armée royale. Épuisée, meurtrie, elle remarquait à peine les magnolias qui frémissaient autour d'elle, si flamboyants pour la saison.

Le pouvoir des Plantwitchs, songea-t-elle avant de continuer sur sa lancée : *Pourquoi Serrit se montre-t-il si égoïste ? Dans cette serre, il aurait pu planter des légumes. En utilisant sa magie, tant qu'à faire.*

Le jardin luxuriant avait toutefois été ravagé. Des haies entières avaient été saccagées, des parterres de fleurs piétinés. La serre avait bien changé depuis la dernière visite de Vivia, cinq ans auparavant – même si elle avait l'impression qu'un siècle s'était écoulé.

Serrit lui avait déclaré sa flamme sans éprouver aucun sentiment. Or Vivia savait grâce à son père que, bien souvent, les hommes avaient recours au mensonge et au mariage pour obtenir le pouvoir. C'est à ce moment-là que leur amitié avait pris fin.

Vivia s'efforça d'écarter ce souvenir. Elle se redressa et lissa les pans de sa veste de capitaine. Devant elle, Linday avançait en boitillant sur l'allée de gravier qui menait jusqu'au centre de la serre.

Il jeta un coup d'œil par-dessus son épaule, effleurant du menton le haut col de sa robe de chambre.

– Merci infiniment de vous être déplacée, Votre Altesse. Je vous suis très reconnaissant.

Rien, dans sa voix, ne le prouvait. Il avait plutôt l'air de gémir.

– Quel honneur pour moi de recevoir la princesse en personne…

Princesse. Ce mot écorchait les oreilles de Vivia. Il lui rappelait qu'elle n'était pas encore reine, puisque Linday et le reste du Conseil se refusaient à lui accorder ce titre qu'elle méritait pourtant.

Un éclair de frustration traversa son visage.

– Je vous en prie, Monseigneur. Je ferais de même pour n'importe quel vizeur.

Linday haussa les sourcils si haut qu'on aurait dit son visage affranchi de son élasticité naturelle. Sans doute un effet de la lumière…

– Ah bon ? Je me disais que c'était peut-être à cause de… l'incompétence de vos hommes, dit-il en baissant la voix. C'est quand même de leur faute si cet homme surnommé la Fureur se balade encore dans la nature, non ?

Il attendait qu'elle morde à l'hameçon. Les soldats derrière elle avaient forcément entendu ses propos, eux aussi. Aussi Vivia fit-elle la sourde oreille.

Un peu plus loin, après un massif de campanules dont les fleurs violettes étaient en pleine floraison, la fontaine crachait à contrecœur un jet d'eau paresseux.

Au sol gisait un cadavre.

– Regardez-moi ça, glapit Linday en désignant le corps mutilé d'un geste théâtral, comme si Vivia ne le voyait pas. Regardez ce que la Fureur m'a **fait** !

– Ce qu'il a fait à votre garde, plutôt, corrigea Vivia.

Dès qu'elle leva la main, les soldats s'alignèrent derrière elle dans un ordre parfait. Vivia s'approcha du cadavre avant de s'agenouiller. Constellé de taches d'ombre, il n'avait plus figure humaine.

– Racontez-moi ce qui s'est passé, Vizeur, demanda Vivia en réprimant un haut-le-cœur.

Un réseau de lignes obscures dessinait sur le cadavre une toile d'araignée dont les fils, ténus à certains endroits, formaient ailleurs des nœuds. Ses extrémités ressemblaient à de luisants moignons carbonisés. Ses doigts – au nombre de neuf, constata Vivia – étaient noircis, tout comme son visage et son crâne à nu.

Derrière elle, à grand renfort de gestes volubiles, Linday racontait comment un homme couvert de cicatrices l'avait attaqué pendant qu'il jardinait.

– Je jardine souvent pendant mes insomnies, vous comprenez.

– Hmm, marmonna Vivia, qui l'écoutait avec le même degré d'attention qu'elle écoutait son père.

Les marques sur le corps semblaient *vivantes*. Dès qu'elle cessait de les fixer, celles-ci se mettaient à bouger. À palpiter d'une façon à la fois fascinante, écœurante et curieusement familière.

– Un Clivé, finit-elle par murmurer – même si certains détails ne collaient pas.

– Pardon ?

Linday se rapprocha en clopinant. Il tira sur le col de sa robe de chambre comme pour le faire remonter jusqu'au sommet de son crâne.

Vivia se redressa.

– Est-ce que l'agresseur…

– La Fureur, corrigea Linday.

– … vous a blessé ? poursuivit-elle en désignant sa jambe gauche sans tenir compte de son intervention.

Attribuer à un criminel le nom d'un saint, surtout devant ses troupes, ne ferait qu'accroître le pouvoir de cet homme.

– Oui, la Fureur m'a blessé, confirma Linday en remontant ses manches pour découvrir les entailles noires sur la face interne de son avant-bras. J'en ai une autre sur la jambe.

– Comment sont-elles apparues ? Par magie ? demanda Vivia, stupéfaite.

– Je pense que cet homme était un sorcier. Un Windwitch très puissant qui a mal tourné.

Vivia fronça les sourcils. S'il s'agissait d'un Windwitch, le nombre de meurtriers potentiels se restreignait – d'autant qu'elle pourrait retrouver leurs noms dans les registres.

– Il avait une Witchmark ?

– Je n'ai pas fait attention. Il avait tellement de cicatrices… Des cicatrices comme celles-là, insista Linday en posant les yeux sur le cadavre. Selon vous, le meurtrier serait un Clivé ?

– C'est possible.

Sauf que ça ne collait pas, songea Vivia. Le clivage pouvait en effet expliquer l'état du corps, pas le fait que l'homme qui se faisait passer pour la Fureur puisse tenir une conversation. Ni sa longévité. Une fois le clivage enclenché, il consumait en quelques minutes seulement le pouvoir magique des victimes.

– Votre agresseur vous a-t-il donné la raison de sa venue ? demanda-t-elle en s'approchant de Linday qui transpirait comme un fou. Est-ce qu'il vous a fait des demandes précises ?

– Pour être honnête… oui, Votre Altesse, souffla Linday, et je suis désolé de vous annoncer que ça ne va pas vous plaire.

Qu'allait-il lui sortir ?

– La Fureur veut que je retrouve le Puits des Origines. Celui qui manque.

Vivia se figea.

– Le Puits des Origines… qui manque ? Je ne savais pas qu'on en avait perdu un…

Linday resta un bon moment à sonder le regard de Vivia, comme s'il doutait de sa sincérité, avant d'esquisser un demi-sourire.

– J'espérais de tout mon cœur que vous sauriez à quoi la Fureur faisait référence… Il a promis que si je ne trouvais pas ce puits, il me tuerait.

– Pourquoi vous pense-t-il capable de le trouver ?

– Je n'en sais rien, Votre Altesse, répondit Linday en haussant les épaules. Peut-être que j'ai mal entendu. Après tout, ces événements se sont déroulés en pleine nuit...

C'est encore la pleine nuit, imbécile. Mais Vivia était intriguée. Un Puits qui manque. Un homme qu'on surnomme la Fureur. Un corps à moitié clivé...

– Vizeur, finit-elle par suggérer d'une voix lasse, vous pourriez m'apporter à boire ? Je meurs de soif, mais j'aimerais continuer à examiner ce corps...

– Mais bien sûr, Votre Altesse !

Pendant qu'il passait devant les soldats en réclamant qu'on « apporte à Son Altesse un rafraîchissement », Vivia retourna s'accroupir près du cadavre.

Des araignées de toutes sortes couraient dans l'herbe, invisibles si l'on n'y regardait pas de près, ce que faisait pourtant Vivia.

Pas seulement des araignées. Des mites, des scarabées... Ils cavalaient vers Vivia et continuaient leur chemin comme s'ils fuyaient un ennemi caché au milieu du feuillage dense de la serre.

Ce phénomène, elle l'avait observé lors de ses visites souterraines.

Après avoir demandé à ses hommes de l'attendre sur place, elle remonta la colonne d'insectes jusqu'au pied d'un cerisier, puis d'un prunier. Une invraisemblable nuée de papillons de nuit s'envolait à chaque fois que sa hanche frôlait une branche. Elle finit par trouver d'où sortaient les insectes.

D'une trappe de bois carrée enfouie dans l'herbe sous une imposante couronne de fougères. De la paroi de bois, fendue dans un coin, s'échappait une procession de fourmis, suivie d'un faucheux tout en pattes.

Intriguée, Vivia pinça les lèvres. La trappe ressemblait comme deux gouttes d'eau à celle du jardin de sa mère. Elle attendit que Linday soit sorti de la serre. Trois soupirs plus tard, le crissement de ses pas s'éloignait.

Quand Vivia souleva la trappe, les charnières ne protestèrent pas. *Huilées et souvent sollicitées.* D'autres araignées s'échappèrent, et elle se retrouva à fixer un trou noir où descendait une échelle de corde.

Elle n'avait pas besoin de lanterne pour deviner où ce tunnel menait. L'humidité de l'air, la pression dans ses poumons suffisaient à la renseigner.

Le souterrain. *Son* souterrain, sous les Citernes, l'appelait. *Viens, Petit Renard, viens,* chantonnait-il à ses talons, à ses mains.

Il devait mener à l'ancien lac. Après des centaines de mètres de calcaire et de ténèbres et de tunnel, mais il devait y mener quand même. Un éclair de panique lui foudroya le cœur. Jana avait toujours insisté sur le fait que le lac devait rester secret. Personne ne devait jamais en connaître l'existence.

Pourtant, Linday avait découvert les passages souterrains qui y menaient. Restait à savoir s'il avait découvert le lac lui-même.

C'est alors que lui revinrent ses mots : *Le Puits des Origines. Celui qui manque.* Il ne s'agissait tout de même pas du lac, si ? Les Puits des Origines passaient pour être les sources des pouvoirs magiques. La Nubrevna en avait déjà un dans le Sud. À sec, mais encore debout.

Si ses soldats n'avaient pas patienté à quelques pas de là – si Linday n'avait pas été sur le point de revenir –, elle se serait aventurée sous terre. Elle mourait d'envie de savoir où menait le conduit. Il lui tardait de découvrir ce que Linday savait du monde souterrain, et pourquoi il s'y intéressait.

Mais voilà, ses hommes l'attendaient, ainsi que Linday. Sans compter que le carillon des cinq heures résonnait, porté par une brise à l'odeur de chèvrefeuille. C'était l'heure à laquelle elle se réveillait d'habitude.

Vivia, écœurée, comprit qu'il lui faudrait attendre. Aussi cria-t-elle à ses hommes d'emporter la dépouille du garde. Puis elle suivit dans l'autre sens le cortège des fourmis, des araignées et des mille-pattes, laissant derrière elle la trappe et ce que les insectes fuyaient.

Merik ne se noya pas.

Il aurait dû, mais curieusement l'eau – froide et impétueuse – le ramena vers le rivage. À son réveil, il était allongé sur le dos, au bord du canal de Hawk's Way. La voix de Cam le fit revenir à lui.

– Allez, chef ! J'vous en prie, réveillez-vous, chef, disait-elle en le secouant.

Elle ne pouvait pas le laisser tranquille ?

– Je suis réveillé, marmonna-t-il en ouvrant grand les paupières.

Le visage pommelé de Cam dériva devant ses yeux sur un fond gris nuageux. Elle cessa enfin de le secouer.

– Merci, Noden, soupira-t-elle. Vous auriez dû y passer, chef, mais apparemment Lady Baile tient à vous.

– Possible, grogna Merik d'une voix plus éraillée que jamais, sa gorge étant en piteux état. Ou alors… les lamproies trouvent que j'ai mauvais goût.

Cam éclata d'un rire tendu. Artificiel. Quand elle reprit la parole, les mots se déversèrent à toute vitesse.

– J'étais paniqué, chef ! Il s'est passé des heures depuis qu'on est allés à Pin's Keep. J'vous croyais mort !

Elle l'aida à se mettre debout.

– Tout va bien, mon garçon, la rassura-t-il, honteux. Je vais bien.

– J'vous ai vu monter l'escalier, chef, alors j'ai attendu… longtemps… comme vous me l'avez demandé. Quand j'ai vu débouler une femme aux cheveux blancs, j'me suis dit que vous étiez en danger. Mais il ne s'est rien passé. La femme est redescendue, mais pas vous. Mes tripes me disaient que vous étiez en danger, poursuivit-elle en se tapant l'estomac, mais quand j'suis montée, vous aviez disparu. Vous n'êtes pas blessé, promis ?

– Je suis trempé jusqu'aux os, mais je vais bien, répéta Merik en rabattant sa capuche sur sa tête.

Il n'exagérait pas : tous ses habits étaient bons à essorer, y compris son linge de corps. Et il était transi de froid.

– Dites-moi, pourquoi j'vous ai repêché dans la Timetz ? Qu'est-ce que vous avez fabriqué ? demanda Cam.

Elle l'observait d'un œil à la fois accusateur et suppliant, comme si elle s'efforçait d'en vouloir à son amiral sans vraiment y arriver.

– Je t'expliquerai plus tard.

– Hye, Amiral.

Merik se figea. Cela faisait bien longtemps qu'on ne l'avait plus appelé par son titre, et il ne s'en plaignait pas.

Il fit comprendre à Cam qu'elle pouvait le lâcher – il arrivait à tenir sur ses pieds – avant de se diriger vers l'escalier de pierre qui rejoignait le chemin. D'accord, il devait des excuses à cette fille. Mais pas forcément des explications. Stacia Sotar et la Fureur, l'homme des ténèbres et ses vents glacés, le vizeur mort dans la serre – on était loin des jolies fables racontées par Cam.

Et puis… moins elle en savait, mieux elle se porterait.

Tandis qu'il cheminait, suivi par Cam, il tenta de visualiser la serre. De recréer l'homme des ténèbres.

Cette créature avait tué le vizeur Linday comme on écrabouille une araignée. Si Merik n'avait pas fui, il aurait connu le même sort.

Même s'il détestait se l'avouer, il n'aurait jamais pu affronter seul ce monstre. Impossible de combattre seul cette magie noire, de neutraliser cette force obscure. Et pourtant, sa ville, son peuple… Ils comptaient sur lui.

Il n'avait pas d'autre choix que de persister. Mais il ne pourrait pas affronter l'homme des ténèbres sans l'aide d'un contingent entier de soldats et de sorciers entraînés. Et pour rassembler pareille armée, il lui fallait monter sur le trône – ou au moins, empêcher Vivia d'y accéder.

L'aurore pointait quand Merik et Cam arrivèrent enfin à la Vieille Ville. Les premiers rayons du soleil teintaient de rose les flaques abandonnées par l'orage de la nuit. À chaque pas, Cam s'éclaboussait les mollets, et Merik se sentit deux fois plus honteux quand il constata qu'elle marchait pieds nus. C'était le cas depuis des semaines, mais jamais elle ne s'était plainte.

Il s'en était déjà rendu compte, bien sûr, mais comme il ne savait plus où donner de la tête… *Ce n'est pas une raison.* Contrarié, il tripota sa capuche avant de rentrer dans le bâtiment. Les salles étaient encore plus bondées : les nécessiteux cherchaient un abri pour la nuit. Comme il s'en doutait, Cam marchait sur ses talons. Jamais elle ne le lâcherait…

Face à la petite porte qui menait à l'appartement de Kullen, Merik chassa de son esprit toutes ses pensées pour taper le code ensorcelé. Il faisait de son mieux pour ignorer la douleur cuisante de ses phalanges. Son séjour prolongé dans l'eau avait flétri la peau de ses doigts.

– Oh, chef ! se désola Cam en se collant à lui. Vous saignez à nouveau.

– Hye, soupira Merik, épuisé.

La glace de Stix lui avait lacéré l'avant-bras droit, et sa confrontation avec l'homme des ténèbres avait certainement ravivé d'autres blessures. Pourtant, il n'avait mal nulle part. Tout ça, c'était du sang ancien.

– J'ai du baume, si vous voulez. Celui que les guérisseurs Earthwitchs utilisent pour soigner les plaies. Il vient de Pin's Keep.

Merik se tourna tant bien que mal vers la fille. Il s'apprêtait à lui exprimer sincèrement sa gratitude, mais elle se trompa sur ses intentions et leva les mains dans un geste de défense.

– Je l'ai pas volé, chef ! se justifia-t-elle. J'ai des amis à Pin's Keep, c'est eux qui me l'ont donné.

– Ah… je… te remercie, finit-il par articuler.

Cam avait eu comme premier réflexe de se justifier, et il s'en désolait. Avait-il vraiment passé deux semaines à la houspiller, au point de susciter cette réaction spontanée ?

Une fois dans l'appartement de Kullen, il siffla pour que les lanternes s'allument avant de se diriger vers la table bancale. Imbibé d'eau, le pain de la veille était devenu comestible à défaut de moelleux.

Il en croqua un bout. Puis il tira de sa ceinture la carte détrempée pour la déplier sur la table.

– Je suis navré que tu te sois fait du souci pour moi, Cam. Comme tu le vois, je vais très bien.

– Vous êtes vivant, concéda-t-elle, mais j'irai pas jusqu'à dire que vous allez très bien. De l'eau ?

Merik vit l'ombre de son bras traverser la carte, et une tasse en argile se matérialisa sous ses yeux. Au moment de la prendre, il remarqua les hématomes et la coupure sur la face interne de son avant-bras.

– Merci. Comment tu t'es fait ça ?

– C'est rien, chef, dit-elle en s'éloignant.

Avant que Merik puisse la suivre, elle était de retour avec un pot en céramique.

– Le baume, chef. Pour votre visage… et le reste.

– Toi d'abord, répondit-il en se levant.

– C'est rien, chef, j'vous assure, dit-elle, obstinée. Je me suis fait choper par les mauvaises personnes près de Pin's Keep. Pendant que, de votre côté, vous vous faisiez dérouiller par je n'sais qui, avant de vous jeter dans le canal au risque de vous noyer. Si l'un de nous doit des explications à l'autre, c'est bien vous !

Merik serra les poings jusqu'à faire craquer ses articulations.

– Par qui tu t'es fait choper ?

– Vous d'abord, rétorqua-t-elle.

Merik fit l'erreur de croiser son regard, qui reflétait une détermination sans faille. Comme celle qu'il lisait dans d'autres yeux, en d'autres temps.

Vaincu, il se laissa tomber sur une chaise.

– Assieds-toi, ordonna-t-il.

Cam lui obéit aussitôt. Merik vida en deux gorgées l'eau qu'elle lui avait donnée avant d'entamer son récit.

– En fait, si je me suis fait attraper, c'est parce que je me suis conduit comme un sombre idiot. Mais Stix… enfin, Sotar, de l'équipage, m'a laissé partir quand elle a découvert que j'étais la Fureur.

Cam, frissonnante, croisa les bras sur sa poitrine. Dans cette position, on ne voyait plus ses ecchymoses.

– Mais vous êtes pas vraiment la Fureur, chef. Au mieux, vous êtes un fantôme qui a failli mourir mille fois.

– Je me livrerais volontiers aux lamproies en échange de Kullen, de Safiya ou… de tous ceux qui ont plus de mérite que moi, murmura Merik en fixant la tasse d'un regard éteint.

– C'est votre avis, personne ne le partage, protesta Cam.

Il cogna sur la table, puis sur la carte, histoire de changer de sujet.

– Regarde ce que j'ai trouvé dans le bureau de ma sœur, à Pin's Keep.

– Les Citernes, dit Cam avec naturel.

Avait-elle remarqué l'embarras du prince ? Rien ne permettait de le penser. Elle se pencha au-dessus de la carte pour montrer du doigt la croix.

– C'est quoi ?

– Je comptais sur toi pour me renseigner. Tu m'as bien dit qu'autrefois tu utilisais les Citernes pour circuler dans la ville, non ?

– Hye, confirma-t-elle, perplexe, en tordant la bouche de côté. J'connais pas cet endroit précisément, mais j'crois pouvoir le situer. Ce truc – dit-elle en désignant un large tunnel qui courait sur la moitié du plan – suit White Street. On l'appelle White Shit parce qu'il réunit tous les égouts de la ville.

– Et ces horaires ? demanda Merik en entourant du doigt la liste.

Des éclats rouges parsemèrent aussitôt les taches claires sur les joues de Cam.

– J'sais compter, chef, mais j'sais pas lire les nombres…

– Ah.

Merik se sentit rougir à son tour. L'essentiel de son équipage ne savait pas lire, bien sûr. Il avait oublié que c'était un luxe réservé aux privilégiés nés dans les bonnes familles.

– Cette liste de six horaires commence une demi-heure après le dixième carillon, dit-il, avec des intervalles de trente minutes.

– Ah hye, chef. Ils doivent correspondre aux hautes eaux. Les tunnels charrient l'eau de la rivière, non ? La plus grosse partie va vers la ville pour la plomberie et compagnie, mais le reste alimente White Shit. L'eau qui jaillit dans le tunnel emporte avec elle tous les égouts avant de filer vers un gros réservoir situé sous le quai sud, où elle est purifiée. Elle retourne ensuite à la rivière au sud de la ville. Il y a souvent des débordements dans White Shit, comme vous pouvez l'imaginer, c'est pourquoi les gens évitent de s'y rendre. Mais *si ça se trouve,* dit-elle en accentuant ces derniers mots, il y a un rassemblement de prévu, comme c'est souvent le cas dans d'autres tunnels. Partout où l'Armée royale ne met pas les pieds, les gangs se retrouvent, se battent et traficotent.

– J'imagine que ma sœur a un rendez-vous là-bas à midi et demi, conclut Merik avec un sourire las. Bien joué, mon garçon.

Cam, émue, eut du mal à avaler sa bouchée. Elle se hâta de rompre un autre bout de pain.

– Petit déjeuner ?

– Hmm, acquiesça Merik. À ton tour, Cam. Raconte-moi ce qui t'est arrivé.

– J'suis tombée sur les gangs des Tanières, dit-elle en mâchonnant, des miettes collées à ses lèvres. Comme j'savais pas qu'ils avaient agrandi leur territoire, je me suis baladé là où j'aurais pas dû. Donc j'suis retournée à Pin's Keep pour me faire soigner. Et ils m'ont donné ce baume.

Merik s'efforça de garder son calme alors qu'un véritable incendie lui courait maintenant dans les veines.

– C'était quel gang, Cam ?

– Vous connaissez pas, dit-elle, butée, en continuant de mâcher.

Merik décida de ne pas insister. Pour le moment.

– Ils te connaissent bien, à Pin's Keep ?

– Carrément, dit-elle en haussant les épaules. Avant de m'enrôler, j'y allais souvent. Quand dormir dans les rues ou les Citernes devenait trop dangereux, j'finissais toujours à Pin's Keep.

À ces mots, « *quand dormir dans les Citernes devenait trop dangereux* », Merik sentit le feu redoubler dans ses veines.

– Tu… dormais dans les Citernes ?

Cam haussa à nouveau les épaules d'un air innocent.

– Hye, chef. C'est un abri comme un autre, non ? Une fois qu'on connaît le cycle de l'eau, on peut vivre là-dedans.

– Combien de gens y vivent ?

Cam eut un moment d'hésitation. Mais comme Merik ne creusait pas l'histoire du gang, elle se détendit et déchira un autre bout de pain avec son indolence habituelle.

– J'sais pas. Des milliers ?

– Tout le monde est au courant, c'est ça ? Sauf l'imbécile de service…

Merik, les bras croisés sur sa poitrine, s'adossa à la chaise, ce qui fit gémir le bois.

– Par Noden ! Je ne connais rien à cette ville, soupira-t-il, les yeux au ciel.

– Vous avez pas grandi là, chef. Moi, si.

Vivia aussi. Elle avait grandi au milieu des marins, des soldats et du Haut Conseil. Auprès du roi Serafin. Ce qui lui donnait un avantage de plus.

Petit, Merik s'estimait heureux de vivre au grand air, dans le domaine des Nihar, aux côtés de Kullen. De chasser, de pêcher, de crapahuter dans les forêts à moitié mortes. Si ce mode de vie lui avait attiré l'amour et la loyauté de la population locale, à Lovats, il n'était plus personne.

À lui de changer cet état de fait. De se racheter. D'être celui que le peuple attendait.

Rasséréné à cette pensée, Merik se pencha sur la carte.

– Tu pourrais me conduire à White Shit, mon garçon ?

– À ce fameux rendez-vous, chef ? Pas de problème. Mais à condition que j'reste avec vous. Comme vous l'savez, poursuivit-elle avec force avant que Merik puisse protester, si vous m'aviez laissé vous accompagner à Pin's Keep, j'aurais pu vous prévenir de l'arrivée de cette femme avant qu'elle monte.

– Et c'est contre toi qu'elle aurait utilisé ses pouvoirs de Waterwitch.

– De Waterwitch ? répéta-t-elle. De Waterwitch, carrément. Pas de simple Tidewitch...

Cam, les yeux gonflés, se mit à bâiller. La mâchoire étirée, les yeux à moitié fermés, elle ressemblait à un chiot endormi.

Merik se remit à bouillonner de colère. Il marcha d'un pas raide jusqu'au lit.

– Dors, Cam, ordonna-t-il d'un ton plus sec que prévu. On affrontera White Shit quand le soleil sera un peu plus haut dans le ciel.

Cam, la bouche ouverte, semblait tergiverser. Elle avait bien envie d'obéir – de dormir – mais cette satanée loyauté l'en empêchait.

– Et vous, chef ? finit-elle par demander.

– Je vais me reposer, moi aussi.

Cam se fendit d'un sourire prudent, auquel Merik prit soin de ne pas répondre. Elle avait le don d'illuminer un monde de ténèbres.

Un instant plus tard, pelotonnée sur le lit, elle sombrait dans un profond sommeil. Merik attendit de voir son souffle s'apaiser avant de se lever sans faire de bruit. Sur la pointe des pieds, il gagna la porte. Il lui restait deux tâches à accomplir avant de s'autoriser une petite sieste.

Déjà, il voulait trouver une paire de bottes, ce qui n'allait pas être facile à cette heure matinale.

Mais surtout – la mission vraiment importante, celle pour laquelle il descendait quatre à quatre les marches de l'immeuble – il fallait qu'il retrouve un gang. Un gang qui traînait du côté de Pin's Keep. Qui trouvait normal de s'en prendre aux plus faibles.

Pourquoi tiens-tu un rasoir à la main ?

« Pour que les hommes se rappellent, murmura Merik en sortant dans la moiteur du matin, que je suis tranchant comme une lame. »

Pourquoi un bris de miroir dans l'autre ?

« Pour qu'ils se rappellent que je les surveille. »

Sur quoi il rabattit la capuche sur sa tête pour rejoindre les Tanières.

DIX-SEPT

La République pirate de Saldonique ne ressemblait à rien de ce que Safi connaissait. Elle avait entendu bien des choses au sujet de cette immense ville bâtie sur d'anciennes ruines, dont les différentes factions étaient en état de guerre permanente, ce qui avait pour effet de changer l'étendue et la forme de leurs territoires. Et elle avait entendu parler de la fameuse arène des esclaves, où guerriers et sorciers se battaient pour de l'argent, et où la rivalité entre Bornyes et Voiles Rouges intéressait moins que la violence et les paris.

Apparemment, quels que soient sa couleur de peau, son passé et sa nationalité, on pouvait vivre à Saldonique, mais aussi être acheté, ou vendu, ou troqué. Selon la légende, des crocodiles se cachaient dans les cours d'eau saumâtre. Et des renards de mer plus gros que des bateaux s'en prenaient aussi bien aux navires qu'aux gens.

Safi avait toujours cru que ces histoires n'étaient que des légendes destinées à intimider une petite fille trop agitée pour s'endormir. *Elle refuse d'aller se coucher, Habim, tu ne voudrais pas lui raconter une histoire de pirates ?*

Sauf que tout était vrai.

Peut-être pas les renards de mer. Safi savait – d'expérience – que ces créatures existaient, mais n'ayant jamais encore mis les pieds dans la baie de Saldonique, elle ne pouvait pas confirmer qu'on les y trouvait.

Après une heure de marche dans la moiteur de la végétation, les bardes, Safi et Vaness étaient arrivés à une deuxième route. Martelée, creusée en son milieu par les sabots et les chariots, elle était ce jour-là saturée de sabots et de chariots qui la labouraient encore plus. Parmi tous ces voyageurs qui filaient vers le nord-est, trois seulement observèrent Safi et Vaness d'un peu plus près. Quant à les aider ou s'y intéresser vraiment, personne ne s'en souciait.

Safi ne leur en voulait pas. Elle aurait bien aimé, mais elle comprenait tout à fait qu'ils ne mettent pas le nez dans leurs affaires. Zander, avec sa silhouette imposante, suffisait à les en dissuader. Quant à Lev et Caden, ils confirmaient l'étiquette « Ne pas déranger » qui collait au front du convoi.

Et puis… tout le monde n'avait pas la générosité de Merik Nihar. Tout le monde n'était pas ce Windwitch fou furieux, capable de se lancer dans des combats aériens sans se préoccuper de sa propre sécurité – ni de ses boutons de chemise.

Bientôt, les arbres s'ouvrirent sur un pont. Les berges étant à peine plus hautes que les eaux d'un brun paresseux qu'elles bordaient, à la moindre averse, l'édifice se trouverait submergé.

Apparemment, les crocodiles en avaient conscience : les bêtes pataugeaient avec paresse des deux côtés des planches de bois voilé. Dieux des Enfers, quelle orgie de dents ! Caden n'eut pas besoin de faire accélérer Safi.

Alors que le neuvième carillon tintait dans la brise, les bardes de l'Enfer conduisirent leurs prisonnières jusqu'à un portail massif logé dans une vieille muraille irrégulière. Sur l'étendard majestueux installé en surplomb, un serpent s'enroulait autour du croissant de lune marstoki.

Comme ils étaient davantage à entrer dans la République pirate qu'à en sortir, les voies étaient embouteillées. Mais Safi finit par entrer dans la concession bornye de Saldonique, qu'elle trouva agréable. Vraiment agréable. Elle qui s'attendait à de misérables bidonvilles gangrénés par le crime, elle avait sous les yeux des avenues, des gouttières, des feux de circulation conçus par des Firewitchs et des gendarmes en uniforme doré pour réguler le trafic. Sans compter les drapeaux pendus à chacun des lampadaires.

D'accord, les bâtiments étaient de plus en plus resserrés à mesure qu'ils entraient dans les terres. Et oui, cette ville concentrait sans doute davantage d'habitants qu'aucune autre mais, indéniablement, cette parcelle de Saldonique contrôlée par les Bornyes n'avait rien d'un bidonville.

Aux pieds de la ville s'étendaient les marécages du delta. Sur la gauche, une jungle épaisse et touffue bordait les marais. Sur la droite, la terre détrempée cédait la place à une baie noyée dans la brume. À perte de vue, des quais où s'agglutinaient des centaines et des centaines de navires.

Comme si tous les bateaux de Veñaza s'étaient regroupés dans un même port. Jamais Safi n'avait vu autant de voiles enroulées. Ni autant de mouettes criailler.

Saloperies de mouettes !

Mais ce qui retint l'attention de Safi, ce fut l'arène. On ne pouvait pas la rater. À peine eut-elle posé son regard – à moitié obstrué par le casque – sur le stade de pierre et de bois qu'elle sut de quoi il s'agissait. C'était la structure la plus imposante de toute la République.

À cette distance, on aurait dit une gigantesque forteresse antique que la nature avait tenté d'accaparer. Une structure de bois avait été montée dans la partie écroulée du bâtiment, et les bannières de toutes les couleurs qui claquaient en haut de ses huit tours lui donnaient l'allure d'une vieille couronne sertie de pierres livrée au regard des crocodiles.

Les yeux de Safi ne s'attardèrent toutefois pas sur l'arène, ni sur les marais. Elle se concentra sur les habitants de la ville. Partout où portait son regard, elle tombait sur des visages aux multiples carnations reflétant une myriade d'histoires. Même les Nomatsis paradaient fièrement dans les rues bondées. Tout comme les peuples du sud, de l'est, sans compter les ethnies que Safi n'arrivait pas à identifier.

Parmi les réclames des marchands, les cris des marins et tous les sons qui bombardaient ses tympans planaient quantité de mensonges. Un choc pour Safi, après toutes ces journées passées en mer ou en pleine nature.

Assez vite, néanmoins, vérités et mensonges s'entremêlèrent pour former le bruit de fond habituel, facile à oublier même au cœur du marché à ciel ouvert où les avaient conduites les bardes.

Ici, des auvents s'étendaient à perte de vue.

– À Saldonique, on peut acheter de quoi satisfaire tous ses désirs.

Safi se tordit le cou pour jeter un coup d'œil à Caden à travers les fentes de son casque. Livide, celui-ci transpirait abondamment, et ce n'était pas seulement dû à la chaleur de ce jour d'été. Sa blessure le faisait souffrir – Safi s'en réjouit.

Il haussa légèrement les sourcils au moment de croiser son regard.

– On peut aussi y vendre tout ce qu'on déteste.

– Est-ce une menace ?

– Je ne te déteste pas, Hérétique. Je ne fais que suivre les ordres… Merde !

Tout à coup, Caden se rua en avant. Comme il tenait encore les cordes de Safi, elle fut brusquement secouée au point de croire ses épaules déboîtées. La douleur, fulgurante, lui arracha un cri.

Elle suivit tant bien que mal le barde dans sa course effrénée, mais celui-ci ne réussit pas à intervenir à temps. L'impératrice était tombée, renversée par un chariot qui passait. Et pas n'importe quel chariot – celui-ci transportait trois hommes vêtus de jaques aux couleurs de l'étendard bornye.

Pire encore : comme le casque de Vaness était tombé, son visage rougi et luisant de sueur était désormais exposé au monde. Et aux trois Bornyes. Elle plongea, comme pour dissimuler ses traits, mais à ses gestes un peu trop lents, à son corps étalé sur la chaussée de manière à montrer aux pirates la Witchmark tatouée sur la main, Safi comprit qu'elle avait tout calculé.

Vaness tenait à se faire remarquer ; elle avait mis en scène l'accident, qui portait déjà ses fruits. L'un des Bornyes la dévisageait, l'autre contemplait sa main, et le troisième s'éclipsait comme s'il avait une urgence.

Quel type d'urgence ? Libérer les deux prisonnières, ou tuer l'impératrice marstokie ? Impossible de savoir. Or Safi n'avait pas le temps de ruminer la question : Lev se frayait déjà un chemin au milieu des étalages ; Zander relevait l'impératrice, docile, et lui remettait son casque ; Caden poussait Safi à toute vitesse derrière les autres.

La première auberge qu'ils approchèrent était complète. Tout comme la deuxième, et les trois qui suivirent. Apparemment, on était à l'avant-veille d'un jour férié important et les touristes avaient envahi la ville par milliers pour assister au Massacre de Baile, un combat de cirque qui avait lieu une fois l'an. De ce fait, la République pirate de Saldonique grouillait de nouveaux arrivants, et devenait pleine à craquer.

Safi enregistra cette information pour plus tard, de même qu'elle s'efforçait de visualiser dans sa tête la configuration du territoire bornye. Elle avait aussi repéré le va-et-vient des soldats qui surveillaient de près les bardes. Et Vaness. Grâce à sa grande taille, Zander les voyait toujours arriver. Il levait aussitôt la main, et les bardes de l'Enfer se glissaient dans une rue latérale, suivis par les deux prisonnières.

Dans la sixième auberge, aménagée dans une vieille tour, chaque étage différait des autres par le type de volets, de pierre et de bois utilisés. Là, les bardes trouvèrent un endroit pour se planquer. Pour combien de temps ? Safi n'en avait aucune idée.

La chambre qu'ils louaient, située au quatrième étage, n'était pas bien grande. Zander pouvait à peine circuler sans pencher la tête de côté, mais peu importe – le géant leur faussa compagnie une fois Safi et Vaness installées dans la pièce.

Deux contre deux. C'était déjà mieux, mais pas encore l'idéal. Surtout que Safi était à ramasser à la petite cuillère et que Vaness s'était pelotonnée sur un côté du lit pour dormir.

Hors d'haleine, les jambes fourbues, Safi avait des ampoules à vif aux talons, aux orteils et aux chevilles. Son genou et ses pieds lui faisaient mal.

Mais le pire, c'était sa chair écorchée sous le tissu, la brûlure de toutes ces fibres enfoncées dans son épiderme… À chaque mouvement, la peau s'était déchirée davantage, les plaies remontant plus haut sur ses bras et ses jambes.

Sans dire un mot, elle attendit que Caden lui ôte son casque pour observer la pièce : un lit unique recouvert d'une couverture de laine beige, un petit tabouret à son chevet. Contre le mur d'en face, posée sur une table, une bassine et un robinet sûrement activé par un Waterwitch. Accrochées au plafond, deux lampes à huile, et enfin une fenêtre dépourvue de vitrage mais protégée par des volets aux lattes assez larges pour laisser entrer la brise et le son des festivités.

Rien de tout ça ne pouvait lui servir. Peut-être changerait-elle d'avis une fois reposée, mais… En revanche, un élément en particulier l'intrigua : un panneau accroché au-dessus de la porte qui disait RESTE TOUJOURS, TOUJOURS LA NUIT.

Que signifiait ce slogan ? Safi n'en avait aucune idée.

Un effleurement sur ses poignets reporta son attention vers Caden. Il était en train de couper ses liens et, bien malgré elle, les larmes lui montèrent aux yeux. Non pas de soulagement ou de gratitude, mais de douleur – un éclair de souffrance lui enflamma les os.

– Il faut les laver, dit Caden.

Même s'il n'avait donné aucune consigne, Lev se précipita hors de la pièce. *Un de moins.*

– Assieds-toi, ordonna Caden.

Safi tituba jusqu'au côté inoccupé du lit, ce qui, pour la première fois depuis leur capture, la rapprocha vraiment de Vaness. Par les flammes de l'Enfer ! Par le feu maudit, l'impératrice faisait vraiment peine à voir avec ses pieds en charpie, ses jambes et ses bras couverts de boue et ce lourd collier de bois toujours attaché à son cou.

Safi, vaseuse, se laissa tomber sur le bord du lit. L'impératrice ne remua pas d'un poil. La Truthwitch lutta pour rester éveillée le temps que Lev revienne avec du savon et des bandes de tissu propres.

Zander revint à son tour. Avec de la nourriture – de la *vraie* nourriture, du *vrai* pain et de la *vraie* eau pour faire passer tout ça. Apparemment, l'odeur suffit à réveiller Vaness. Même si le poisson caoutchouteux était épicé au point de contracter la langue de Safi, elle s'en fichait. L'impératrice aussi. Elles ne firent qu'une bouchée du repas, et avant que Safi puisse toucher deux mots à l'impératrice de… quoi que ce soit, cette dernière s'était recouchée puis rendormie.

Dès que Lev et Zander eurent à nouveau décampé, Caden tira le tabouret entre le lit et la porte. Puis il ôta son armure. Pièce par pièce. Couche après couche. Gants, brigandine, cotte de mailles, jaque, et enfin les bottes. Il déposa méticuleusement les éléments en pile à côté du lavabo.

Le chef des bardes de l'Enfer diminua ainsi de volume jusqu'à libérer la moitié de l'espace qu'il occupait auparavant. Désormais en sous-vêtements, il entreprit d'enlever son maillot de corps pour l'ajouter à l'imposante pile… et se transforma sous les yeux de Safi en un homme nouveau.

Caden n'avait plus rien d'un barde de l'Enfer, terrifiant et d'allure sinistre, toujours prompt à attaquer. Il n'était pas non plus redevenu le Troublant Tricheur rusé, charmant et prompt à badiner.

Ce Caden-ci était élancé, musclé et couvert de cicatrices. C'était un homme de devoir, d'ombre et… un homme au cœur brisé. Il portait en lui un vide. Un deuil.

Cet homme-là lui rappelait son oncle.

Après avoir posé la bassine pleine à ses pieds, Caden trempa un chiffon avec lequel il frotta son épaule blessée, la bouche tordue par une grimace. Ses lames, rangées dans leur fourreau, étaient à portée de sa main. Même torse nu, même terrassé par la douleur, il n'hésiterait pas à la tuer – Safi en aurait donné sa main à couper.

Lions contre loups, après tout, songea-t-elle, l'esprit embrumé.

Que ferait Iseult ? se demanda-t-elle. Pour commencer, elle ne se serait pas laissé capturer. Mais Iseult aurait aussi emmagasiné un maximum d'informations. Quoique son repas l'eût achevée, Safi se creuserait la cervelle jusqu'à trouver une idée.

Sa gorge se fit douloureuse lorsqu'elle s'éclaircit la voix, et quand elle se mit à parler les mots lui brûlèrent le palais à la manière de grains de poivre.

– Qui t'a mis dans cet état, Barde ?

– J'ai été blessé.

La poitrine tremblante, Caden tapotait l'entaille sanguinolente sur son épaule. La blessure avait l'air profonde, or il était plutôt frêle de constitution. Ses muscles secs collaient à ses os.

Sa poitrine rappelait à Safi le buste d'un autre homme. Celui de Merik tandis qu'il fendait les airs au-dessus du quai de Veñaza.

Les sourcils froncés, elle chassa les images du passé. Celle du torse nu de Merik. Ces souvenirs n'allaient pas l'aider.

– Comment as-tu été blessé, Barde ?

– Par une lame.

Décidément, le commandant était aussi pressé d'esquiver les questions qu'elle de les poser.

– Vraiment ? insista Safi. La lame de qui ?

– D'un ennemi.

Pendant les minutes qui suivirent, on n'entendit rien d'autre que le clapotis de l'eau à chaque fois qu'il y plongeait son chiffon ensanglanté. Le *ploc-ploc-ploc* des gouttes quand il l'essorait. Ses gémissements quand il nettoyait une plaie qui aurait eu grand besoin d'être soignée.

Caden tira de sa pile d'affaires un petit pot d'argile, mais au lieu d'en appliquer sur sa blessure, il trempa dans l'eau une bande de tissu propre et traversa la pièce pour rejoindre Safi.

Elle ne manifesta aucun signe de frayeur, même quand il fut à sa portée. Au contraire – elle cambra les reins et redressa le menton.

Il ne se montra pas plus impressionné que d'habitude. Pas plus « impéra-ssionné », pensa-t-elle, reprenant ces jeux de mots qui n'avaient pas fait rire Vaness.

– Si tu crois que ça me fait plaisir de te voir dans cet état, tu te trompes, précisa-t-il en s'agenouillant devant elle. Et si tu considères la résistance à la douleur comme une sorte de victoire, tu te trompes aussi, crois-moi. Ça ne va pas t'aider à guérir, au contraire. Montre-moi tes pieds.

Safi ne bougea pas d'un poil. Elle n'arrivait pas à décoller ses yeux de l'entaille luisante qui ornait sa clavicule. Le rouge s'estompait, ce qui veut dire qu'une croûte n'allait pas tarder à se former. Mais ce qui la surprenait, c'étaient les cicatrices sous la blessure. Et au-dessus, et partout sur son torse, sur ses bras. Des stries irrégulières, pas plus claires que sa peau déjà pâle, mais en relief et vraiment vilaines, comme celles que Lev arborait sur le visage. Caden en avait sur tout le corps.

– Tes pieds, répéta-t-il.

Safi resta plantée là, fascinée par la plus impressionnante de ses cicatrices, celle qui courait le long de sa gorge. Juste au-dessus de son collier en or semblable à celui de l'oncle Eron, une marque épaisse comme le pouce faisait le tour de son cou.

– Tant pis, soupira Caden. Si tu ne veux pas que je soigne tes blessures, je n'insiste pas. Je vais m'occuper de l'impératrice.

Safi finit par détourner les yeux de ses cicatrices.

– Mais si, lâcha-t-elle. Je veux bien que tu les nettoies.

– Sage décision, répondit-il en hochant la tête dans un mouvement presque gracieux. Tu sais, Hérétique, je suis passé par là moi aussi. Comme tous les bardes de l'Enfer.

– Dans ce cas, détache-moi !

– Pour que tu t'enfuies ? Henrick en serait contrarié.

Lentement, comme pour ne pas l'effrayer, il porta la main à ses chevilles.

Safi faillit s'évanouir de douleur. Un éclair d'une chaleur aveuglante envoya chavirer le monde et elle se replia sur elle-même.

Mais elle n'était pas stupide. Elle laissa le barde lui nettoyer les chevilles parce que Caden avait raison : son entêtement ne lui avait pas rendu service. Au contraire – il lui avait fait du mal, au final. Nom d'une lamproie, elle peinait à l'admettre, car son ego en prenait un coup…

– Pourquoi t'es-tu enfuie du sommet de la Trêve ? demanda Caden en tamponnant ses plaies.

– Pourquoi pas ? Tu aurais envie, toi, d'épouser un vieux crapaud résolu à exploiter ta magie ?

Caden gloussa sans pour autant sourire.

– En l'épousant, tu aiderais la Cartorra. Et le domaine des Hasstrel.

– Ils n'ont pas besoin de mon aide, siffla Safi, les mâchoires serrées.

Caden s'occupait maintenant de ses plantes de pied, encore plus douloureuses.

– Depuis quand le domaine des Hasstrel t'intéresse ? s'étonna-t-elle.

– J'ai grandi juste à côté.

– Dans ce cas, tu connais peut-être les monts d'Orhin. Quelle région horrible ! Les habitants sont si étroits d'esprit qu'ils sont ravis de vivre sous la férule de l'empereur Henrick.

– Et toi, tu ne te montres pas étroite d'esprit en disant ça ? répliqua Caden, dont le ton s'était durci.

C'était la première fois qu'il manifestait un semblant d'émotion. *Bon à savoir.* Malgré leur désaccord, il continuait pourtant de nettoyer avec soin les pieds de Safi.

– La Cartorra a bien des défauts, Hérétique, mais elle offre à ses habitants la sécurité, reprit-il. Elle les nourrit, et elle leur offre la richesse, un réseau routier, l'éducation… Je vais m'arrêter là, mais la liste est longue. Montre-moi tes poignets.

Safi obéit. Au premier contact avec les doigts de Caden, ses yeux se fermèrent. La douleur fusa avant de se retirer. Elle s'efforça de continuer à parler.

– La liberté ne figure pas sur cette liste, si ?

– Il existe différents degrés de liberté. La liberté complète n'est pas forcément une bonne chose, de même que la privation de liberté n'est pas forcément mauvaise.

– Facile à dire. Ce n'est pas toi, le prisonnier.

Caden gloussa à nouveau, cette fois en levant sur elle des yeux rougis.

– Tu ne comprends vraiment rien à…, dit-il, pensif.

– À quoi ?

Mais il s'était déjà repris.

– Tu as du monde une vision binaire qui se résume par « vrai ou faux », mais il y a des degrés pour tout, Hérétique.

– Ma magie ne fonctionne pas comme ça.

Pas tout à fait.

– Ah oui ? Explique-moi.

Safi, méfiante, pinça les lèvres. Elle avait passé toute sa vie à cacher son pouvoir magique au monde. Et à l'homme agenouillé devant elle, même s'il ne servait plus à rien de le cacher désormais. L'empereur et les bardes de l'Enfer avaient déjà gagné la partie.

– Tout le monde ment, finit-elle par lâcher.

– Sauf moi, dit-il en ôtant le couvercle du pot.

Il préleva de l'onguent à l'aide du tissu propre. À peine le remède appliqué sur son poignet, Safi sentit la douleur s'estomper, remplacée par une sensation de froid. Soulagée, elle ferma les yeux.

– Tu parles ! rétorqua-t-elle. Comme je te l'ai dit, *tout le monde ment,* Barde. Quand on blague avec les copains. Quand on salue poliment les passants. Tous les jours, à chaque instant, même dans nos gestes les plus insignifiants, on ment. Notre vie n'est qu'une succession de milliers de mensonges infimes et sans conséquence.

Caden s'interrompit dans sa tâche.

– Et tu les repères toujours ?

Elle hocha la tête avant d'ouvrir les paupières juste assez pour croiser son regard imperturbable.

– C'est comme quand on habite au bord de la mer. Le bruit des vagues finit par devenir imperceptible. On n'entend plus le flux, le reflux… Jusqu'au jour où arrive un grand orage. Les mensonges énormes, je les perçois. Les petits sont emportés par la marée.

Caden resta interdit, comme s'il analysait en profondeur chacune de ses paroles. Chacun de ses mots. Et même les pauses dans son récit. Le temps qu'il formule une réponse, on toqua à la porte.

– C'est moi, chef, annonça Lev.

Caden se releva, sa carrure reflétant à nouveau sa concentration et son sens du devoir. Il tendit à Safi le pot et le bout de tissu avant de se diriger vers la porte.

Lev entra dans la pièce.

– Zander et moi, on a vérifié les bains derrière l'auberge, chef. Pas de souci, je peux emmener les femmes se laver. Pendant ce temps, Zander et vous pouvez élever le bouclier et partir à la recherche du navire.

Caden ramassa son maillot de corps avant de l'enfiler.

– Bonne idée. Je vais t'aider à escorter les femmes jusqu'au rez-de-chaussée. Quoi ?

– Je me disais… Peut-être que vous pourriez en profiter pour vous baigner, vous aussi ? suggéra Lev.

– Je viens de me laver.

– Pas assez. Et c'est *nous* qui allons souffrir de votre odeur.

Safi ne put s'empêcher d'en rajouter.

– Traduction : tu pues comme le trou de balle d'un chien crevé !

– Pigé, déclara Caden.

– Non mais écoute-moi cet accent des montagnes ! s'exclama Lev. À côté du tien, le sien, ce n'est rien !

Les joues de Safi s'enflammèrent. *De la merde accumulée dans la gouttière.* Elle n'avait pas parlé cartorréen depuis si longtemps ! L'accent des monts d'Orhin avait dû s'immiscer dans ses mots, arrachant un sourire à Caden qui accrochait à sa taille sa ceinture d'épée. Un vrai sourire, cette fois, comme celui du Troublant Tricheur rencontré lors de ce tournoi de tarot. Malicieux, complice…

Safi se rappela soudain qu'il était son ennemi. Qu'il avait réduit sa vie en cendres. Pas question d'oublier ! Les bardes restaient ses adversaires, et sa seule priorité était de s'évader.

DIX-HUIT

Iseult se réveilla avec la main gauche complètement engourdie. Depuis sa rencontre avec Esme, son sommeil était haché, mais cette fois le dernier tronçon avait consisté en longues heures d'immobilité, le bras collé sous la hanche.

Elle se mit en mouvement, utilisant sa main droite pour faire bouger la gauche… puis pour se retourner. Une lumière d'un rose vaporeux filtrait dans l'abri de pierre couvert de mousse qu'elle avait partagé avec le Bloodwitch. L'air, encore humide suite à l'averse de la veille, était d'une tiédeur agréable. Elle entendait le souffle régulier d'Aeduan à quelques pas.

Sa poitrine s'enflamma. Comment le Bloodwitch avait-il pu s'endormir ? Il aurait dû la réveiller pour qu'elle monte la garde à son tour.

Tu as voyagé pendant deux semaines sans personne pour veiller sur toi, objecta sa conscience.

Peut-être, rétorqua-t-elle tout en se massant le bras pour le stimuler, *mais puisque j'en ai l'occasion…* Pourquoi ne pas profiter de toutes les ressources qui s'offraient à elle ?

Voilà ce que le Bloodwitch était désormais à ses yeux : une ressource. Un outil.

Un cadeau.

Iseult frémit en se rappelant les mots d'Esme. La Marionnettiste avait tué tous ces hommes pour l'« aider », soi-disant. À nouveau, Iseult songea qu'elle aimerait bien avoir quelqu'un à ses côtés pour l'aider à combattre cette femme.

Déesse du Ciel ! Au point où elle en était, elle accepterait l'aide du premier venu. Elle n'était tout de même pas la seule sur cette Terre à avoir entendu parler de la Rêverie et de ces fameux Clivés que la Marionnettiste contrôlait…

Nous autres, les Weaverwitchs, avait dit Esme. Iseult se frotta le bras un peu plus fort. Elle n'avait rien de commun avec Esme. Rien du tout !

Stase, s'ordonna-t-elle. *Stase de tes doigts et de tes orteils.*

Une fois les sensations revenues dans son bras, Iseult se glissa dans l'aube, soulagée d'avoir trouvé de quoi s'occuper. Armée de son coutelas, sa cape en salamandre – enfin, celle d'Aeduan – bien attachée autour du cou, elle se faufila entre les pins qui gémissaient dans la brise. Tout en cheminant, elle attrapa sa pierre filaire.

J'arrive, Safi. Au moment où elle agrippait le rubis, le froid qui lui paralysait les épaules se mit à fondre, écrasé par une vague de chaleur. L'onde lui traversa l'estomac avant de gagner ses poumons… *L'espoir,* finit-elle par deviner. L'espoir que Safi et elle seraient bientôt à nouveau réunies.

Au pas d'après, Iseult sentit cliqueter contre ses phalanges un thaler d'argent, attaché au même cordon de cuir que la pierre filaire. Aeduan avait percé un trou dans le métal comme si c'était une feuille de papier, et elle sentait sous ses doigts la chaleur douce du médaillon orné d'un aigle à deux têtes. Sa main retomba. Elle accéléra l'allure et ses pieds s'enfoncèrent dans le sol humide.

De retour à la grotte avec le lièvre qu'elle avait piégé, elle trouva le Bloodwitch assis en tailleur sur la pierre. Les yeux fermés, les mains posées sur les genoux, il méditait.

Cette pratique était décrite dans le livre qu'Iseult avait lu sur le monastère Carawen. Dans le silence et l'immobilité, un moine était capable de séparer son esprit de son corps.

Iseult avait essayé une fois, sans succès. Elle s'efforçait déjà de tenir ses émotions à distance ! Si elle se débarrassait aussi de ses pensées, que lui resterait-il ?

Comme rien dans l'attitude d'Aeduan ne montrait qu'il avait remarqué son retour, elle se glissa dans l'abri, ôta sa cape et remonta ses manches afin de dépecer le lièvre.

– Pas le temps.

Iseult se figea. Elle n'avait pas entendu approcher le Bloodwitch. Quoique prise au dépourvu à son tour, elle ne réagit pas comme lui – elle resta immobile. La plaie à sa gorge, juste au-dessus de la clavicule, lui avait appris ce qu'on risquait à le surprendre.

Lorsque Aeduan avait annoncé, à Lejna, qu'il la tuerait, elle ne l'avait pas cru. Quand il l'avait répété la veille, si.

– Il est plus facile de dépecer un lièvre qui vient d'être tué… se justifia-t-elle.

– Ça peut attendre deux ou trois heures, répondit-il en dalmotti, avec la voix enrouée de ceux qui viennent de se réveiller.

– La viande va se gâter.

– Dans ce cas, tu attraperas un autre lièvre. Je veux que nous parcourions un maximum de distance avant qu'il fasse trop chaud.

– Pourquoi ? demanda Iseult.

Le Bloodwitch ne jugea pas utile de répondre. En moins d'une minute, il avait levé le camp. Tout avait été rassemblé, plié et rangé avec soin dans la besace d'Iseult, qu'il passa par-dessus son épaule, prêt à prendre la route.

La jeune fille, fascinée, s'était contentée de le regarder. Il était si rapide, si efficace ! Sa sorcellerie lui conférait une habileté, une grâce inaccessibles au commun des mortels.

Iseult brûlait d'envie de savoir comment elle fonctionnait. Une fois sous l'emprise de la magie, comment se sentait-il ? Son pouvoir était-il vraiment lié au Vide ? Elle l'aurait volontiers interrogé… mais n'en fit rien.

Ils marchèrent pendant des heures, Aeduan toujours derrière elle. Pour éviter un coup de poignard dans le dos, ou pour éprouver sa confiance ?

Iseult jouait le jeu. Pour le moment.

Le Bloodwitch la guidait sèchement, avec des mots simples. Ils se retrouvaient à patauger dans une plaine marécageuse, et tout à coup il lui ordonnait de virer à droite pour retourner sur leurs pas.

« Vers l'est », assénait-il. Ou : « Plus au sud ». Le Bloodwitch changeait-il de direction au rythme de Safi ? Ou parce que l'odeur de la Truthwitch apparaissait, puis s'éloignait avant de disparaître à nouveau ? Aeduan faisait de son mieux. Toutes les deux ou trois minutes, il s'arrêtait pour renifler l'air, les yeux fermés. Quand il les rouvrait, ses iris écarlates gardaient leur couleur le temps d'un souffle… ou deux.

Après une demi-journée durant laquelle ils crapahutèrent parmi des écorces rousses et des épines noires, les pins disparurent peu à peu au profit d'arbustes feuillus. Des touffes de fougères et d'asphodèles blancs entouraient les troncs argentés des chênes. En contrebas serpentaient les eaux sombres de l'Amonra.

Iseult savait, grâce à la carte qu'elle avait dans sa besace et aux cours donnés par Mathew et Habim, que la forêt disparaîtrait bientôt complètement. Ils entreraient dans une gorge brumeuse envahie d'épaisses broussailles et de cheminées de fée spectaculaires. Le fleuve s'évanouirait lui aussi aux chutes d'Amonra.

C'était là que, vingt ans plus tôt, les Marstokis avaient affronté les Nubrevniens. Là que le feu avait chassé de leur maison des familles entières, et que la Nubrevna avait fini par capituler. Une nation de plus sur la liste des vaincus.

Avant la Nubrevna, ce territoire avait appartenu aux Dalmottis. Et avant eux, aux Marstokis. Depuis des siècles, la péninsule changeait de mains, et depuis des siècles, aucun pays n'avait définitivement gagné ou perdu la bataille.

Iseult entendit le Bloodwitch prendre une grande inspiration. Aussitôt, ses yeux virèrent au rouge.

– Nous avons le choix entre deux options, dit-il. Soit on longe les chutes d'Amonra – c'est le trajet le moins dangereux pour entrer dans la gorge. Soit on coupe à travers la forêt en direction du nord-est. Avant que tu répondes « les chutes », sache que le trajet sera plus long.

– Safi est encore loin ? demanda Iseult en fixant la gorge que survolaient des oiseaux.

– Oui.

– Tu peux me donner une idée ?

– Non.

Iseult commençait à perdre patience. *Stase.*

– Comment savoir si tu m'emmènes dans la bonne direction ?

– Comment savoir si tu détiens le reste de mon argent ?

Il n'avait pas tort. Et de toute façon, ils s'étaient déjà mis d'accord pour se trahir.

– Quand tu dis « dangereux », c'est à quel point ?

– Très dangereux.

Iseult ne put retenir un soupir. Aeduan gardait le visage impassible.

– Il y a un campement pas loin. Je peux te trouver un cheval. Ça nous permettra de voyager plus longtemps sans que tu sois fatiguée.

– À quelle distance ?

Iseult était capable de trouver un cheval par elle-même.

– À une heure de marche, direction nord, si je me dépêche. Je serai de retour en fin d'après-midi.

– Et moi… je ne bouge pas ?

Aeduan acquiesça. Iseult, interloquée, dut rassembler ses esprits.

– Toutes ces heures perdues pour un étalon… ça vaut vraiment le coup ?

– Ton amie se trouve dans cette direction, dit-il en pointant son doigt vers les Terres Contestées, au sud-est. À des dizaines et des dizaines de lieues. On en a encore pour des jours… Avec un cheval, on ira plus vite.

Iseult dut bien reconnaître qu'il avait raison. *Profite de toutes les ressources qui s'offrent à toi.* Même si l'idée d'attendre plusieurs heures ne l'enchantait pas…

Le Bloodwitch prit son silence pour un « oui ».

– Rends-moi ma cape, dit-il en tendant la main. Les moines obtiennent toujours de meilleurs prix.

Iseult, contrariée, pouvait difficilement refuser. Après tout, la cape lui appartenait. Elle prit néanmoins tout son temps pour faire glisser le vêtement de ses épaules. Un courant d'air frais enveloppa son corps désormais exposé. Dépitée, elle regarda le Bloodwitch défriper sa face blanche avant de l'endosser avec élégance.

– Je me dépêche, lâcha-t-il en lui tournant le dos, les narines aux aguets. En attendant, reste cachée. Dans les Terres Contestées, les Bloodwitchs sont loin d'être le plus grand danger.

Un cheval ne leur ferait pas gagner tant de temps que ça. Pas dans ces Terres Contestées à la végétation foisonnante. Aeduan serait ravi de trouver un étalon pour la Threadwitch s'il en croisait un, mais il avait menti sur la raison principale de sa virée en solitaire.

En réalité, il avait intercepté des effluves de lac limpide et d'hiver gelé. Cette odeur de sang qui le hantait depuis la trahison de Leopold. Elle émanait de son complice, celui qui aidait le prince à lui mettre des bâtons dans les roues. Cette odeur qui persistait là où il avait caché ses thalers appartenait forcément à la personne qui les lui avait dérobés.

Comment ces pièces avaient-elles atterri dans les mains de la Threadwitch ? C'était l'une des réponses qu'il arracherait à ce fameux voleur quand il le retrouverait. Et il ne comptait pas se montrer aussi généreux avec lui qu'il l'avait été avec Leopold en Nubrevna, au Puits des Origines.

Mieux encore : si Aeduan, une fois ce fantôme retrouvé, reprenait possession de ses pièces, il n'aurait plus besoin de la Threadwitch. Il pourrait la laisser moisir au fond des bois et Corlant au fond de sa hutte.

Réjoui à cette idée, il pressa le pas. Au milieu des arbres maigrelets et des fougères basses, il n'avait aucun mal à avancer. Le monde se fondait dans un brouillard infini fait de verdure, d'écorce et de granit.

Il aurait bientôt les réponses à ses questions.

Après le mal qu'il s'était donné à retrouver la Truthwitch à des centaines de lieues, cette nouvelle traque ne lui demandait aucun effort. Il pouvait donc utiliser le reste de son énergie pour accélérer un peu la cadence.

Sauf que, comme d'habitude, il finit par perdre son odeur, qui disparut tout à coup. Finis, les hivers gelés, les lacs limpides.

Aeduan s'arrêta sur place.

– Ça ne va pas recommencer !

Mais ça recommençait à chaque fois. Systématiquement, dès qu'il s'approchait de sa proie, l'odeur lui échappait.

Le pied droit posé sur un lit d'épines, le gauche sur la racine entortillée d'un cyprès, il ferma les yeux pour se concentrer sur sa magie. La forêt s'éveilla petit à petit autour de lui et reprenait vie. De timides alouettes. Une martre hésitante.

S'il arrivait à figer son corps et apaiser son esprit, sa sorcellerie atteindrait son niveau maximum.

Tel était le but qu'il cherchait à atteindre lorsqu'il entendit derrière lui un croassement. Il ouvrit aussitôt les paupières pour découvrir un corbeau dont les yeux noirs et le bec gris semblaient paralysés. Ses misérables plumes tremblaient sous la brise. Il se contentait de fixer Aeduan sans bouger.

Inquiet, le moine songea qu'il n'avait jamais croisé de corbeau isolé. D'habitude, ils volaient en nuée au-dessus des plaines.

Il renifla l'air. Du poisson à la volaille, tous les animaux dégageaient une odeur primitive : celle de la liberté, à laquelle s'ajoutait ici un effluve de brume forestière.

Il toussa, expulsant une soudaine bouffée d'air à travers la clairière. Le corbeau réagit à peine. Aeduan toussa à nouveau et, cette fois, l'oiseau comprit. Il prit son envol, emportant dans les airs sa liberté et sa brume, aussi vite que ses ailes le lui permettaient.

Mais voilà qu'un nouveau sang chatouillait maintenant le nez d'Aeduan. Sa sorcellerie s'éveilla aussitôt. *Sang. Magie. Des centaines de personnes.* Toutes ces odeurs se mélangeaient. Des gens de tous les âges. De tous les types. Droit devant.

Des pirates, très certainement. Mais de quelle faction ? Et que faisaient-ils à l'intérieur des terres ? Les Voiles Rouges, avec leur armada, ne s'aventuraient pas plus loin que la côte, tout comme les Bornyes, qui menaient en mer des attaques plus discrètes.

Certes, les deux factions massacraient et capturaient des esclaves. Comme en temps de guerre et d'orage, on ne pouvait échapper à la domination exercée par les hommes sur d'autres hommes. En revanche, on pouvait tenter de passer entre les mailles du filet. C'est pourquoi Aeduan continua son chemin. Simple instinct de préservation. Il avait besoin de savoir qui la Threadwitch et lui pourraient bien rencontrer dans les Terres Contestées. Il voulait savoir quel itinéraire ces pirates allaient emprunter en sortant de la vallée.

Surtout s'il s'agissait de Voiles Rouges.

Après avoir retourné sa cape de Carawen dans le même sens que la Threadwitch, il traversa à bon pas la forêt d'arbustes et de pins avant de grimper à un chêne massif. Installé sur une branche haute, il attendit de voir qui allait marteler de ses pieds le sol boueux.

Ce ne furent pas les Voiles Rouges. À l'horizon apparut un premier cavalier vêtu d'habits miteux, dont la jument auburn était équipée d'une selle bornye, avec un tapis à franges typique de la mer de Sable, leur territoire.

Derrière l'éclaireur, deux autres Bornyes menaient leur monture à l'amble. Puis venait un régiment de fantassins. Aeduan ne savait pas que les Bornyes en comptaient dans leurs rangs, et pourtant ils défilaient sous ses yeux, hommes et femmes en file indienne. Malgré leurs petits pas, ils donnaient une impression de puissance. Leurs sabres claquaient contre leurs hanches.

Aeduan repéra un bon nombre de sorciers dans leurs rangs – odeurs d'orage et de pierre, de feux et d'inondations.

Par précaution, le moine inspira plus profondément. Mais non, il n'avait toujours pas retrouvé la trace des lacs limpides et des hivers gelés. Courir après ce fantôme ne l'amènerait jamais à la vérité. C'était une tâche futile, une distraction. Depuis le temps, il aurait dû le comprendre.

Aeduan caressait l'idée de soustraire à son maître bornye l'un de ces somptueux étalons quand il remarqua les vingt cavaliers qui prolongeaient la file. Les chevaux, dont le flanc et les pattes portaient des marques de blessure, avançaient sans aucun ordre, sans aucun rythme. Les hommes étaient armés de sabres.

Des Voiles Rouges.

Aussitôt, Aeduan sentit ses poils se dresser. Même si tout le monde – tribu, village – redoutait l'attaque des pirates, au moins les Bornyes respectaient-ils un code moral. Les Voiles Rouges, non. Aeduan était bien placé pour le savoir.

Le moine avança sur la branche pour accéder à une meilleure vue, intrigué par le fait que les deux factions voyageaient ensemble. Ennemies, elles se faisaient la guerre en permanence pour étendre leur territoire, s'approprier des richesses et des esclaves. Pourtant, le contingent qu'il avait sous les yeux se déplaçait comme un seul homme.

La réponse ne tarda pas à lui arriver : alors que les Voiles Rouges défilaient sous la branche où il montait la garde, un Bornye arriva au petit trot à leur rencontre.

– Où est le reste de la troupe ? demanda-t-il au plus cruel des Voiles Rouges.

Cet homme-là se complaisait dans l'horreur. Son odeur en témoignait : *phalanges brisées et ongles arrachés.*

Son sang le désignait comme un monstre ; sa selle rouge le désignait comme un chef.

– Nous avons repéré notre cible, dit l'homme, dédaigneux.

L'alliance des deux factions n'avait pas l'air bien solide.

– Par les flammes de l'Enfer ! cracha le Bornye, dont la jument s'affola. On doit rejoindre le campement Puriste avant demain. Vous croyez qu'on va patienter ?

– S'ils tardent à revenir, vous n'aurez pas le choix.

Le Bornye jura à nouveau, cette fois dans une langue inconnue. Avant de faire demi-tour, il lança comme une menace :

– Je vais en informer le roi, croyez-moi !

– Il s'en moquera, croyez-moi !

Dès que le Bornye eut retrouvé sa place à la tête du cortège, un autre Voile Rouge apparut sur sa monture. *Cheveux brûlés, chair qui fume. Bûchers d'automne et supplications.*

Un Firewitch. Aeduan fut pris de frissons. Le feu… le perturbait.

Le chef repéra le Firewitch à son tour.

– Tu es en retard, dit-il. Va aider les autres. Ils sont presque arrivés aux chutes. Je veux que nous attrapions cette Threadwitch aujourd'hui.

Threadwitch. Chutes. Les mots se cristallisèrent dans l'esprit d'Aeduan, qui se mit aussitôt en mouvement.

Il rampait vers le tronc quand apparut sous ses yeux un oiseau au plumage sombre doté d'ailes immenses. Le corbeau s'envola en croassant vers le ciel.

Le Firewitch leva les yeux et son regard croisa celui d'Aeduan à travers le feuillage. Il sourit, frappa dans ses mains, et le chêne s'enflamma.

En quelques secondes, toutes ses branches grésillaient, craquaient, brûlaient. Sans sa cape en fibre de salamandre, Aeduan aurait été carbonisé.

Il réussit néanmoins à sauter à terre et remonta d'un doigt tremblant son col coupe-feu sur sa bouche.

Fuis, mon fils, fuis !

Il jeta un coup d'œil derrière lui. Mauvaise idée, car le Firewitch avançait en levant les bras, et les flammes obéirent. Aeduan se retrouva encerclé par un incendie.

Il n'était pas de taille à lutter. Tétanisé, aveuglé, il se voyait mal tenter de tuer le Firewitch avant d'être dévoré par les flammes. Ses jambes tremblaient déjà au souvenir de cette fameuse matinée, des années plus tôt…

Sans réfléchir, sans demander son reste, il se mit à courir.

DIX-NEUF

MERIK S'ÉVEILLA AU SON DES DIX CARILLONS. Cam faisait les cent pas dans la pièce, chaussée de ses bottes toutes neuves. Il les avait placées au pied du lit avant de s'étendre à son tour pour sombrer dans un sommeil profond.

La fille se déplaçait comme un jeune poulain, d'une démarche raide et saccadée, en comptant chaque pas.

– C'est la première fois que tu portes des chaussures ? demanda Merik, la voix râpeuse comme une lame aiguisée contre la pierre. Elles ne sont pas à ta taille, peut-être ?

– *Quarante-huit, quarante-neuf.* C'est la bonne pointure, précisa Cam en haussant les épaules. Et j'ai déjà porté des chaussures, chef. Quand j'étais p'tit. Même si j'en voyais pas vraiment l'utilité.

– Qu'est-ce qui t'a fait changer d'avis ?

– Vous attendez un « merci » ?

Cam, le nez plissé, fit une grimace irrésistible.

Merik se mit à glousser, ce qui réveilla la douleur dans sa gorge. Et dans sa poitrine. Et sur sa figure. Au moins, son rire éclaira d'un sourire radieux le visage de Cam.

– Merci pour les bottes, chef, dit-elle en s'inclinant. J'suis fin prêt pour White Shit.

– Pas moi.

Quand Merik se leva, ses muscles et sa peau régénérée protestèrent. Le baume avait eu un effet bénéfique, mais il avait dormi d'un sommeil agité, hanté par des cauchemars de Lejna dans la tempête, d'immeubles qui s'écroulaient, et de Kullen qui le suppliait : « Tue… moi… ».

Merik se réjouit donc que Cam lui fasse, comme d'habitude, la conversation avant le petit déjeuner. Il se félicita aussi qu'elle ne remarque pas les nouvelles croûtes apparues sur ses poings, ni le fait qu'il s'était éclipsé pendant qu'elle dormait.

– Le meilleur moyen d'entrer dans les Citernes, déclara Cam en mâchant une prune juteuse, c'est de passer par le quai nord.

Elle continua sur sa lancée, ravie de lui expliquer les meilleures voies d'accès au réseau souterrain. Les tunnels les plus sûrs. Les gangs qui se disputaient les différents territoires.

Merik, tout ouïe, remarqua encore une fois qu'elle parlait très rarement d'elle-même. Elle s'étendait volontiers sur ce à quoi elle avait assisté ou ce qu'on lui avait raconté, mais jamais elle ne se confiait sur sa vie à elle.

Alors qu'il s'attardait sur son visage au regard brillant, les paroles d'une vieille comptine résonnèrent dans son crâne.

Frère Filip, cet idiot, guida frère Daret, les yeux clos,
dans le noir de la grotte. Il savait que tout au fond,
la Reine Crabe avait bâti sa maison,
mais il s'en moquait.

Comme Merik ne se rappelait pas la suite, il se récita en boucle le premier couplet tout en croquant dans sa prune.

Le temps que Cam et lui, coiffés de leurs habituelles capuches, se lancent dans les rues de la Vieille Ville, onze carillons avaient sonné. La circulation de fin de matinée les emporta dans son flot, et ils marchèrent vers l'est, guidés par Cam.

Depuis l'averse de la veille, les rues baignaient dans un brouillard alangui qui s'épaississait à mesure que le soleil brillait plus fort. Ils venaient de quitter les dernières maisons décrépites de la Vieille Ville et Merik était déjà trempé de sueur.

Cam se dirigea tout droit vers le perron taché de sang d'une boucherie avant de traverser deux artères encombrées de trafic. Comme d'habitude, elle les guidait à l'instinct tout en prenant la tangente dès que des soldats s'approchaient trop près de Merik.

Ils se retrouvèrent bientôt sur le quai le plus animé de Lovats. Impossible de discerner la couleur de l'eau entre les bateaux collés les uns aux autres. Si Merik avait voulu, il aurait pu traverser le port en sautant d'une barque à une frégate puis à un esquif avant d'atterrir sur une rue pavée bordée de vitrines cinq cents mètres plus loin.

Plus jeune, il adorait ce genre de défi. Kullen aussi.

Tue… moi…

Cam fit signe à Merik d'emprunter le petit escalier qui s'enfonçait sous terre. Là se tenait autrefois un marché, où l'on vendait les produits tout frais sortis de la rivière – Merik se souvenait d'y avoir traîné dans sa jeunesse. Avant le décès de Jana. Avant que Vivia ne devienne une étrangère.

Il suivit Cam dans les ténèbres où il croisa plus de miséreux et de crève-la-faim que jamais, même si de braves marchands s'époumonaient encore à vendre leurs marchandises. La plupart des supports fixés aux dalles humides étaient vides : les bougies avaient été volées depuis longtemps et les lanternes, détruites. Le boucan du dehors s'estompa, cédant la place aux voix perçantes de femmes et d'enfants. Une fois ses yeux accoutumés à l'obscurité, il découvrit des familles entières. L'eau dégouttait du plafond en voûte pour former des flaques qui les éclaboussaient tous deux sur leur passage.

Inacceptable. Ce tunnel, ces familles, cette vie à laquelle ils s'étaient résignés. *On va vous aider,* se retenait-il de leur dire. *Je fais tout mon possible.*

– Par ici, chef, dit Cam en tournant à droite.

Deux vieillards qui jouaient au tarot s'écartèrent pour les laisser passer. Puis Cam disparut dans une tranchée d'ombre qu'aucune flamme n'éclairait.

Ils cheminèrent dans l'obscurité pendant cinquante-six pas (elle continuait de compter) avant d'apercevoir une faible lueur jaunâtre, qu'ils atteignirent en cinquante-deux pas. La lanterne de Firewitch annonçait un brusque virage à droite dans le tunnel. Ils replongèrent alors dans les ténèbres, cette fois pendant cent six pas rythmés par l'eau qui gouttait au-dessus de leurs têtes.

Au bout d'un moment, Merik perçut un changement dans l'allure de Cam. Elle semblait ralentir tout en faisant glisser son doigt sur la paroi. Puis elle disparut.

D'un seul coup.

En une seconde, son souffle fatigué et le piétinement de ses bottes s'évanouirent dans le silence ponctué par les gouttes.

Merik, suivant l'exemple de Cam, frotta sa paume contre le mur du tunnel sans cesser d'avancer…

Une onde de magie le paralysa.

Le temps d'un éclair, la température chuta. Il sentit l'air s'échapper de ses poumons, siffler dans ses oreilles. La seconde d'après, c'était fini. La lumière revint, vacillante mais vive. Un tunnel de brique au plafond bas s'étendait de part et d'autre, et des sons venus de partout ricochèrent dans ses oreilles. Des bruits de pas, des cris humains.

Et, par moments, le fracas de l'eau qui circulait dans un tunnel au loin.

Cam resta un moment à jouer avec sa capuche. Elle la tira assez bas pour dissimuler son visage entier.

– J'aurais dû vous prévenir, pour le bouclier magique. Il est censé éloigner les intrus, j'imagine, mais il ne fonctionne plus très bien. Oh, pardon, chef. J'manque à tous mes devoirs ! dit-elle en ouvrant grand les mains. Bienvenue dans ma deuxième maison, chef. Bienvenue aux Citernes !

Il n'était pas loin de midi quand Vivia eut enfin l'occasion de retourner dans les souterrains. Le temps pressait ; elle avait tellement de choses à faire ! *Inspecter le lac, vérifier les tunnels.* Elle trottinait au rythme de ce mantra, sa lanterne crachotant sa lueur de-ci de-là. *Inspecter le lac, vérifier les tunnels.*

Elle redoubla de vitesse pour arriver au plan d'eau. Là, elle arracha ses bottes, sa veste, ses culottes et son chemisier sans se soucier de ménager son uniforme. Il y avait un problème. Elle le voyait aux vaguelettes qui troublaient le miroir du lac.

– Extinction, murmura-t-elle avant de plonger.

Il y avait trop d'eau. Elle le sentit dès son immersion. Des eaux qu'elle n'avait jamais rencontrées jusqu'à présent se tortillaient et torsadaient au fil des rivières avant de se déverser dans les Citernes. Il fallait qu'elle en trouve la raison. Et surtout, la source.

Certes, la secousse d'hier n'avait pas fait beaucoup de dégâts à la surface, mais Vivia craignait qu'il en soit autrement sous terre.

Elle parvint au centre du bassin, où les eaux cristallines étaient assez froides pour vous saisir, les rochers assez pointus pour vous couper. Mais c'était le seul endroit où elle pouvait se connecter pleinement avec le lac pour comprendre ses désirs, ses sensations.

Loin, très loin sous l'eau, là où le socle du plateau croissait depuis des siècles pour former les montagnes Sirmayennes, Vivia sentit s'écouler une eau nouvelle. Elle ne venait pas des récents orages mais de la secousse, et loin de se limiter au plateau, elle traversait la vallée et les montagnes.

Là, des courants se formaient à partir d'une crevasse dans la croûte terrestre. Une source nouvelle, à la fraîcheur glacée, qui venait gonfler les tunnels et la Timetz, ce fleuve qui traversait Lovats. En amont. Au-dessus du barrage.

Les eaux s'agitaient telles des abeilles dans une ruche. Elles bouillonnaient dans tous les sens. Si on ne les détournait pas au plus vite, le barrage serait submergé et la ville, inondée. Cela prendrait du temps. Des mois, peut-être des années, parce que les nouvelles sources étaient peu abondantes. De simples fractures dans la roche. Mais si ces fractures devenaient des failles, si un nouveau séisme secouait la vallée de Stefin-Ekart, alors les eaux se répandraient trop vite pour qu'on puisse les contenir. Et en quelques jours, la ville serait inondée.

Dans le pire des cas, si le barrage cédait, il suffirait de quelques heures.

Les mots de Linday, prononcés lors du dernier débat dans la salle des Batailles, revinrent alors à la mémoire de Vivia : *En cas de danger, notre peuple serait à l'abri, même en dehors de nos frontières.*

Non. Jamais Vivia ne s'y résoudrait. Lier la Nubrevna aux Puristes n'était pas une solution.

Et pourtant… Serrit Linday. Pourquoi son nom ne cessait-il de réapparaître ? Depuis que cette fameuse fissure était apparue sur le barrage trois ans auparavant, c'était lui qui s'opposait aux travaux de réparation. Et maintenant, c'était lui qui négociait avec les Puristes, lui qui avait dans sa serre une porte secrète donnant accès au réseau souterrain.

C'était pour cette porte que Vivia était là aujourd'hui. Elle comptait bien la retrouver depuis les tunnels. Sans doute se trouvait-elle juste de l'autre côté de l'éboulement.

Le temps qu'elle sorte du lac, elle était glacée jusqu'aux os. Essoufflée, frissonnante, elle se hâta de se rhabiller. En se retournant pour récupérer sa lanterne, elle remarqua une lueur vacillante.

Comme un nuage obture la lune, le foxfire le plus proche s'éteignit tout à coup.

Trois des faisceaux lumineux étaient désormais morts.

Tout ce qui arrive en surface se répercute dans le monde souterrain. Cette pensée fut aussitôt suivie par une autre : *La Fureur a dit que je devais retrouver le Puits des Origines manquant.*

Vivia hésita. Non, non, impossible que Linday ait raison. Sauf si… Chacun des Puits était entouré de six arbres, or elle avait sous les yeux six rayons de feu lumineux. Chacun des Puits était aussi une source de magie, et Vivia savait quelle énergie immense contenaient ces eaux.

Longtemps auparavant, ses tuteurs lui avaient appris que les cinq Puits des Origines choisissaient les souverains des Witchlands. Sans rentrer dans les détails, elle se rappelait que, pour une raison liée aux Douze Paladins, c'était grâce au Puits de l'Eau situé en Nubrevna du Sud que leur nation avait gardé si longtemps son autonomie face aux trois empires qui ne cessaient de s'étendre.

Et si les livres d'histoire ne disaient pas toute la vérité ? Après tout, il existait en effet un Puits qui n'apparaissait nulle part. Un Puits lié à un élément dont tout le monde niait l'existence.

Le Puits du Vide.

Vivia n'était pas une Voidwitch. Sa mère et sa grand-mère non plus, d'ailleurs. D'où venait donc le pouvoir de sa famille ? D'un Puits des Origines ? Impossible.

Absurde.

Mais si c'était le cas, alors elle pourrait guérir son père. Car tel était le pouvoir ultime du Puits des Origines. Le pouvoir de guérir n'importe quel mal. Il ne lui restait plus qu'à emmener le roi ici pour tenter le coup. S'il guérissait, elle serait fixée.

À cette pensée, Vivia sentit une drôle d'explosion dans sa poitrine. Une déflagration. Comme si elle n'avait pas vraiment envie d'amener son père ici.

Pas de regrets. Continue d'avancer.

Une fois sa lanterne à la main, elle aboya : « Feu ! » et regarda s'allumer la lumière. Elle manquait de temps pour résoudre toutes les énigmes qui s'imposaient à elle. Il allait lui falloir s'attarder, examiner toutes les possibilités tout en continuant de chercher une cité souterraine qui ne se révélerait pas d'elle-même.

Pas plus que la cité terrestre n'allait se sauver elle-même.

Seule.

Iseult, à nouveau seule, se demandait comment il était possible d'affronter pire adversaire qu'un Bloodwitch dans les Terres Contestées. Aeduan l'avait abandonnée à côté d'un fossé herbeux. Un terrain avantageux, si un danger survenait. Il offrait une bonne visibilité tout en lui permettant de se dissimuler au milieu des gros troncs couverts de mousse et des épaisses lames de granit anthracite plantées dans la terre.

Ayant repéré un rocher plat, elle se délesta de son attirail pour s'occuper du lièvre attrapé le matin même. Il était resté pendu toute la journée sur le dos d'Aeduan, accroché au sac. À chaque fois qu'elle le regardait, l'animal la fixait de ses yeux morts.

Elle étendit le gibier sur la pierre. Son corps était raide et froid, comme elle l'avait prédit. Restait à espérer que la viande serait encore bonne à consommer.

Il n'y avait qu'un moyen de le savoir.

Elle retroussa ses manches. La cape d'Aeduan était beaucoup trop grande pour elle, et la laine grattait, mais elle se sentait protégée quand elle la portait. Une odeur de fumée et de sueur rance s'en dégageait. Pas vraiment désagréable, juste… prégnante.

Après s'être rincé les mains avec l'eau de la cantine, elle dégaina son coutelas. Elle n'eut aucun mal à découper les pattes du lapin à la jointure, mais pour effectuer une légère incision dans le dos de la bête, la lame n'était pas adaptée.

Iseult était tellement appliquée à ne pas entailler trop profondément la chair (si elle touchait un organe, la viande deviendrait pour le coup immangeable) qu'elle ne sentit approcher les Filaments qu'au tout dernier moment.

Si elle avait attendu un seul instant de plus avant de se connecter à la trame du monde, elle n'aurait remarqué la présence des hommes qu'une fois le danger arrivé. Louée soit Mère Lune ! La force de l'habitude avait surpassé l'attention qu'elle accordait au lièvre.

Six hordes de Filaments pourpres bordés de gris acier se dirigeaient vers elle. Une soif de violence, le goût du sang – à quelques pas seulement. L'affaire de quelques secondes.

Pas le temps de réagir, pas le temps de s'organiser. Sa seule option était la fuite. Paniquée, Iseult attrapa son coutelas avant de sauter dans le fossé recouvert d'un substrat superficiel à la végétation clairsemée.

Les Filaments se colorèrent d'un rose frénétique teinté d'un vert déterminé. Et ils accélérèrent le rythme – ils s'étaient mis à courir. Mais pourquoi, pourquoi, *pourquoi ?*

Qui étaient-ils ? Pourquoi la pourchasser ? Contrairement aux hommes envoyés par Esme, ces assaillants-là n'étaient pas des Clivés. Leurs Filaments, au complet, semblaient bien décidés à faire du mal à Iseult s'ils arrivaient à l'attraper.

Elle envoya ses genoux plus haut dans l'air. Le temps s'envolait, la forêt s'étirait. Iseult ne voyait plus que la boue du fossé, la disposition des fougères. Et des pierres. Tout ce qui était susceptible de la freiner. Elle était devenue le sol sur lequel elle courait.

Derrière elle, un homme rugit des mots dans une langue indéterminée. Les Filaments se firent brûlants, affamés. Un cri de guerre destiné à terrifier l'ennemi.

Mission accomplie. Iseult trébucha avant de retrouver son équilibre. Le poing serré sur son coutelas, elle poussa plus fort sur ses pieds.

Droit devant. La fin des arbres. Le ciel qui s'ouvre. Les pensées lui mitraillaient le crâne, l'une après l'autre. Sans prévenir. Sans qu'elle ait le temps de s'y attarder. De s'organiser.

Elle se trouvait à l'orée de la forêt. Ses pieds frappèrent une dalle de pierre à moitié recouverte d'eau. C'était l'Amonra, un fleuve sombre aux tourbillons glacés. Le genre de torrents que même une Waterwitch évite de traverser. Pas question qu'elle s'y aventure.

Iseult vira à gauche. Le rivage était accidenté, parsemé de rochers, de bûches, de berges abimées. Elle lança un regard derrière elle.

Mauvaise idée. Ses poursuivants étaient plus près qu'elle ne l'imaginait. Assez proches pour qu'elle puisse distinguer leurs visages grêlés couverts de cicatrices et leurs sourires édentés. Voir leurs Filaments entremêlés – signe qu'ils obéissaient à la même consigne. Ces camarades travaillaient comme un seul homme.

Elle redoubla d'efforts. Son souffle haché lançait des nuages de vapeur à rythme saccadé. Les chutes d'Amonra bourdonnaient un peu plus loin. Comme un chatouillis dans la nuque. Une brume qui persiste à l'horizon. Leur chant se fit plus sonore à chaque pas jusqu'à gronder dans les tripes d'Iseult. Une pluie de gouttes épaisses enrobait le paysage.

Stase, Iseult ! Stase de tes doigts et de tes orteils ! Mais elle n'y arriverait pas. Elle n'avait pas le droit de ralentir ni de réfléchir. Elle se trouvait face à un mur fait d'hommes violents et de flots enragés.

Ce mur, Safi le franchirait sans hésiter. Pas de préparation. Pas de tergiversation. Juste de l'action. Si Safi était là, elle n'attendrait pas. Elle sauterait sur l'occasion.

C'est quand l'idée paraît stupide que l'ennemi s'y attend le moins, avait un jour déclaré Safi.

Iseult lui avait répondu : *Peut-être, mais je me retrouve toujours à te sauver la peau.*

Eh ! avait répliqué Safi, hilare. *Au moins il reste une peau à sauver, pas vrai ?*

Elle n'avait pas tort. Par la Mère Lune, Safi avait raison. Parfois, les idées stupides s'avéraient les meilleures.

Et c'était une bonne chose car parfois, on n'avait pas le choix.

Sans s'arrêter de courir, Iseult tourna la tête à gauche. Le torrent frappait la berge sans abandonner de débris sur la rive accidentée. Ses rapides couraient trop vite. L'Amonra avalait des bâtons, des feuilles, des vies sans jamais les recracher.

Nom d'une déesse, entrer dans la rivière serait vraiment idiot. Complètement stupide.

Contente-toi d'agir. Sans penser aux conséquences. Parée. Prête.

Il était temps. Ses poursuivants sortaient à leur tour de la forêt.

Iseult prit son élan. Iseult sauta. La berge boueuse céda sous ses pieds, l'air humide lui embrassa les joues. Des cris retentirent alors depuis les arbres, et tous les Filaments se mirent à vibrer d'un turquoise abasourdi mêlé au rouge de la colère. Iseult atteignit le pic de sa trajectoire avant de chuter.

À ce moment, une seule pensée lui traversa la tête. Une pensée à la fois précise et confuse, impossible à traduire en mots. Plutôt une sensation qui lui réchauffa le corps entier à mesure que les ténèbres de la rivière se rapprochaient.

La sensation d'être déjà passée par là. De savoir quoi faire.

D'instinct, ses mains saisirent la cape de laine. De ses doigts raides, elle s'agrippa au col à la seconde où ses pieds plongeaient dans les remous. Froid, froid, froid – un froid qui l'aspira vers le bas. Qui vida l'air de ses poumons. Qui la rendit aveugle et sourde, privée de tous ses sens.

L'Amonra l'engloutit.

Elle se libéra de sa cape qui remonta à la surface, leurre et bouclier destiné à cacher sa fuite au gré du courant qui l'emmenait dans un monde sous-marin indomptable.

VINGT

Après s'être baignées sous la surveillance de Lev, Vaness et Safi furent contraintes de remettre leurs haillons crasseux.

Lev les gratifia d'un regard désolé à la sortie des bains.

– Zander est parti vous chercher des habits, dit-elle.

Postée derrière les femmes, elle les envoya rejoindre leur chambre au quatrième étage.

Là-haut, Zander patientait en regardant ses pieds.

– J'ai rapporté plusieurs robes. J'ignore ce que les dames de votre rang aiment porter.

Safi n'eut pas besoin de sa magie pour déceler la sincérité dans sa voix. Elle ne put réprimer un sourire.

– Merci, Barde.

Lev et Zander s'éclipsèrent alors dans le couloir pour échanger à voix basse. Comme Caden s'était volatilisé, Vaness et Safi se retrouvèrent seules dans la chambre.

– Deux contre deux, murmura Vaness en marstoki en se dirigeant vers le lit. Sans ce collier, on serait à égalité.

Alors qu'elle secouait son joug de bois trempé, Safi gagna la fenêtre dont les volets étaient ouverts. Triplecorne de l'Enfer ! Même si quatre étages représentaient une longue chute, elle avait envie de tenter le coup.

La République pirate s'étendait sous ses yeux, avec l'arène à l'horizon. Elle pencha la tête…

Une bouffée de lumière brûlante la gifla aussitôt. Le front de Safi heurta un mur d'air, et son cœur remonta dans sa gorge. *Un bouclier magique,* se dit-elle, en se demandant toutefois de quoi il protégeait et comment les bardes de l'Enfer avaient pu l'activer.

Elle tenta à nouveau sa chance, plusieurs fois, mais son crâne ne cessait de heurter cette muraille invisible faite d'éclairs de lumière bordés de poussière dorée.

– Voilà donc comment marchent ces fameux boucliers magiques, lança Vaness depuis le lit. Bon à savoir…

Safi, maussade, marmonna dans sa barbe avant de se détourner de la superbe vue ensoleillée. D'un geste, elle se débarrassa de sa robe en lambeaux qu'elle laissa en tas. Vaness, bien entendu, se dévêtit avec soin avant de plier son habit souillé sur le lit.

On aurait dit Iseult… Safi sentit son cœur s'emballer. À nouveau, elle se retrouvait dans un duo. D'un côté, la fonceuse insouciante qui avançait bille en tête, de l'autre, une compagne de route qui prenait le temps de réfléchir et de s'organiser.

Safi resta un moment figée, les doigts agrippés à une robe vert forêt, l'autre main autour de sa pierre filaire. Le cordon de cuir humide qui la retenait reposait sur sa clavicule. Elle sortit le pendentif.

Aussitôt, une vague de terreur la traversa. La pierre clignotait. *Iseult.*

– Qu'est-ce que ça signifie ? demanda Vaness d'une voix calme.

– Que ma famille est en danger, répondit-elle.

Sa propre voix lui paraissait lointaine. Elle se déplaça dans la pièce pour tenter de déterminer quelle direction la pierre indiquait.

– Plus ou moins par là, déduisit-elle, tournée vers le nord-ouest.

Elle ne sentait plus la fatigue. Elle avait envie de bouger. Elle avait envie de courir.

L'impératrice dut le sentir, car elle dit en marstoki, avec une nonchalance feinte :

– Je sais comment nous sortir de là.

Safi, interloquée, vint se poster face à elle.

– Tout à l'heure. Quand vous avez dit que les Bornyes voulaient vous tuer… vous avez menti.

Vaness souleva une robe moutarde qu'elle colla contre son buste pour en vérifier la taille.

– Exact. Juste avant le sommet de la Trêve, je suis parvenue à un accord avec les pirates Bornyes. Je vais leur rendre l'essentiel de la mer de Sable, et en échange ils vont se rattacher à la flotte marstokie. Ce ne sont pas des ennemis, mais des alliés.

Vrai, souffla la magie de Safi.

– Ils vont donc nous aider ?

Vaness dut s'y reprendre à trois fois pour enfiler la robe par-dessus son collier de bois. Une fois habillée, elle vit Lev risquer un œil dans la pièce.

– Vous êtes prêtes ?

– Presque ! Dépêche-toi, Safi, ajouta-t-elle à voix basse. Les Bornyes ne vont pas tarder à nous libérer.

– Parfait.

Le regard sombre et le sourire triomphant, Safi enfila la robe vert sapin. Un peu large à la poitrine, elle ne lui tombait qu'à mi-mollet, ce qui lui convenait très bien. Elle serait libre de bouger. Et de se battre.

J'arrive, Iz.

La porte s'ouvrit en grand, et Caden fit irruption dans la pièce. Il se rua sur Safi, qu'il contempla de haut en bas d'un œil approbateur. Il avait lui aussi fait sa toilette et changé d'habits, mais sans remettre son armure. Ni cotte de mailles ni brigandine, pas de gants ni de casque en acier. Une épée pendait toujours à sa taille, et ses épaules paraissaient mille fois plus robustes qu'une heure auparavant.

– Enfile tes bottes, Hérétique, dit-il en se postant devant Safi.

Safi, impassible, haussa un sourcil.

– Pourquoi, Barde ?

– Parce que toi et moi, on va faire un petit tour en ville. Je comprends pourquoi les habitants de Saldonique disent que leurs rues sont pavées de merde.

Caden n'attacha pas les poignets de Safi, mais il avait une dague à portée de main. Il la força à marcher juste devant lui, de manière à pouvoir l'attraper en cas de nécessité.

Précaution inutile, car Safi n'avait aucune envie de se rebeller. Même si sa pierre filaire avait cessé de clignoter, elle comptait toujours s'enfuir – et ses chances de survie étaient beaucoup plus importantes au sein d'un bataillon de pirates Bornyes que seule dans les rues de Saldonique.

Qui étaient en effet couvertes de merde et d'ordures, comme elle le remarqua dès qu'ils quittèrent la zone entretenue du territoire bornye.

– Où va-t-on ? demanda-t-elle, la tête tournée en arrière pour que Caden entende sa voix. Tu disais que les Voiles Rouges allaient nous massacrer jusqu'au dernier.

Ils avaient rejoint le marché en plein air, mais on voyait à l'horizon flotter les bannières écarlates des Voiles Rouges.

– Je ne plaisantais pas, confirma Caden en forçant sur sa voix pour couvrir le brouhaha. Ils ont fait vœu de tirer à vue sur tous les Cartorréens. On va donc utiliser une autre langue. Et ne pas s'attarder dans les parages.

Quels parages ? se demanda Safi. *Et pourquoi m'avoir emmenée dans les rues ?* Elle n'eut pas l'occasion de poser la question : ils approchaient d'une grande arcade peuplée d'hommes qui paraissaient avoir plus de lames que de dents.

Ceux-ci regardèrent déambuler Safi et Caden. Des hommes mauvais. Des hommes à éviter. La magie de Safi lui donna des frissons qui suffirent à la renseigner. Au moins, aucun d'eux ne fit mine de les suivre dans les terres torpides et marécageuses des Voiles Rouges.

Les Bornyes avaient déblayé le terrain avant de construire une ville digne de ce nom quand ils avaient revendiqué la péninsule, mais les Voiles Rouges avaient laissé la jungle faire la loi. Leur monde était tel que Safi l'avait imaginé d'après les descriptions de Habim. Des huttes vétustes s'écroulaient sur d'énormes racines quand elles ne se terraient pas dans des ruines grignotées par la vigne. Sans aucun ordre. Un véritable chaos. Le tout construit sur pilotis, comme si le moindre orage suffisait à inonder le sol gorgé d'eau.

Des ponts de corde reliaient entre eux les bâtiments, et Safi voyait autant d'hommes que de vêtements pendus aux fenêtres de guingois. Certains corps, ballonnés, paraissaient décédés depuis peu ; d'autres s'étaient décomposés jusqu'à devenir des cadavres luisants.

Voilà ce que permettait la liberté absolue. Voilà comment se comportaient les hommes en l'absence de lois et d'une férule impériale.

La Cartorra a bien des défauts, Hérétique, mais elle offre à ses habitants la sécurité. Elle les nourrit, et elle leur offre la richesse, un réseau routier, l'éducation… Je vais m'arrêter là, mais la liste est longue.

Maudit soit ce barde, car il avait raison ! Ses mots clairvoyants brillaient d'un merveilleux éclat doré dans la sorcellerie de Safi, en contraste avec le gâchis désolant qu'elle avait sous les yeux.

Caden la guida jusqu'à une étroite ruelle qui serpentait entre les arbres et les ruines. Des bribes de musique, l'écho de conversations et des sons qu'on n'entend que dans les bordels servirent d'introduction au grincement du panneau en forme de fleur qui oscillait dans la brise : LA ROSE DORÉE.

Caden s'arrêta devant la façade en bardeaux.

– Il y a ici une amirale avec qui j'aimerais avoir une petite… conversation. Et toi, Hérétique, tu vas vérifier qu'elle me dit la vérité.

– Par le cadavre pourri de ma grand-mère, s'indigna Safi, jamais je ne te laisserai utiliser ma magie, Barde !

– Tu n'as pas vraiment le choix, menaça-t-il en manipulant sa dague à la lumière du soleil.

– Tu ne peux pas m'y forcer, dit-elle en battant des cils, les bras croisés derrière le dos. Comme je te l'ai déjà dit, je suis capable de sourire même au plus affreux des crapauds. Il ne saura pas que je lui mens !

Caden la nargua à son tour.

– Oh, Hérétique, tu ne sais pas ? dit-il en glissant son couteau dans un fourreau à sa hanche. Ce ne sont pas mes bardes qui t'ont trahie à Veñaza. Tu t'es trahie toute seule.

Safi, tétanisée, ne put s'empêcher de mordre à l'hameçon.

– Comment ça ?

– Tes mimiques te trahissent, précisa-t-il en se rapprochant d'elle.

– Moi ? N'importe quoi !

Il arborait maintenant le fameux sourire du Troublant Tricheur, celui qui tordait les entrailles de Safi et lui enflammait les joues.

– Eh si ! Quels que soient les propos de l'amirale, il me suffira de te regarder pour savoir si elle dit ou non la vérité. Allez…, dit-il, les mains posées sur ses épaules pour l'orienter vers la porte de *La Rose dorée*. On entre et on fait le boulot, avant de rejoindre les cadavres qui sèchent au soleil.

VINGT-ET-UN

– **Je n'aime pas ça,** grogna Merik. Un homme a besoin de voir le ciel.

Lui et Cam s'enfonçaient plus profondément sous terre, à la lumière d'une vieille torche. Ils avaient descendu deux niveaux depuis l'entrée des Citernes et l'espace humide était toujours rempli d'occupants, humains et rats dont les yeux brillaient dans l'obscurité.

– J'pensais pas que vous auriez peur, chef, lança Cam par-dessus son épaule avec un sourire malicieux.

– Je n'ai pas peur, protesta Merik. Mais l'air ne circule pas ici, mon garçon. J'étouffe !

– On vient pourtant de quitter la surface. Va falloir vous y faire ! White Shit est encore plus bas. Et encore plus puant.

La fille n'exagérait pas : quand ils eurent descendu six niveaux en colimaçon, l'air se remplit d'effluves nauséabonds. Alors que les plafonds étaient plus hauts et les passages plus larges, l'odeur devint bientôt si intense, si puissante qu'elle vous prenait à la gorge.

Pliée en deux, prise de haut-le-cœur, Cam crachait ses poumons en orientant la torche dans toutes les directions.

– Quelle merde ! dit-elle.

S'agissait-il d'un juron ou d'une description ? Merik approuvait dans les deux cas.

Après trois virages, ils atteignirent la tristement célèbre White Shit. Une main devant sa bouche, Cam porta haut la torche. La lumière se refléta sur une étendue grumeleuse de fluides corporels (parsemée de solides). Ils distinguèrent aussi une sorte d'huile noire qui gouttait depuis une fissure dans le plafond de brique.

Le pire, c'était d'entendre les *plop ! plop !* à chaque fois qu'une goutte tombait dans le bassin, où elle faisait naître des bulles.

– Vous pourriez pas nous faire traverser par les airs, chef ?

Le nez enfoui dans sa capuche, Merik réfléchit un moment avant de faire « non » de la tête.

– Il faudrait que je convoque mes vents. Je pourrais essayer, mais je n'aurais de toute façon pas assez d'air pour nous emmener de l'autre côté.

– Vaut mieux voler la moitié du chemin que se taper toute la distance à pied. Le tunnel est presque saturé, chef ! Cette ligne, précisa Cam en montrant du doigt le mur opposé, indique le niveau des égouts avant que les hautes eaux viennent tout nettoyer. Elle nous arrive aux genoux, chef !

Merik resta un moment sans rien dire. Certes, il crevait d'envie de savoir ce que sa sœur trafiquait dans les Citernes… mais l'important n'était pas ce que *lui* voulait. C'était l'aide qu'il pouvait apporter aux habitants de la ville.

Le prince serra les mâchoires. Sur la carte, la croix se trouvait droit devant. Il irait droit devant.

– Vous avez entendu ? insista Cam. Bon sang, les égouts nous arrivent presque aux genoux, chef ! Ce qui veut dire… que la crue va s'produire d'un moment à l'autre.

Révulsée par l'odeur, elle finit par fermer les yeux.

– Merde, dit à son tour Merik en guise de juron, cette fois. Va m'attendre ailleurs, Cam. Dans un tunnel moins dangereux.

– Pas question que j'vous abandonne, s'offusqua-t-elle. J'arrête pas d'me plaindre, je sais bien, mais c'est d'ma faute, tout ça. Quand j'ai dit que c'étaient les horaires des hautes eaux, j'pensais au moment où elles se retiraient, pas à celui où elles déferlaient !

– Tu n'as aucune raison de t'en vouloir, mon garçon, dit Merik, que l'urgence de la situation rendait plus autoritaire. De mon côté, je croyais que c'étaient des heures de rendez-vous, et c'est peut-être le cas. Mais je ne veux pas que tu continues à avancer. C'est trop dangereux.

– Pour vous aussi. En plus, si j'reste dans mon coin, vous allez faire une bêtise. Personne ne m'arrêtera ! déclara Cam en gonflant la poitrine.

Il y eut un silence tendu. À la lueur de la torche, Cam paraissait frêle… mais sacrément têtue.

Frère Filip, cet idiot, guida frère Daret, les yeux clos,
dans le noir de la grotte. Il savait que tout au fond,
la Reine Crabe avait bâti sa maison,
mais il s'en moquait.

– Si jamais il t'arrive quelque chose…, commença Merik.

– Il m'arrivera rien.

– … tes nouvelles bottes en prendront un coup.

– Pas grave. J'ai jamais aimé les chaussures.

– Vendu.

Cam arbora un sourire triomphant. Il n'y avait plus matière à discuter, et Merik le regrettait presque : il ne leur restait désormais plus qu'à avancer au milieu des excréments humains.

Par les eaux de l'Enfer ! Jamais il n'aurait imaginé qu'un jour il lui faudrait marcher dans les égouts souterrains. Pas plus qu'il n'aurait imaginé endosser le rôle d'un cadavre fuyant sa propre famille.

Quand il finit par apercevoir un mur – quand Cam s'exclama « Ces marches conduisent au lieu de rendez-vous, chef ! » –, Merik faillit rugir de soulagement. Ici, une fourche orientait les eaux usées dans deux directions opposées. Là, une arche basse creusée dans la pierre se dessinait à la lueur de la torche. Il se hissa sur une plate-forme à hauteur de hanche avant d'aider Cam à s'extraire des griffes de White Shit.

Ils étaient tous les deux dégoûtants à voir, recouverts d'une fange si gluante qu'elle leur provoquait des haut-le-cœur. Ils avaient beau piétiner et se frotter pour s'en délester, rien n'y faisait.

Leur passage sous l'arche déclencha un souffle de magie, comme à leur entrée dans les Citernes.

On aurait dit, songea Merik, que les sortilèges ne servaient pas seulement à éloigner les importuns, mais aussi à contenir les eaux.

– Est-ce que la crue fait parfois des victimes ? demanda-t-il.

Cam haussa une épaule avant de tirer sa capuche en arrière.

– Carrément, chef. Carrément.

Puis elle se lança la tête la première dans l'escalier éclairé par les lanternes sans se soucier de vérifier s'il la suivait.

Vivia venait de revêtir l'uniforme tout propre qu'elle gardait caché sous les massifs de myrtilles. Elle se promenait dans les jardins royaux, au milieu des pruniers, quand du raffut attira son attention.

Elle ralentit avant de se retourner pour découvrir que le roi se dirigeait vers les jardins de la reine, suivi par des gardes, des domestiques et deux guérisseurs vêtus de brun.

Curieux… Le roi quittait très rarement ses appartements, encore moins pour se rendre dans les jardins de la reine.

Jamais il n'y allait.

Le temps que Vivia rejoigne les murs tissés de lierre, chacun des membres de la suite avait pris place au pied des murs. Le roi, sur un fauteuil à roulettes poussé par Rat, fit son entrée.

Rat, qui venait de franchir le portail dans l'autre sens, évita le regard de Vivia au moment de la saluer d'une rapide révérence, comme elle évita le sien en se hâtant de rejoindre le groupe.

Assis au bord de l'étang dans sa chaise roulante, le roi n'était pas orienté face à elle. Le crâne à peine recouvert par un nimbus de cheveux, il n'avait pas quitté sa chemise de nuit. Surprenant, alors qu'il était exposé au regard de tous ces gens. Serafin ne supportait pas que sa femme en fasse autant.

Vivia, droite comme un I, s'approcha de son père. Par sa posture, elle cherchait à dire *Tout va bien, je ne vois aucune raison de m'inquiéter.*

Balivernes ! Son corps mentait. Son esprit carburait, retraçant toutes les étapes depuis qu'elle avait quitté les souterrains, quelques minutes auparavant. Est-ce qu'elle avait bien refermé la trappe ? Est-ce que les massifs de myrtilles étaient à l'identique ? Et les iris, ne les avait-elle pas piétinés par mégarde ?

– Rayet ? appela le roi d'une voix fluette.

– Non, Votre Majesté. C'est moi, Vivia.

– Oh, quelle bonne surprise ! se réjouit-il, tête penchée, exposant le lobe décharné de son oreille. Aide-moi à me lever.

Elle avança de quelques pas en priant pour qu'il n'essaie pas tout seul.

– Sire ? Vous croyez que c'est raisonnable ?

Il leva les yeux vers elle.

Elle eut du mal à cacher son émotion. Dans la pénombre des appartements royaux, elle n'avait pas remarqué à quel point son père avait le teint cireux, le regard vide.

– Je souhaite m'asseoir sur le banc de Jana, expliqua-t-il.

Vivia ne réagit pas tout de suite.

– *Maintenant,* gronda-t-il.

Quoique diminué physiquement, il portait encore en lui la colère Nihar.

Vivia passa la main dans son dos et il gémit de douleur. *Un vrai squelette,* pensa-t-elle. Sous ses doigts, elle ne sentait que des os.

Submergée par la honte, elle se souvint que le moyen de guérir son père se trouvait peut-être sous ses pieds. Comment pouvait-elle le lui cacher ?

Elle devait lui parler du lac. Elle n'avait pas le choix.

En quatre pas incertains, ils arrivèrent au banc. Il était sale, mais quand Vivia fit mine de balayer la terre, le pollen et les graines avant qu'il s'installe, Serafin lui chuchota de le laisser en l'état.

Une fois son père assis, elle remarqua son expression. Bouche étirée, nez froncé.

Elle crut d'abord que le banc était trop sale pour lui. Puis elle constata qu'il fixait sa veste bleu marine.

– Où est ta jaquette d'amirale ?

– Je n'ai pas eu le temps, murmura-t-elle. J'en trouverai une grise pour ce soir.

– Moi, ça m'est bien égal, dit-il en haussant une épaule décharnée. Mais je me fais du souci pour toi, Vivia. Les vizeurs vont te trouver affreuse, et le personnel va se plaindre que tu ressembles à ta mère. Il vaudrait mieux éviter ça, tu ne crois pas ?

– En effet.

En réalité, c'est lui que Vivia trouvait affreux et légèrement dérangé… Le roi la quitta enfin des yeux pour contempler l'étang.

– On en sait plus sur la mort de Merik ? demanda-t-il. Il ne devrait pas être bien difficile pour nos espions de trouver qui l'a tué.

En effet, Vivia avait du nouveau. Mais la piste, embrouillée, les avait ramenés en Nubrevna. Vers un coupable caché au sein de leurs rangs, or elle n'était pas prête à partager cette information avec son père.

En tout cas, pas pour le moment.

– Pas de nouvelle piste, Votre Majesté, mais apparemment, l'impératrice du Marstok a connu le même sort.

– Vaness était solide, tout comme sa mère avant elle.

Je suis solide, moi aussi, songea Vivia, vexée. Serafin lui fit signe de s'asseoir à ses côtés.

– Jana a toujours été trop gentille. Trop douce. Pas comme nous.

Vivia se posa sur le banc. Comme ses mains tremblaient, elle posa ses poings serrés sur ses cuisses. *Rester assis, c'est risquer la folie,* se rappela-t-elle, comme si cela pouvait expliquer ses tremblements.

Pourtant, plus son père critiquait Jana, plus elle se demandait si ces reproches étaient vraiment à l'origine de cette brûlure qu'elle ressentait dans les épaules.

Vivia avait l'habitude de l'entendre insulter les gens. Elle avait même tendance à se réjouir du fait que Serafin semblait détester tout le monde, sauf elle. Mais aujourd'hui, l'attitude de son père ne la faisait plus rire ni sourire.

– Quels idiots, dit-il.

Vivia ne comprit pas tout de suite de qui il se plaignait. *Des guérisseurs, bien sûr.*

– D'après eux, je vais de mieux en mieux, s'amusa Serafin. Cette force nous vient du sang Nihar. On a bien de la chance qu'il coule dans nos veines…

– Je sais, répondit-elle en laissant son regard courir sur sa peau aussi fine que la mue d'un serpent.

– La lignée royale avait cruellement besoin de sang Nihar, continua Serafin. Avant mon arrivée, Jana n'était pas respectée. Ni par les civils ni par l'armée, et encore moins par le Conseil. C'est grâce à moi que les choses ont changé.

– Je sais, répéta Vivia.

– Ce respect, je vais maintenant le gagner pour toi, dit-il avec un sourire tendre, les yeux humides sous ses paupières ridées. Dès que je serai d'aplomb, je vais exiger du Conseil qu'ils te mettent sur le trône.

– Merci.

Elle lui adressa à son tour un sourire tendre – et sincère, car par Noden, où en serait-elle sans l'appui de son père ? Sans ce fameux sang Nihar qui courait dans ses veines ?

Elle suivrait le chemin de sa mère…

– Je veux le meilleur pour toi, Vivia. Et je sais que tu veux le meilleur pour moi.

La brise taquinait ses cheveux vaporeux. Vivia se raidit, les épaules brûlantes à nouveau. Son père était si faible ! Quoi qu'en disent les guérisseurs, il n'en avait plus pour longtemps.

Il fallait qu'elle tente de le sauver. Elle allait lui parler du lac souterrain – cette pensée s'était mise à frétiller dans sa tête. Certes, Jana avait insisté pour que le secret ne soit jamais dévoilé, mais c'était avant qu'elle ne se donne la mort, laissant Vivia orpheline. Avant qu'elle ne décide que son mal de vivre importait plus que sa fille.

Serafin avait toujours été là pour Vivia. C'était un bon père, même si elle ne le méritait pas.

Elle respira un grand coup et s'apprêtait à lui parler de la trappe cachée au milieu des myrtilles quand une cloche se mit à sonner.

L'alarme du palais.

Vivia se leva aussitôt et ordonna aux gardes d'entourer le roi, à qui elle susurra de garder son calme avant de traverser au pas de course le jardin de la reine. Dans l'allée des courgettes, elle tomba sur Stix. Ébouriffée, le visage bouffi, on aurait dit qu'elle avait passé la nuit dehors.

– Qu'est-ce qui se passe ? cria Vivia par-dessus l'alarme.

– Les entrepôts, répondit Stix en lui faisant signe de la suivre. Quelqu'un s'y est introduit, je me demande si ce n'est pas la Fureur.

Après le grondement assourdissant des hautes eaux, le silence de ce tunnel en pente faisait un drôle d'effet. Comment une simple paroi de pierre pouvait-elle étouffer un tel vacarme ? Merik n'en avait aucune idée. D'autant qu'il ressentait encore les vibrations dans ses pieds, dans ses poumons.

La puanteur ne s'était pas vraiment dissipée. Même si Merik et Cam avaient quitté White Shit, la merde restait collée à eux.

Après quarante-quatre pas que Cam compta à voix basse, ils arrivèrent à un mur de brique traversé par une large fissure irrégulière.

Cette faille aux contours acérés avait l'air récente. Les parpaings venaient apparemment de tomber.

Comme elle ressemblait à ce que Merik et Cam cherchaient, ils s'y glissèrent. Le prince, passé le premier, se retrouva derrière une étagère de cèdre humide. Il pivota sur ses pieds pour découvrir une cave.

Les entrepôts royaux, comme dans ses souvenirs : des rayonnages irréguliers remplis de cartons, de sacs, de couvertures et de bouteilles – toutes les provisions dont le palais pouvait avoir besoin.

Il resta un moment sans bouger, l'oreille aux aguets, à l'affût d'une autre respiration dans cet air confiné, de silhouettes qui se profileraient dans la lumière pâle et hésitante des lampes ensorcelées.

Il ne vit personne ; il n'entendit rien d'autre que le clapotis de gouttes qui tombaient dans une flaque. Un effet de la condensation sur les murs de granit, et sans doute une fuite dans les fondations.

– Nous sommes au dernier sous-sol des entrepôts royaux, finit-il par chuchoter.

Cam eut un hoquet de surprise.

– On n'a pas eu de mal à entrer !

Merik, étonné lui aussi, songeait que la croix notée sur la carte n'indiquait peut-être pas un lieu de rendez-vous mais un passage à reboucher.

Qu'importe. Maintenant qu'ils étaient sur place, il avait bien l'intention de farfouiller un peu. D'autant qu'il n'avait jusque-là jamais trouvé de provisions au dernier sous-sol. Au contraire des deux étages supérieurs, généralement bien garnis, les quatre autres étaient toujours vides. *Toujours.*

Il était descendu dans les entrepôts deux mois auparavant. Il avait visité le deuxième sous-sol, où il n'avait croisé que des souris, et s'était hâté de demander au roi qu'un ravitaillement soit envoyé à Veñaza avant le sommet de la Trêve.

Serafin avait donné son accord.

Puis il en avait confié la tâche à Merik – non seulement de rétablir les échanges commerciaux, mais aussi de représenter la Nubrevna en tant qu'amiral de la Flotte royale au sommet de la Trêve.

Plus longue sera la chute pour les âmes pures.

– Suis-moi, ordonna Merik avec un petit signe du menton.

Les rayonnages de l'entrepôt se rejoignaient à une intersection centrale où un escalier de pierre en colimaçon remontait les six étages.

Chacune des étagères regorgeait de marchandises.

– Y a marqué quoi ? murmura Cam en désignant un énorme sac. C'est pas l'alphabet nubrevnien, si ?

À mi-chemin du centre de la pièce, les stocks étaient déjà bien entamés.

– Non, en effet, répondit Merik en tripotant ses manches de chemise. C'est écrit en dalmotti. Ce mot veut dire « froment » et l'autre, « orge ».

Il se dirigea vers un cageot avec de la peinture rouge.

– Ce cageot contient des dattes importées du Marstok. Sur celui-là, il y a marqué « noix » en cartorréen.

– Dites, chef..., pourquoi il y a des produits étrangers ? demanda Cam, perplexe. J'croyais que personne ne voulait faire de commerce avec notre pays.

Merik se posait la même question, mais il avait sa petite idée. Une histoire d'armes marstokies, de bateaux miniatures et de violence en mer.

Un éclair de chaleur lui parcourut les bras.

Les provisions qu'il avait sous les yeux ne pouvaient pas être le résultat de deux semaines seulement d'attaques pirates. Vivia avait dû créer les Renards des mois auparavant, bien avant d'avoir trahi Merik et de l'avoir laissé mourir.

Cette certitude – et la rage qu'elle engendra – s'accentua à mesure qu'ils se rapprochaient de la cage d'escalier située au centre de la cave. Là, tous les rayonnages étaient vides, comme si le responsable de l'entrepôt avait voulu cacher les marchandises.

– On monte, ordonna Merik.

Il tenait à visiter le cinquième sous-sol, pour voir s'il était approvisionné lui aussi.

C'était le cas. Ce niveau-là regorgeait de provisions, encore plus que le sixième, et aucune des références n'était marquée en nubvrenien. Merik se mit à bouillonner de colère.

Toutes ces réserves cachées là, alors qu'elles auraient pu être distribuées !

Il y avait de quoi nourrir Pin's Keep, ou tous les sans-abri des Citernes – ou au pire, nom d'une chèvre, les gens de Nihar. Ici, elles ne servaient à rien ni personne. Sauf peut-être à Vivia.

Assez. Il en avait vu assez. Il était temps de faire demi-tour. La croix n'indiquait pas un rendez-vous, mais une brèche dans les Citernes qu'il fallait réparer.

Merik et Cam se dirigeaient vers la cage d'escalier quand un grognement flotta dans l'air.

– À l'aide !

Merik se figea ; Cam s'arrêta.

– À l'aide ! grogna à nouveau la voix.

– Allons voir, chef, proposa Cam, inquiète.

Merik fit « non » de la tête.

– Il doit être blessé, chef.

Merik secoua plus vigoureusement la tête. Un frisson glacé lui parcourut l'échine. Un pressentiment aussi sombre qu'insistant, fait de menace et de lamproies. *Fuis pendant qu'il est encore temps,* lui cria son instinct. *Tu es en danger !*

L'homme des ténèbres était là.

Merik agrippa la cape humide et crasseuse de Cam pour la tirer vers l'escalier. Ils montèrent trois marches avant de tomber sur la source des plaintes.

L'homme gisait à terre, une épée plantée dans le ventre. Ses intestins scintillaient sur les dalles. Les yeux vibrant de douleur, il avait la figure zébrée de marques aussi noires que les profondeurs abyssales.

Cette mort n'avait rien de commun avec l'autre. On aurait dit un meurtre commis par Merik. *Fuis pendant qu'il est encore temps, fuis pendant qu'il est encore temps !*

Cam s'arracha à sa poigne pour s'agenouiller.

– Je suis là, souffla-t-elle pour rassurer le mourant. Je vais vous aider.

Les yeux de l'homme se posèrent sur elle. On aurait dit qu'il la reconnaissait. Quand il tenta de parler, des bulles de sang jaillirent de sa bouche. Et de son estomac perforé.

Le garde ne pourrait pas survivre à sa blessure, mais Cam avait raison. Tout être, même mort, méritait la compassion. Alors que toutes les fibres de son corps le suppliaient de s'enfuir, Merik se força à s'agenouiller à côté d'elle. Et c'est là qu'il vit.

Il manquait à l'homme le petit doigt de la main gauche. Comme à Garren, l'assassin.

Merik avait l'impression de revivre cette fameuse nuit sur le *Jana*. Comment était-ce possible ? Qui donc était cet homme ? Il ne pouvait pas s'agir d'une coïncidence.

Il s'apprêtait à poser ces questions au mourant quand son corps se figea. L'entrepôt lui-même, les moutons de poussière s'immobilisèrent.

Mort. L'homme était mort.

Merik, soulagé, s'apprêtait à quitter les lieux quand une plainte s'éleva dans la cave et déferla sur son épiderme telle une nuée de puces de mer.

Frère Filip, cet idiot, guida frère Daret, les yeux clos,
dans le noir de la grotte. Il savait que tout au fond,
la Reine Crabe avait bâti sa maison,
mais il s'en moquait.

Cam se redressa avant de tomber sur les fesses. Merik se contenta de contempler le corps, bouche bée. Les lèvres du cadavre ne bougeaient pas, ses yeux restaient fixes et vitreux… Et pourtant, les mots s'échappaient bien de son gosier.

Impossible. Impossible.

Cam se mit à quatre pattes.

– Chef, chef, siffla-t-elle pendant que le cadavre attaquait le deuxième couplet.

Daret, le frère aux yeux clos, dit à Filip, le frère idiot :
La Reine Crabe règne-t-elle toujours ?
On m'a dit qu'elle dévorait des poissons.
Mieux vaut éviter sa Cour.

Cam tendit la main vers Merik.

– Chef, chef, supplia-t-elle.

Une cloche se mit à carillonner à toute volée. Fracassante, étourdissante, c'était l'alarme du palais.

Merik sortit de sa stupeur. Main dans la main, Cam et lui se ruèrent vers l'escalier tandis que résonnait dans la pièce le troisième couplet.

Filip, cet idiot, dit à son petit frère :
Jamais je ne t'ai mis en danger !
Je sais ce que je fais, car je suis ton aîné,
jamais je ne te trahirai.

Impossible. *Impossible.*

Des gardes étaient en train de descendre les étages. Merik percevait la vibration de leurs pas sur les marches de pierre. Il sentait leur souffle envahir la cage d'escalier.

Arrivés au dernier sous-sol, les fuyards continuèrent leur course au milieu des rayonnages, mais les gardes ne cessaient de se rapprocher.

Notre odeur, pensa Merik. *Les gardes se dirigent à l'odeur.* La seule solution, c'était de continuer à fuir. Les étagères défilaient au rythme de leur course échevelée.

Ils arrivèrent au mur du fond complètement essoufflés. Merik poussa Cam derrière les caisses en bois de cèdre au moment précis où un flot de lumière l'éblouit. Dix gardes équipés de torches déferlaient dans la pièce.

– La Fureur ! cria l'un d'eux.

– Tuez-le ! aboya un autre.

Merik se glissa dans les Citernes à la suite de Cam. Elle l'avait attendu, cette folle ! Aussi l'attrapa-t-il à nouveau par le bras pour l'entraîner dans l'obscurité du tunnel.

Les ombres, les cris, la merde – tout se répercutait sur les murs de calcaire. Dès que Cam s'écria : « Arbalètes ! », une rafale de vent s'engouffra dans la poitrine de Merik.

Non, ce n'était pas du vent. Cette énergie, ce tonnerre – c'était la crue.

Les soldats leur beuglèrent de s'arrêter. Mais les fuyards continuèrent. Ils n'avaient pas le choix. Ce tumulte, cette tempête qui s'approchait… c'était la crue.

Il leur fallait dépasser White Shit avant qu'elle ne déferle.

Ils atteignirent les égouts. Cam, trébuchant, tomba dedans, ce qui entraîna Merik. Leurs mains, leurs torses plongèrent dans la fange. Mais le grondement, les hautes eaux les remirent sur pied.

Ils s'enfuirent. Un carreau d'arbalète siffla au-dessus de leur tête. Un autre pulvérisa la lanterne la plus proche, les plongeant dans la pénombre. Les torches des soldats qui approchaient étaient désormais leur unique source de lumière.

Mais la crue s'en moquait. Elle se ruait vers eux dans un vacarme digne de Lejna. Lorsque Kullen avait clivé. *Aucun moyen d'esquiver le raz-de-marée.*

Merik continuait de courir. Aveuglé par l'obscurité, l'ouïe ravagée par la fureur des eaux, il avançait. C'était la seule chose à faire.

Une lumière orange se mit à vaciller dans le tunnel. Nouvelles lanternes. Nouveaux tunnels. Ils arrivaient au bout de White Shit, dont la rampe brillait dans l'obscurité. Merik accéléra. Encore quatre foulées.

Deux.

Une fois sur la plateforme, il se retourna. Cam, à dix pas, fuyait une montagne d'eaux déchaînées.

Sans réfléchir, Merik lança une bouffée de magie. Les vents soulevèrent Cam. Légers mais puissants. À son image. Ils la déplacèrent de quelques pas pour la mettre à l'abri.

La fille, hors d'haleine, s'effondra sur le sol à côté de Merik. Couverte d'excréments et d'autres substances peu ragoûtantes, elle tremblait de tous ses membres devant les flots qui écumaient dans un torrent aussi parfait qu'ensorcelé.

Inquiet, Merik tendit la main vers elle.

– Tout va bien ? souffla-t-il.

Épuisée, elle confirma d'un signe de tête.

– Hye… chef.

– On ne peut pas s'arrêter.

– Bien sûr, chef, haleta-t-elle.

Merik lui offrit sa main. Elle se fendit d'un sourire pâle. Ensemble, ils s'éloignèrent de la furie de White Shit.

VINGT-DEUX

Sa magie en feu, Aeduan dévala la berge. Impossible de s'arrêter ou de se battre : son corps se mouvait bien trop vite. Il traversa comme une flèche la horde des Voiles Rouges à l'affût de la Threadwitch.

Les pirates dégainèrent leurs lames dans une gerbe d'éclairs et de colère. Mais Aeduan n'avait aucune envie de lutter. Pas aujourd'hui.

Le sifflement d'un sabre réveilla son instinct. Plongeant la tête la première, il roula sur lui-même pour se retrouver face au fleuve, les arbres derrière lui.

Cette Threadwitch, bon sang… où se cachait-elle ?

Soudain, il l'aperçut. Un peu plus loin sur la rive. Il pourrait la rejoindre si elle s'arrêtait de courir.

Non seulement elle ne s'arrêta pas, mais elle prit une décision tellement délirante qu'Aeduan se demanda si elle avait des envies suicidaires. Il l'avait déjà vue faire ce choix sur un chemin qui longeait la falaise au nord de Veñaza. Cette fois, il ne la laisserait pas s'échapper.

Cette fois, il plongerait dans le vide avec elle.

Une odeur immonde parvint à ses narines – un sang qui puait la torture et les intestins en bouillie. Il se retourna à la seconde où l'homme attaquait. D'un coup de pied latéral, Aeduan lui fracassa le genou.

Tandis que l'homme chutait dans un craquement d'os, le moine reprit sa course, prêt à se jeter dans le torrent comme prévu… Mais il se figea. Une cape beige – celle qu'il avait laissée à la Threadwitch – descendait maintenant le fleuve à une vitesse inhumaine.

Inhumaine pour tout autre qu'Aeduan. Il puisa dans sa magie pour piquer un sprint. Quelques secondes plus tard, il avait rattrapé la cape, qui descendait le courant non loin de la rive.

Accélérant encore son allure, il fila vers un arbre planté au bord du fleuve. Le rivage en pente douce, avec ses racines apparentes, offrait un poste de sauvetage idéal.

Aeduan bloqua son bras sous une racine avant de descendre au plus près de l'eau sur le sol glissant. Des gerbes glacées lui lacéraient les joues.

La cape arriva à son niveau. Il tendit le bras. Puis la main… mais il se trouvait trop loin. Ses doigts n'attrapèrent que la fraîcheur de l'eau. Sans réfléchir, il quitta la berge pour se jeter dans les flots.

Mais la laine ne cachait aucune Threadwitch. Il n'agrippa que le froid et la rage implacable du torrent.

Comment avait-elle survécu ? Iseult se posait la question.

En toute logique, elle devrait être morte. L'Amonra était indomptable. Il la recrachait pour mieux l'avaler à nouveau. Lumière, inspiration. Ténèbres, mort. Pas de son, pas d'image, pas de souffle, pas de vie. Pendant un siècle – ou quelques instants seulement ? – le courant prit possession de son corps tout entier.

Elle heurta des rochers, de l'humus, elle se heurta à des vagues si violentes qu'elles paraissaient de pierre. Ses chevilles butaient contre des galets, des branches. Mille griffes invisibles dans le lit de la rivière. À chaque fois que les rapides écumants la recrachaient, elle en profitait pour aspirer de l'air avant qu'ils ne l'engloutissent à nouveau.

Iseult finit par heurter un obstacle qui lui rendit son coup, expulsant de son esprit le monde entier. Puis son corps fut tiré en arrière. De travers, mais retenu de force par quelque chose.

Elle ouvrit aussitôt les yeux en faisant de son mieux pour résister à la pression de l'eau sur son visage. Elle n'y voyait rien, mais elle sentait des mains. Et des bras.

Lui. C'était forcément lui. Le seul homme sans Filaments qu'elle connaisse.

Personne d'autre n'avait cette force.

Mais l'Amonra était plus fort encore. Il gagnait toujours. Il continua à entraîner le Bloodwitch – et Iseult avec lui. Il les tira à la surface avant de les aspirer par le fond.

De l'air, pensa Iseult. Elle ne pouvait songer à rien d'autre. Des étoiles qui clignotent, qui éclatent. Une explosion dans son crâne.

Mais une autre image commençait à se dessiner dans son esprit. Une image pleine de mouvement et de violence.

Une épreuve à laquelle ni elle ni le Bloodwitch ne pourraient survivre : les chutes d'Amonra.

Quand ses orteils engourdis heurtèrent le lit de gravier, Iseult creusa. Plus le torrent l'aspirait, plus elle cherchait à s'enfoncer. Derrière elle, le Bloodwitch suivit son exemple. Les talons plantés dans la terre, il la délivra des crocs du courant.

Iseult étendit ses mains congelées pour chercher à quoi s'accrocher. Elle paniquait. *De l'air, de l'air.* Ses phalanges mordirent la pierre. Elle sentit vaguement sa chair s'ouvrir

– en même temps qu'elle sentait le Bloodwitch lâcher prise. Le fleuve n'allait pas tarder à les emporter.

De l'air, de l'air.

Elle s'aperçut que ses doigts avaient effleuré une saillie sur une haute colonne de pierre. Elle s'y accrocha, paralysée par le froid. Juste à temps. Le sédiment avait lâché les pieds d'Aeduan que la rivière charriait à nouveau.

Il se cramponna à elle, qui se cramponnait à la roche. Ses muscles hurlaient de douleur, ses os allaient se déboîter.

Sans la lâcher, Aeduan se déplaça autour d'elle. Elle sentit une main épaisse et rugueuse se poser sur la sienne, dont la prise se stabilisa sur la pierre. Accrochées au même roc, leurs mains s'ancraient l'une à l'autre.

De l'air, de l'air.

Il trouva une autre saillie. Il tira sur son bras ; Iseult le poussa et ils montèrent petit à petit. Aeduan escaladait, Iseult lui servant d'appui. Le fleuve les aspirait.

L'Amonra finit par les relâcher. Ils réussirent à remonter à la surface, et l'air, l'air, *l'air* les caressa.

Iseult eut tout juste le temps de regarder autour d'elle – rivage escarpé, les chutes un peu plus loin, le Bloodwitch qui crachait ses poumons à ses côtés – avant de s'effondrer sur le granit trempé. Alors seulement, le monde s'apaisa.

Allongé sur le granit, Aeduan avait passé des heures – lui semblait-il – à retrouver son souffle pendant que le torrent continuait à virevolter. La morsure glacée de l'Amonra libéra peu à peu ses os. Son fracas, en revanche, ne cessait pas.

Ils finirent par se redresser. Les Voiles Rouges qui leur couraient après avaient disparu. Il ne traînait dans l'air aucune odeur. Ni des pirates ni de personne.

– Attends ici, dit le moine d'une voix noyée. Je reviens tout de suite.

Elle acquiesça en silence. Aeduan étendit son flair aussi loin que possible avant de partir à la recherche d'une cachette. D'un endroit garanti sans odeur de sang, où nul humain n'aurait mis les pieds depuis une éternité.

Il repéra des ruines anciennes. Sculptées dans la falaise, celles-ci tenaient plus de la forêt que de la forteresse. Ces colonnes et ces murs de granit avaient été dévorés par le temps. Avec l'érosion, les sculptures anciennes s'étaient transformées en moignons énigmatiques. Les racines et les branches avaient mangé sols et plafonds, les lichens et les champignons se substituant au carrelage et aux mosaïques.

Accroché à la falaise, ce site caché des regards serait néanmoins facile à défendre. Le flair d'Aeduan n'y décela rien d'autre que des odeurs animales. Les corbeaux étaient passés par là, mais pas les hommes. Pas les trafiquants d'esclaves.

– Par ici, dit Aeduan, de retour sur la dalle de granit.

Elle comprit immédiatement et obéit. Ils s'éloignèrent des chutes, de la rivière, et des odeurs de sang humain.

Ils mirent un certain temps à descendre la pente abrupte. Sans cesse, il fallait faire demi-tour pour prendre un autre chemin. Enfin, les premiers monolithes jaillirent du sol qui se stabilisa en étroites bandes de steppe couvertes de végétation. Là, des hommes avaient jadis creusé la falaise à leur idée. Là, d'énormes cyprès n'avaient pas hésité à prendre racine.

La Threadwitch n'ouvrit pas la bouche. Le souffle court, elle avait l'air épuisée et affamée. Ses muscles le suppliaient d'avancer plus vite, mais Aeduan se força à ralentir. Du calme…

Ils finirent par atteindre le cœur des ruines – le seul espace dont les quatre murs tenaient encore debout. D'accord, le lierre et les champignons avaient envahi le granit et le plafond avait disparu, mais les murs existaient bel et bien. N'importe qui s'en contenterait.

La Threadwitch, cependant, n'était pas n'importe qui.

Elle se laissa tomber sur la pierre et le sol boueux, les genoux ramassés contre sa poitrine. Malgré la chaleur accablante, elle frissonnait. Les mots rocailleux du moine vinrent briser ce silence habité.

– Pourquoi est-il à tes trousses ?

– Qui donc ? demanda-t-elle d'une voix hagarde étouffée par ses genoux.

Elle releva la tête. Aeduan n'avait jamais remarqué l'estafilade sur son sourcil.

– Le prêtre Puriste. Corlant.

À sa grande surprise, elle sursauta. La main posée sur son biceps droit, elle parut traversée par un éclair de panique.

C'était la première fois que son expression changeait à ce point. Un signe que l'épuisement avait fissuré son sang-froid de Threadwitch. Aeduan ignorait que ce fût possible.

Cette fille s'était battue avec lui. Elle l'avait piégé. Elle lui avait brisé les os. Elle avait bataillé contre les gendarmes, affronté des Poisonwitchs clivés, et jamais Aeduan ne l'avait vue trembler.

– Tu le connais, c'est ça ? reprit Aeduan.

– Et toi, comment le connais-tu ? réussit-elle à articuler.

Aeduan eut un moment d'hésitation. Pendant un laps de temps, on n'entendit plus que les chutes d'eau et la brise caressant les hautes branches.

Il était temps d'affronter la lame de Dame Destinée. Quel tranchant ferait le moins de dégâts ? S'il disait à Iseult la vérité sur Corlant et sa pointe de flèche, plus jamais il ne pourrait la trahir.

D'un autre côté, en gardant le secret, il s'exposait à ce que de nouveaux adversaires les pourchassent, comme les Voiles Rouges l'avaient fait. Or Aeduan ne pouvait pas rester continuellement auprès d'Iseult, et si l'un des chiens de Corlant les rattrapait – si elle tombait dans les griffes des Voiles Rouges… de ce Firewitch – alors il perdrait aussi ses pièces d'argent.

Il sortit de sa poche la pointe de flèche.

– Corlant m'a confié une mission avant que je te rencontre, expliqua-t-il tout à coup. Il m'a demandé de mettre la main sur toi et de te livrer à lui. Vivante.

Sur ces mots, il s'approcha d'elle à pas prudents. Il s'attendait à ce qu'elle panique.

Mais non. Bien sûr que non. Elle se contenta de frotter son bras, et, une fois Aeduan à son côté, attrapa dans sa main la pointe de flèche.

– Pourquoi me dis-tu ça ?

– Parce que mes pièces d'argent ont plus de valeur que la récompense promise par le prêtre. Et parce que je ne suis pas le seul à avoir été chargé de te retrouver. Ces hommes travaillent pour lui, et je m'attends à en voir débouler d'autres.

Le visage froissé, Iseult fixa sur Aeduan un regard hésitant avant de s'esclaffer.

Jamais il n'avait entendu un rire pareil. Ce n'était pas un petit gloussement cristallin comme chez les femmes riches de Veñaza, qui contenaient leur hilarité avant de la brandir telle une arme. Ni le rire franc d'une personne extravertie qui se réjouit facilement, sans retenue, librement.

C'était un trille suraigu, haletant, entre gazouillis et hoquet frénétique. Rien qui soit agréable à l'oreille et donne envie de s'y joindre.

– Une chance de dingue, s'étrangla-t-elle. Voilà ce qui me sauve à chaque fois. Une chance de dingue !

Pour la première fois depuis qu'ils faisaient équipe, elle choisit de continuer sa tirade en dalmotti.

– Nom d'une déesse, l'expression est bien choisie, non ? « Une chance de dingue ». Choisis l'option la plus dingue, et Dame Destinée te récompensera. Je devrais être morte,

Bloodwitch. Soit déchiquetée sur les rochers, soit assommée par les chutes. Et pourtant, je suis encore vivante. Et Corlant ? Il a déjà essayé de me t-t-tuer. Avec cette flèche, dit-elle en l'observant. Il l'a ensorcelée. Si la b-b-blessure ne suffisait pas à me tuer, le sortilège s'en occuperait. Mais je m'en suis sortie.

Son rire s'estompa peu à peu.

– Toi, tu es là depuis le début, Bloodwitch. Tu rôdais dans les parages. C'est à cause de toi que j'ai dû rejoindre ma tribu. Donc c'est par ta f-f-faute que Corlant m'a attaquée. Si je ne t'avais pas rencontré, je ne serais pas ici, en ce moment.

Aeduan plissa les yeux. Non pas à cause des événements qu'elle racontait, mais à cause de la version qu'elle en donnait. Elle le rendait responsable de Corlant, le prêtre Puriste. Elle l'accusait de tout, alors qu'il n'avait rien demandé.

– Si je ne t'avais jamais rencontrée, répliqua-t-il d'une voix glaciale, je ne me serais jamais brisé les os, et Leopold fon Cartorra n'aurait jamais loué mes services. Sœur Evrane n'aurait pas frôlé la mort, et je ne serais pas obligé de travailler pour…

– Sœur Evrane est en vie ?

La Threadwitch bondit sur ses pieds. Fini l'hystérie, son visage reflétait désormais un sentiment tout autre. Bouche bée, les yeux écarquillés… *L'espoir.*

– Je croyais que les Clivés s'étaient emparés d'elle à Lejna… elle a donc survécu ?

Aeduan hocha la tête. Iseult, les yeux fermés, offrit son visage au ciel. Quand elle reprit la parole, ce fut en nomatsi et sans buter sur les mots.

– Ce qui s'est passé entre nous, dit-elle d'une voix posée, tous ces événements qui nous ont conduits jusqu'ici… On ne peut pas revenir en arrière. Et aujourd'hui, je te dois la vie. Encore une fois.

À ces mots, Aeduan se raidit. Mais elle n'avait pas fini.

– À Lejna, tu as juré de me tuer si nos chemins se croisaient à nouveau. Tu as dit que nous étions quittes. Si je suis ton raisonnement, je te suis à mon tour redevable parce que tu ne m'as pas tuée hier soir. Et d'une. Ce matin, tu m'as sauvé la vie quand je me noyais dans la rivière. Et de deux. Et là, tu me dis de me méfier de Corlant. Ça fait trois !

Elle éclata à nouveau d'un rire strident avant de se calmer aussitôt pour revêtir un masque sombre et froid.

– Je ne sais pas comment m'acquitter de ma dette, Frère Aeduan, mais je sais que la Mère Lune m'y encouragerait.

Aeduan, les mâchoires crispées, se détourna d'elle.

– Je ne suis plus moine, lâcha-t-il avant de s'éloigner à grands pas.

Il lui fallait récupérer les victuailles qu'ils avaient oubliées.

Il chemina d'abord à pas prudents avant de se mettre à courir. À galoper au milieu des fougères qui lui fouettaient les pieds, le crâne éraflé par les branches.

Quelqu'un lui devait la vie. C'était…

Une grande première.

Il ne savait pas comment réagir. Si Iseult, la Threadwitch, était en vie, c'était grâce à lui. Si elle respirait, si elle pouvait goûter à l'eau de la rivière, c'était parce qu'il l'avait sauvée.

Même si elle avait fait de même pour lui. D'abord, elle ne l'avait pas tué lorsqu'il gisait, inconscient, à côté du piège à ours. Ensuite, c'était elle qui avait eu l'idée de s'accrocher à la saillie rocheuse pour les sortir du fleuve, juste avant les chutes.

Aeduan décida pourtant de ne pas le lui rappeler. Si la Threadwitch pensait lui devoir trois fois la vie, il gardait l'avantage sur elle. Il pourrait s'en servir. Comment, il n'en avait aucune idée pour le moment, mais il y veillerait.

VINGT-TROIS

MALGRÉ SA FAÇADE DOUTEUSE, *La Rose dorée* s'adressait aux plus aisés des Voiles Rouges, comme le montraient les visages propres et les habits bien coupés des esclaves qui y travaillaient.

À l'entrée des deux visiteurs, l'air parut se figer, et Safi sentit sa magie vibrer. On aurait dit les lieux embellis par un sortilège Glamourwitch qui en camouflait les défauts, lissait la vérité et arrosait l'établissement d'un éclat flatteur pour les clients.

Faux, faux, faux.

Les couples assis sur le canapé et les clients attablés semblaient issus d'un tableau.

Beaux, songea Safi en traversant la salle à la suite de Caden jusqu'à un passage protégé par un rideau. Le sortilège à l'œuvre dans cet établissement rendait *tous les gens* beaux.

Sauf Caden. L'éclat de la pièce ne rejaillissait pas sur lui, et sa beauté – que Safi ne pouvait nier – était naturelle. Derrière le rideau, ils trouvèrent des tables basses disposées avec symétrie sur d'élégants tapis agrémentés de coussins.

Chaque table était recouverte de cartes et de pièces, et l'épaisse fumée qui s'échappait des pipes ourlait de brume la chair nue des esclaves.

Alors qu'ils traversaient la pièce, Safi sentit sa magie la gratter, lui démanger. *Faux* était un bien faible mot pour qualifier cet hôtel occupé par les Voiles Rouges.

Caden pointa du doigt une table occupée par une femme seule, au fond de la pièce. Ses cheveux gris étaient relevés en chignon sur le haut du crâne, et comme chez tous les autres clients de l'établissement, sa peau noire étincelait de perfection. Aux cartes et aux gains étalés devant elle, à son sourire satisfait, on comprenait qu'elle venait de plumer au tarot ses adversaires.

La femme était tellement occupée à compter ses pièces qu'elle ne remarqua l'arrivée de Caden et Safi qu'au moment où Caden se laissa tomber à ses côtés sur le banc.

– Qui êtes-vous…, commença-t-elle, les sourcils froncés, avant d'accentuer sa moue. C'est un couteau que je sens pointer contre mes reins ?

– Tout à fait, confirma Caden, qui s'exprimait en dalmotti lui aussi. J'ai quelques questions à vous poser, Amirale Kahina, après quoi ma camarade et moi vous laisserons jouer tranquille.

– Et si je refuse de répondre, que m'arrivera-t-il ? Vous allez m'étriper ? Au secours ! ironisa-t-elle en levant les mains, un méchant homme me menace avec un couteau !

Ces mots la rendirent très sympathique à Safi.

– Vous avez conscience, reprit l'amirale, que je dirige la plus grande flotte de Voiles Rouges de toute la Jadansi ? Essayez d'enfoncer cette lame dans mon dos et vous tomberez raide mort avant de gagner la rue.

– Si vous préférez, proposa Caden sur le même ton, nous pouvons continuer cette conversation devant les portes de l'Enfer. Il paraît que les blessures au rein sont fatales. On pourrait se retrouver là-bas avant le prochain carillon…

Kahina fixa Caden pendant de longues secondes en faisant tambouriner ses doigts sur la table. Elle portait sur le pouce droit un gros anneau incrusté de jade qui claquait en rythme sur le bois. L'amirale finit par dégainer un sourire.

– Qui êtes-vous donc ? Il est rare de croiser des hommes aux reparties aussi fines que leur silhouette. Toi, ordonna-t-elle en tournant son regard vers Safi, assieds-toi, jeune fille. Je te donne ma parole que je ne vais pas te mordre.

Comme elle disait la vérité, Safi, docile, s'assit à côté d'elle. Un jeu de tarot complet était étalé sur la table. Les cartes au dos bleu canard étaient abîmées sur les bords.

Les mains de Safi se mirent à danser sur ses genoux, impatientes de distribuer. De jouer. Mais elle se força à détourner le regard pour dévisager l'amirale Kahina, qu'elle voyait maintenant au naturel, sans la magie du sort. Quoique d'une beauté éblouissante, celle-ci n'était plus toute jeune. L'ivoire de ses dents avait viré au brun terreux.

Safi comprit pourquoi quand Kahina lui réclama sa pipe, qu'elle lui tendit.

– Nous ne sommes pas là par plaisir, Amirale, lança Caden, le regard noir. Nous venons à cause d'un navire que vous avez confisqué il y a trois jours.

– Feu ! murmura Kahina à la pipe avant d'aspirer une longue bouffée. Dites-m'en plus. J'attaque tellement de navires ! Je ne sais pas si je vous l'ai dit, mais c'est moi qui possède la plus grande flotte de Voiles Rouges…

Elle se pencha vers Caden dans une pose aguicheuse, une fumée pâle s'échappant de sa bouche. Sous les yeux ébahis de Safi, Caden s'adossa au sofa dans une pose aguicheuse lui aussi. En un claquement de doigts, elle le vit se transformer en Troublant Tricheur. Le contraste était saisissant. Caden, barde de l'Enfer aussi dévoué que discipliné, adoptait soudain des poses lascives et des mines charmantes.

Le sourire qui illuminait maintenant son visage l'embrasa. De colère. De désir. De malaise. C'est ce satané sourire parfait qui l'avait mise dans un tel pétrin à Veñaza.

– Le navire que je cherche est un cotre. L'équipage porte un uniforme vert.

– Vert marstoki ou vert cartorréen ? Pardon, quelle idiote…

Elle tira sur sa pipe avant de poser les yeux sur Safi, dont les doigts tambourinèrent plus vite.

– Plus cartorréen que vous deux, ça n'existe pas. Ces cheveux blonds, ces taches de rousseur… Vous avez de la chance que personne ne vous ait encore fait la peau dans notre petit territoire.

– Répondez à ma question, insista Caden d'une voix déjà plus autoritaire que charmeuse. Où se trouve ce cotre *cartorréen* ?

– Au fond de la baie.

En voilà un beau mensonge ! Il était temps pour Safi d'intervenir. Elle avait bien envie de se mêler à ce petit jeu.

– Il a coulé en même temps que votre jeunesse et votre beauté ?

Kahina s'étouffa sur sa pipe avant d'éclater de rire.

– Vous faites la paire ! gloussa-t-elle. D'habitude, mes interlocuteurs sont moins drôles. Sachez toutefois que même si le navire se trouvait dans les parages, vous ne pourriez pas repartir avec.

Elle mordit dans le tuyau de pipe pour le stabiliser avant de ramasser le jeu de cartes.

– C'est pourquoi vous allez me dire où se trouve l'équipage.

Kahina lâcha un hoquet moqueur.

– Demain, c'est le jour du Massacre de Baile.

Devant les mines ahuries de Caden et Safi, elle se fendit d'une explication.

– Lady Baile… J'imagine que ce nom n'évoque rien aux Cartorréens. Mais pour nous, elle est la sainte patronne des mers. Les marins prennent ses commandements très au sérieux.

– Ses commandements ? répéta Safi.

Caden lui lança un regard courroucé qui disait : *N'entre pas dans son jeu !*

– Trois règles sont prioritaires, chantonna Kahina en battant les cartes, pour notre Dame des Mers. Ne pas siffler quand l'orage est là. Les souris fuient les chats à six doigts. Reste toujours, toujours la nuit du Massacre de Baile.

D'où la mention sur le panneau, songea Safi.

Mais Kahina n'avait pas fini.

– Vous ne comprenez pas, mes agneaux ? Aucun navire n'a le droit de quitter le port la veille du combat dans l'arène. Même après le spectacle, très peu de bateaux circuleront. Ce soir, tout le monde boira jusqu'à l'ivresse, et demain plus encore. Après tout, il s'agit du plus grand combat de l'année.

Un sourire aux lèvres, elle forma un éventail avec les cartes pour attirer leur attention.

Mais ni Caden ni Safi ne tombèrent dans le piège. Caden, au contraire, appuya un peu plus sur la lame avant de reprendre la parole.

– Ma patience a des limites, Amirale. Je répète : *où est passé le cotre cartorréen ?*

– Vous m'avez l'air un peu butés, tous les deux, protesta Kahina en tendant les cartes à Caden. J'ai une idée… Je répondrai à votre question si vous gagnez une partie de tarot.

– Non, Amirale. Je veux une réponse tout de suite.

– Une seule partie. La meilleure main gagne.

– Je suis partante, lança Safi sans réfléchir.

Elle n'avait même pas pris le temps de jauger son adversaire. Mais elle savait que Kahina ne mentait pas : si elle perdait, l'amirale leur dirait où se trouvait le cotre.

C'était aussi le seul moyen d'arrêter la danse de ses doigts rongés d'impatience.

Ravie, l'amirale des Voiles Rouges laissa échapper un nuage de fumée entre ses dents gâtées. Puis, dans un tourbillon de cartes, elle mélangea deux fois avant de distribuer quatre cartes à chacune d'elles. Sa bague lançait des éclats.

– Regarde, ordonna-t-elle.

Safi regarda ses cartes. C'était une bonne main, et même si elle avait la certitude de ne rien laisser paraître, elle redoubla d'efforts pour rester impassible.

– Combien de cartes ? demanda Kahina d'une voix soyeuse.

Ses narines s'écartèrent en signe de victoire.

C'était du bluff. Elle mentait. Safi le comprit au premier coup d'œil.

– Deux.

Safi se débarrassa de deux cartes avant d'en tirer deux autres. L'Impératrice et la Sorcière. Une combinaison excellente !

Quand elle vit Kahina n'en changer qu'une seule, une vague de désarroi la submergea. Et si elle se trompait ? Et si elle faisait la même erreur qu'à Veñaza ? Est-ce qu'elle interprétait à nouveau de travers ? Elle allait tomber dans le panneau…

– Montre.

À ces mots, l'instinct de Safi reprit le dessus. Elle montra ses cartes en même temps que Kahina.

Elle avait gagné. *De peu.* Dans les mains de Kahina, le Moine Sans Nom valait le double de sa main à elle, mais au final, sa combinaison – Sorcière, Impératrice, Soleil et Naissance – remportait la victoire. Elle s'autorisa enfin à consulter Caden du regard.

Ses yeux brillaient. Tout sourire, il se pencha vers Kahina avec une énergie toute neuve.

– Alors, Amirale ? Ce navire ?

– D'accord, lâcha-t-elle dans un long soupir. Je l'ai intégré dans ma flotte, comme toute personne saine d'esprit l'aurait fait. C'est une belle bête qui navigue vite. J'espère que vous ne comptez pas le récupérer.

Elle fit une pause afin de tirer une bouffée, puis exhala la fumée en même temps que ses mots.

– Quant à l'équipage, je l'ai vendu à l'arène. Les sorciers prendront part aux combats de demain, les autres… Même pour les petites algarades, on a besoin d'agneaux à sacrifier.

Vrai, vrai, vrai.

La chaleur de la vérité avait beau vibrer sous ses côtes, Safi sentit son estomac se retourner.

À son regard glacial, elle comprit que Caden partageait son sentiment. Adieu le Troublant Tricheur ! Il était redevenu un barde froid et déterminé. Quand il se leva, Safi l'imita.

L'amirale Kahina leur lança un sourire narquois.

– J'espère vous revoir bientôt.

– N'y comptez pas, promit Caden en levant la main vers Safi.

Sans la toucher, il lui fit signe de se diriger vers la porte.

– Dites…, et ce rendez-vous devant les portes de l'Enfer ? claironna Kahina dans leur dos. Moi qui me faisais un plaisir…

Ni Safi ni Caden ne se retournèrent. Ils n'avaient pas besoin : le ricanement moqueur de la pirate les poursuivit jusqu'à la sortie.

VINGT-QUATRE

Vivia examinait le trou dans le mur des entrepôts royaux. Elle gardait le front plissé dans cette fameuse grimace de colère typique des Nihar – une expression chère à Merik – tout en se pinçant le nez de toutes ses forces.

Tout puait les excréments.

À ses côtés, une jolie garde répétait en boucle qu'ils n'avaient jamais entendu parler de cette brèche dans les fondations.

– Si on avait su, on l'aurait réparée, assurait-elle.

Vivia se contenta d'acquiescer tout en adoptant un air irrité de circonstance. En vérité, elle connaissait l'existence de ce trou. C'est même elle qui l'avait creusé. Elle savait que les crues et la crasse de White Shit éloigneraient les intrus. Jusqu'à présent, c'était le meilleur moyen de faire transférer en toute discrétion les marchandises des Renards dans l'entrepôt. Vivia ou Stix envoyaient de hautes eaux pour nettoyer le tunnel, puis, un à un, les articles volés étaient emmagasinés.

Les filles avaient procédé ainsi à cinquante reprises, sans aucun accroc.

Jusqu'à cette fois.

– Saloperie de Fureur, cracha Vivia.

Un authentique venin accompagnait ses mots. Non seulement parce qu'un garde royal avait été tué, mais parce qu'elle ne pouvait plus mettre son plan à exécution. Ils étaient désormais trop nombreux à connaître son secret, ces denrées alimentaires d'origine étrangère cachées dans les derniers sous-sols, et ce passage était son idée à elle. Son père s'y était opposé.

Serafin n'allait pas être content.

Vivia s'apprêtait à repartir.

– Faut-il réparer le trou, Votre Altesse ? demanda un garde.

– Laissez-le, lança Vivia. Mais surveillez-le. Je veux dix hommes en permanence.

Elle attendit la confirmation du garde pour se diriger vers l'escalier. Autour d'elle, des domestiques, des soldats et des officiers cherchaient tous d'autres brèches dans les murs du palais. D'autres endroits où pouvaient s'infiltrer les brigands.

Ils sont trop nombreux, songea Vivia en attaquant les marches. Comment s'assurer qu'ils gardent tous le secret sur l'activité des Renards ? Il suffirait d'une seule personne pour l'éventer. Attablée devant une tisane de bœuf à *L'Homme Clivé*, elle vendrait la mèche à un copain tout en sirotant : « J'ai vu du grain marstoki dans l'entrepôt ! » Son ami en toucherait deux mots à sa mère, et l'information commencerait à circuler. Bientôt, tout le monde connaîtrait l'existence des Renards avant que Vivia et Serafin ne se décident à en parler. Le Haut Conseil dénoncerait un risque inconsidéré, un risque « insensé », et jamais Vivia ne monterait sur le trône…

– Non, souffla-t-elle en montant l'escalier quatre à quatre. Pas de regrets. Continue d'avancer.

Parvenue à l'étage supérieur, elle accéda aux salles. La tête blanche de Stix dépassait de la ronde de gardes rassemblés autour du cadavre.

Vivia jeta un coup d'œil rapide au corps. Inutile de s'y attarder. L'homme ressemblait comme deux gouttes d'eau au cadavre trouvé chez Linday. En effet, la Fureur était venue et elle avait fait une deuxième victime.

Un officier chauve, à la voix de baryton, se posta devant elle.

– Ce n'est pas un des nôtres, dit-il en secouant la tête.

– Comment ça ?

– Il n'appartient pas à la garde royale.

À coups de coude, il se fraya un chemin pour leur donner accès au corps.

– Ce n'est pas notre uniforme, Votre Altesse. Difficile de s'en rendre compte avec tout ce sang goudronneux, si c'est bien du sang..., reprit-il avec une grimace. Mais dessous, sa tenue n'a rien à voir avec la nôtre. De plus, regardez : il lui manque un doigt.

Vivia se couvrit le nez et la bouche avant de se pencher sur le cadavre. Neuf doigts en effet. *Comme sur le corps trouvé chez Linday.*

– Êtes-vous en train de me dire qu'il appartient aux Neufs ? Je pensais ce gang dissous depuis des années...

– Peut-être que non, hasarda l'officier. Ou peut-être qu'il en faisait partie à l'époque. Les petits doigts ne repoussent pas...

– Exact, murmura-t-elle.

Cette fois, sa moue Nihar – front plissé, nez froncé – n'était pas feinte. Quelle histoire ! Des Neufs dans les entrepôts, des Neufs qui gardent la serre de Linday...

– Capitaine, intervint Stix.

Vivia fit la sourde oreille et regagna la cage d'escalier. C'était mesquin de sa part, d'accord, mais elle ne savait plus où donner de la tête. Elle n'était pas sûre d'avoir assez de force pour affronter les cheveux ébouriffés et l'uniforme froissé de Stix.

Trop belle pour moi.

Celle-ci posa la main sur son bras. Sur son bandeau de deuil.

– Capitaine, répéta-t-elle, la Fureur a un compagnon, et je sais où il habite.

Elle avait réussi à capter son attention. Au bout de trois marches, Vivia cessa de grimper. Elle se retourna pour regarder Stix droit dans les yeux.

– La nuit dernière, c'est la Fureur qui a dévasté votre bureau. Je n'ai pas eu le temps de le remettre en ordre ni de vous attendre, parce que je l'ai suivi.

Vivia soupira. Elle s'en voulait de ressentir un tel soulagement. Stix n'avait donc pas passé la nuit chez quelqu'un, certes, mais est-ce qu'elle pouvait se permettre une liaison avec la jeune femme ?

– Suivi jusqu'où ? demanda-t-elle, tendue.

– Jusqu'à la serre de Linday, le vizeur.

Que Noden la pende ! Vivia s'apprêta à monter le reste des marches.

– Pourquoi ne pas l'avoir intercepté ? Et arrêté ? Il a tué deux hommes, Stix !

– Je ne savais pas qu'il allait frapper ! dit-elle avec un geste désolé. Je me suis dit qu'il travaillait peut-être avec Linday, alors j'ai attendu dans la rue qu'il réapparaisse. Comme il n'est jamais revenu, je suis retournée à Pin's Keep – où une deuxième personne s'était introduite dans votre bureau.

Elles dépassèrent le quatrième sous-sol en montant les marches deux par deux.

– Un garçon, précisa Stix. Maigre, avec des taches de pigmentation. Il avait l'air de chercher quelqu'un. Je l'ai laissé faire… puis je l'ai suivi. D'abord jusqu'à un temple dédié à Noden sur Hawk's Way, puis jusqu'à un immeuble situé dans la Vieille Ville.

Le troisième sous-sol se profilait.

– Tu l'as suivi à l'intérieur ? Tu as vu dans quelle pièce il entrait ?

– Non. Je n'ai pas pu m'approcher. Il a de sacrés réflexes. À croire qu'il vit dans les Citernes.

Deuxième sous-sol. Vivia avançait désormais au pas de course. *Continue d'avancer, continue d'avancer.*

– Vous voulez que j'envoie des soldats fouiller le bâtiment, Capitaine ?

– Non, répondit la princesse, essoufflée. S'il prend peur… Ne prenons aucun risque, vu sa facilité à tuer… Je ne peux pas mettre en danger des civils. Mais je veux que le bâtiment soit surveillé. Si ce garçon revient, je veux qu'on le suive. Si on peut l'arrêter, alors on pourra peut-être faire sortir de sa tanière le monstre qui se fait appeler « la Fureur ».

– Hye, Capitaine !

Stix se fendit d'un petit salut rapide en arrivant sur le palier du dernier étage. Vivia, de son côté, ralentit l'allure à la dixième marche. Pliée en deux, elle s'arrêta pour reprendre son souffle.

Une pensée macabre venait de lui donner la chair de poule.

– Stix, dit-elle entre deux respirations, si ce cadavre… en bas… n'était pas un garde…, s'il appartenait au gang des Neufs…, qu'est-ce qu'il faisait là ? Et la Fureur, qu'est-ce qu'elle faisait là ?

Stix leva les mains dans un geste d'impuissance.

– Je n'en sais rien. Vous avez vérifié les réserves ?

– Non… Quelle idiote ! Non.

Sans se concerter, les deux femmes se mirent à dévaler les escaliers à toute vitesse, deux fois plus vite qu'en montée. Arrivée au cinquième sous-sol, Vivia se fraya un passage entre les gardes, Stix sur ses talons. Elles se précipitèrent vers les premiers sacs de grain étranger.

Vivia savait très bien ce qu'elle allait trouver. Elle le sentait dans ses tripes. Et cette douloureuse certitude lui donnait envie de vomir.

Elle déchira un sac d'orge dalmotti.

Noir, tout le contenu – couvert de cette graisse charbonneuse qu'on retrouvait sur les cadavres. Non comestible. Pareil pour le sac d'après, et celui d'après.

Vivia voyait tous ses efforts réduits à néant. Des mois de piraterie secrète, sans assez d'armes pour protéger ses hommes… Des mois à charger et décharger en douce les denrées dans les entrepôts… Des mois entiers à se cacher, à mentir, à prier pour que son stratagème porte ses fruits. Et pour quoi ? Pour que tout soit gâché par ce liquide visqueux issu d'une magie détournée.

Jamais elle n'aurait dû écouter son père. Elle aurait dû suivre son instinct – utiliser les réserves de Pin's Keep.

Et jamais, *jamais* elle n'aurait dû confisquer ces satanées armes à ces satanés Marstokis et abandonner Merik.

C'en était trop. Sous le nez de Stix, devant des centaines de soldats, au risque que l'anecdote soit rapportée au Haut Conseil, elle se prit sa tête entre les mains et se mit à hurler.

Dans la fournaise de l'après-midi, Cam guida Merik à travers le réseau de ruelles jusqu'à des bains publics situés dans la Vieille Ville. L'édifice était en mauvais état, comme tous les bâtiments du quartier, mais au moins les eaux étaient propres.

Les clients étaient peu nombreux à cette heure. La caissière assoupie leva à peine le nez pour leur faire payer l'entrée. Avait-elle remarqué leur puanteur, leur saleté ? Rien ne le laissait penser.

– Il nous faut des habits propres, lâcha Cam quelques secondes après être entrée dans l'espace feutré de la baraque en bois. J'm'en occupe, d'accord ? J'me laverai à mon retour.

Sans attendre la réponse, elle retourna en plein soleil.

Merik ne protesta pas. Il comprenait sa volonté de protéger le secret de « Camilla ». D'autant qu'elle avait raison. Il leur fallait des vêtements propres.

Le prince prit son bain tout seul, savourant la douleur du savon sur sa peau à vif. La chaleur des eaux ensorcelées qui lui caressaient la taille. Combien de temps lui faudrait-il frotter pour effacer sa colère ?

Ou effacer les ténèbres.

Il avait espéré que ces lignes aperçues au crépuscule, quand il avait appliqué le baume du guérisseur, soient le fruit de son imagination. Que les zébrures sur sa poitrine soient des illusions d'optique. Mais maintenant… ces traînées noires qui partaient en étoile depuis son cœur comme des éclats de verre, il ne pouvait plus les ignorer.

Il y avait encore un mois, Merik aurait demandé à sa tante de quoi il s'agissait. Aujourd'hui, il n'avait plus personne vers qui se tourner hormis Cam, qui s'y connaissait autant en magie qu'une grenouille dans un puits connaît l'océan.

Comme pour réaliser son souhait, la porte en lattes de bois s'ouvrit sur le visage sombre de Cam.

– Vos habits, chef.

Elle les jeta par terre, ainsi qu'une paire de bottes en cuir rustique, avant de refermer la porte derrière elle.

– Mon garçon !

Elle s'arrêta dans son geste.

– Est-ce que les tambours à vent résonnent toujours ?

– Hye, chef, répondit-elle, nerveuse. Mais j'ai pas croisé de soldats dans la Vieille Ville.

Ils ne vont pas tarder, songea Merik tandis que la porte se refermait. Il replongea dans son bain. Les ombres, les cadavres… il s'en occuperait plus tard.

Quand il retrouva Cam à l'entrée des bains, en train de compter les planches des murs, la peau de cette dernière brillait et ses cheveux noirs moussaient comme le duvet d'un oisillon. Comme Merik, elle portait une tunique blanche unie et un pantalon beige à la coupe ample bien trop grand pour elle. En revanche, il lui manquait des chaussures et une cape à capuche, quoiqu'elle n'en ait pas forcément besoin. Son visage à elle n'était pas marqué de cicatrices, et ce n'était pas pour elle que chantaient les tambours à vent.

– Je pue encore les égouts, non ? dit-il en la rejoignant. J'ai l'impression que l'odeur s'est incrustée pour toujours dans mon nez…

Au lieu du sourire qu'il espérait, Cam lui répondit par un grognement. Étonné par sa réaction, il voulut scruter son visage, mais elle s'était déjà détournée pour filer vers la sortie.

La ville suintait d'humidité, de chaleur et d'humains. Cam ne fit aucun commentaire sur le sujet ni sur les soldats qui lui faisaient presser le pas. Ni sur l'énorme flaque d'un liquide improbable où atterrirent ses pieds.

Jamais elle ne se départit de sa moue contrariée, jamais son front plissé ne se détendit.

Elle n'ouvrit la bouche qu'une fois de retour à l'appartement de Kullen.

Elle alla jeter un coup d'œil par la fenêtre et resta quelques instants à observer la rue avant de se retourner vers Merik, les joues enflammées. Même s'il espérait que ce soit l'effet de la chaleur, il soupçonnait plutôt la colère.

– J'ai beaucoup réfléchi, chef, depuis qu'on a quitté les entrepôts. J'ai décidé qu'on avait besoin d'aide.

– Ah oui ? s'étonna-t-il en se débarrassant de sa nouvelle cape, beaucoup trop grande pour lui. Pour quoi faire ?

– À cause de ces morts qui ressuscitent, lança-t-elle en relevant le menton avec arrogance. Ce qu'on a vu dans les entrepôts… ça m'dit rien de bon. C'était… *diabolique !*

– Je suis sûr que les gardes vont s'en occuper.

– Et si c'est pas le cas ? S'ils y arrivent pas ? S'ils sont même pas au courant ? Il y a des phénomènes de magie noire dans les Citernes ! Il faudrait quand même le signaler, chef !

– À qui ? demanda-t-il, prudent, alors qu'il connaissait la réponse.

– À l'Armée royale. Ou… au Haut Conseil.

– Ben voyons, ironisa-t-il avec un petit ricanement cruel. L'Armée royale et le Haut Conseil présidés par ma sœur, donc. Qui, pour rappel, a essayé de me tuer !

– C'est vous qui le dites. On en est pas sûrs.

– Vraiment ?

Merik sentit une rafale brûlante lui envahir la poitrine, mais il la combattit. Pas question de la laisser déferler sur Cam.

– Elle nous a quand même abandonnés en mer, reprit-il.

– Pour le bien des Renards, chef. J'dis pas qu'elle a eu raison, mais ces armes, elle s'en est emparée pour les Renards. Et on a eu sous les yeux la preuve que ses activités de pirate marchaient bien.

Merik dévisagea Cam le temps d'un demi-soupir. Puis il reprit la parole d'une voix glaciale.

– On a surtout eu la preuve que Vivia accumulait des provisions, dit-il en détachant chaque mot. Pour son compte. Et tu prends sa défense ?

– Non ! se défendit Cam, les deux mains en l'air. C'est juste que… On est pas de taille à affronter des revenants, chef ! Pas tout seuls ! Et si c'était pas la princesse qui avait essayé de vous tuer ? Et si c'était… disons, le meurtrier du cadavre dans l'entrepôt ? Ou un complice ?

Elle s'approcha de Merik, qui aussitôt lui tourna le dos. Il ne supportait plus de la regarder. La seule personne à qui il faisait encore confiance… voilà qu'elle s'opposait à lui.

Parcourant des yeux les livres de Kullen, il tomba sur *La Véritable Histoire des Douze Paladins*. Ses poumons cognaient contre ses côtes, gonflés d'une rage qui ne demandait qu'à se déverser pour tout casser. Il lui fallait affronter sa sœur une fois pour toutes.

– C'est Vivia qui a essayé de nous tuer, lâcha-t-il.

– Non, c'est pas elle ! rugit Cam. Regardez-moi, chef.

Merik n'en fit rien. Ses vents commençaient à former des petits tourbillons enfiévrés.

Quand Cam se posta en face de lui, sa chemise se mit à claquer comme une voile en pleine mer.

– Regardez-moi ! insista-t-elle.

– Pourquoi ? Qu'est-ce que tu veux, Cam ?

Il avait dû forcer sa voix à cause de l'ouragan naissant. *La Véritable Histoire* s'ouvrit tout seul.

– Je veux que vous regardiez la vérité en face ! Que vous arrêtiez de fermer les yeux. J'suis pas aveugle, vous savez. J'ai vu les marques sur votre torse, sur vos bras ! Comme celles du cadavre dans la cave. Il nous faut des réponses, et j'crois savoir où…

– Moi non plus, je ne suis pas aveugle, Cam, dit Merik en lui faisant face. J'ai bien vu que tu étais une fille !

Elle resta un instant bouche bée, à avaler du vent. Tétanisée.

– C'est vraiment ce que vous croyez ? Depuis le temps que vous me côtoyez ? soupira-t-elle avec un rire désolé.

J'devrais même pas être surpris. Sur le *Jana*, vous faisiez pas attention à moi. Vous connaissiez même pas mon nom ! Comment vous pourriez comprendre qui je suis aujourd'hui ?

Cam se colla sous son nez, au point que les vents brûlants de Merik n'avaient plus la place de circuler.

– Vous croyez penser aux autres, cracha-t-elle. Vous croyez sauver le monde. Et si vous aviez tout faux ? Au moins, quand j'me fais passer pour un garçon, je fais de mal à personne. Mais vous qui jouez au martyr... qui vous faites passer pour la Fureur... vous faites du mal à tout le monde.

Elle va trop loin. Merik lâcha ses vents, qui jaillirent au milieu d'eux, envoyant valser Cam en même temps que tous les livres. Mais elle n'avait pas dit son dernier mot. Elle ne se laissa pas démonter.

Elle se redressa de toute sa hauteur avant de rugir :

– Arrêtez de voir ce que vous avez envie de voir, Merik Nihar. Affrontez la réalité !

Sur ces mots, elle s'élança vers la porte, qu'elle claqua derrière elle. Merik resta planté là avec ses vents et sa colère, au milieu des livres disséminés à terre.

VINGT-CINQ

Ce soir-là, la Rêverie fut d'une tout autre nature. Iseult se trouvait dans la tour d'Esme, à Poznin, un bâtiment en ruines qu'elle avait déjà vu – sauf que la fois précédente, c'était à travers les yeux d'Esme, justement.

Cette fois, elle voyait la tour avec ses yeux à elle. Elle se trouvait à Poznin, dans son propre corps, et contemplait le dos d'une fille qu'elle croyait être la Marionnettiste.

Comment avait-elle atterri là ? Iseult n'en avait aucune idée. Elle s'était laissée dériver quelques instants pendant que le Bloodwitch montait la garde un peu plus loin, et voilà qu'elle s'était réveillée, pour ainsi dire, dans cette tour. Malgré sa vision brouillée au début – au sommet de la tour, les briques se fondaient en une masse grise autour du trou béant de la nuit –, Iseult avait reconnu l'endroit.

Elle avait également reconnu la Marionnettiste sans l'avoir jamais vue. Esme occupait un tabouret devant un bureau où s'empilaient les livres. Posées sur la table, sur le rebord de la fenêtre, sur des pierres saillantes au mur, des bougies réchauffaient la pièce de leurs flammes hésitantes.

Deux longues tresses de cheveux noirs entouraient le visage d'Esme. Quand sa vue se fit plus nette, Iseult remarqua que les taches de couleur dans ses nattes étaient des bandes de feutre. Des rangées de perles. Et des fleurs séchées.

La fille finit par se retourner et poussa un petit cri de surprise, ses yeux noisette écarquillés. Apparemment, elle se croyait seule.

Son visage pâle de Nomatsie s'illumina.

– C'est toi, murmura-t-elle avant de se précipiter vers Iseult.

Dans sa rêverie, Iseult recula de deux pas. Un brouillard envahit peu à peu la pièce dont les contours vinrent à disparaître. Esme arriva à ses côtés. Tout redevint alors parfaitement net, comme si Iseult s'était vraiment trouvée là.

Sauf qu'au moment de toucher Iseult, la main d'Esme passa à travers.

La fille éclata d'un rire cristallin.

– On jurerait que tu es vraiment là, en face de moi ! Ton image est si précise. Comment est-ce possible ?

Elle fit un petit bond vers la gauche pour contempler l'intruse de la tête aux pieds.

– Euh... aucune idée, répondit le double d'Iseult, embarrassée.

Elle avait la gorge nouée. La voix d'Esme continua de tintinnabuler.

– Je t'imaginais plus petite, dit-elle en frappant dans ses mains. Et plus musclée.

Elle fit mine de tâter ses biceps, mais ne rencontra que du vide.

Une autre rire enchanté. Mutine, elle se replaça face à Iseult pour cette fois la dévisager.

– Cette cicatrice rouge en forme de larme sous ton œil, commença-t-elle en fronçant les sourcils. D'où vient-elle ?

De Lejna, de ces Poisonwitchs que tu as clivés. Mais Iseult se retint de lui asséner la vérité. Elle ravala ces mots rêvés. Esme s'était fâchée quand elle avait appris la manière dont Iseult avait traité les Clivés sur le chemin nomatsi. Comment réagirait-elle en découvrant qu'Iseult et Aeduan en avaient décapité un à Lejna ?

Par chance, son silence passa inaperçu. Esme ouvrit grand les bras.

– Et moi ? Je ressemble à ce que tu imaginais ?

Iseult acquiesça alors qu'elle trouvait la Marionnettiste beaucoup plus jolie en vrai, avec sa mâchoire délicate et sa peau d'une pâleur lumineuse. Pour être honnête, jamais elle n'avait vu de Nomatsie aussi belle. Les touches de couleur piquetées dans ses tresses et la fossette qui creusait sa joue droite quand elle souriait accentuaient son charme.

– Je te voyais... plus grande.

C'était la vérité. La petite taille d'Esme contrastait de manière frappante avec la puissance de sa magie.

– Je suis vraiment ravie de ta visite, dit Esme dont la fossette se creusa. J'étais en train de travailler, comme toujours à cette heure de la nuit. C'est le seul moment que j'ai à moi.

Sa fossette s'estompa un court instant pour aussitôt réapparaître. Elle se dirigea vers le bureau.

– Tu dois traîner dans un de ces vieux endroits, comme ma tour, par exemple, lança-t-elle par-dessus son épaule. Là où les murs entre ce monde et les Anciens sont plus fins. Mais où exactement ?

Elle manqua de renverser des bougies en s'emparant d'un volume sur le bureau.

Puis elle se tourna vers Iseult.

– OUVRE LES YEUX.

Cet ordre inattendu, prononcé avec autorité, frappa Iseult comme une gifle. Impossible de résister. L'image de la tour s'évanouit et les ruines où elle dormait reprirent forme.

Esme rayonnait de joie. Agrippée à son livre, elle se tenait derrière la jeune fille et contemplait comme elle son corps endormi. Un torrent de glace coula dans les veines du double d'Iseult. C'était la première fois qu'elle assistait à ce type de magie. Elle n'en avait jamais entendu parler...

Esme ne remarqua pas son trouble. Pour une fois, la Marionnettiste n'occupait pas l'esprit de la jeune fille. Elle ne lisait pas dans ses pensées, elle ne volait pas ses secrets.

– Nous sommes en effet dans un palais ancien, comme le prouvent ces statues. Dis-moi, ce sont des chouettes ou des corbeaux ?

Des chouettes ? Iseult suivit du regard le doigt d'Esme. Sous la lumière des étoiles, les monolithes érodés disposés à chaque coin de la pièce ressemblaient à des dalles de pierre recouvertes de lichen jaune. Pas à des chouettes, ni à des oiseaux, ni à quoi que ce soit, d'ailleurs.

– Et l'usage auquel est destinée cette pièce me paraît évident, vu son acoustique.

Esme, qui se parlait désormais à elle-même, s'agenouilla au centre de la pièce avant d'ouvrir son livre. Il n'y avait aucune lumière pour éclairer les pages, mais elle n'en avait pas besoin. On aurait dit que les bougies de Poznin s'étaient transférées dans la pièce.

Iseult se glissa auprès d'Esme, son regard naviguant entre son propre corps endormi et les pages que fixait la Marionnettiste. *Faux.*

Son corps était immobile, et les pages d'Esme ne faisaient aucun bruit. *Faux, faux.* En réalité, seule la voix d'Iseult troublait le silence.

– Je ne vois pas de quel endroit il s'agit, dit Esme, assise en tailleur. Il n'apparaît pas dans les notes d'Eridysi.

– Eridysi ? s'étrangla Iseult.

Elle avait répété ce nom sans réfléchir. Sans même se demander si Esme faisait bien allusion à la Sightwitch qui avait écrit des siècles auparavant la fameuse complainte – mais c'était impossible. Après tout, la vieille poupée de chiffon d'Iseult s'appelait Eridysi, tout simplement parce que petite, elle trouvait ce nom joli.

Sauf qu'Esme faisait en effet référence à la légendaire Sightwitch.

– Oui. Ragnor m'a confié les Mémoires de la sœur Sightwitch il y a quelques années, confia-t-elle avec un demi-sourire presque timide. Tout ce que je sais, je l'ai appris dans ce livre. Cliver, réanimer, relier les marionnettes à la Trame... Rien ne t'empêche d'apprendre, toi aussi.

Ou de désapprendre. Avant qu'Iseult puisse demander comment mettre fin à ce... à cette intrusion dans ses rêves, Aeduan entra dans la pièce.

Il se mit à tourner en rond comme un lion en cage, traversant au passage le corps d'Esme. Il renifla, les narines à l'affût, mais s'il percevait quelque chose, il était évident qu'il ne voyait ni Esme ni Iseult rôder tels des fantômes au milieu des ruines.

La Marionnettiste se leva, des éclairs plein les yeux.

– Tu traînes encore avec lui, cracha-t-elle. Je t'ai dit qu'il était dangereux !

– Il m'a sauvé la vie, souffla Iseult d'une voix absente.

Elle avait reporté toute son attention sur le Bloodwitch, qui de son côté avait reporté toute son attention sur la jeune fille endormie.

Il ne reniflait plus. Il ne faisait plus les cent pas. Il se contentait de la regarder. Son visage était impossible à déchiffrer.

Esme vint s'intercaler entre Iseult et lui.

– Tu étais en danger ? intervint-elle.

Iseult garda le silence.

– Qui te menaçait ? insista Esme.

De sa main libre, les doigts écartés, elle frappa le crâne d'Iseult.

La Rêverie s'empara à nouveau d'elle. Fini les ruines, les doubles, le Bloodwitch. Iseult était piégée. Elle était à la merci de la Marionnettiste, qui contrôlait à nouveau son esprit.

En quelques secondes, Esme réussit à trouver le souvenir qu'elle cherchait. *Nom d'une déesse !* Ses mots résonnèrent dans le crâne d'Iseult. *Ces hommes ont failli t'attraper – et en effet, le Bloodwitch t'a sauvée.*

Elle continua de fouiller. Comme des lombrics dans sa tête. *Neuf fois quatre, trente-six. Neuf fois quinze, cent trente-cinq…*

Les multiplications d'Iseult n'arrêtèrent pas Esme.

Ces hommes travaillent pour… Corlant ? Qui est-ce ? Un prêtre Puriste, mais… Esme laissa sa phrase en suspens, et la Rêverie fut transpercée par les pointes bleues de la compréhension. *Je connais cet homme*, reprit-elle enfin. *Mais sous un autre nom. S'il te traque, Iseult, ça veut dire que tu… Qu'il…* La stupéfaction d'Esme renversa Iseult. *Pas possible ! J'ai du mal à y croire. Ne me dis pas que tu es une Cahr Awen !*

NON ! glapit Iseult. Beaucoup trop fort. Mais doser sa voix était toujours très difficile au sein de la Rêverie. Surtout après le confort acoustique des ruines fantômes.

Au long silence qui suivit, elle devina qu'Esme devait méditer, raisonner. Les secondes se transformèrent en minutes. Elle n'avait d'autre choix que de patienter. Seule. Dans un monde envahi d'ombres suffocantes.

La Marionnettiste finit par reprendre la parole. Et dans son rêve, Iseult put respirer à nouveau.

Que tu sois une Cahr Awen ou pas, Iseult, tu n'as plus besoin du Bloodwitch pour te sauver la vie. Pour nous autres, affronter quatre hommes n'est pas bien difficile. Tu les clives, et le tour est joué.

Regarde, je vais t'expliquer comment faire.

Un éclair de lumière les transporta dans la tour, mais cette fois Iseult était enfermée dans la tête d'Esme. Contrainte de voir à travers ses yeux.

Debout près de la fenêtre, la fille ne semblait pas se soucier des flammes qui dansaient sous son nez ni de la cire qui tombait sur sa robe. Pointant le doigt vers l'extérieur, elle scruta les ténèbres jusqu'à pouvoir discerner les rangées de Clivés – ces rangées qu'Iseult avait aperçues deux semaines auparavant. D'obscures silhouettes dans le noir de la nuit.

– Regarde l'homme au premier rang, avec le tablier gris, dit Esme. Tu le vois ? Avant, il était forgeron.

Iseult le voyait en effet – il lui suffisait de suivre le regard d'Esme. Le tablier en question était couvert de taches de sang noires.

– C'était un Ironwitch pas très puissant, expliqua la Marionnettiste d'une voix posée. Il avait un frère filaire au sein de son village. Pas plus puissant que lui. Quand j'ai clivé le forgeron, le frère filaire a tenté d'intervenir. Je ne sais pas ce qu'il imaginait… Quand un homme clive, il faudrait l'intervention de la Mère Lune pour le sauver… ou la mienne, bien sûr.

Les propos d'Esme, terre à terre, étaient dénués d'orgueil alors même qu'elle se disait aussi puissante que la déesse.

– Curieusement, j'ai choisi de ne pas laisser le forgeron attaquer son frère filaire, poursuivit Esme d'une voix lasse. Par grandeur d'âme, j'imagine… À l'époque, j'étais plus gentille. Je l'ai donc neutralisé avant qu'il ne fasse des victimes. Mais regarde bien. Tu les vois, ces Filaments roses ? Ils continuent à scintiller au milieu des Filaments rompus. Ils survivent alors que tous les autres ont disparu.

Les yeux rivés sur les Filaments qui tournoyaient au-dessus du corps du clerc, Esme attendit la réponse d'Iseult.

Celle-ci souffla à son double onirique sa réplique :

– Oui, Esme. Je les vois, ces Filaments de l'amitié.

– Ils me servent à les contrôler. Je romps tous les Filaments sauf un, après quoi je relie ce dernier Filament à la Trame. Un procédé un peu compliqué que je t'expliquerai une autre fois. Je vais déjà t'apprendre à les tuer.

Sur ces mots, la Marionnettiste leva ses mains aux poignets si délicats. Ses bras fragiles se terminaient par des doigts identiques à ceux d'Iseult : fins, presque noueux, et très espacés une fois repliés.

La Marionnettiste tendit les bras, les doigts fléchis comme si elle jouait de la harpe. Comme si elle tissait une trame.

Les Filaments du forgeron – ces bandelettes couleur de crépuscule qui le reliaient à distance à son frère filaire – se mirent à flotter doucement vers les mains d'Esme, de plus en plus ténus, avant de s'immiscer au creux de ses doigts. Si fins qu'on les voyait à peine, ils formaient une boule d'un rose brillant autour de la main d'Esme, qu'elle leva devant ses yeux.

– Et maintenant, un petit coup de dents.

Iseult vit Esme pencher la tête, ouvrir la bouche et écarter les mâchoires pour laisser passer les liens…

Avant de refermer ses mâchoires d'un coup sec.

Les Filaments craquèrent comme la glace d'un lac gelé sous un faux pas. Dans un éclair de lumière, les bandelettes se recroquevillèrent en avant, puis se rétractèrent avant de disparaître entièrement.

Le forgeron, pris de convulsions, tomba à genoux. Des pustules se mirent à apparaître et éclater partout sur son corps. Esme quitta la fenêtre en s'essuyant les mains. Iseult perdit de vue le Clivé.

– À partir de maintenant, le clivage va le consumer en entier, dit Esme. Il sera mort d'un instant à l'autre.

Iseult ne savait pas comment réagir. Elle sentit une vague de chaleur monter dans sa poitrine avant de lui embraser le gosier. Cette magie n'était pas liée aux Filaments ni à l'Éther. Elle ne pourrait pas la maîtriser.

Décidément, elle n'avait rien de commun avec Esme. Rien du tout !

– Tout va bien, Iseult ?

Oui, voulut-elle répondre. Il fallait qu'elle s'échappe. Il fallait qu'elle se réveille.

– Euh… j'ai envie d'essayer à mon tour, mentit-elle.

Du moment qu'elle quittait la Rêverie… Esme sourit – Iseult sentit un sourire illuminer un visage qui n'était pas le sien. Puis elle hocha la tête, ce qui fit basculer sa vision de la pièce.

– Bonne idée, Iseult. Entraîne-toi. La prochaine fois, on le fera toutes les deux.

Esme frappa dans ses mains.

Le monde disparut dans les ténèbres, et Iseult sombra dans un sommeil authentique, dénué de rêves.

La Threadwitch faisait trop de bruit.

Aeduan n'en revenait pas. Cette fille d'habitude si stoïque, si solide, ne cessait de l'interrompre dans sa routine du matin.

Aux premières lueurs de l'aube, il avait quitté les chambres de l'ancienne forteresse pour s'installer en plein air. Les arbustes, la végétation avaient été engloutis par les flammes voraces d'un incendie récent. Les Terres Contestées étaient souvent ravagées par le feu, comme si les dieux passaient parfois en coup de vent balayer l'ancien pour faire place au neuf.

Comme dans la chanson nomatsie.

Le feu ravive les herbes mortes,
La pluie ravive la terre morte.
À une vie succède l'autre :
Ce cycle, c'est le nôtre.

C'était la comptine qu'entonnait la Threadwitch ce matin-là pendant qu'Aeduan, assis en tailleur sur une colonne renversée, tentait de méditer. Elle chantait terriblement faux, ce qui ne l'aidait pas à se concentrer.

Elle s'arrêta dès qu'elle le vit, mais le mal était fait. Elle avait interrompu sa séance.

Il l'aurait volontiers insultée, mais à quoi bon ? À peine s'était-il levé qu'elle recommença à chantonner tout en préparant le feu de camp d'une main experte.

Une fois débarrassé de sa cape, Aeduan se mit à ses échauffements – roulements de poignets, moulinets avec les bras – mais les beuglements le gênaient.

– Silence, finit-il par réclamer.

– Pourquoi ? rétorqua-t-elle, le menton relevé en signe de défi.

– Je n'arrive pas à me concentrer.

Offusquée, elle se redressa tout entière.

– Je croyais que tu n'étais plus moine ! s'insurgea-t-elle. Pourquoi continuer à méditer ? Si c'était bien de la méditation ?

Plutôt que de répondre, Aeduan se mit à lancer des coups de pied en l'air le plus haut possible. Iseult fit quelques pas vers lui.

– À quoi ça ressemble, une vie de moine ?

Après trois autres coups de pied, il passa aux squats. *Un, deux…*

– N'importe qui peut rentrer dans les ordres. Quelle que soit son histoire… Ou son pouvoir magique, reprit-elle en le montrant du doigt.

Il valait mieux ne pas poursuivre cette conversation avec la Threadwitch, Aeduan le savait. Mais il ne pouvait pas laisser passer une telle énormité.

– Non. Crois-moi, Threadwitch, souffla-t-il entre deux efforts, les moines peuvent se montrer aussi cruels que le reste de l'humanité. La différence, c'est qu'ils agissent au nom des Cahr Awen.

– C'est cette cruauté que tu as fuie ?

Aeduan s'interrompit dans ses mouvements. La fille gardait un visage impassible. Même son nez, d'habitude expressif, ne bougeait pas.

– J'ai perdu ma foi en la cause, soupira-t-il. Mais l'entraînement m'a été profitable.

– Pourquoi as-tu perdu la foi ? demanda-t-elle, piquée de curiosité.

Dans quoi me suis-je fourré ? se dit Aeduan. La moindre question en engendrait cent autres, et voilà que cette fille avait déterré le dernier sujet au monde dont il souhaitait discuter.

– Ça suffit, dit-il en se détournant d'elle. Soit tu dégages, soit tu te tais.

Il se déplaça jusqu'à une tache d'ombre dans la clairière. Là, l'herbe était plus courte et aucune forteresse en ruine ne menaçait de s'effondrer. Là, il pourrait se plier, se déplier, pivoter et rouler.

Pour une raison obscure, la Threadwitch le suivit.

– Tu refuses de me répondre, mais je ne vais pas te lâcher.

Elle parlait d'une voix pressante, avec intensité. Sans bégayer comme il lui arrivait parfois.

Et elle se tenait bien trop près. Elle avait investi son espace personnel comme jamais personne n'avait osé jusque-là.

– Bouge ! aboya-t-il, sauf si tu veux t'entraîner toi aussi.

– J'attends que tu me répondes.

Elle fit un pas de plus vers lui. Ses yeux, son attitude, sa mâchoire – tout son être lui lançait un défi. Aeduan, échauffé, lui faucha les tibias d'un coup de pied.

Elle s'y attendait mais elle échoua à parer le coup et chuta.

Avant que son dos n'atterrisse sur l'herbe, il la rattrapa pour la déposer en douceur. De ses deux poings serrés comme des pierres, elle agrippa la chemise de son adversaire pendant qu'il l'étendait sur la terre humide de rosée.

– Tu ne devrais pas gaspiller ton énergie à frimer, dit-elle.

Aucun signe de peur dans ses yeux nomatsis, mais ses joues étaient empourprées. Ces taches de couleur provoquèrent l'hilarité d'Aeduan au même titre que ses mots. Car il ne s'agissait pas de frime, mais des bases de l'entraînement Carawen. Pour le prouver, il lui attrapa le poignet de sa main opposée, plongea ses doigts dans ses tendons et fit un geste de torsion. Ses phalanges à elle durent capituler.

Elle lâcha sa chemise, mais Aeduan constata avec surprise qu'elle ne manifestait aucun signe de panique. Loin de se recroqueviller, de se cabrer, elle envoya ses pieds en l'air pour le frapper de ses talons. Elle cherchait à le clouer au sol, mais ses gestes manquaient de rapidité. Une petite frappe contre un maître.

Aeduan serra plus fort et tordit plus fort, la forçant à rouler sur le côté. En un éclair, elle s'était mise sur le ventre, la tête redressée. Ses yeux ne laissaient planer aucun doute sur le sentiment qui l'animait. Le fameux calme des Threadwitchs avait disparu.

C'est elle qui l'avait provoqué ; elle en avait conscience et s'en voulait terriblement.

– En quoi ça t'intéresse de savoir que j'ai quitté le monastère ?

– Ce qui m'intéresse… c'est de savoir… pourquoi.

Il y avait à nouveau de la tension dans sa voix, signe qu'elle combattait son bégaiement.

– Tu ne crois plus aux Cahr Awen ?

La question prit de court Aeduan, qui hésita un moment avant de répondre.

– Ah oui, se rappela-t-il, sœur Evrane t'a farci la tête avec ses bêtises, et maintenant tu te prends pour une Cahr Awen.

Sur ces mots, il glissa sur le côté pour la libérer. Une fois debout, il lui offrit sa main pour l'aider à se relever. Iseult la refusa et se redressa en prenant appui sur ses paumes et ses genoux, sans quitter des yeux le sol.

– Des bêtises ? Et pourquoi ?

– Tu n'es pas une Voidwitch, dit-il d'une voix atone.

Ses mots l'atteignirent comme une gifle.

– Mais… je… on a g-g-guéri le Puits, protesta-t-elle, désorientée.

Aeduan pencha la tête sur le côté avant de remplir ses poumons. Dans l'air humide du matin, les criquets sifflaient parmi les arbres et, au loin, le tonnerre se remit à gronder.

– C'est vrai, concéda-t-il, quelqu'un a guéri le Puits.

Cette résurrection, il l'avait constatée lui-même, mais pour autant, ce Puits des Origines ne lui paraissait pas aussi bien fonctionner que le Puits de l'Éther auprès duquel il avait grandi.

– J'ai l'impression qu'il n'a ressuscité qu'à moitié, précisa-t-il. Comme si la moitié seulement des Cahr Awen l'avait guéri. Et je doute fort, Threadwitch, que tu sois cette moitié-là.

– Ah, soupira-t-elle à son tour.

Elle entreprit de se relever, mais elle voyait flou et peinait à trouver son équilibre.

Aeduan se rendit alors compte qu'il avait fait une erreur stratégique. Il aurait mieux fait de se taire, de la laisser poursuivre en vain sa chimère. Après tout, une Threadwitch malheureuse ne ferait que les ralentir. Il décida de changer de sujet.

– Leçon numéro un pour les novices Carawen, lança Aeduan d'une voix innocente, ne défie jamais un adversaire plus doué que toi.

Le nez d'Iseult se fronça légèrement. Son visage se figea. Sa méfiance et sa détermination étaient de retour, et bien malgré lui Aeduan sentit ses lèvres se retrousser dans un sourire.

– Je ne t'ai pas défié, dit-elle froidement.

– Envahir l'espace personnel de quelqu'un est signe de défi dans la plupart des cultures.

– Alors apprends-moi.

Il leva des sourcils étonnés.

– Apprends-moi à plaquer mon adversaire au sol, comme tu viens de le faire. Afin que je ne répète pas la même erreur la prochaine fois.

– Nous n'avons pas le temps, répondit-il en secouant la tête.

Il fit exprès de lui tourner le dos.

Elle attaqua.

Et Aeduan se remit à sourire.

VINGT-SIX

Après avoir combattu le sommeil de toutes ses forces, Safi finit par s'assoupir. Elle dormit toute la nuit jusqu'au lendemain. Un repas, un bain et une partie de tarot – son corps n'avait pas pu encaisser. Pelotonnée sur le lit à côté de Vaness, elle avait fermé les yeux. Les bardes, l'impératrice et la République pirate de Saldonique s'étaient évaporés.

Jusqu'à ce qu'on frappe à la porte.

Réveillée en sursaut, Safi tomba du lit, les jambes empêtrées dans cette corde de soie toute neuve avec laquelle Lev, piteux, avait entravé ses chevilles après leur incursion dans le territoire des Voiles Rouges.

Les bardes de l'Enfer avaient dégainé leurs couteaux et leurs hachettes avant même que Safi se redresse. Le temps qu'elle se mette debout, Lev – la seule qui portait une armure complète – se faufilait déjà jusqu'à la porte, son arme à la main.

L'étranger toqua une deuxième fois. D'un coup sec et déterminé. Safi jeta un coup d'œil à l'impératrice. Assise dans l'ombre des persiennes, les mains posées sur ses genoux, cette dernière se tenait parfaitement droite sur le tabouret.

– Vous n'auriez pas dû venir ! cria un homme en marstoki.

Les yeux brillants, l'impératrice réprima un sourire. Apparemment, son plan se déroulait comme prévu. Safi n'avait toutefois aucune idée de ce qui les attendait.

Les bardes non plus, d'ailleurs. Lev et Zander attendaient de Caden un ordre qui ne venait pas.

– Vous parlez marstoki ? demanda l'impératrice avec courtoisie.

Une courtoisie suspecte. Quand elle se mit debout, le collier de bois ralentit son mouvement, mais il semblait désormais aussi léger qu'une guirlande de fleurs.

– Ils disent qu'on n'aurait pas dû venir, traduisit-elle.

Caden venait de s'emparer d'une lame. Il se mit à renifler en fixant la fenêtre, les yeux plissés.

– De la fumée, lâcha-t-il.

Toutes les têtes se tournèrent alors vers les volets, par lesquels s'infiltrait en effet un nuage gris.

– Par les braises de l'Enfer, jura Lev tandis que Zander marmonnait dans sa barbe, j'ai protégé l'auberge contre les flammes marstokies !

Vaness, rayonnante, affichait un sourire cruel.

– Ces flammes ne sont pas ensorcelées, mais alchimiques, précisa-t-elle. Il s'agit d'un feu de mer provoqué par les Bornyes.

– Mais nous ne sommes pas en mer ! Et à quoi bon incendier l'auberge entière ? C'est vous qu'ils cherchent, non ? grogna Lev en jetant un regard à l'impératrice.

– C'est l'impératrice du Marstok que vous voulez ? cria Caden en cartorréen. Si vous ne nous laissez pas sortir, elle va mourir !

– C'est tout ce qu'elle mérite ! Pourquoi devrait-on se contenter de parcelles de la mer de Sable alors qu'on pourrait mettre la main sur le Marstok entier ? s'enflamma la voix derrière la porte.

Dans l'épais silence qui suivit, les joues de Vaness se vidèrent de leur sang.

Un gémissement s'échappa de ses lèvres. Elle se traîna du tabouret jusqu'à la fenêtre. Avant qu'on puisse l'arrêter, elle ouvrit les volets et de sa voix perçante, rugit à travers la fumée :

– Retirez-vous ! Votre impératrice vous ordonne de vous retirer !

« Tous à la mer de Sable ! Tous à la mer de Sable ! »

Un éclair de lumière magique traversa la pièce jusqu'à Safi, suivi de trois autres. Aussitôt, Zander entraîna l'impératrice loin de la fenêtre. Sous le feu de l'attaque, Safi comprit que les carreaux d'arbalète ricochaient contre le bouclier magique avant de retomber.

La protection fonctionnait, au moins contre l'assaut venu de l'extérieur. Mais la fumée continuait de s'infiltrer. Brûlante, étouffante, elle lui rappelait un épisode récent. Tellement récent et douloureux qu'elle en eut la gorge serrée. *Fumée. Flammes. Mort.*

– Arme le bouclier contre le feu ordinaire, aboya Caden à Zander avant de se tourner vers Lev. Il faut qu'on empêche la fumée d'entrer !

De concert, Lev et lui arrachèrent du lit la couverture de laine avant de la dresser comme un hunier.

Un éclair de lumière blanche traversa la pièce, et la fumée brûla les canaux lacrymaux de Safi. Elle se traîna jusqu'au mur contre lequel Vaness s'était blottie.

Il ne restait plus rien du masque parfait de l'impératrice. À travers la brume et les éclairs, Safi vit une femme aux yeux ronds de stupeur, les deux poings serrés sur son collier de bois. Son corps entier tremblait.

– Ils m'ont trahie, marmonnait-elle en boucle, ses yeux implorants fixés sur Safi. Ils m'ont trahie. Ils m'ont trahie.

Les flashes de lumière s'arrêtèrent d'un seul coup. Les carreaux d'arbalète cessèrent de s'écraser sur le bouclier. Caden et Lev s'étaient postés à la fenêtre, où ils agitaient leur bannière. Safi ne s'attarda pas sur le spectacle : à force de tirer désespérément sur son collier, l'impératrice s'était mise à saigner du nez. Un filet sous une seule narine.

– Arrêtez, dit Safi en saisissant les poignets de l'impératrice. Vous n'arriverez pas à le casser.

Vaness leva vers elle un regard assassin.

– Tu ne comprends pas, Safi ? cracha-t-elle. Les Bornyes m'ont trahie. Depuis le début, ils gangrènent ma cour. Ce sont eux qui ont détruit mon navire et tué…

Laissant sa phrase en suspens, elle se leva tant bien que mal.

– Libérez-moi, aboya-t-elle aux bardes en cartorréen.

Le sang s'écoulait maintenant de ses deux narines.

– Notre bouclier va tenir, répondit Caden avec assurance.

À peine avait-il énoncé son verdict que Zander quitta son poste à la porte pour annoncer le contraire.

– Je ne peux pas renforcer le bouclier, chef. Pas en pleine attaque. Les flammes prennent trop d'ampleur.

Lev se tourna vers Vaness.

– Vous pouvez nous sortir de là ?

– Je peux étouffer les flammes. Je l'ai déjà fait.

– Exact, confirma Safi en se levant. C'est ce qui nous a permis de survivre à l'assaut du bateau.

Caden sonda Vaness du regard alors que ses deux bardes interrogeaient des yeux leur commandant. Dans l'attente d'une consigne.

– Qui me dit que vous n'allez pas nous attaquer, Votre Majesté ? finit-il par demander.

– Je n'ai pas le temps, dit Vaness.

Malgré la panique qui régnait dans la pièce, malgré la chaleur qui s'élevait maintenant du plancher, Safi sentit qu'elle ne disait pas la vérité.

– Votre magie n'aurait pas d'effet sur nous, poursuivit Caden en dégainant sa lame avec prudence, comme s'il hésitait encore. Inutile d'essayer.

– Votre mort ne m'apporterait rien, rétorqua Vaness. Le feu de mer brûle beaucoup plus vite que le feu normal. Il est déjà presque trop tard !

Sur ces mots, elle pointa le doigt vers la porte. La fumée s'infiltrait par les fissures du bois.

Zander se mit à jurer ; Lev attrapa la couverture de laine ; les mains de Caden se posèrent des deux côtés du collier de Vaness. Il prononça une formule en silence, on entendit un *clic !* et le joug s'ouvrit.

Vaness se mit aussitôt en mouvement. Elle se libéra du collier, qui tomba à grand fracas sur le parquet, puis elle attrapa Safi pour l'emmener vers la porte.

– Abaissez le bouclier, commanda-t-elle à Zander. Autrement, nous ne pourrons pas sortir.

Celui-ci jeta un coup d'œil interrogateur à Caden, qui acquiesça.

– Vas-y.

Les bras levés, le géant se mit à chuchoter. La pièce se mit à clignoter, l'air à bourdonner, et l'énergie se déversa petit à petit sous les yeux hallucinés de Safi. Les bardes de l'Enfer maîtrisaient donc la magie ?

Soudain, une gerbe d'ombre et d'argent jaillit autour d'eux : Vaness venait d'appeler à elle tous les éléments métalliques de la pièce. Deux fragments se transformèrent en lames, qui découpèrent aussitôt les liens des filles avant de se métamorphoser en rapières dont les deux femmes s'armèrent.

Le bouclier tomba. Safi le devina à la grande éruption de bruit engendrée par la pluie de carreaux d'arbalète sur les murs extérieurs.

– Sortez-nous de là ! aboya Caden à Vaness.

– Non, répondit-elle en levant les mains.

Aussitôt, les lames des bardes se retournèrent contre eux. Tels des vairons dans une rivière, le fer se contenta de leur perforer le front avant de ressortir par l'arrière de leur tête. Les chaînes au cou des bardes se teintèrent d'un rouge éclatant.

Vaness ne parut pas surprise. Elle avait juste besoin de détourner leur attention pendant qu'elle orientait sa magie vers la porte.

Un grondement de métal envoya valser Safi loin des bardes. Les charnières de la porte fondaient. Le verrou se tordit, se transforma. Les bardes n'eurent pas le temps d'intervenir : Vaness levait déjà les bras en l'air.

La porte traversa la pièce dans une rafale d'air et de fumée brûlante. Elle tourna sur elle-même, puis frappa d'un seul coup les trois bardes, les écrasant contre le mur à la manière d'une tapette à mouches.

– On ne faisait que suivre les ordres, cria Caden. On faisait notre boulot !

Les volutes de fumée lui donnaient l'apparence d'un fantôme. Ou d'un squelette.

– Et moi, répliqua Vaness, le visage maculé de sang, je fais le mien.

Sur quoi elle se précipita vers la sortie.

Safi hésitait à lui emboîter le pas. Son regard se posa sur Caden à gauche, Lev au milieu et Zander à droite. Elle ne faisait pas confiance aux bardes, elle ne les aimait pas, d'accord. Mais était-ce une raison pour les laisser crever ?

– Attendez ! lança-t-elle à Vaness, qui s'arrêta sous le porche.

Derrière l'impératrice s'étirait un mur de métal composé de charnières, de clous et de tout ce que son pouvoir d'Ironwitch avait pu ramasser. Des gouttes de sang s'écoulaient de son menton.

– Laissez-les partir, demanda Safi.

– Ils vont recommencer à nous chasser.

– Non ! s'écria Lev, dont les cicatrices semblaient scintiller. Nous vous aiderons !

– Ils ne sont pas fiables, insista Vaness en attrapant le bras de sa protégée. Viens, Safi. Sortons de là.

– Faites-nous confiance ! supplia Zander d'une voix déformée par la pression toujours plus forte de la porte sur son visage. Vous verrez. Il suffirait que j'enlève mon nœud coulant…

– Moi, c'est fait.

Tous les regards se tournèrent vers Caden dont les doigts, qui dépassaient de la porte, agitaient la chaîne en or que portaient tous les bardes de l'Enfer, y compris l'oncle de Safi. Voilà donc à quoi ils faisaient référence quand ils parlaient de « nœud coulant » !

– Sur notre honneur, grogna Caden dans un effort douloureux. Nous ne vous ferons aucun mal.

Pour la toute première fois, la magie de Safi s'éveilla aux paroles d'un barde. *Vrai*, lui souffla celle-ci.

– Nous renonçons à vous faire prisonnières, poursuivit-il, le visage compressé. On s'échappera tous ensemble.

Vrai, vrai, vrai, affirmait la magie de Safi que la sincérité de ses propos illuminait. La Truthwitch avait beau se méfier, il lui fallait s'incliner devant ce qu'elle voyait – ce qu'elle sentait.

– Libérez-les ! cria-t-elle à Vaness. Il dit la vérité. On peut leur faire confiance. Ils vont en effet nous aider.

L'espace d'un instant, le monde se figea. La fumée, la chaleur, les étincelles se dissipèrent le temps que l'impératrice réfléchisse.

– Dépêchez-vous ! tenta de hurler Safi.

Mais à ce moment précis, l'auberge entière émit un « Crac ! » avant de s'affaisser.

Le temps leur était compté ; l'impératrice le savait. Elle laissa s'effondrer la porte. Caden tomba sur Lev, qui l'aida aussitôt à refaire le nœud coulant. Vaness, de son côté, récupéra tout le fer de la porte pour agrandir son bouclier. Des panneaux noirs se mirent à voler en l'air afin de former une carapace derrière laquelle les assiégés purent avancer dans le couloir malgré les flammes et la fumée.

Pas après pas, ce mur les protégeait, Safi et Vaness les premières, les trois bardes à leur suite.

Aeduan et Iseult étaient en train de rassembler leurs affaires dans les ruines quand un *boum !* déchira le ciel. Un son lointain, comme un boulet de canon tiré à plusieurs lieues de là.

Iseult croisa le regard d'Aeduan.

– Des gens, dit-elle. Il faudrait aller voir…

– Je m'en occupe, dit-il en hochant la tête. Reste ici.

Elle n'en fit rien. Il soupira, chose qu'il faisait de plus en plus souvent en sa compagnie, mais n'essaya même pas de la dissuader. Quelques minutes plus tard, ils avaient regagné la steppe où ils s'étaient battus.

L'herbe était restée couchée là où il l'avait clouée au sol à plusieurs reprises. S'il avait veillé à ne jamais lui faire mal – il avait guetté les traces de souffrance sur son visage pour s'arrêter à temps – il ne l'avait pas laissée gagner pour autant. De même que sœur Evrane ne l'avait jamais laissé gagner, lui.

Depuis la steppe, ils grimpèrent en zigzaguant le flan arboré de la falaise jusqu'à laisser les pins et les chênes derrière eux.

C'est là qu'ils virent les bateaux remonter l'Amonra.

Iseult fit la grimace. Aeduan laissa échapper un soupir.

– Des Voiles Rouges, devina-t-il. Peut-être aussi des Bornyes. Maintenant que la Trêve de Vingt Ans est finie, ils ont dû faire alliance pour une attaque.

Il lui expliqua en quelques mots à quoi correspondaient les deux factions et comment la pointe du couteau de Dame Destinée menaçait leur alliance.

Tout en parlant, il sortit de son baudrier une longue-vue en bronze avec laquelle il balaya l'horizon. Chacun des navires était rempli de soldats, tous armés jusqu'aux dents. La côte grouillait de gens. Du mouvement. Des chevaux. Et encore des soldats.

– Où vont tous ces gens ? demanda Iseult.

– Ils remontent le cours de la rivière.

Pour tout commentaire, Iseult poussa à son tour un soupir. Comme le silence qui suivit s'éternisait, Aeduan finit par poser sa lunette.

Elle était en train de le regarder. Son corps ne bougeait pas mais pour une fois, son visage exprimait quelque chose – de la douleur. Traits crispés, lèvres pincées, nez froncé… Aeduan, inquiet, se demanda s'il l'avait blessée. Elle avait les épaules et les genoux constellés de taches vertes laissées par l'herbe, et un hématome violet sur la joue.

Mais non. Plus il soutenait son regard noisette, plus il y voyait clair. Ce n'était pas de la douleur, mais du chagrin. Pour la deuxième fois ce matin, il regretta d'avoir donné son avis sur les Cahr Awen.

Détournant le regard, il rangea la longue-vue avant de s'éclaircir la voix.

– Ils vont forcément débarquer avant les chutes, Threadwitch. Il faut qu'on ait disparu avant.

– Dans ce cas, en route ! lança-t-elle.

– Il va falloir aller vite. Tu es prête ?

Son petit hoquet dédaigneux incita Aeduan à se retourner. Le visage de Safi s'était radouci et ne reflétait plus qu'un infime soupçon de malice.

– Il me semble que tu connais la réponse, Bloodwitch, rétorqua-t-elle en passant devant lui, le menton relevé dans un air de défi. Mais toi, vas-tu tenir le rythme ?

Elle se mit à courir et il la suivit.

VINGT-SEPT

LE LENDEMAIN MATIN, Cam n'était toujours pas rentrée. Merik avait passé au peigne fin les rues de la Vieille Ville et les quartiers alentour – jusqu'aux Citernes – sans retrouver sa trace.

Arrêtez de voir ce que vous avez envie de voir, Merik Nihar. Affrontez la réalité ! Ses derniers mots lui transperçaient encore les tympans. Moqueurs. Sarcastiques. Comme un fantôme vous hante avant d'être libéré. *Arrêtez de voir ce que vous avez envie de voir !*

Ce que Merik avait vraiment envie de voir, c'était Cam, l'amie fidèle qui l'avait soutenu contre vents et marées, y compris dans la fange de White Shit.

Jusqu'à ce qu'il l'envoie bouler.

La seule possibilité, c'était qu'elle soit partie à la chasse aux informations sur le cadavre dans l'entrepôt… Et qu'elle ait croisé plus fort qu'elle. L'homme des ténèbres, par exemple.

Arrivé à Hawk's Way, il tira sur sa capuche avant d'accélérer le pas. *Arrêtez de voir ce que vous avez envie de voir !* Le sarcasme lui martelait la poitrine, les oreilles. Indéniable et plus que vrai.

Merik avait imaginé – à tort – qu'il serait possible de faire du commerce avec la Nubrevna. Il croyait que la flotte avait besoin de lui comme amiral alors qu'il n'en était rien. Il avait vu en Safiya fon Hasstrel une domna égoïste, en Iseult det Midenzi une Threadwitch énervante et en Cam, un vulgaire matelot. Il s'était trompé sur toute la ligne…

Et le pire, c'est que dans sa très sainte vanité, Merik s'était imaginé que le trône lui revenait – Kullen lui avait fait comprendre qu'il devait s'emparer de la couronne, même si sa sœur aînée héritait du titre par sa naissance.

Merik se mit en route, lentement. Trop lentement. À chaque pas, il se heurtait à des chariots, des réfugiés et des fichues mules.

Un homme le bouscula par-derrière. Comme Merik ne fit pas mine de s'écarter, il le menaça.

– Dégage…

L'instant d'après, Merik saisit le poignet de l'homme qu'il tordit à en rompre les os.

– Je vais te tuer, lança Merik.

– Je vous en supplie ! balbutia l'homme.

Merik finit par le lâcher et l'envoya valser. Il avait envie de rugir : *Je suis dangereux !*

Mais aucun son ne sortit de sa bouche, car à ce moment précis un vent frais se mit à tourbillonner autour de lui. Une brise qui, par son chant, éveilla sa sorcellerie.

La mort. Les ombres. Elles l'appelaient… vers le sud. Au bout de Hawk's Way. Cette ombre gelée qui lui avait parlé dans l'entrepôt, ce sortilège glacé qui avait peut-être enlevé Cam se manifestait à nouveau.

Merik quitta les quais pour filer dans une ruelle obscure. Là, aidé par le courant d'air, il escalada une façade avant de sauter de mur en mur jusqu'à arriver sur un toit en bardeaux.

Le soleil s'éteignait. Accroupi, les poings serrés, il regarda la poussière s'envoler au gré de ses vents. Et chercha ce qui avait pu déclencher sa magie.

Là. Droit devant.

Merik se mit en mouvement si vite que sa capuche se rabattit en arrière. Ses bottes frappaient les bardeaux avec force. Avec violence. Elles en fracassèrent un bon nombre.

Il arriva au bout du bâtiment. Rassemblant à la fois son souffle et son pouvoir, il sauta de toit en toit le long de la ruelle plongée dans l'obscurité. À chaque bond, la distance entre Merik et cet homme des ténèbres qui réveillait sa magie par la force de son chant s'amenuisait.

Quand il n'y eut plus de toit, Merik dut s'arrêter. Le quai sud s'étendait à ses pieds, et au-delà l'aqueduc enjambait la vallée embrumée jusqu'aux Sentinelles.

Quel encombrement ! Les bateaux étaient collés proue à poupe au point qu'on ne voyait plus l'eau. Et la foule s'agglutinait.

Adossé à la paroi de schiste, Merik se glissa jusqu'au bord. D'instinct, il porta à la main à la poche de sa jaquette d'amiral pour en sortir la longue-vue… sauf qu'il n'avait pas de jaquette. Ni de longue-vue. Ni d'arme.

Peu importe. Il n'en avait pas besoin : c'était le vent des ténèbres que son sang brûlait d'affronter.

Au premier regard, il s'aperçut que les gens rassemblés sur le quai étaient d'ethnies, d'âges, de voix et de niveaux de désespoir très variés. Il y avait des Nubrevniens, certes, mais aussi des étrangers. Des habitants des Terres Contestées ou des montagnes Sirmayennes, régions très instables.

Merik posa les yeux sur un homme chauve qui circulait là où les quais cédaient la place aux constructions du port. Tout comme lui, il était couvert de cicatrices, au moins sur le crâne – et sur la main qu'il levait au-dessus de son visage. Une main dénuée d'auriculaire.

Merik, tétanisé, se demanda s'il avait sous les yeux un sosie du cadavre de l'entrepôt. L'homme finit par se retourner. C'était Garren. L'assassin du *Jana*.

Le temps de deux ou trois soupirs, il eut l'impression que le quai disparaissait. Il ne voyait plus que l'assassin, il n'entendait plus rien d'autre que son pouls qui tambourinait dans ses oreilles. Ses joues ne sentaient plus le vent, les voix s'étaient tues.

Le monde entier se résumait aux déambulations de ce mort-vivant.

Cette nuit-là, dans l'obscurité de sa cabine, Merik avait enfoncé un coutelas dans les entrailles de Garren. Le sang avait jailli, ses tripes s'étaient éparpillées. Et pourtant, cet homme se tenait sur le quai.

Merik plissa les yeux. Même aveuglé par le soleil, il distinguait les lignes noires irrégulières qui couraient sur le cou de l'homme.

Des marques identiques aux siennes.

Des marques qu'il reconnaissait.

Il n'avait jamais su à quoi elles correspondaient et n'en avait toujours pas la moindre idée. Mais Cam avait raison : elles ne présageaient rien de bon.

S'il avait une chance de retrouver Cam en suivant cet homme, il devait la saisir.

Garren, en se frayant un chemin dans le chaos, s'éloigna vers un bar baptisé *L'Homme Clivé* qui embrassait le canal. Un gros immeuble de pierre grouillant de marins, de soldats et de clients aussi fauchés qu'assoiffés.

En quelques bonds, Merik descendit du toit pour rejoindre la taverne délabrée. Il n'aperçut d'abord que les taches de couleur de la foule qui se pressait dans un brouhaha ponctué de jurons. Puis ses yeux se posèrent sur l'enseigne branlante de *L'Homme Clivé*. L'orbite noire peinte sur le bois lui parut familière. Trop familière… et trop réelle.

La porte s'ouvrit à la volée pour laisser passer deux marins qui titubèrent à la lumière du jour, déjà ivres malgré l'heure matinale. Merik jeta un œil à l'intérieur. Quelque part dans cette auberge, les ténèbres rôdaient et les morts-vivants circulaient.

Le hall, avec ses lampes à moitié cassées, ses tapis crasseux dont le bleu virait au brun et son odeur de tisane de bœuf, n'avait guère changé depuis ses dernières visites. *L'Homme Clivé* distillait toutes sortes d'alcools au sous-sol ; le plus populaire était la *tisane de bœuf*, qui n'avait rien d'une tisane et n'utilisait aucune partie du bœuf, mais provoquait une ébriété rapide. Or, dans ce monde déchiré par les ennemis et les ventres affamés, les clients cherchaient l'ivresse instantanée.

Merik entra dans la salle principale, qui alignait d'imposants chandeliers garnis de bougies dont la cire coulait sur les clients installés aux dizaines de tables bancales. Alors qu'il se dirigeait vers la porte du fond, il se rendit compte qu'une chape de silence était tombée sur la pièce. Les fêtards ne faisaient plus la fête, et à la table la plus proche, un marin qui portait à sa bouche une bouteille de tisane avait suspendu son geste.

Coup de coude du voisin. Quinte de toux d'un autre. Tout à coup, le parquet se mit à grincer, les vibrations secouant le sol au moment où ils décidèrent en même temps de se lever.

– Je t'avais bien dit qu'il viendrait.

Une voix onctueuse venait de briser le silence. Une voix que Merik connaissait.

Il se tourna vers le bar. Serrit Linday, luisant de sueur, tendait le bras devant lui.

L'espace d'un instant, le monde se figea. *Je t'ai vu mourir,* songea Merik. Il avait pourtant Linday sous les yeux. Un deuxième mort-vivant. Et voilà qu'il parlait.

– Arrêtez-le, soldats. Arrêtez la Fureur, ordonna-t-il.
Il avait l'air ravi.

Safi, Vaness et les bardes sortirent en trombe de l'auberge quelques minutes avant qu'elle ne s'effondre dans une noire cacophonie de feu de mer. Ils dépassèrent au pas de course les bains publics en se dissimulant dans les nappes de vapeur qui l'entouraient, avant de sortir dans la chaleur scandaleuse d'un ciel beaucoup trop bleu.

Zander leur servait de guide alors qu'aux yeux de Safi toutes les rues se ressemblaient, avec leurs vieux immeubles en ruines, vestiges d'un lointain passé. Le sang jaillissait du nez de Vaness à un rythme qu'aucun corps n'aurait pu supporter, d'autant qu'elle courait à pleine vitesse à travers une ville hostile. Avec Lev d'un côté et Safi de l'autre, l'impératrice arrivait à maintenir une allure correcte.

Caden les suivait, armé d'une épée créée par Vaness à partir des deux rapières.

Tandis que Zander leur faisait traverser un carrefour à cinq voies bordé d'ormes et de bannières bornyes comme partout dans le secteur, Vaness planta ses talons dans le sol.

– Besoin d'une pause, haleta-t-elle, pliée en deux.

Safi se retourna en même temps que Lev. Horrifiée, elle constata que le sang jailli du nez de Vaness avait tracé une piste facile à suivre pour n'importe quel imbécile. *Mets-toi dans la tête d'Iseult, mets-toi dans la tête d'Iseult.* La priorité, c'était le sang. Il fallait en arrêter l'écoulement.

Lev, qui venait d'arracher un bout de tissu noir à sa manche, s'accroupit aux pieds de l'impératrice.

– Tenez, dit-elle en pressant le tampon sur son nez. On n'a pas le temps de s'arrêter.

– Je sais, répondit la blessée à travers l'étoffe. Ça va aller. J'ai besoin de deux secondes pour souffler…

Caden se rua vers elle. Il poussa Lev avant de passer son bras beaucoup plus musclé, beaucoup plus puissant, derrière le dos de l'impératrice.

– Pas le temps ! Les Bornyes sont à nos trousses. Il faut qu'on avance.

Dès que Safi eut relâché Vaness, il força l'impératrice à se remettre en route.

Juste à temps, car un Bornye – reconnaissable à ses habits dorés – courait vers eux. À toute vitesse.

Mais Caden entraînait déjà avec lui Vaness dans la plus étroite des cinq rues.

– À tout à l'heure ! cria-t-il.

Safi n'avait pas le choix : elle accéléra pour ne pas perdre de vue Lev et Zander.

Sauf qu'eux aussi avaient disparu au milieu de la foule. Et voilà qu'un deuxième Bornye lui courait après.

– Saletés de bouches à merde ! grogna Safi en courant vers la seule issue qui lui restait : tout droit.

Tandis que ses pieds martelaient la terre battue, elle sentit la colère l'envahir tout entière. Ces bouches à merde l'avaient abandonnée ! *À tout à l'heure*, d'accord, mais où ?

Virant à gauche, elle se faufila au milieu d'un groupe d'hommes pliés en deux sous leurs paniers remplis de linge. Quand ils tournèrent dans une rue adjacente, elle les imita. Elle poussa l'un des hommes, qui trébucha. Son panier tomba et ses compagnons se prirent les pieds dans le linge éparpillé. La circulation s'arrêta, mais Safi filait déjà droit devant.

Au croisement suivant, elle tomba sur Caden et Vaness, précédés de Zander et Lev qui ouvraient le passage loin devant.

Elle n'aurait peut-être pas dû les traiter de *bouches à merde*. Quoique.

La rue, qui descendait à flanc de colline, offrait une vue plongeante sur le marché en plein air dont les auvents ondulaient telles des vagues sous la brise. Des sirènes d'alarme retentissaient. Depuis combien de temps ? Soit une horde de Bornyes les attendait plus loin, soit l'incendie de l'auberge avait gagné du terrain.

Les deux sans doute. Ils ne ralentirent pas pour autant. Pas même Vaness, que Caden portait quasiment dans ses bras. Ils continuèrent de cavaler tous les trois, le barde, l'hérétique et l'impératrice, de carrefour en carrefour, au milieu de la foule.

Comme le craignait Safi, ils finirent par arriver au marché parsemé d'éclairs vert et or qui crépitaient dans tous les sens. Des Bornyes. Des Bornyes furieux.

Ils se glissèrent derrière une rangée de stands, Zander en tête, Safi fermant la marche. Pour le moment, personne ne les poursuivait. Cette petite allée – si on pouvait appeler ça une allée – était déserte.

Que ferait Iseult ? Que ferait Iseult ?

Soudain, Safi vit. Elle sut. Elle ne put réprimer un sourire.

– Tout droit ! cria-t-elle. Le fiacre au bout de l'allée !

Zander comprit aussitôt. Bloqué au milieu des badauds, un fiacre étendait son ombre entre les stands.

La porte n'était pas verrouillée. Il l'ouvrit à toute volée. La passagère s'apprêta à hurler, mais Lev lui colla un couteau sous la gorge avant qu'elle ne sorte le moindre trille.

Caden, Vaness et Safi s'engouffrèrent à la suite des deux bardes avant de s'écrouler sur les banquettes, claquant la porte derrière eux.

Les fuyards eurent le temps de haleter une fois. Deux fois. Trois fois. Le conducteur du fiacre avait-il vu entrer ses nouveaux passagers ? Rien ne l'indiquait.

L'épisode qui suivit, Safi s'en souviendrait comme l'une des demi-heures les plus étranges qu'elle ait jamais vécues.

L'élégant silence qui régnait dans la voiture contrastait avec le vacarme de la foule et des sirènes au-dehors, et ce ravissant habitacle tapissé de bleu et garni de rideaux rouges offrait le plus improbable des décors aux cinq intrus hors d'haleine qui puaient la fumée.

Sans parler de leur hôtesse improvisée, une grand-mère dont les yeux trahissaient l'origine orientale et qui n'avait pas l'air traumatisée par la lame collée contre son cou.

Le seul élément qui manque à ce tableau improbable, songea Safi, *c'est un air de valse en musique d'ambiance.* On se serait alors cru dans l'une de ces comédies que Mathew adorait.

– Je suis... désolé, s'excusa Caden, qui tentait de retrouver son souffle. On avait besoin de se cacher.

– Et Vaness a besoin de se reposer, ajouta Safi en se tournant vers l'impératrice à demi consciente.

La vieille dame sembla partager cet avis : sans bouger ses bras, elle pointa son index vers un coffre rangé sous la banquette, derrière les jambes de Safi.

– On dirait une trousse de guérisseur, dit Zander.

Le géant – déjà plié en deux pour tenir dans l'habitacle – se pencha davantage pour la sortir de sa cachette.

– Soyons prudents, dit Caden sans quitter des yeux l'impératrice, dont il compressait toujours la narine. Cette femme est une esclavagiste. On ne peut pas lui faire confiance.

– Une esclavagiste ? s'étrangla Safi. Je ne pense pas. Tu l'as bien regardée ?

La femme les dévisagea à tour de rôle. Elle ne semblait pas inquiète – juste intriguée par cet échange en cartorréen.

– J'ai surtout regardé cette trousse de guérisseur, répliqua Caden. C'est ce que les propriétaires d'esclaves emportent avec eux à l'arène, vu le nombre de combattants qui en ressortent à moitié morts.

– Euh... il a raison, dit Vaness.

La magie de Safi le confirma à son tour. *Vrai.* Les yeux plantés dans ceux de la vieille femme, elle se demandait toutefois comment c'était possible. Cette grand-mère avait l'air si aimable, si compatissante.

Tu as du monde une vision binaire qui se résume par « vrai ou faux », mais il y a des degrés pour tout, avait dit Caden la veille.

Zander, qui craignait un piège, banda ses énormes muscles avant d'ouvrir avec précaution le coffre. Il n'en jaillit aucune flamme, aucun poison. Ils en sortirent ce qu'on leur avait promis : une trousse de guérisseur.

– Vous permettez ? demanda Zander avec la plus exquise des politesses, ce qui rendait la scène encore plus absurde.

La femme agitait déjà les mains sous les yeux de Vaness comme pour dire : « Dépêchez-vous, dépêchez-vous ! »

Zander se hâta de fouiller la trousse à la recherche d'un produit coagulant. Safi se hâta de lui arracher le flacon des mains. Puis Caden se hâta d'enlever le coton trempé de sang. Il releva ensuite le menton de l'impératrice avant de verser dans sa bouche une potion couleur sang, aussi épaisse qu'un sirop.

Tous les passagers avaient les yeux rivés sur l'impératrice du Marstok.

Elle inspira un grand coup avant de tousser. Une fois la tête droite, son nez avait arrêté de couler. Malgré ses yeux rouges, elle avait à nouveau le regard vif et alerte.

Soulagés, Safi et les bardes lâchèrent un soupir avant de se détendre.

Vaness regarda l'un après l'autre chacun des bardes de l'Enfer. Zander, Lev, et enfin Caden.

– Merci.

– Attendez avant de nous remercier, dit Caden en écartant le rideau pour jeter un coup d'œil dehors. Les alarmes résonnent toujours, et nous sommes cernés. Ils ne vont pas tarder à fouiller les voitures.

– Et le territoire des Voiles Rouges ? demanda Safi. On ne pourrait pas s'y réfugier, le temps que ça se calme ?

La question s'adressait à Caden, mais c'est la vieille dame qui répondit.

– Ils ont fait alliance, dit-elle de sa voix rauque mais harmonieuse. Les Bornyes et les Voiles Rouges se sont réunis sous la bannière du roi des Rebelles qui, en retour, leur a promis la Nubrevna et le Marstok tout entiers.

Caden lança un regard à Safi. Celle-ci ne put que hocher la tête : ces mots frissonnaient de vérité.

– Par les braises de l'Enfer…, marmonna Lev.

Caden grogna à son tour.

Vaness, le buste droit, se pencha vers la grand-mère.

– Pourquoi nous le préciser ?

La femme, le nez froncé, adopta un air condescendant.

– C'est mauvais pour les affaires, répondit-elle d'une voix glaciale. Quand les deux parties se rejoignent, le commerce ne dépend plus de l'offre et la demande.

– Vous parlez du commerce de l'arène, j'imagine, commenta Caden.

La passagère haussa une seule épaule comme pour répondre : « Bien entendu ! »

Le fiacre continuait d'avancer cahin-caha sur la chaussée.

– C'est là que vous allez ? demanda Lev. À l'arène ?

La femme acquiesça.

– Parfait, se réjouit Caden en s'adossant à la banquette. Nos hommes sont là-bas. Nous allons les libérer avant de quitter cet infâme bourbier. Tous ensemble. Comme promis.

VINGT-HUIT

Ils mirent plusieurs heures à descendre de la falaise qui longeait les chutes d'Amonra. Des profondeurs de la gorge s'élevait une chaleur humide qui les faisait suffoquer.

Iseult ne songea même pas à s'en plaindre, pas plus qu'Aeduan.

Il ouvrait désormais la marche, comme si Iseult avait réussi l'espèce de test qu'il lui avait fait passer la veille. À moins qu'il ait juste oublié de se méfier d'elle ? La vérité se trouvait sans doute entre les deux. Par ailleurs, il lui avait donné la cape en salamandre pour récupérer le manteau ordinaire qu'il portait le premier jour.

Lui confier à nouveau la cape… Ce geste n'était pas anodin. Sans en connaître la raison, elle se sentait en sécurité sous ses fibres épaisses.

Surtout depuis qu'un changement fondamental s'était produit en elle.

Bien des heures plus tard, après avoir marché des kilomètres, elle comprit enfin qu'il affectait son cœur. Quand Aeduan lui avait dit qu'elle n'était pas une Cahr Awen, un immense chagrin s'était emparé d'elle au point de la dévaster, de la détruire. Mais sur le moment, elle avait compris que ce sentiment tenait lieu de confirmation. Il constituait une preuve.

Elle était fichue. Elle n'était bonne à rien. Elle était la moitié inutile de leur duo. La moitié condamnée à vivre dans l'ombre, quoi qu'elle fasse. Quel que soit le combat qu'elle menait. Iseult n'avait jamais demandé rien à personne depuis que, toute petite, elle avait appris à ne rien espérer de mieux que des serrures rouillées sur une porte.

Puis elle avait rencontré Safi et, en secret, dans un silence si parfait que personne ne le découvrirait jamais, elle s'était mise à espérer davantage de sa vie. Quel mal y avait-il à rêver ? Iseult se l'autorisait désormais en cachette.

Et voilà qu'aujourd'hui disparaissait ce rêve incroyable auquel elle avait eu tellement de mal à croire – qu'elle, Iseult, était l'une des Cahr Awen… Maintenant seulement, elle se rendait compte à quel point elle tenait à ce rêve.

Depuis toujours. Depuis sa plus tendre enfance.

Quelle naïve ! Quelle idiote !

Elle avait pris tellement de plaisir à attaquer Aeduan. Trop de plaisir. Elle s'était perdue dans le combat. Dans la lutte. Dans les éclairs de douleur à chaque coup porté par son adversaire.

Elle s'était retrouvée hors d'haleine et en sueur bien avant que son corps ne l'abandonne ; Aeduan aussi. Au fil de la lutte, elle avait perdu en efficacité et en précision, et même s'il l'avait repoussée, étranglée, bloquée à chacune de ses attaques, le Bloodwitch n'avait jamais ralenti le rythme ni battu en retraite.

Et cette course-poursuite dans la forêt… elle avait adoré. Il y avait longtemps, si longtemps qu'elle ne s'était pas autant amusée ! Elle s'en félicitait. Même maintenant, malgré ses écorchures, ses bleus et ses mollets en feu. Elle changerait peut-être d'avis quand ses muscles épuisés la paralyseraient au point qu'elle ne pourrait plus avancer, mais elle en doutait.

Après tout, la douleur était le prix à payer pour ses rêves de grandeur.

Au-delà des chutes, la vallée était d'une fraîcheur agréable. Les fougères frémissaient sous la brise, tout comme les asphodèles aux pétales blancs et jaunes. Les arbres, plutôt rares, avaient été supplantés par d'imposants piliers de pierre jaillis de terre, sculptés et striés par le cours fluctuant de la rivière. Ces colonnes de toutes les couleurs variaient en hauteur comme en largeur.

Mais elles gardaient le silence. Personne ne se promenait jamais dans ce champ de pierre.

Guidée par Aeduan, Safi finit par sortir de cette gorge étroite pour découvrir un paysage de plaine inondable. Avec les chênes réapparurent l'ombre pour se protéger du soleil… et les signes d'une présence humaine, mais ceux-ci n'émanaient pas d'individus qui les attendaient. Il s'agissait des vestiges de champs de bataille issus d'un passé lointain et révolu.

Des casques rouillés et des plastrons de métal. Des épées, des lances, des têtes de flèches. Partout où Iseult posait le regard, elle tombait sur des outils de mort. Certaines pièces étaient si anciennes que la terre et les fougères y avaient élu domicile. Iseult ne les découvrait qu'au bruit de ses pieds à leur contact. D'autres vestiges, plus récents, brillaient encore. Restés à l'endroit même où ils étaient tombés, ils grillaient depuis sous les rayons ardents du soleil.

Ils croisèrent aussi des squelettes, enveloppés de mousse pour la plupart. Mais pas toujours.

– Qu'est-ce qu'ils font là ? finit par demander Iseult. Pourquoi ces corps n'ont-ils pas été enterrés ou brûlés ?

– Parce qu'il n'y avait pas assez de survivants pour s'en occuper.

Aeduan piqua à droite en direction du sud. Plus près de la rivière. D'épais galets lissés par l'eau parsemaient le sol moelleux du rivage, et de jeunes pousses s'élevaient vers les cieux en formant des angles bizarres.

Dans la forêt régnait un calme inquiétant, comme si les animaux savaient l'endroit damné. Comme s'ils savaient que les bateaux des pirates approchaient.

Aussi Iseult parla-t-elle à voix basse.

– Pourquoi tous ces combats ? Cette terre a de la valeur ?

– Rien n'a de valeur par ici, murmura Aeduan en réponse. Mais les hommes croient toujours en savoir plus que les occupants. Ils pensent qu'ils vont enfin mettre la main sur les Terres Contestées.

Il escalada un rocher avant de se retourner pour lui offrir sa main. Elle l'attrapa avec plaisir, reconnaissante malgré la douleur de ses phalanges meurtries. Elle sentit entre ses doigts la chaleur des siens.

– Au monastère, poursuivit-il en lâchant sa main, on nous a appris que, quand deux Paladins se trahissaient mutuellement, c'est ici qu'ils livraient leur dernier combat. Leurs morts ont fait de cet endroit un pays maudit. Voilà pourquoi aucun homme ne peut réclamer les Terres Contestées. Mais à mon avis, toute cette histoire n'est qu'un tissu de mensonges…

– Pourquoi ?

Il prit quelques secondes pour réfléchir tout en faisant tourner son poignet, comme si elle avait serré trop fort.

– Parce qu'il est toujours plus facile d'accuser les dieux ou de faire référence aux légendes que d'assumer ses erreurs, finit-il par dire, le front plissé. Ce pays n'est pas plus maudit qu'un autre, mais trop de sang a coulé sur ses terres.

Sur ces mots, il se remit à grimper et, pendant plus d'un kilomètre, ils ne croisèrent aucun signe de vie humaine.

Juste des traces de sang ancien. Soudain, le Bloodwitch se figea.

– Des Voiles Rouges, chuchota-t-il en s'accroupissant, le nez au vent. Ceux qui te pourchassaient. Il faut qu'on remonte vers le nord.

Après trois pas, il s'arrêta à nouveau. Ses yeux brillaient d'un rouge étincelant.

Il se tourna brusquement vers Iseult, sa cape virevoltant comme la queue d'un chat.

– Ne bouge pas, ordonna-t-il. Il faut que je vérifie quelque chose.

Elle n'eut pas le temps d'ouvrir la bouche – il avait déjà disparu dans la forêt. Quoique contrariée, elle ne tenta pas de le suivre. Le Bloodwitch ne l'avait encore jamais égarée, et un peu de stase ne lui ferait pas de mal.

Le cœur battant, elle tentait de se raisonner quand la terre se mit à trembler. D'abord une secousse légère. Presque imperceptible, jusqu'au moment où ses chevilles vrillèrent. Les insectes se mirent à vrombir autour d'elle.

Puis le sol trembla à nouveau et d'autres animaux s'affolèrent. Une nuée géante d'étourneaux abandonna les branches basses pour gagner les cimes.

La troisième secousse qui ébranla la terre envoya Iseult au sol. Elle se releva aussitôt, le pouls emballé, mais les vibrations continuaient. Les branches tremblaient ; les feuilles tombaient ; les écureuils, les grives et les martinets s'enfuyaient.

Une ombre s'éleva au-dessus de la forêt. Massive. Ailée. Entourée de Filaments argentés comme elle n'en avait vu qu'une fois dans sa vie. Chez les renards de mer.

Dans les Terres Contestées, les Bloodwitchs sont loin d'être le plus grand danger.

Iseult imaginait qu'Aeduan faisait référence à des humains – par exemple, aux Voiles Rouges. Mais devant cette ombre qui se rapprochait, le cœur vibrant de Filaments argentés, elle se rendit compte que ce n'était pas le cas.

Il pensait aux mythiques chauves-souris des montagnes, ces énormes créatures serpentines. Ces vieux charognards des champs de bataille.

Iseult prit ses jambes à son cou.

Aeduan n'avait qu'une seule raison de se diriger vers les armées – car il s'attendait à des armées.

Dominant toutes les autres, une odeur fétide de phalanges brisées et d'ongles arrachés lui avait chatouillé le nez. Signe que le chef des Voiles Rouges rôdait dans les parages. Mais un second parfum flottait sous ces relents infects. C'est lui qui guidait Aeduan, qui l'attirait à des lieues de la Threadwitch.

Eau de rose et comptines drapées de linge frais. Un enfant.

Aeduan sentit son sang se glacer. Ses poumons se figèrent, ses poings se crispèrent. Son cœur martelait ses tympans. Par le passé, deux fois seulement cette émotion – ce souvenir – était revenue le submerger. Et à chaque fois, il l'avait regardée droit dans les yeux avant de déclarer : « D'accord. Aujourd'hui, tu peux te manifester. »

À chaque fois, des gens étaient morts dans ses bras. À chaque fois, il s'était senti obligé de sauver une vie comme on avait sauvé la sienne.

Ce serait la troisième fois aujourd'hui.

Fuis, mon fils, fuis !

Il cheminait avec la plus grande prudence sur le terrain mou et sableux qui menait à la rivière. Ses muscles – sa sorcellerie – brûlaient de s'animer. De se transformer en vitesse. En énergie. Mais une odeur de sang saturait la plaine, semblable à celle d'un étang infesté de moustiques. Aeduan désespérait de la lenteur avec laquelle ses pieds se mouvaient.

Arrivé au bord de l'eau, il s'arrêta sous un bouleau dont l'écorce grise se décollait. Les odeurs qu'il pistait – l'enfant et le chef des Voiles Rouges – le menaient vers le nord, loin de la rivière. Il se remit en route, les muscles stimulés par sa magie. Les créatures s'écartaient de son chemin. Au loin, la terre se mit à trembler.

Il ne sentait rien d'autre que le froid dans ses poings et le meurtre dans ses veines.

Il parvint à un campement installé au bord d'un ruisseau. L'endroit lui parut familier. Il lui rappelait ce fameux jour, quatorze ans auparavant…

Le Bloodwitch compta sept hommes, dont la plupart patientaient sous une solide tente ourlée de bandes dorées. Le genre de tentes que les familles aisées utilisaient pour leurs pique-niques.

Ces hommes, Aeduan les avait croisés la veille. C'étaient eux qui recherchaient la Threadwitch.

Alors qu'il s'en approchait, il se réjouit vaguement de sentir le sol trembler à nouveau. L'homme qui montait la garde le repéra. Vu sa barbe crasseuse, il avait dû confisquer à un voyageur son élégante veste huilée. Il jeta au ciel des coups d'œil inquiets avant de s'avancer vers l'intrus.

Mais cet idiot ne dégaina pas sa lame. Aeduan non plus, cela dit.

À chacun de ses pas, le gravier de silicate crissait sous ses pas. L'homme évalua Aeduan du regard. Ce qu'il vit ne semblait pas l'impressionner.

Tant mieux. Plus il se rapprochait du Bloodwitch – plus il s'éloignait de la tente –, plus le combat serait facile.

– Tu n'as rien à faire ici. Dégage.

Le garde était assez près pour qu'il l'entende malgré les secousses du sol et le craquement des arbres. Sa barbe était taillée en pointe, à la manière des hommes du nord.

Il jeta à nouveau un regard inquiet vers le ciel, où se déployait maintenant une ombre entourée d'une gerbe de vent. Aeduan leva les yeux lui aussi.

Au-dessus d'eux s'élançait une chauve-souris des montagnes. Il songea vaguement qu'il n'avait jamais de sa vie croisé pareille créature. Elle était à la fois plus large et plus élancée qu'il ne l'avait imaginé, avec une longue queue qui fouettait l'air. En dehors de ça, cette chauve-souris monstrueuse ressemblait comme deux gouttes d'eau aux spécimens fructivores qu'on rencontrait dans la jungle, plus au sud.

Aeduan était-il censé être effrayé ?

Parce qu'il ne l'était pas. Son sang glacé avait besoin d'être réchauffé, et l'enfant gardé prisonnier dans la tente avait besoin d'aide. Rien d'autre ne comptait pour le moment.

Il reporta son attention sur l'esclavagiste, qui semblait se demander lequel des deux était le plus dangereux : Aeduan ou la chauve-souris ? La réponse coulait de source : Aeduan.

– File, ou je vais te tuer, menaça l'homme avec une grimace. Nous sommes sept. Tu es seul.

Il attrapa la chemise d'Aeduan.

– Exactement. C'est pourquoi vous devriez fuir, répliqua ce dernier.

À une vitesse surhumaine, il colla la main de l'homme contre sa poitrine avant de frapper. Son poing atterrit juste au-dessus du coude de son adversaire, dont il brisa l'articulation en plus de l'humérus.

L'os transperça la chair ; l'homme poussa un hurlement.

Mais ce n'était que le début. Aeduan projeta le coude brisé du combattant vers son cou et l'os brisé s'enfonça dans sa gorge.

Après quoi le monde se transforma en un maelström de terre qui tremble, de cris et de sang. Les yeux agrandis de terreur, les autres comprirent qu'ils allaient mourir.

Encore six adversaires. En moins de temps qu'il ne mettait à lacer ses bottes, le Bloodwitch les tua tous les six. Le dernier était le chef, celui qui puait les phalanges brisées. Avec lui, Aeduan ferait durer le plaisir.

Du moins l'avait-il décidé. Mais alors qu'il lui enfonçait le genou entre ses omoplates, le ruisseau venant lécher son visage incrusté de gravier, alors qu'il venait de lui attraper les cheveux pour tirer sa tête en arrière et exposer sa gorge zébrée de plaies ouvertes, cette raclure se mit à parler.

– Le roi nous attend, gémit-il.

– Ça m'étonnerait !

Le Bloodwitch, qui s'était jusque-là battu à mains nues, dégaina un couteau dont il colla la pointe sous l'oreille de son adversaire.

L'homme frissonna sans pour autant paraître effrayé. Un monstre pareil ne connaissait pas la peur. Aeduan flaira même dans son sang une odeur de plaisir. Il avait l'air ravi qu'une lame transperce doucement sa peau pour s'enfoncer dans un réseau de nerfs qui envoyait des ondes de douleur dans son corps tout entier.

– Le roi... des terres du nord. Ragnor.

À ces mots, la lame d'Aeduan se figea.

– Ragnor, répéta l'homme. C'est... le roi des Rebelles, et il nous attend. Il attend notre cargaison.

Il y eut un moment de flottement. La chauve-souris se dirigeait vers eux dans une tornade de vent, de feuilles et de branches.

Mais Aeduan resta immobile, à regarder le sang de l'esclavagiste couler le long de son cou pour rejoindre le ruisseau.

Puis il enfonça son couteau jusqu'à la garde avant de le retirer. Le sang jaillit et la puanteur se répandit.

Avant de se relever, il prit soin d'essuyer la lame contre la chemise du mort. La glace dans ses veines avait gagné du terrain.

Fuis, mon fils, fuis !

Il leva les yeux vers le ciel tout en rengainant son arme. La chauve-souris des montagnes se rapprochait. Il distinguait déjà ses ailes aux membranes transparentes.

Elle poussa un cri perçant qui lui fit claquer des dents. Mais il ne pouvait pas fuir. Pas avant d'avoir libéré l'enfant qu'il était venu chercher.

Aeduan se précipita vers la tente. L'enfant – reconnaissable à son odeur perlée de roses et de comptines – se trouvait à l'intérieur.

L'abri était rempli de provisions et de caisses. Derrière l'une d'elles, une petite silhouette était roulée en boule. Ses mains blanches de Nomatsie étaient attachées et son visage caché sous un sac.

Aeduan coupa les liens qui lui entravaient les poignets tout en lui parlant dans sa langue.

– Je ne te ferai aucun mal. Je suis là pour t'aider, petite sœur.

Au-dessus de leurs têtes, la chauve-souris poussa à nouveau un cri. Des rafales de vent secouèrent la tente à un rythme régulier, comme si la créature soufflait directement dans la toile.

Comme elle n'attaquait pas, Aeduan poursuivit sa tâche.

La gamine portait une robe vert sauge dont l'étoffe légère était trempée à cause du sol gadouilleux. Sa peau était glacée, ses orteils nus viraient au bleu. Elle tremblait, mais ne résista pas quand Aeduan s'attaqua au sac attaché sur sa tête.

Il ne l'aurait jamais crue aussi jeune. Une masse de cheveux trempés et emmêlés auréolait de noir son visage crasseux.

Quelle que soit sa tribu, elle avait été capturée par les Voiles Rouges plusieurs jours auparavant. Aeduan avait du mal à comprendre. Vu tout ce qui s'était passé, son père ne pouvait pas travailler avec des esclavagistes – il en aurait donné sa main à couper.

Fuis, mon fils, fuis !

– Je ne te ferai aucun mal, répéta Aeduan. Je suis là pour t'aider.

Les mots nomatsis lui venaient si facilement ; pourtant, son oreille ne s'habituait pas à cette langue étrange.

La fille ne réagit pas. Il se demanda si elle l'avait compris. Quand il la guida vers la sortie de la tente, elle se laissa faire. Elle n'offrit pas de résistance non plus quand il proposa de la porter.

Aeduan passa les bras sous son corps avant de se redresser. Elle était si légère, si fragile. Un petit oiseau dans ses bras de démon.

Dehors, les cris de la chauve-souris s'interrompirent brusquement. La toile cessa de claquer.

La créature s'était éloignée.

– Ferme les yeux, dit Aeduan à la fillette au moment de sortir de la tente.

Il ne voulait pas qu'elle voie l'étendue du carnage.

Elle n'en fit rien, cependant. Telle la petite sœur de Mère Lune qui refusait de fermer les yeux après la trahison de Filou, cette petite Hulotte ouvrit grand les paupières.

Tant pis pour elle, décida Aeduan avant de traverser les lieux du massacre.

VINGT-NEUF

Merik était tombé dans le piège la tête la première. Après avoir vu ce qu'il voulait voir – le cadavre de l'assassin – il s'était aventuré dans une salle envahie par l'Armée royale. Un coup d'œil lui suffit pour compter vingt soldats armés postés aux portes.

Une situation plutôt avantageuse. Pour les soldats.

Mais Merik avait pour lui sa magie. En un clin d'œil, il fit monter la chaleur. L'instant d'après, il envoyait son talon dans une tasse fumante posée sur un coin de table et une explosion de vent et de rage envoya l'alcool brûlant – la fameuse tisane de bœuf – sur les soldats qui arrivaient.

Un homme avait néanmoins prévu l'attaque. Après avoir plongé, il se rapprocha du prince pour l'affronter.

Merik laissa venir son assaillant qui se jeta sur lui. Il roula alors sur le dos tout en l'agrippant. Ils firent une culbute, entraînés par l'élan du soldat… mais le Windwitch prit le dessus.

Un coup de poing dans le nez. Le sang gicla. Un second dans l'oreille, doublé d'une gifle de vent qui lui perfora le tympan. L'homme poussa un hurlement.

Bien. Ce mot picota les doigts de Merik tandis qu'il arrachait à l'officier son coutelas. Il se sentait bien dans la peau du méchant qui prend sa revanche.

Le prince se retourna. Sa lame décrivit un arc avant de frapper une épée d'amiral, faisant pivoter son pommeau autour du poignet de son adversaire. L'homme tomba à terre en lâchant son arme, que Merik récupéra aussitôt.

Il avait maintenant deux épées. La chance tournait.

Sauf que plusieurs soldats avaient leurs arbalètes pointées vers lui.

Le pied de Merik s'abattit vers le bas. *Crac !* fit une table en s'écroulant. Deux autres tasses de tisane fendirent l'air. Merik se jeta derrière la table renversée pour se protéger des carreaux qui s'abattaient sur lui. La table craqua, les pichets volèrent en éclats. Une onde de chaleur et de lumière envahit la pièce.

Une bougie tombée d'un chandelier avait enflammé l'alcool. Une muraille de feu allait bientôt s'élever entre le prince et les soldats.

Il lâcha les deux coutelas avant de basculer par-dessus le comptoir au moment précis où montaient la chaleur et le fracas de l'incendie qui ravageait désormais *L'Homme Clivé.*

Merik tenta de trouver à travers les flammes et la fumée une trace de Garren. Sur le mur opposé, la porte de bois sombre ne cessait de l'attirer. Les ténèbres n'avaient pas fini de chanter.

À cette idée, sa magie se mobilisa tout entière. Un courant d'air s'engouffra, chargé d'étincelles. Sorti de derrière le bar, il utilisa toute sa puissance pour se ruer sur les quatre soldats qui s'interposaient entre la porte et lui.

L'un d'eux chercha à s'enfuir. Le Windwitch fit claquer ses vents comme un fouet. Deux hommes s'écroulèrent.

Merik ne put réprimer un sourire, avalant au passage une épaisse goulée d'air toxique. Il se sentait dans son élément.

La lumière, la fumée, les flammes – elles étaient ses amies. Il tenait d'elles sa vie de créature mi-chair, mi-ombre. Et c'était dans cet élément qu'il finirait.

C'était écrit.

Les deux derniers hommes tirèrent des coups d'arbalète. Trop rapides pour que Merik puisse les éviter, les carreaux se plantèrent dans son ventre et sa cuisse. Une onde d'énergie le traversa aussitôt. Les ombres s'immiscèrent dans ses veines.

Aucune douleur, constata le prince avant d'arracher les flèches pour se remettre en mouvement. Il franchit alors la porte du fond, rendue presque impénétrable par la fumée et les flammes.

La Fureur arrivait.

Assise à son bureau de Pin's Keep, Vivia vérifiait les comptes. Les résultats négatifs si déprimants auxquels elle était arrivée céderaient bientôt la place à de glorieux excédents. L'idée de cacher à son père la dernière livraison des Renards avait beau lui faire des nœuds au ventre, sa culpabilité était compensée par cette joyeuse perspective.

Après tout, pourquoi continuer à amasser ? Cacher des marchandises dans cet entrepôt avait conduit à la catastrophe, et les gens de Pin's Keep étaient affamés. C'était *maintenant* qu'il fallait leur donner à manger.

D'un *scriiiitch !* jubilatoire, elle barra la quantité des marchandises entrées dans le stock avant de corriger le total.

C'est alors qu'elle entendit quelqu'un monter l'escalier quatre à quatre. Stix fit son apparition.

– Capitaine ! haleta-t-elle. J'ai suivi le jeune garçon, le compagnon de la Fureur. Venez avec moi !

Vivia bondit sur ses pieds.

– Où se trouve-t-il ?

– Ici ! À Pin's Keep.

Vivia vit sa tête blanche disparaître avant même qu'elle atteigne la porte. Le temps qu'elle descende l'escalier en colimaçon, Stix et ses longues jambes étaient déjà à l'autre bout du hall.

La princesse réussit à rattraper son équipière au niveau de la cuisine. Une bouffée de vapeur brûlante accompagnée du morne *clac-clac-clac* des couteaux s'abattit sur elle. Les cuisiniers s'arrêtèrent dans leur tâche pour lui sourire, la saluer, s'incliner ou se fendre d'une révérence. Pour autant, comme Stix ne ralentissait pas, Vivia ne s'attarda pas.

Dépassant les poêles fumants et les étagères où s'entassaient les provisions du jour, elles arrivèrent enfin à la porte de la cave, nichée dans un recoin obscur. Deux soldats en gardaient l'entrée.

– Le garçon n'est pas ressorti ? demanda Stix.

– Non, chef ! aboya l'un.

– Personne n'est sorti ! confirma l'autre.

– Bien.

Stick baissa la tête avant de passer la porte. Les pierres de la voûte effleurèrent les cheveux de Vivia qui marchait derrière elle, aveuglée par les ténèbres.

– Il est descendu par là, murmura Stix. Si on réussit à le coincer, on l'utilisera comme appât pour la Fureur…

Arrivée à la dernière marche, elle regarda autour d'elle.

– Il n'y a personne. Personne !

Elle avait raison. La cave, éclairée par des lanternes, était vide et trop étroite pour qu'on puisse s'y cacher. Les rayonnages alignés sur les murs ne permettaient de se recroqueviller ni dessus ni derrière.

– Je suis sûre que le garçon est passé par là, répéta Stix, qui pensait à voix haute. Mes hommes ont dû le rater.

Elle s'apprêtait à remonter l'escalier quand Vivia intervint.

– Attends…

Le cou tendu, elle se dirigea tout droit vers un rayonnage. Dans l'interstice entre deux étagères grouillaient des araignées. Elles défilèrent l'une après l'autre, suivies d'un mille-pattes.

Vivia passa ses doigts derrière le bois et tira. Le meuble se déplaça facilement. Trop facilement. Comme si les planches de pin étaient montées sur des roulettes.

Un tunnel voûté et humide s'ouvrait dans le mur de pierre.

– Par les eaux de l'Enfer ! murmura Stix, qui avait rejoint Vivia. Ça mène où, à votre avis ?

– L'ombre n'est pas toujours une ennemie, récita Vivia. La porte d'entrée se trouve ici.

– L'entrée… de quoi ?

Vivia fut incapable de répondre : elle sentait la chaleur d'un gargouillis lui monter dans la gorge, à mi-chemin du rire et du sanglot. La réponse au mystère de la cité souterraine se trouvait ici, bien entendu. Sous son fichu nez ! et sous le nez de sa mère. Toutes ces années, elles croyaient avoir perdu l'accès à la ville. Vivia avait gâché ces derniers mois à le chercher.

Les yeux brouillés de larmes, elle serra les dents. Elle s'autoriserait plus tard à rire, à pleurer, à s'émouvoir. Pour le moment, il lui fallait continuer d'avancer.

– Prends une lanterne, dit-elle d'une voix sourde.

Et elle plongea dans les ténèbres.

Vivia marchait la première ; Stix l'éclairait par-derrière. Son ombre glissait le long du tunnel de calcaire qui menait dans une seule direction : les profondeurs.

Après ses premières questions, Stix – décidément parfaite dans son rôle de coéquipière – cessa de réclamer des explications, ce qui évita à Vivia d'en donner.

Plus elles s'enfonçaient, plus le conduit se drapait d'une lueur verte familière. Vivia et Stix n'eurent bientôt plus besoin de lanterne. Le foxfire suffisait à éclairer toutes les parois, traçant leur chemin à la manière d'une constellation dans le ciel. Au bout du tunnel, elles tombèrent sur une porte de pierre entrouverte.

Sculptés dans la roche phosphorescente, six visages alignés au centre de la porte les contemplaient. L'un au-dessus de l'autre, élimés mais tous similaires. Les lamproies de Noden.

Vivia, l'estomac noué, la gorge sèche, fit une pause. Elle prit une grande inspiration avant d'exhaler, puis d'inspirer à nouveau, tétanisée.

Il lui suffisait de pousser la porte pour trouver des réponses à ses questions. Pour accéder enfin à ce qu'elle cherchait depuis si longtemps.

Elle retint son souffle avant de pousser. La pierre gratta contre le cadre, la lueur verte s'évanouit et les visages plongèrent dans le noir.

Enfin elle y était. La ville souterraine s'étendait devant elle, dans cette caverne. Les rues étroites disposées en étoile étaient entourées d'immeubles à deux étages tantôt creusés dans les murs, tantôt érigés sur le sol calcaire. Fenêtres et porches n'ouvraient sur rien d'autre que des toiles d'araignées.

La cité entière était éclairée par le foxfire. Les champignons lumineux grimpaient sur les parois de la caverne, en constellaient la voûte, s'enroulaient autour des colonnes et encadraient les entrées. Certains éclairaient même l'intérieur des habitations.

Vides. Habitables. Vivia pourrait loger des milliers – non, des dizaines de milliers – de Nubrevniens dans cette ville. À nouveau, son estomac se tordit. Encore plus fort. Tel un étau.

Stix posa gentiment la main sur son épaule.

– On est où, Capitaine ? On se croirait à Hawk's Way tellement c'est grand.

Vivia lui prit la main pour l'entraîner. Il lui fallait absolument continuer à explorer cet endroit. Et trouver des réponses.

– Hawk's Way n'est pas aussi grand. Viens !

En s'aventurant plus loin, elles tombèrent sur des signes de vie. Des traces de pas dans la poussière, des empreintes au milieu des champignons, comme si quelqu'un avait tenté de s'essuyer les doigts sur la paroi. Tous les immeubles étaient construits à l'identique, à l'image des plus vieux bâtiments de la ville en surface. Il y avait tellement d'espace – enfin, *enfin !*

Au moment de traverser un carrefour, elles entendirent un *clang !* résonner dans la ville. Comme du fer sur la pierre. Comme une vieille épée tombée par terre, au loin.

Vivia se raidit. Stix se figea. Elles restèrent un moment immobiles, sans respirer.

C'est alors qu'une voix retentit. Un hurlement. Tout près. Trop près. Vivia et Stix se ruèrent dans la maison la plus proche. Juste à temps : l'auteur des cris fut bientôt traîné devant l'immeuble.

Vivia jeta un coup d'œil à l'extérieur. Un garçon longiligne aux cheveux courts résistait à deux personnes qui le forçaient à avancer. Les poignets entravés, il ne cessait de donner des coups de pied. Il se débattait, crachait, et répétait en boucle :

– Vous pourriez me traiter autrement ! Vous pourriez me traiter autrement !

Vivia croisa le regard de Stix.

– C'est lui ? articula-t-elle en silence.

Stix acquiesça.

L'un des deux hommes, un molosse nubrevnien barbu, finit par perdre patience. Il attrapa le garçon par le col avant de lui donner un violent coup de poing dans le nez.

Le garçon toussa et toussa encore, avant de se mettre à rire comme un possédé.

– Tu vas le regretter, lança-t-il, hilare.

– Parle pour toi, gronda la bête. Quelle idée de revenir traîner par ici, Cam ! Il va te le faire payer, tu sais.

– On va bien s'amuser, intervint l'autre voix, plutôt féminine et bourrue. Cette fois, je doute qu'il te relâche.

– Pour qui travaillez-vous ? demanda le garçon, qui s'était calmé. Qui vous a demandé de tuer le pr…

Crac ! La voix du garçon s'évanouit dans un bruit sourd, comme si ses genoux avaient cédé.

– Sois une gentille fille, Cam, et ferme ta gueule, dit l'armoire à glace.

Pas de réponse. Vivia risqua un œil : le géant était en train de charger la *fille*, donc, sur son épaule.

Elle attendit qu'ils soient hors de vue pour se tourner vers Stix.

– Vous avez remarqué leurs mains ? murmura son équipière.

Vivia, perplexe, attendit qu'elle s'explique.

– Il leur manque un petit doigt, reprit Stix en agitant la main gauche.

– Comme les victimes de la Fureur. On dirait bien que les Neufs sont en effet de retour.

– Et s'ils n'avaient jamais disparu ? Peut-être qu'ils se cachaient tout simplement sous terre…

Laissant sa phrase en suspens, elle ouvrit grand les yeux. D'autres voix approchaient. Accompagnées de cette lumière orange typique des flammes de lanternes.

Des gens. Beaucoup de gens. Dans la ville de Vivia, et qui travaillaient sans doute pour la Fureur.

Vivia prit rapidement une décision. Elle se colla à Stix pour s'assurer que personne ne l'entende.

– Retourne à Pin's Keep. Il nous faut des soldats.

– Pour quoi faire ?

– Ne t'inquiète pas.

Stix, les traits tendus, scruta le visage de Vivia.

– Si, je m'inquiète. Aujourd'hui… vous n'êtes pas comme d'habitude.

La princesse haussa les sourcils, stupéfaite, avant de comprendre ce qu'elle insinuait. Stix avait raison. Préoccupée, concentrée sur sa tâche, elle avait mis de côté son tempérament Nihar.

Curieusement, cette idée la fit sourire. Elle sentit une sorte d'exaltation la gagner.

– Je vais espionner les Neufs. Voir si je peux apprendre quelque chose.

– D'accord, dit Stix sans pour autant bouger.

Le front soucieux, elle paraissait indécise.

Une fois sa décision prise, elle effleura du bout des lèvres la joue de Vivia. Le plus doux des baisers.

– Fais attention.

Et elle s'éclipsa.

Vivia resta un moment confuse, le souffle coupé. Stix avait vu clair dans son jeu, mais elle ne s'était pas enfuie. Elle ne l'avait pas jugée. Elle ne la détestait pas.

Par les eaux de l'Enfer, que serait-il arrivé si elle lui avait dévoilé ses sentiments il y a des années ? Peut-être qu'elle et Stix auraient…

Non. Vivia se frotta les yeux. *Pas de regrets*. Elle pourrait analyser, rejouer la partition plus tard. Pour le moment, elle devait continuer d'avancer.

Elle prit le temps de retrouver ses marques avant de se remettre en route. Seule. Le bruit avait augmenté – à l'oreille, ils étaient une dizaine –, ainsi que la lueur émise par un trop grand nombre de lanternes dans cet espace restreint.

Elle s'approcha du groupe rassemblé sur une grande place avant de s'introduire dans l'une des maisons. Puis elle grimpa jusqu'au dernier étage. Là-haut, elle jouissait d'une vue parfaite. Là-haut, elle pouvait rester cachée dans l'ombre à espionner les Neufs en contrebas.

Car Stix avait raison. Il s'agissait bien des Neufs. Cet homme au milieu du groupe, elle le connaissait. Il avait travaillé pour elle. Garren Leeri, de Judgment Square. Un véritable tire-au-flanc dont elle s'était débarrassée à la première occasion.

Maigre comme un clou et couvert de cicatrices, il faisait peine à voir.

– Reculez, aboya-t-il. Faites de la place pour ma sœur !

L'assemblée recula et Vivia put distinguer la fille qui venait de se réveiller.

– Garren, marmonna celle-ci, surprise.

Elle se transforma aussitôt en cyclone. Elle se tordit, se débattit, se contorsionna. Elle essaya de se lever, de se libérer de ses entraves. Garren dégaina un couperet.

Cam se figea sans pour autant se taire.

– Tu t'es servi de moi ! Je te faisais confiance et tu t'es servi de moi.

Ses mots, qui résonnaient contre les parois de calcaire, parvinrent à toutes les oreilles.

– Je n'ai fait que récupérer mon dû, Cam, puisque tu es partie sans payer ta dette, déclara-t-il en agitant la lame sous son nez. Je peux te délivrer ? Tu vas te tenir tranquille ?

Elle acquiesça avec une moue.

Garren s'attaqua aux liens avec une douceur inattendue. Une fois tranchée la dernière fibre, Cam s'écarta de son frère.

– Explique-moi qui tu es !

– Je peux te retourner la question, ricana-t-il, imité par deux autres Neufs. Garçon, fille – tu as pris ta décision, Cam ?

Elle ne mordrait pas à l'hameçon.

– Tu es mort sous mes yeux, Garren, siffla-t-elle.

– Hye. Ton prince aussi. Mais la mort n'est plus une frontière pour moi. Je ne vois pas pourquoi elle devrait t'arrêter, Cam. Allez, donne-moi ta main gauche. Finissons ce qu'on a commencé avant que tu t'enfuies.

– Non.

Cam tenta de prendre la fuite, mais l'homme barbu la repoussa.

– Non ! cria-t-elle. NON !

Vivia n'avait personne pour l'aider ; elle n'avait pour protection que sa lame, puisqu'il n'y avait pas d'eau à proximité. Mais peu importait. Cette fille était en danger. Elle allait lui porter secours.

À la seconde où Vivia se détournait pour se ruer vers l'escalier, elle remarqua une silhouette. Dissimulé dans la pénombre, l'homme était posté sur la terrasse d'en face au milieu d'un tourbillon de vent. Ses vêtements claquaient. Les ombres s'entortillaient.

Quand il sauta dans la place, son visage s'inonda de lumière.

C'était Merik. Son frère.

Merik avait identifié l'ennemi : quinze personnes dont les yeux étaient rivés sur Garren et Cam, au milieu de la place. *Les Neufs*, donc. Il n'avait vraiment pas eu de mal à les débusquer ! Les ombres l'avaient attiré jusqu'à elles comme un poisson au bout d'une ligne.

Il avait traversé des couloirs tortueux, longé de vastes nappes d'eau, il était descendu dans d'obscurs puits par des échelles suspendues, et voilà où il avait atterri. Auprès d'une Cam en sang, à genoux devant l'assassin du *Jana*. Devant Garren, son propre frère.

Tout s'expliquait : pourquoi Cam s'était cachée dans la ruelle, qui l'avait attaquée à Pin's Keep, et pourquoi elle ne cessait de répéter que Vivia n'était sans doute pas responsable de l'attaque.

Il avait des questions à lui poser, des réponses à obtenir. Pour décider s'il lui pardonnerait. Mais plus tard.

Pour l'instant, Cam était en danger.

En un seul saut, Merik atterrit au milieu de la place. Ses vents se ramassèrent en vue du combat rapproché. Un homme, tourné vers lui. Merik le frappa en pleine poitrine et l'envoya à terre.

Deux autres chargèrent, armés de coutelas.

Merik s'en moquait. Comme si de simples lames pouvaient triompher de ses vents ! De sa colère !

Il leva les deux mains pour rassembler son énergie dans une boule. Et d'une torsion des poignets, il envoya jusqu'au plus petit grain de poussière dans les yeux de ses adversaires qui se mirent à crier.

Après une habile pirouette, Merik se retourna pour projeter ses vents comme s'ils étaient une extension de son corps. La plupart des hommes s'enfuyaient déjà, y compris celui qui avait traîné Cam sur la place. Pas question de le laisser partir ! En trois enjambées, Merik le rattrapa et l'envoya au sol d'un coup de pied dans l'arrière du genou, dans une gerbe de poussière que ses vents récupérèrent aussitôt.

Le prince retourna l'homme sur son dos. De son gosier s'échappaient des paroles inaudibles. Il n'était guère plus âgé que lui, mais il portait la barbe. Ses joues creuses laissaient penser qu'il ne se nourrissait pas à sa faim.

Merik se redressa en empoignant à deux mains son couteau tombé au sol. Prêt à accorder la rétribution promise par l'acier. Impatient. Il lui couperait le cou, les artères, la colonne vertébrale…

– Arrêtez, Amiral !

Ces mots lui transpercèrent le crâne. Il s'immobilisa, l'épée prête à frapper. Au milieu du fracas des vents. Les yeux fermés, l'homme à la barbe tremblait.

Merik se retourna. À vingt pas de lui, Cam, un couperet sur la gorge, était tenue en respect par Garren, posté derrière elle.

Il sentit son sang se glacer. Ses vents se figèrent.

– Lâche-la, marmonna-t-il d'une voix rauque, inarticulée.

Il venait de lancer un éclair de chaleur au lieu de déchaîner un orage entier.

Garren comprit. Quand il sourit, son visage meurtri se tordit d'une drôle de manière.

– Reste où tu es, sinon je la tue.

Une fois lâché le coutelas, Merik leva les deux mains pour se protéger. Il lui fallait suivre le courant, suivre les vents. Si Garren paniquait, il égorgerait sa propre sœur sans hésiter.

Après tout, il avait failli la sacrifier lors de l'explosion du *Jana.*

– Lâche-la, ordonna Merik d'une voix plus forte. C'est moi que tu rêves de tuer.

– Exact, dit Garren, dont le sourire s'agrandit. Mais tu n'es pas une proie facile.

– Toi non plus.

L'homme éclata d'un rire perçant qui donna la chair de poule au prince.

– Je sais qui tu es, Prince Merik Nihar. Mais je me demande si tu connais cette jeune fille…

Au bout de la lame, une goutte de sang jaillit.

Ébranlé, Merik ne bougea pas d'un cil. Sa colère s'écoulait au rythme du sang sur le cou de Cam. *Suivre le courant, suivre les vents.*

– Tu étais censée rejoindre les Neufs, Cam, roucoula Garren en la dévisageant. Tu étais censée prendre le relais et reconstruire la ville avec le seul vizeur qui se soucie de nous. Au lieu de quoi, tu t'es enfuie comme une mauviette. Et comme une mauviette, tu m'as laissé monter dans le bateau du prince…

– C'est pas vrai ! s'offusqua Cam.

– C'est exactement ce qui s'est passé.

Sur ces mots, Garren leva la main de sa sœur et lui trancha le petit doigt.

Un jet de sang jaillit. Elle hurla alors que le doigt atterrissait sur le sol.

Merik les avait déjà rejoints. Il s'apprêtait à libérer Cam avant que son frère ne s'acharne.

Garren, dans un ricanement, fit un pas en arrière avant de pivoter sur ses talons. Et de prendre la fuite.

Parfait. Merik se réjouissait de le pourchasser. Il s'envola. Calme, tranquille. Sa colère s'était évanouie ; une envie de mort froide, calculée, l'avait remplacée.

Il se posa deux rues plus loin, sous le nez de Garren qui venait de prendre un virage. Le fuyard n'eut pas le temps d'exprimer sa surprise : deux mains lui enserraient déjà le cou. Le prince le souleva. Les pieds de Garren battirent l'air. Puis Merik avança jusqu'à coller son adversaire contre la paroi.

Des morceaux de champignon luminescent se détachèrent du mur. Mais l'homme ricanait toujours.

– Tu ne peux pas me tuer, s'étrangla-t-il en attrapant les doigts de Merik. Je suis… comme toi, Prince.

– Non.

Merik convoqua les vents qui se rassemblèrent autour de lui.

– Bien sûr que si ! insista Garren, tout sourire. Toi et moi, on est devenus des marionnettes ! On peut survivre à tout.

– Tu crois vraiment ? dit alors une voix.

Une voix que Merik connaissait : il la détestait depuis des années. Sauf qu'à ce moment précis il fut sacrément soulagé de s'autoriser à poser les yeux sur un autre interlocuteur que Garren et Cam.

Vivia se précipita vers eux. L'énergie Nihar qui brûlait dans ses yeux lui embrasait les joues. Dans un éclair de métal, elle plongea sur Garren qu'elle décapita d'un coup sec.

Sa tête pencha, puis tomba, aussitôt suivie du reste de son corps, qui souleva dans sa chute une poussière de vieux calcaire.

– Bonne chance pour survivre à ça, railla Vivia.

Quand elle leva les yeux sur Merik, son visage changea d'expression. Il ne l'avait jamais vue dans cet état. Elle semblait éprouver… du regret.

– Merry, finit-elle par glousser, haletante, tu fais peine à voir !

TRENTE

SAFI N'ESSAYAIT MÊME PLUS de maîtriser le tapotement de ses doigts et le martèlement de ses talons sur le sol. Et Caden n'essayait même plus de la calmer.

Les heures qu'il leur avait semblé passer dans le fiacre les avaient lessivés. Même la femme de l'Est s'était mise à récurer ses ongles, de plus en plus nerveuse et impatiente à chaque minute qui passait.

Mais jamais le fiacre n'accélérait. Une fois sortis de la cohue du marché, les spectateurs qui se rendaient à l'arène envahissaient toutes les routes de terre qui sillonnaient les marécages, tous les ponts délabrés qui enjambaient les cours d'eau. La plupart étaient ivres morts – l'amirale Kahina avait raison –, et Caden n'avait pas besoin de soulever le rideau pour entendre le son des festivités, des disputes qui éclataient et des transactions entre esclavagistes.

Le paysage avait changé. À la terre ferme avaient succédé la gadoue et les passerelles instables. Les relents moisis de la ville s'étaient effacés devant la puanteur sulfurique du marais. Et dans le fiacre, la chaleur étouffante, jusque-là supportable, s'était transformée en moiteur insupportable.

Seul Zander restait de marbre, au point d'essayer de faire la conversation.

– J'ai entendu dire que le continent oriental était encore plus vaste que les Witchlands. Vous venez de quel pays ?

Cette question lui valut un regard noir de l'esclavagiste, auquel Caden répondit par un haussement d'épaules désolé.

Quand le conducteur de l'attelage finit par taper sur le plafond en criant : « On est presque arrivés ! », tout le monde se sentit soulagé.

La voiture s'engagea cahin-caha dans une descente périlleuse. Le vacarme extérieur se réduisait désormais au raclement des roues contre la pierre, et plus aucune lumière ne se faufilait par l'interstice du rideau. Ils circulaient en sous-sol.

– L'entrée des propriétaires d'esclaves est située sous l'arène, expliqua la femme en regardant d'un air dédaigneux le couteau pointé sous sa gorge. Elle grouille de gardes armés.

Il s'agissait moins d'un avertissement que d'une menace.

À ces mots, Caden se redressa.

– Zander, aboya-t-il, sors en premier. Si tu tombes sur des soldats, fais en sorte que…

– Permettez que je m'en occupe, dit Vaness.

L'autorité ruisselait dans sa voix comme la sueur dans son cou. Elle n'attendit pas de réponse : le fiacre s'arrêtait déjà et elle ouvrit la porte.

Personne ne la retint. Quand Safi sortit à son tour, les douze gardiens de l'arène gisaient à terre, enchaînés, bâillonnés de fer.

Les seules personnes épargnées par Vivia furent le conducteur et la passagère. Le premier s'était couché sous le véhicule, à même les pierres luisantes, et la seconde, assise sur la banquette, les abreuvait d'injures.

Pendant que les bardes de l'Enfer récupéraient les armes des gardes entravés, Safi examina l'entrée caverneuse de l'arène, avec ses plafonds couverts de taches humides et ses torches qui crépitaient. De l'eau remontait par les interstices des dalles mal ajustées, comme si le bâtiment coulait petit à petit.

Ce qui était fort probable.

Deux passages voûtés retinrent l'attention de Safi. L'un était peuplé d'ombres, l'autre résonnait de clameurs. Les cris et les applaudissements s'enchaînaient sans répit.

Le combat qui se déroulait au-dessus de leurs têtes déchaînait les passions. Elle en déduisit que le tunnel plongé dans le silence menait aux enclos des esclaves.

– Hérétique, murmura Caden, apparu à ses côtés, tu sais où se trouve l'équipage ?

Il lui tendit une petite épée rudimentaire. Lourde mais utile.

– Là-bas, répondit Safi en indiquant la voûte la plus sombre.

Caden approuva d'un sourire discret. Après avoir décroché une torche de son applique, il se mit à courir à petites foulées vers les entrailles de l'arène. Safi suivit le chef des bardes en s'accommodant tant bien que mal de son arme encombrante. Vaness leur emboîta le pas. Bien entendu, l'impératrice n'était pas armée, mais elle portait deux nouveaux bracelets enroulés autour de ses poignets comme des bébés serpents. Lev et Zander, qui fermaient la marche, jetaient régulièrement des coups d'œil en arrière pour voir si des gardes les suivaient.

Dieux des Enfers, quel bonheur de pouvoir enfin bouger ! Safi pouvait allonger ses jambes sans bardes pour la pousser, sans Bornyes pour la pourchasser. Quel bonheur de porter à nouveau une épée, même conçue pour des mains de géant…

Et tant pis si tous les trois pas, ses bottes atterrissaient dans des flaques tandis que des gouttes d'eau glacée s'écrasaient sur son crâne. Au moins, elle était en mouvement.

Le vacarme au-dessus de leur tête ne tarda pas à disparaître, remplacé par l'écho de conversations et l'éternel clapotis d'une forteresse à moitié submergée. Le sol baignait ici dans une fange sulfurique qui leur arrivait à la cheville.

À l'endroit où le tunnel se divisait en plusieurs galeries apparurent six gardiens. La surprise n'eut pas le temps de s'imprimer sur leur visage : Vaness les avait déjà cloués contre les murs ruisselants à l'aide de fines ceintures et de bâillons de fer.

– Où sont les Cartorréens ? demanda Caden au premier, qui était suspendu de travers à dix centimètres du sol.

L'homme indiqua le tunnel du milieu. Son regard brillait d'une terreur si authentique qu'elle alluma la magie de Safi.

– Par ici, dit-elle en reprenant sa course.

Lev se posta devant elle.

– Je vais passer devant. Au cas où on croise des sorciers.

Bonne idée.

Devant eux brillaient des flammes, et les conversations s'arrêtèrent au bruit de leurs pas dans les flaques. Ils venaient d'atteindre une rangée de cachots dignes des contes de fées les plus sinistres. Les cellules de pierre s'alignaient à l'infini, éclairées par des torches grossières. Des visages de toutes les formes, de toutes les tailles et de tous les âges se pressaient contre les barreaux. Un grand nombre de prisonniers portaient un collier semblable à celui que les bardes avaient imposé à Vaness.

– Les Cartorréens ? cria Caden en levant haut sa torche.

La réponse fusa aussitôt. Presque tous les prisonniers passèrent les bras à travers les barreaux.

– Je suis cartorréen !

– Non, c'est moi qui suis cartorréen !

– Cartorra !

Mais ils ne ressemblaient pas du tout à des Cartorréens. Même si Safi n'était pas enchantée à l'idée de laisser ces esclaves se battre – et mourir – pour animer les paris des pirates, elle n'avait pas la naïveté de croire qu'ils pourraient tous les aider.

Fuir. C'était la priorité.

– Par ici, chef ! cria Lev quelques pas plus loin.

En effet, Caden parlait à un homme revêtu de l'uniforme vert des Cartorréens. Safi eut l'impression que celui-ci lui posait des questions sur *le prince, où est le prince ?,* mais elle avait du mal à entendre à cause des cris des esclaves furieux d'être dédaignés.

Fuir, fuir. Qu'elle sauve au moins sa tête. C'était la priorité.

Safi tourna son regard vers l'impératrice du Marstok, dont les yeux brillaient d'un éclat singulier. Caden fit signe à Vaness de se rapprocher des barreaux.

– Majesté, dit-il. Voici l'équipage. Je vous en prie, libérez-les, afin que nous puissions retrouver le navire et quitter ce maudit pays.

L'impératrice ne réagit pas. Les esclaves continuaient de gronder. Elle reçut des éclaboussures ; Safi aussi. Trempées, leurs robes se mirent à peser sur leurs épaules. Aux teintes moutarde et vert forêt succédait un noir saturé d'humidité.

– Votre Majesté, hasarda Safi en s'approchant.

L'impératrice la crucifia du regard.

– Je ne leur fais pas confiance. Ils vont nous livrer à Henrick.

– Non. À l'auberge, ils ont dit la vérité, argumenta Safi.

Les yeux de Vaness brillaient comme ceux des crocodiles.

– Parce qu'un feu les menaçait. Je veux une deuxième preuve, Barde. Enlève ta chaîne. Safi va te sonder. Si tu refuses, je laisse tout le monde enfermé.

Caden fut pris d'un petit frisson, repérable au vacillement de sa torche.

– Je me porte volontaire, chef, dit Zander en attrapant le nœud coulant qu'il portait autour du cou.

– Pas toi, dirent simultanément Caden et Vaness.

– D'accord, reprit Caden au moment où Vaness insistait pour le sonder, lui.

Zander prit de mauvaise grâce la torche que son chef lui tendait. Puis il s'écarta, tout comme Lev, dont les yeux reflétaient la même tristesse.

Safi n'eut pas besoin de sa magie pour constater leur sincérité.

Caden pataugea vers l'impératrice avant de s'arrêter à quelques pas. Il cala son épée contre sa jambe et, d'un geste maladroit – comme si c'était la première fois, comme s'il n'avait pas fait ce mouvement précis une heure auparavant –, il défit le nœud.

Vaness réagit aussitôt. Elle lança ses bras en l'air. Les fers volèrent dans les airs pour se rabattre autour du cou de Caden, tandis que l'épée appuyée contre sa jambe s'enroulait comme une racine de mangrove pour le faire chuter. Personne ne bougea. Personne n'aurait pu intervenir. En quelques secondes, le chef des bardes de l'Enfer se retrouva cloué au sol.

Les esclaves hurlèrent de joie.

Zander et Lev se précipitèrent vers leur chef mais la paume levée de Vaness les arrêta.

– Ne bougez pas, ou je le tue.

Avec la grâce d'une danseuse, elle glissa jusqu'à Caden.

– Nous naviguerons vers Azmir, Commandant.

– Et si… si je refuse ? souffla-t-il d'une voix douloureuse.

Il avait les traits si contractés que Safi se demanda comment il pouvait serrer à ce point la bouche et les yeux.

– Je vous laisserai comme ça. À mon avis, vous n'y survivrez pas. Je me souviens d'histoires qu'on m'a racontées sur l'agonie des bardes de l'Enfer… Comme un clivage, mais en version lente. Et sans perdre jamais connaissance. Vous resterez conscient jusqu'au bout, sans rien pouvoir faire.

– Par pitié, ne lui infligez pas ça, supplia Lev.

Caden se mit à gémir. Malgré le fer qui lui entravait les poignets, il martelait le sol de ses poings.

Mais ce n'était que le début. Lorsque Vaness s'agenouilla à ses côtés, créant dans l'eau des vaguelettes, le visage du barde commença à se teinter de noir.

Est-ce que Safi hallucinait à cause de toutes ces ombres autour d'eux ? Caden gémit à nouveau, et sa bouche cracha une gerbe de noir. Elle n'avait pas rêvé.

On aurait dit la fumée qui sortait de la pipe de l'amirale Kahina. Sauf que… c'était de la magie. Une magie mauvaise, qui lui donnait la chair de poule et révulsait sa sorcellerie. Qui lui donnait la nausée, car c'était de la torture. Pure et simple. Quel que fût l'effet de ce nœud coulant, le barde agonisait.

– Arrêtez ça !

La voix tranchante de Zander se répercuta à travers les cellules désormais plongées dans le silence. Tous les esclaves, tous les marins, tous les hommes, toutes les femmes avaient les yeux rivés sur le chef des bardes.

Vaness, pour sa part, restait imperturbable.

– Nous naviguerons jusqu'à Azmir, Commandant. Dès que nous aurons mis le pied sur le bateau, vous nous y emmènerez. Jurez-le-moi.

Caden marmonna quelques mots inaudibles à cause de ses poings qui frappaient l'eau et de ses pieds qui frottaient le fer. Mais ces mots vibraient d'une vérité désespérée.

Safi ne put s'empêcher d'intervenir auprès de Vaness.

– Je vous en prie, implora-t-elle à son tour.

Nul homme ne devrait endurer… ce qu'il endurait.

– J'attends sa promesse.

Vaness se pencha au-dessus de Caden. Un halo d'ombre s'entortilla autour de son visage comme de la vapeur échappée d'un chaudron.

– Jurez que vous allez m'emmener à Azmir, Commandant.

– Oui, hoqueta Caden. Oui, oui, oui. Oui ! Oui ! Oui ! OUI ! OUI ! OUI ! OUI !

C'en était trop pour Safi.

– Il dit la vérité !

Safi se rua vers eux. Ses coudes heurtèrent l'impératrice, tant pis ! La magie noire qui s'échappait de Caden déferla sur elle, tantôt glaciale comme un baiser hivernal, tantôt aussi brûlante qu'une grève de sable noir un jour de canicule. Mais peu lui importait. Elle se laissa tomber à ses côtés, tâtant ses mains pour trouver la chaîne.

Mais il ne l'avait plus. Elle frappa l'eau dans tous les sens. Affolée. Désespérée. Caden continuait de crier :

– OUI OUI OUI OUI !

La chaîne tomba soudain sur sa clavicule. Safi leva les yeux sur Vaness, dont le bras était resté tendu dans une pose nonchalante. Dès que l'impératrice s'éloigna, le fer qui immobilisait Caden la suivit comme une meute de chiens fidèles.

Lev se hâta de redresser son commandant pendant que Safi s'affairait sur la chaîne autour de son cou. Une fois les deux bouts à proximité, la magie se mit à chuchoter. Dès qu'ils fusionnèrent, les ténèbres se rétractèrent. Nébuleuses, les spirales d'ombre retournèrent dans les cicatrices qui zébraient le visage, le cou et les mains du barde.

Dont l'une agrippait nerveusement celle de Safi. Assez serrée pour résister aux feux de l'Enfer et à plus encore.

Ses yeux papillotèrent avant de s'ouvrir tout à fait.

– Merci… Domna. Merci, grogna-t-il d'une voix rauque.

TRENTE ET UN

ISEULT NE SAVAIT vraiment pas quoi faire de la gamine.

Quand Aeduan l'avait retrouvée au bord de l'Amonra, elle regardait une chauve-souris des montagnes s'envoler vers le sud. Ses yeux s'étaient agrandis de surprise. De frayeur.

Il était si discret. Si dénué de Filaments.

Il était aussi couvert de sang.

– Ce n'est pas mon sang, avait-il précisé pour la rassurer.

Puis il lui avait fait signe de l'accompagner.

Elle l'avait donc suivi jusqu'à des buissons de sureau cachés sous un chêne massif à quelques mètres de la rive. Des Filaments d'un gris terrifié y tournoyaient. Plongeant au milieu des branches, elle était tombée sur une fillette recroquevillée contre les racines d'argent du chêne, comme si elle faisait corps avec lui. Une illusion, peut-être ? Elle avait cligné trois fois des yeux avant de les frotter pour affiner sa vision. Et découvrir l'âge de la fille, sa fragilité et son état comateux.

Âgée de six ou sept ans, la gamine avait l'air à la fois perdue et bouleversée. Ses Filaments paniqués déclinaient une gamme infinie de gris clairs. Pas d'autres couleurs. Pas d'autres émotions.

Aeduan rejoignit Iseult dans les buissons. Il la dépassa pour s'accroupir à côté de l'enfant.

– D'où viens-tu, petite sœur ? lui demanda-t-il en nomatsi. Est-ce que les Voiles Rouges ont capturé ta famille ?

Pas de réponse. La fillette contemplait Iseult de ses grands yeux noisette.

Une gamine. Une *gamine.* Iseult ne savait vraiment pas quoi faire d'une gamine.

Elle laissa tomber son sac à dos sur le sol noueux. Ils avaient besoin d'un abri digne de ce nom, et la fille avait besoin de vêtements. De chaussures. Un feu de camp serait aussi une bonne idée, à condition qu'il n'attire pas les armées.

Plus Iseult se rapprochait d'Aeduan, plus les Filaments de l'enfant gagnaient en intensité, le gris se teintant de blanc paniqué. Elle se pelotonna entre les racines.

– Je ne te ferai aucun mal, promit Iseult d'une voix douce.

Les Filaments de la petite ne se transformèrent pas.

– Frère.

Pourquoi Iseult appelait-elle subitement Aeduan ainsi ? Peut-être pour éviter d'effrayer la gamine en prononçant le mot *Bloodwitch*…

Aeduan se releva. L'enfant se crispa. Au moment où il se détournait, elle agrippa le bout de sa cape.

Toujours aussi impassible, il posa les yeux sur elle.

– Je ne partirai pas sans toi, petite Hulotte, dit-il.

La fille lâcha prise.

Le rose du soleil couchant imbiba peu à peu ses Filaments. Une explosion de couleurs au milieu du gris. *Les Filaments qui unissent.*

– Quoi ? demanda Aeduan.

Iseult reporta son attention sur son visage anguleux, dont les yeux bleus paraissaient presque blancs sous cette lumière diffuse.

– D'où s-s-s..., commença-t-elle avant de refermer la bouche.

Elle était épuisée. La chauve-souris l'avait déstabilisée.

– D'où sort cette gamine ? tenta-t-elle à nouveau, cette fois avec succès. Tu comptes l'emmener avec nous ?

– Je ne sais pas.

La fillette les fixait. Avec son visage pâle de Nomatsie maculé de boue, elle ressemblait en effet à Hulotte, la sœur benjamine de Mère Lune.

Il lui faudrait un bon bain, songea Iseult.

– Elle était avec les Voiles Rouges ?

– Avec ceux qui te pourchassaient, confirma Aeduan.

– Où sont-ils p-p-passés ?

– Ils sont partis.

Le Bloodwitch n'en dit pas davantage, mais Iseult comprit aussitôt qu'il les avait tués. D'où le sang dont il était couvert.

Aurait-elle dû se sentir choquée ? Horrifiée ? Écœurée ? D'accord, Mère Lune était la seule à pouvoir reprendre des vies, mais... elle n'éprouvait que soulagement. Les hommes de Corlant ne lui courraient plus après.

– Tu pourrais peut-être identifier à l'odeur la famille de cette gamine ? suggéra-t-elle. Ou sa tribu ? On pourrait la raccompagner chez elle...

Intriguée par le silence d'Aeduan, elle leva les yeux vers lui. Imperturbable, il lui rendit son regard. Son buste restait figé lui aussi – il retenait son souffle. À quoi pensait-il ? Mystère.

Une brûlure d'impatience lui chatouilla la gorge.

– Alors ? Tu peux retrouver sa famille ou pas ?

– Je pourrais me lancer sur la piste, répondit-il, embarrassé. Il y a en effet des traces d'une tribu sur sa robe. Mais… il faudrait remonter vers le nord. Donc faire demi-tour.

– Si on ne poursuit pas notre chemin maintenant, on ne pourra plus passer, objecta Iseult. Une fois que les navires des Rebelles auront accosté, leurs armées nous bloqueront le passage.

– Exact. Ils te bloqueront le passage.

Iseult ne saisit pas tout de suite le sens de sa phrase. Quand elle comprit, son sang se glaça. Elle laissa échapper un soupir.

C'était donc ici que leurs routes se séparaient et que leur étrange partenariat prenait fin, sans doute pour toujours.

– Je ne peux pas abandonner cette enfant, dit Aeduan d'une voix égale.

Malgré son visage toujours impassible, il paraissait sur la défensive.

– C'est vrai, reconnut Iseult.

– Et elle sera un fardeau si on l'emmène avec nous.

– En effet.

– La Truthwitch se trouve au sud-est, dit Aeduan en pointant du doigt la rivière. Probablement tout au bout de la péninsule. Si ça se trouve, elle a pris la mer.

Iseult hocha la tête. Quoi répondre ? Elle ne voyait pas comment ni pourquoi prier Aeduan de continuer à voyager avec elle. Leurs chemins se séparaient, point final.

– Suis le cours de la rivière, c'est le trajet le plus court. Mais dépêche-toi si tu veux arriver avant les Voiles Rouges. Je vais porter Hulotte…

Il enchaîna sur la nourriture, une histoire de partage de rations, et qui devrait garder la cape Carawen.

Mais Iseult n'écoutait plus.

Elle posa à nouveau les yeux sur la fille. Hulotte. La plus jeune sœur de Mère Lune. Plus animale qu'humaine, celle-ci suivait en silence la Mère Lune partout où elle allait. Dans tous les contes traditionnels, le courage de Hulotte ne se manifestait que de nuit. De jour, elle se cachait dans les recoins les plus sombres de la forêt, comme la fragile créature qu'ils avaient sous les yeux.

Pourquoi fallait-il qu'Aeduan tombe sur elle ? se demanda Iseult, brûlante de détresse.

S'il n'avait pas croisé la gamine sur son chemin, elle n'aurait pas eu à continuer seule.

Safi se trouvait au sud-est – rien d'autre ne comptait à ses yeux. Safi était la rose épanouie au soleil, Iseult l'ombre qui la suivait. Sans son amie, elle n'était plus qu'une série hasardeuse d'idées qui s'avéraient toujours désastreuses.

Safi était une vraie Cahr Awen. Iseult était une pauvre fille qui aspirait à l'être.

Elle s'en voulait, mais c'était la vérité : elle voulait retrouver Safi ; elle avait envie qu'Aeduan la guide ; elle aurait bien aimé que la gamine disparaisse.

Un monstre, se dit-elle. *Tu es un monstre.*

Iseult se rendit alors compte qu'Aeduan avait terminé son monologue et la dévisageait. Elle lui rendit son regard. Le temps d'un soupir. De deux soupirs. Ce temps s'éternisa. On entendait la haie frissonner dans la brise et les insectes bourdonner.

Iseult savait ce qu'il lui restait à faire. Elle savait ce que Safi aurait fait à sa place. Ce qu'auraient fait Habim, Mathew, sa mère ou toute personne ayant un minimum de caractère. Pourquoi ne trouvait-elle pas les mots ?

Elle déglutit. Aeduan s'apprêtait à partir, il n'y avait plus rien à dire. Un instant plus tard, il relevait la petite fille.

– Tu veux marcher, petite Hulotte ? Sinon, je te porte…

Malgré le silence de la fille, Aeduan secoua la tête comme s'il avait lui-même vu le vert de la détermination scintiller dans les Filaments de Hulotte. Un signe qu'elle souhaitait marcher sur ses deux pieds.

Pivotant sur ses talons, Iseult sortit du massif de sureau. Elle sentait monter dans sa poitrine un tourbillon étrange, à la fois ardent et glacé, qu'à coup sûr Safi aurait su identifier.

Voilà pourquoi elle ne devait pas abandonner.

Elle entendit comme un froissement derrière elle. Hulotte s'extrayait du buisson. Puis vint Aeduan. Elle ne les regarda ni l'un ni l'autre. Elle ne pensait qu'au sud et au moyen de contourner les Voiles Rouges.

Tout à coup, Aeduan apparut à ses côtés sans qu'elle l'ait entendu approcher. Dans sa main tendue, une pointe de flèche.

Comme Iseult ne réagissait pas, il lui prit doucement le poignet pour déposer la pièce de fer dans sa main. Elle sentit alors contre sa peau la chaleur du métal et celle de ses doigts.

Il ne dit pas un mot. Iseult non plus. Elle se contenta d'examiner d'un œil presque distrait la pointe de fer qui brillait sous le soleil.

Le temps qu'elle se tourne vers lui, Aeduan s'éloignait déjà avec la gamine, traçant une percée dans la verdure frémissante. Iseult finit par retrouver sa voix.

– Aeduan.

Jamais encore elle n'avait prononcé son nom ; pourtant, il lui sembla familier.

Il se retourna. Ses traits fermés trahissaient cette fois… un soupçon de quelque chose. L'espoir, peut-être, songea Iseult, même si elle craignait de prendre ses désirs pour des réalités.

Aeduan n'était pas du genre à espérer.

– Les thalers sont à Lejna, expliqua-t-elle. Il y a un café sur les hauteurs. Dans la cave, j'ai découvert un coffre rempli de pièces. Je ne sais pas comment elles ont atterri là-bas, mais je suis tombée dessus. Et je les ai prises.

Aeduan se libéra d'un soupir. Il avait des questions à lui poser – comme l'indiquaient ses lèvres pincées, prêtes à articuler des mots.

Mais il choisit le silence et se mit en route.

Iseult l'imita. Elle marcha en direction de la rivière sans se retourner.

Merik s'agenouilla à côté de Cam. Vivia, Garren et les Neufs n'étaient plus la priorité. Cam, recroquevillée, serrait son ventre de sa main gauche. Le sang ruisselait.

– On va te faire soigner, dit Merik.

Il essaya de la soulever, mais elle résista en secouant la tête.

– Je suis désolé, chef, murmura-t-elle. Je ne m'attendais pas à ce que Garren…

– Arrête avec ça, Cam. Lève-toi, bon sang ! Il faut qu'on te fasse soigner.

L'ombre de Vivia se déploya sur eux.

– Pin's Keep. On y trouvera un guérisseur. C'est par là, dit-elle en pointant du doigt l'autre côté de la place.

– Allons-y.

Sans prêter attention à ses protestations, Merik glissa une main sous le dos de Cam pendant que Vivia se plaçait en face de lui.

Mais Cam, toujours aussi têtue, ne se laissait pas faire. Elle était blanche comme un linge et couverte de sang.

– Je peux très bien marcher, souffla-t-elle. Ça fait un mal de chien, mais je connais le meilleur chemin. Suivez-moi.

Et elle se mit à enjamber les corps ; Merik et Vivia se hâtèrent de la suivre.

C'est au moment où Cam les entraînait dans une rue latérale que Merik sentit un courant d'air froid charriant une odeur d'âtre. Comme un frimas qui attisa sa colère latente.

Il se tourna vers la rafale tout en sachant, dans sa tête et dans ses tripes, ce qu'il allait trouver – un mur d'ombre qui s'élevait au-dessus des immeubles. Qui plongeait dans les ténèbres la ville entière, l'ensemble de la caverne.

Le mur avançait dans leur direction.

– *Courez !* cria-t-il.

Il attrapa Cam par le bras et la força à accélérer le pas. Il leur fallait gagner Pin's Keep – ou toute autre destination –, mais surtout échapper à l'homme des ténèbres.

Personne ne protesta. Tout le monde se mit à courir.

À chaque pas, la poitrine de Merik se serrait davantage. Il avait le sentiment d'être un poisson au bout d'une ligne tirée dans la mauvaise direction. Immeuble après immeuble. Ne pas céder à la panique.

Au loin, une voix se mit à psalmodier.

Le chant, qui s'élevait dans les airs depuis le cœur de la ville, avait bercé l'enfance de Merik. Il faisait désormais partie de lui. Ces couplets, il les avait oubliés ou peut-être jamais entendus.

Ils plongèrent dans le noir complet.
Et si le cliquetis qu'ils entendaient
était le son de ses griffes ? Daret le craignait
mais Filip lui dit que non.

Cam faillit perdre l'équilibre. Le plat de sa main toujours sur son dos, Merik la retint.

– C'était quoi ? demanda Vivia.

Merik s'abstint de répondre. Il les invita à continuer d'avancer : le mur d'ombre les rattrapait.

Frère Filip se mit à nager plus vite,
oubliant son frère qui n'y voyait guère,
car il avait entendu parler d'un trésor :
la Reine Crabe aurait accumulé de l'or.

La voix émanait maintenant d'une rue adjacente. L'ombre, qui se faisait plus épaisse, n'allait pas tarder à engloutir Merik, Vivia et Cam qui se retrouveraient aveuglés, pris au piège.

La Reine Crabe évite les merlans.
Elle ne fait qu'amasser de l'argent,
croyait frère Filip. Si l'argent achète l'amour,
Il lui permettra de régner sur la Cour.

Ils arrivaient à un cul-de-sac. Un soupçon de vent caressa le visage de Merik. Une petite brise. Fraîche, vivifiante…

– Tournez à droite ! aboya-t-il.

Les deux filles obéirent.

La Reine Crabe régna très longtemps
car elle savait ce que voulaient les poissons :
le lustre de l'argent, devenir puissant,
et trouver l'amour, évidemment.

Encore deux rues, deux virages, et un autre courant d'air froid effleura Merik. Il allait leur ordonner de prendre à gauche quand il se rendit compte – avec horreur – qu'ils tournaient en rond : le mur de ténèbres s'élevait maintenant devant eux.

C'était un piège. La ligne dont il avait mordu l'appât menait à la Reine Crabe, et il endossait le rôle du frère idiot. Le vent qu'il poursuivait émanait de l'homme des ténèbres. Il s'arrêta et tira Cam vers lui.

– Stop, lâcha-t-il. Je me suis trompé de chemin.

Cam avait beau saigner, elle garda son calme.

– Par là, indiqua-t-elle en pointant le menton vers une autre artère.

Trente pas plus loin, ils atteignirent le mur le plus éloigné de la caverne, où les attendait une porte.

Juste à temps, car les ténèbres les suivaient de près, leurs tentacules étendus telle une promesse de mort. Pesante. Dévorante. Surnaturelle.

Vivia passa la première sous le porche, suivie de Merik et de Cam. Le tunnel de pierre monta en spirales serrées avant de déboucher tout à coup sur un torrent souterrain. Comme dans les Citernes, l'eau déferlait à une vitesse surhumaine. Vivia s'apprêtait à l'affronter quand Cam l'arrêta d'un cri.

– Attendez ! Les flots s'arrêtent tous les soixante soupirs, pendant dix soupirs ! Il suffit de savoir compter !

– Mais comment savoir combien de soupirs sont déjà passés ? Je vous rappelle qu'on a un monstre à nos trousses !

En réponse, le rire de l'homme des ténèbres suinta dans le tunnel.

– N'ayez pas peur de moi.

– Je n'ai pas peur, répondit Merik sans réfléchir.

Du reste, comment avait-il pu entendre cette voix dans le vacarme des flots ?

À ce moment précis, le torrent s'interrompit. Après une ultime salve blanche, un tunnel apparut dix pas plus loin, de l'autre côté des pierres mouillées.

Cam se mit à courir, imitée par Vivia.

Merik ne les suivit pas. Il fit une tentative, mais ses pieds paraissaient vissés au sol. Le premier pas lui demanda un effort considérable. Le deuxième aussi.

Trop tard. L'homme des ténèbres l'avait rattrapé.

Une onde noire déferla sur lui, comme dans la serre de Linday, mais dix fois plus puissante. Mille fois plus puissante. Rien à voir avec le filet de fumée d'une mèche qu'on pince ou la lueur discrète d'une flamme Firewitch. Le choc fut aussi soudain que radical. Une seconde avant, il voyait Cam et Vivia pénétrer dans le tunnel. La seconde d'après, il se retrouva plongé dans le noir. Il n'y avait plus ni haut ni bas. Où finissait son corps, où commençait l'ombre ? *Une éclipse.* L'illusion d'une lumière au cœur des ténèbres, une douleur sans plaie.

Il avança à l'aveugle, mais il n'y avait pas de mur pour le guider. Rien à quoi se raccrocher. Juste des paroles qui se déversaient dans son dos, tout près, telles des griffes le long de sa colonne.

– Cette chanson n'a rien de nubrevnien, tu sais. Ces frères idiots sont plus vieux que la ville. Le conte est né dans les montagnes. En ce temps-là, je ne portais pas le même nom. Je n'étais pas encore le saint que tu appelles « la Fureur ».

Un courant d'air effleura le visage de Merik. Il prit une grande inspiration pour attirer le flux vers lui. Pour en aspirer la magie. Il sentait maintenant le tunnel. Et les flots qui approchaient à sa droite. Il lui suffisait de fuir…

C'est dans cet espoir qu'il se mit à courir.

L'homme des ténèbres éclata de rire.

– Oh, frère filaire, tu n'aurais pas dû utiliser ta magie en ma présence.

À ces mots, Merik se crispa. *Frère filaire ?* Impossible.

Comme pour répondre à ses doutes, l'ombre se dissipa. La lumière qui émanait des champignons luminescents avant d'être masquée par l'ouragan réapparut. Elle recouvrait la moindre parcelle du tunnel et se reflétait dans le torrent qui dévalait vers lui.

Les flots l'emporteraient dans un instant. Il ferait mieux de fuir. De s'envoler.

Mais il resta sur place. Il regarda les noirs tentacules s'assembler les uns aux autres pour former la silhouette de l'homme qui s'avançait vers lui. Un homme de haute stature, large d'épaules, aux cheveux couleur de cendre… Des fumées d'ombre dansaient encore sur sa peau, léchaient les membres, tandis qu'une neige charbonneuse virevoltait autour de son crâne.

Kullen esquissa un sourire. Un sourire familier qui le bouleversa.

– Bonjour, mon ami, dit-il. Je t'ai manqué ?

À l'instant précis où Merik se demandait s'il rêvait, le torrent l'emporta.

TRENTE-DEUX

Comment en étaient-ils arrivés là ? Cette fille, Cam, qui crie à Merik de s'enfuir sous le regard absent de Vivia… Merik emporté par les ténèbres et les flots…

Et pourtant, voilà où ils en étaient. S'il fallait continuer d'avancer, c'était maintenant ou jamais.

– Va à Pin's Keep, ordonna Vivia à la fille. Va chercher de l'aide, et empêche les soldats d'entrer dans les souterrains.

Sur ces mots, Vivia se jeta dans le torrent.

Les flots l'engloutirent. Ils lui volèrent la vue, l'ouïe, le toucher. Une amie. Une mère. Une entité. L'eau était tout cela pour Vivia, qui s'offrit à elle.

Elle sentit la présence de Merik dans les ténèbres, dans le poids de ces vagues souterraines qui tournoyaient et tourbillonnaient. *Plus loin.* Son frère était plus loin. Il était projeté vers un embranchement, entraîné vers la droite.

Vivia, créature dotée de vitesse et de pouvoir, accéléra. Elle utilisa sa magie et ses instincts pour rattraper Merik. Pour aller plus vite que ce courant délirant.

Elle était un requin à cheval sur un raz-de-marée, un renard de mer à l'affût d'une proie.

À l'embranchement, elle prit à droite. Ses poumons lui brûlaient, mais cette sensation ne lui était pas inconnue. Elle l'accueillait avec plaisir. L'eau était un tyran pour les autres, pas pour elle.

Elle entra en collision avec Merik et l'entoura aussitôt de ses bras. S'il restait le moindre souffle d'air dans son corps, elle venait de l'expulser.

Mais il était conscient – merci Noden – et il s'agrippa à elle. Elle allait prendre les rênes. Elle utiliserait la violence et l'écume pour les propulser tous les deux.

Devant eux, le tunnel devait s'élargir. Elle sentait au-dessus des vagues un appel d'air.

Elle les poussa vers la surface. Ils avalèrent une goulée d'oxygène. Elle sentit les poumons de Merik crépiter contre ses bras.

Puis elle les entraîna vers le fond avant que le tunnel ne rétrécisse à nouveau.

Elle accéléra l'allure. Merik se laissait faire. Tant mieux ! D'instinct, il étira son corps pour gagner en vitesse. Un réflexe de Windwitch, sans doute.

Elle lui avait toujours envié cette facilité à s'adapter. Sauf que dans la situation présente rien n'était facile.

Un nouvel embranchement. Cette fois, Vivia fonça vers la gauche. Au tumulte de l'eau, elle comprit qu'ils arrivaient à un palier.

Ils devraient s'en contenter.

Elle resserra son étreinte sur son frère, qui s'agrippa plus fort à elle, comme s'il savait que la suite ne serait pas une partie de plaisir.

La marée, pensa-t-elle. *Une marée qui nous porte.* Elle imaginait la puissance dévastatrice d'un contre-courant. Sous elle, derrière elle.

C'est alors que l'eau se manifesta. Elle se glissa sous ses pieds, s'empara de ses bottes avant de les lancer vers la surface. Le courant les frappait de toute sa rage. Il se battait pour les faire couler.

– Vers le haut ! cria Vivia dans sa tête, par le biais de sa magie.

La marée finit par obéir.

Ils remontèrent vers la surface, vers un plafond que Vivia sentait trop bas. Mais ralentir, c'était peut-être rater l'occasion de s'extraire des rapides.

La tête.

Le corps.

Les pieds.

Vivia et Merik s'extirpèrent de l'eau encore arrimés l'un à l'autre. L'eau finit par les lâcher, et ils s'échouèrent sur la rive de calcaire.

Vivia se mit debout. Elle savait où elle était : elle sentait la pierre saturée d'humidité, les parois détrempées. Elle sentait où les flots avaient pénétré dans d'autres tunnels, dévalé d'autres cages d'escalier, et quels passages restaient praticables. En toute sécurité.

Ils se trouvaient devant l'éboulement et, sous les embruns, elle reconnut ce passage qu'elle avait creusé dans la roche.

Au moment d'aider Merik à se relever, elle sentit qu'il forçait sur ses muscles. Une fois debout, il s'appuya tant bien que mal sur son épaule. Vivia choisit de suivre la brume pour se guider. Tandis qu'ils luttaient pour remonter vers la surface, elle avait ressenti l'envie de lui dire mille choses. Elle avait mille questions à lui poser, mille excuses à lui présenter, mille critiques à lui faire en tant que grande sœur un peu sévère. Pourtant, telle l'eau infiltrée profondément dans le plateau, tous ces mots qu'elle brûlait de lui dire n'arrivaient pas à s'écouler.

Au final, elle garda le silence.

Merik était en vie. Comment et pourquoi ? Elle n'en avait aucune idée. Mais il était en vie, et pour une fois dans son existence – ce jour-là et pas un autre – elle se dit qu'elle avait fait les bons choix. Qu'elle pouvait poursuivre son chemin sans regrets.

Iseult était à deux pas du fleuve quand elle tomba sur le premier cadavre.

Ce n'était pas un vieux squelette hérité d'une guerre ancienne, mais le corps encore frais d'un jeune homme.

Elle venait de contourner un chêne tombé à terre. Dans ses racines déterrées bourdonnaient des nuées d'abeilles, ce qui paralysait tous ses sens. Voilà pourquoi elle ne s'attendait pas à tomber sur un cadavre.

Avachi de l'autre côté du tronc, le corps à la peau mate n'avait pas encore gonflé. La mort était récente : même si des mouches vrombissaient autour de sa gorge lacérée, les asticots n'y grouillaient pas encore.

Des buses et des corbeaux tournoyaient dans le ciel, annonçant la présence d'autres morts sur les berges.

Elle s'agenouilla auprès de l'homme… ou plutôt du garçon. Il n'était guère plus âgé qu'elle. Malgré le défilé des mouches sur la cornée, ses yeux vitreux regardaient droit devant. Un serpent doré ornait sa ceinture – le symbole des Bornyes, selon Aeduan. Pourtant, il ne ressemblait en rien aux pirates qu'Iseult et le Bloodwitch avaient espionnés du haut de la falaise. Ce garçon ne portait pas de sabre, juste une longue-vue et des couteaux.

Un éclaireur. Iseult allait devoir se montrer prudente. Elle rentra la main dans sa manche afin de fermer les yeux du cadavre. Non à cause de la Mère Lune, qui exigeait que les morts « dorment » avant d'entrer dans son royaume, ni parce que Filou était censé se loger dans les corps abandonnés en pleine forêt.

Iseult tenait à fermer les yeux du garçon parce qu'elle ne pouvait pas supporter de voir les mouches s'y affairer. De son doigt protégé par le tissu, elle referma sa paupière gauche.

Puis elle passa à l'œil droit et, alors que la paupière glissait sur la cornée, des Filaments envahirent son champ de vision. Des Filaments d'un violet affamé, d'un rouge furieux qui dansaient à la périphérie de sa magie qu'ils enrobaient comme un ourlet effiloché. Des Filaments où le bleu de la détermination se mêlait au vert de la menace.

Iseult se redressa aussitôt, et pour la première fois depuis qu'elle avait découvert le corps, elle prit conscience de ce que la situation impliquait. Un éclaireur en ces temps d'alliance instable. Sa mort sonnait-elle le glas de cette paix fragile ?

Peu importe, décida-t-elle. Car même si les Bornyes et les Voiles Rouges entraient en conflit, Iseult ne changerait pas son programme. Au mieux, elle s'efforcerait de hâter le pas.

Elle s'écarta du corps pour rejoindre la rivière. Fuyant les Filaments qui la pourchassaient, elle accéléra la cadence tout en se montrant moins méfiante. Personne ne la suivait, elle en était certaine. Et effacer ses traces prendrait trop de temps.

Sa magie perçut d'autres Filaments, qui cette fois venaient du fleuve. Des bateaux qu'elle avait dépassés sur le trajet.

Le feuillage s'éclaircit. À la plaine inondable succéda un rivage spongieux percé de racines. Des navires, des soldats, des Filaments. Trois galions massifs, six bateaux plus petits – sans compter ceux qui avaient pris de l'avance et naviguaient au-delà du méandre. L'air était chargé d'une électricité qui faisait frémir la trame du monde.

Iseult reconnaissait ces secousses, quoiqu'elle ne les ait jamais vues ni ressenties à une si vaste échelle.

Les Filaments qui unissent étaient en train de se rompre.

Elle se mit aussitôt à courir. Ses chevilles se tordaient, ses genoux craquaient, mais il fallait absolument qu'elle rattrape ces navires, ces armées et ces oiseaux qui tournoyaient avant que le monde ne s'écroule autour d'elle. Avant que les Filaments qui liaient les Bornyes aux Voiles Rouges ne se brisent.

Elle ne s'attendait pas à trouver d'autres cadavres sur son chemin. En fait, elle avait complètement oublié les buses et les corbeaux. Son monde se réduisait à ses pieds, son itinéraire et sa vitesse.

La stase s'imposait avec tellement de naturel lorsqu'elle avait un projet. Lorsqu'elle faisait autre chose que sauver sa peau. Malheureusement, son plan laissait à désirer – elle s'en rendit compte en trébuchant sur un autre cadavre qu'elle avait pris pour une racine au milieu de l'herbe verte. Elle avait sauté par-dessus… et planté son talon dans ses côtes.

Iseult s'étala de tout son long. Ses mains atterrirent sur un troisième corps – au niveau de la jambe – et son crâne manqua de peu la tête d'un quatrième homme.

Des mouches tapaient contre sa bouche. Un corbeau croassa au-dessus de sa tête.

Avant qu'elle puisse se relever, les Filaments qu'elle avait perçus un peu plus tôt – agressifs, mauvais – se manifestèrent à nouveau. Ils se dirigeaient vers le rivage et la rejoindraient bientôt.

Elle tenta de se redresser en enfonçant ses doigts dans la chair morte. Assez fraîche pour résister à la pression, mais déjà dure, rigide.

Morte, morte, morte.

Une fois debout, elle chercha une cachette. En vain. Il n'y avait autour d'elle aucun rocher pour l'abriter, aucune branche assez basse pour lui permettre de grimper.

Elle jeta un coup d'œil nerveux du côté de la rivière. Une chaloupe approchait, remplie à craquer d'hommes aux Filaments violents.

Aucun moyen de fuir. Pas le temps de réfléchir. Pourtant, elle ne céda pas à la panique. Elle ne se désola pas de l'absence de Safi, qui leur aurait sauvé la mise. Elle resta concentrée, aux aguets.

De ta main droite, donne au public ce qu'il s'attend à voir.

Dans une forêt parsemée de cadavres, la solution s'imposait. Elle se jeta par terre, glissa son corps entre les jambes d'un cadavre et fit la morte.

Ses yeux se fermèrent au moment précis où les Voiles Rouges accostaient.

TRENTE-TROIS

AEDUAN DÉAMBULAIT PARMI LES CHÊNES des Terres Contestées. Sans la pointe de flèche dans sa poche, il se sentait plus léger. Il s'était vraiment habitué à ce poids contre sa cuisse. À sa présence métallique.

Mais il ne l'avait plus. C'était ainsi. Inutile de s'attarder. La priorité ? Continuer à avancer.

Ses muscles lui démangeaient. Ses doigts se dépliaient et se repliaient au rythme de ses pas, et à chaque fois que Hulotte trébuchait, il ravalait sa frustration.

La fillette n'y pouvait rien si elle était petite et fragile. Si elle exigeait une attention constante. Son corps était faible et elle marchait à petits pas. Elle contemplait d'un œil méfiant tout ce qui n'était pas le visage d'Aeduan.

À chaque petite côte qu'il grimpait aisément, elle devait se courber, s'agripper, examiner le sol avant d'y poser le pied.

Il n'avait pas le choix. C'était le chemin qu'il avait choisi et celui-ci menait vers le nord d'où il était parti avec la Threadwitch. Il se demandait si les odeurs des vêtements de Hulotte ne le conduiraient pas jusqu'à la tribu nomatsie qui avait tendu le fameux piège à ours. Mais tout comme celle de la Truthwitch, les odeurs de sang de la tribu venaient de loin. Il y en avait pour une semaine de voyage ; peut-être davantage si Hulotte n'avançait pas plus vite.

Et tant pis si ce n'était pas la bonne direction pour ses thalers.

Curieusement, il ne se souciait pas vraiment de son argent. Il pensait davantage à la personne qui les avait dérobées qu'aux pièces elles-mêmes. Il aurait bien aimé savoir comment elles avaient atterri à Lejna. Comment l'homme ou la femme qui sentait les lacs limpides et les hivers gelés avait mis la main sur son bien. Dès qu'il aurait mis Hulotte à l'abri, il chercherait des réponses à ces questions.

À cette idée, ses muscles se tendirent. Il avait envie de courir. De se battre. Il connaissait bien cette sensation pour l'avoir éprouvée à de nombreuses reprises, à chaque fois que sœur Evrane le réprimandait et à chaque fois que Yotiluzzi, le maître de guilde, lui faisait cours. La muraille qui s'élevait autour de son cœur le poussait à enfoncer ses talons plus profondément dans le sol.

Hulotte, dont il broyait la main, se mit à pleurnicher.

Aeduan s'arrêta aussitôt. Il était en train de la traîner. Parce qu'il était un démon, et que les démons se comportaient ainsi. Il croisa son regard noyé de chagrin.

– Je suis désolé.

Il n'avait toutefois pas besoin de s'excuser ; elle lui faisait confiance. Pourquoi donc son père avait-il fait enlever cette enfant ? Il ne comprenait pas. Après tout ce qu'ils avaient vécu… pourquoi ?

Aeduan fixait toujours ses yeux rougis quand un coup de canon retentit au loin. Vers le sud. Là où la Threadwitch devait se trouver désormais.

Par réflexe, il inspira à fond. Son pouvoir s'étendit et sa sorcellerie se jeta sur l'odeur du thaler d'argent qui pendait à son cou.

Oui, elle se trouvait au sud. *Vite,* pensa-t-il, car la violence semblait maintenant se déchaîner. Comme toujours dans les Terres Contestées.

Aeduan laissait sa magie refluer, se rembobiner comme une ficelle, lorsqu'une nuée d'odeurs le submergea. Des centaines de sangs différents venus du nord se dirigeaient vers lui. À pied ou à cheval, à travers la forêt.

Il devait s'agir des bataillons de Bornyes qu'il avait croisés la veille. Sans doute contraints de faire demi-tour, ils étaient en train de traverser la gorge constellée de colonnes, direction le sud.

Aeduan s'arrêta. En plein milieu des bois, Hulotte à son bras. Les hommes à cheval n'allaient pas tarder... Il renifla, laissant sa magie s'étendre et atteindre sa cible.

Il en venait aussi de l'autre côté, comme Iseult et lui avaient pu le constater depuis les ruines le matin même. Les deux groupes allaient bientôt se rencontrer.

Aeduan jeta un coup d'œil à Hulotte qui l'observait en silence. Comme d'habitude.

– On va devoir courir, petite sœur. Je vais te porter. Tu es d'accord ?

Elle hocha la tête et il s'agenouilla.

– Grimpe sur mon dos.

Elle obéit et il se mit à courir.

Safi comptait bien suivre les bardes de l'Enfer et la flotte cartorréenne. Selon toute logique, la prochaine étape serait donc de quitter l'arène.

Mais les dieux semblaient avoir autre chose en tête. Car en suivant au pas de course Vaness et les autres, elle tomba sur une connaissance.

Elle l'aperçut du coin de l'œil et ne le reconnut pas immédiatement. C'est en voyant sa mâchoire carrée qu'elle eut le vague sentiment de l'avoir déjà croisé. Arrivée au tunnel, les mots « Sale racaille » lui revinrent en mémoire.

Les Nubrevniens.

Plus précisément, les marins du *Jana*. L'ancien équipage de Merik.

Elle freina aussitôt des quatre fers avant de courir dans l'autre sens, l'eau giclant à chacun de ses pas. En dix enjambées, elle avait rejoint la cellule de l'homme.

Les esclaves faisaient encore plus de raffut désormais. Ils donnaient des coups dans les barreaux et envoyaient valser l'eau. *Libérez-nous, libérez-nous !*

– Toi ! hurla Safi en nubrevnien.

Elle avança vers l'homme à la mâchoire carrée, qui demeura impassible.

– Comment as-tu atterri ici ?

Comme il ne répondait pas, elle vint se coller aux barreaux.

– *Comment as-tu atterri ici ?* répéta-t-elle.

Mais l'homme gardait le silence. Un garçon torse nu aux cheveux nattés se glissa à ses côtés.

– On appartient aux Renards, madame. On vient de Lovats.

Safi n'était pas plus avancée.

– Vous ne faites pas partie de l'équipage du prince Merik ?

– Non, dit un autre marin. On travaille pour la princesse Vivia. On avait pour mission de trouver de la nourriture, des céréales et du gibier – tout ce qu'on pourrait rapporter à la population.

Sa veste bleu marine et son col blanc de sorcier indiquaient son grade d'officier.

– La Nubrevna a recours à la piraterie ? demanda Vaness.

Safi fut surprise par l'intervention de l'impératrice, qu'elle n'avait pas sentie approcher.

– Hye, répondit l'officier. Mais on n'a pas réussi. Notre navire a été pris par les Bornyes il y a deux jours. Et nous, l'équipage, on a été vendus à l'arène.

– Le pire, compléta le jeune homme en criant pour se faire entendre, c'est qu'ils ont rempli notre bateau de feu de mer. Il navigue vers Lovats en ce moment même. Ça va être le massacre !

Safi ouvrit des yeux horrifiés. L'impératrice de Fer en personne parut ébranlée.

– Aidez-nous, supplia l'officier en regardant tour à tour Safi et Vaness. Je vous en prie. Il suffit de libérer notre Voicewitch, qui préviendra la capitale.

– S'il vous plaît, insista le garçon aux tresses. Les pirates ont tué notre prince, et ils s'apprêtent à tuer nos familles.

Tandis qu'il prononçait ces mots vibrants de vérité, une troisième silhouette sortit des rangs.

Une femme avec un collier de bois. La Voicewitch.

Safi la remarqua à peine. *Les pirates ont tué notre prince.* Une formule simple, mais explosive.

– Le prince Merik est mort ? répéta Safi.

Comme le garçon ne l'entendait pas, elle s'approcha de lui avant de répéter sa question, en hurlant cette fois.

– *Le prince Merik est mort ?*

– Le *Jana* a explosé, confirma le jeune homme en reculant. À cause du feu de mer.

– Tout comme mon navire, dit Vaness en se tournant vers Safi.

Sa voix ne trahissait pas la surprise. On aurait dit qu'elle était déjà au courant. *Le message qu'elle a reçu sur le navire de guerre.* C'est à ce moment-là qu'elle avait dû apprendre le décès de Merik.

Safi préféra ne pas confronter Vaness pour le moment. À quoi bon ? Elle attrapa sa pierre filaire.

Merik Nihar était mort.

J'ai peur de ne jamais te revoir. Voilà les dernières paroles qu'elle lui avait adressées. Mais, corne de bouc ! Elle ne le pensait pas vraiment. Elle avait juste cherché à mettre en mots le nœud qui lui avait tordu les tripes au premier contact de leurs lèvres. Ce n'était pas censé être une prophétie ! Elle ne croyait pas à la mort de Merik Nihar. Impossible.

Un clic frémit dans l'air. Le collier qui entravait la Voicewitch se détacha et, aussitôt, la femme recula d'un pas. Ses yeux se teintèrent de rose, signe qu'elle se connectait aux Filaments des Voicewitchs. Elle se mit à remuer les lèvres.

Les prisonniers s'agitaient de plus en plus.

– Pourquoi les Bornyes attaquent-ils Lovats ? demanda Safi à l'officier.

L'homme haussa les épaules d'un air impuissant. Soit il ne l'entendait pas, soit il ne connaissait pas la réponse.

– Pour nous affaiblir, intervint l'homme à la mâchoire carrée. Les Bornyes et les Voiles Rouges sont en train de sillonner les Terres Contestées, et les armées rebelles de Ragnor se regroupent dans les Sirmayennes. Une fois Lovats engloutie, rien ne les empêchera de s'emparer de toute la Nubrevna.

– Comment le savez-vous ? demanda Vaness.

– C'est ce que disaient les hommes qui nous ont capturés.

– Moi aussi, j'ai entendu ça, confirma le garçon. Ils vont tuer tous ceux qui nous sont chers et détruire nos maisons. Sans se poser de questions.

Pour appuyer ses dires, il se mit à secouer les barreaux. Ceux-ci se mirent à fondre et, sous ses doigts, ils s'écartèrent assez pour le laisser passer.

Stupéfait, le prisonnier recula. Tous les regards se tournèrent d'abord vers Safi, puis vers Vaness, mais l'Ironwitch ne laissait rien paraître.

– Préviens ton peuple ! ordonna-t-elle d'une voix impérieuse. Et bloquez le roi des Rebelles.

Elle s'apprêtait à quitter les lieux quand Safi l'apostropha.

– Attendez ! Il faut les délivrer !

Vaness fit la sourde oreille. Chez les esclaves, l'agitation était à son comble.

– Je vous en supplie ! insista Safi en se précipitant vers elle. Les deux factions pirates ont débarqué à l'occasion du Massacre de Baile, Impératrice ! Ils ne vont pas reprendre la mer avant demain. On pourrait mettre à sac cette prison.

Vaness ne ralentissait pas l'allure. Dans quelques pas, elle arriverait à l'arche. À la sortie.

– Pensez à vos Vipères !

À ces mots, l'impératrice se figea. Elle finit par se retourner, le visage impassible. Une statue de fer. Elle leva la main droite comme pour inviter Safi à danser. Puis sa magie prit corps, puissante, brûlante, et des centaines de serrures se mirent à grincer. Portes, menottes et colliers s'ouvrirent d'un seul coup.

En un clin d'œil, la fameuse arène aux esclaves, où sorciers et guerriers se battaient pour de l'argent, hébergea un nouveau type de combat : une lutte pour la survie.

Le Massacre de Baile avait commencé.

TRENTE-QUATRE

Bonjour, mon ami. Bonjour, mon ami. Merik grimpait derrière Vivia au rythme de ces mots. Seuls leurs souffles rauques et le fracas irrégulier des vagues au loin perturbaient le silence. La lueur verte des champignons luminescents éclairait leur chemin.

Bonjour, mon ami.

Merik fit une pause. Le gravier crissait sous ses pieds. Il secoua vigoureusement la tête, envoyant des gouttes d'eau s'écraser sur la pierre.

Vivia jeta un coup d'œil en arrière. Des mèches de cheveux mouillées lui collaient au front.

– Tu es blessé… Merry ?

C'étaient les premiers mots qu'elle lui adressait depuis qu'elle l'avait sauvé de la noyade.

Il garda le silence. Il n'y avait rien à dire.

Bonjour, mon ami.

Son frère filaire avait clivé sous ses yeux à Lejna. Il avait vu Kullen se consumer avant de s'envoler pour mourir en solitaire. Personne ne survivait à ça. Il était impossible de ressusciter.

Et pourtant… ils avaient réussi. Garren Leeri, Serrit Linday…

Merik gesticula à nouveau. Plus fort, cette fois. Comme pris de frénésie. *Des pattes !* Il avait l'impression que des pattes gambadaient sur son corps. Il se gratta le crâne, le cou. Il sentait quelque chose ramper sur sa peau. Les ombres prêtes à l'envahir, les ténèbres qui l'habitaient…

Vivia lui frappa l'épaule.

Il se retourna, les poings levés.

– Une araignée, lâcha-t-elle. Il y avait une araignée sur ton épaule.

Elle montra du doigt la bestiole velue qui grimpait maintenant sur le mur.

Merik resta un moment à contempler la créature. Son cœur cognait dans sa poitrine comme un bélier contre un portail à enfoncer. *Les ombres. Les ténèbres. Les araignées.* Rien de tout cela n'avait été réel. Évidemment.

Il se força à faire un petit signe de tête à sa sœur pour qu'elle se remette en route. Hésitante, celle-ci ouvrit la bouche comme pour parler, mais sans trouver les mots. Elle se racla la gorge avant de poursuivre son chemin.

Au bout du tunnel, Vivia grimpa une échelle de corde. Un faisceau de lumière plongeante invita Merik à lever les yeux vers une ouverture carrée située au-dessus de leurs têtes. Avec le soleil s'infiltrait un air frais, un carburant parfait pour le feu brûlant de la colère qui couvait en lui depuis plusieurs jours.

Merik l'accueillit à bras ouverts. Il le laissa onduler sur lui comme le tonnerre avant l'orage. Même s'il avait en lui une part de ténèbres, il pouvait y échapper en ce moment même.

Il s'éleva, porté par ses vents, et finit par atteindre la lumière du jour. Sorti du tunnel, il se retrouva entouré de haies et de lierre.

Les feuilles bruissaient, les branches fouettaient l'air gris. Le vent né de sa magie se mêla à celui de la tempête qui obscurcissait l'horizon. Merik survola la végétation avant de se poser au bord d'un étang que les bourrasques de sa magie piquèrent d'éclaboussures.

Le jardin de sa mère. Voilà des années qu'il ne s'y était pas promené. Mal entretenu, il était envahi par la végétation, le saule pleureur ne cessait de plonger ses branches dans l'étang.

– Merry, tu es blessé, dit Vivia.

Elle se tenait droite dans l'encadrement du portail, à côté du banc de marbre. Malgré le vent qui agitait les plantes, son uniforme trempé remuait à peine.

Avait-il vraiment sa sœur en face de lui ? Merik, en l'observant de près, ne vit nulle trace d'arrogance, de condescendance, d'assurance ou de ce tempérament Nihar plein de suffisance.

En réalité, Merik voyait… sa mère.

Encore un mensonge. Un tour de magie. De même, il était impossible qu'il ait vu Kullen dans la caverne.

– Au ventre et à la jambe, précisa Vivia.

Merik contempla, à travers les trous dans sa chemise et dans ses braies, les taches de sang noirci. Il avait été touché par des flèches à *L'Homme Clivé* – il s'en souvenait maintenant. Il pressa ses doigts contre les blessures sans provoquer aucune douleur. La peau avait déjà cicatrisé.

– Ce n'est rien, finit-il par répondre en laissant retomber ses mains. Mais Cam… J'ai besoin de…

Merik laissa sa phrase en suspens. De quoi avait-il besoin, au juste ? Il se sentait déboussolé. Perdu. Noyé dans les vagues.

Plus longue sera la chute pour les âmes pures.

Depuis des semaines, il cherchait la preuve que sa sœur l'avait tué. Depuis des semaines, il rêvait d'établir une fois pour toutes que son approche de l'autorité n'était pas la bonne – contrairement à la sienne.

C'était la vérité, non ? Il avait vu ce qu'il avait envie de voir, même si dans les tréfonds de son âme, il savait que Vivia n'avait rien d'une ennemie. Elle lui servait juste de bouc émissaire pour ses propres erreurs.

L'ennemi, c'était lui.

– Ton amie ? dit Vivia, le ramenant ainsi au moment présent. La fille ? Je l'ai envoyée à Pin's Keep. On peut la rejoindre, mais il faut d'abord que j'informe l'Armée royale de ce qui se passe sous nos pieds et…

Elle s'interrompit en pleine phrase et se tourna vers le portail. Vers la ville.

Merik perçut alors lui aussi les battements du tambour à vent perdus dans la tempête noire qui grondait au-dessus de leur tête. Au cœur de l'orage jaillissaient des éclairs.

Un deuxième tambour fit écho au premier, rejoint par un troisième… L'un après l'autre, une centaine de tambours à vent se mirent à marteler le ciel de Lovats. Plus fort que les vents, plus fort que la folie.

Attaque au quai nord, scandaient-ils. *Appel à toutes les forces armées ! Attaque au quai nord.*

Merik ne prit pas le temps de réfléchir. Convoquant sa magie – un vent capable de les porter haut et loin –, il souleva les pieds de sa sœur et les siens.

Ils s'envolèrent ensemble vers le quai nord. Les jardins rétrécirent pour laisser place à des terres saturées d'humains. Les rues de Lovats charriaient elles aussi des passants, tels des ruisselets creusés dans le sable par la marée descendante.

Tout le monde courait dans la même direction. Loin du quai nord, loin des panaches de cette fumée noire, étouffante, trafiquée qui balayait le port et en noyait chaque détail. Loin du nuage qui consumait tout sur son passage.

Une fois plus près de la ville, le prince distingua les flammes noires dotées d'un étincelant noyau blanc qui la dévoraient.

Le feu de mer.

Merik avait entendu parler de flottes entières réduites en cendres alors qu'elles flottaient sur la mousse des vagues. Le feu de mer consumait tout sur son passage ; l'eau ne faisait que le propager. Son propre navire y avait succombé – lui-même y avait succombé – et d'autres navires en étaient désormais la proie. Ainsi que les docks et les bâtiments qui longeaient le quai.

Si l'orage qui grondait au-dessus de leurs têtes finissait par éclater, personne ne pourrait empêcher l'incendie de ravager la ville entière.

Il chercha à percer des yeux le chaos et la fumée pour voir où chargeait l'Armée royale. Il vola plus bas, imité par Vivia. Et encore plus bas, jusqu'à distinguer le barrage érigé au bout de Hawk's Way. Un amas de pierre et de sable qui s'élevait haut, toujours plus haut jusqu'à bloquer la rivière. Et les rues.

Ce qui permettait de contenir le feu de mer.

Merik se dirigeait vers le barrage quand un frisson familier lui parcourut l'échine. Comme une laisse sur laquelle on tire. Un fil qu'on enroule au plus près de la bobine.

Il ralentit l'allure avant de jeter un coup d'œil en arrière vers l'œil du cyclone. Vers les ténèbres qui rampaient sur la ville.

L'homme des ténèbres.

– Que se passe-t-il ? cria Vivia dans le tumulte des vents.

Son uniforme, désormais sec, claquait dans l'air et ses cheveux volaient dans tous les sens. Secouée par la tempête, elle faisait de grands gestes.

– C'est l'homme des ténèbres, répondit son frère.

Il n'eut pas besoin de crier, cette fois : Vivia avait déjà vu, elle avait compris.

Elle ne protesta pas quand Merik les fit voler plus bas – et plus vite, plus vite, pourfendant la fumée – avant de la déposer au pied du barrage.

Elle ne protesta pas non plus en le voyant repartir vers les toits sur un tapis d'air aussi épais que brûlant.

La pluie se mit à tomber.

Vivia fut projetée à terre. Le choc se répercuta dans ses talons, ses chevilles et ses genoux. Elle faillit tomber, mais des soldats la rattrapèrent avant de l'aider à se remettre d'aplomb. Puis ils la conduisirent à leur supérieur.

Le vizeur Sotar.

Le père de Stix, qui dépassait d'une tête tous les hommes, hurlait les consignes aux officiers Windwitchs alignés le long du barrage.

– Il faut garder les pierres au sec ! Tenir la fumée à distance !

Dès qu'il aperçut Vivia, il accourut. La pluie saturée de fumée coulait en ruisseaux sur ses joues.

– Dites-moi où on en est, ordonna-t-elle.

Autour d'eux, soldats et civils charriaient des pierres et des briques pour le barrage. Ils charriaient aussi des corps. Certains, encore en vie, poussaient des cris, mais la plupart étaient carbonisés.

– Saldonique a informé nos Voicewitchs qu'un navire chargé de Bornyes et de feu de mer approchait. Nous avons aussitôt bloqué tout le trafic fluvial, mais il était trop tard, cria Sotar en montrant l'estuaire. Le navire avait déjà accosté, et quand nous avons voulu monter à bord pour une perquisition, un tuyau s'est mis à déverser du feu de mer.

– Quel navire ? demanda Vivia. Comment a-t-il pu passer les Sentinelles ?

Elle devait forcer sur sa voix, d'autant qu'elle se couvrait le nez et la bouche pour se protéger de la fumée.

– C'est l'un de nos navires, Votre Altesse ! Un navire de guerre à deux mâts que vous avez vous-même autorisé.

– Moi, je l'ai autorisé ? protesta Vivia. Je n'ai jamais...

Si. En effet. Un navire renard à deux mâts. Un navire renard qui avait disparu sur la côte de Saldonique.

– Il navigue maintenant sur le pont-canal ! continua Sotar. A priori, il se dirige vers le barrage, mais on n'a pas pu le bloquer ! Aucun des Windwitchs qu'on nous a envoyés n'est revenu.

Vivia hocha la tête en silence. La pluie, la fumée, la chaleur et le bruit – tous ces éléments combinés formaient un bourdonnement continu.

Pas de regrets, décida-t-elle. *Continue d'avancer.* Il devait bien y avoir une solution. Un moyen de bloquer ce navire avant qu'il n'atteigne l'autre barrage. Néanmoins...

L'espace d'un instant brumeux, le monde qui l'entourait se réduisit aux contours vagues d'une ville suffoquant sous l'assaut de flammes noires. Elle se voûta. Les pavés de Hawk's Way vacillèrent sous ses yeux.

Bien sûr qu'elle avait des regrets... Des milliers de regrets dont le poids l'empêchait d'avancer. Elle avait la sensation d'être un bateau inapte à naviguer parce que son ancre – ses *milliers* d'ancres – l'arrimait aux fonds marins.

– Votre Altesse !

Sotar essayait de la redresser mais elle n'entendait pas. Elle s'en moquait.

Depuis la mort de sa mère, Vivia tentait de donner le change. Elle n'avait cessé de porter des masques dans l'espoir que l'un d'eux ferait illusion. Que l'un d'eux compenserait le vide qu'elle ressentait dans sa poitrine.

En réalité, les regrets s'étaient accumulés, rassemblés, développés. Ils avaient alimenté ce vide jusqu'à le rendre insurmontable.

Et maintenant… Voilà ce qu'elle avait provoqué. Cette conflagration, ces morts – c'était sa faute. C'était elle, Vivia Nihar, qui avait créé les Renards. C'était elle qui, en dérobant des armes, avait poussé sa flotte à se sentir invincible.

Puis elle avait laissé son frère face à la mort. Il était temps qu'elle affronte la vérité en même temps que les flammes.

– Allez chercher un guérisseur pour Son Altesse ! cria Sotar.

Il tenta à nouveau de la redresser, mais Vivia résistait, pétrifiée.

C'est alors qu'elle l'entendit s'exclamer :

– On a déjà perdu le prince Merik ! On ne peut pas perdre aussi la princesse. Mettez-la à l'abri !

Le prince Merik. Ce nom s'infiltra dans sa conscience avant de s'installer dans son cœur, paralysant au passage tous ses muscles. Non, ils n'avaient pas perdu le prince Merik. Non, Vivia n'avait pas perdu son frère.

Quand on avait de l'authentique sang Nihar dans les veines, on restait en vie, à se battre ; Merik n'était pas non plus du genre à rester assis, personne ne soutiendrait le contraire. Sur ce point, Vivia ressemblait en effet à son père. Et à son frère.

Voilà la vérité, voilà qui elle était. D'un côté, Vivia avait la force de son père, son énergie. De l'autre, elle éprouvait de la compassion et un profond amour pour la Nubrevna, comme sa mère.

Maintenant que cette certitude était ancrée dans son cœur, elle sut quoi faire. Il était temps qu'elle devienne celle qu'elle était censée être depuis le début.

Elle se redressa, se libéra de l'étreinte de Sotar et une seconde plus tard elle fonçait vers le barrage terrestre. Il y avait un petit espace entre les pierres du côté gauche ; elle pourrait s'y faufiler. Elle atteindrait le quai et rejoindrait le navire avant que le feu de mer ne continue à se propager.

Sotar lui cria de s'arrêter.

– Le feu va vous tuer !

En effet. Vivia savait que la mort l'attendait sur le pont-canal. Ces flammes d'un noir surnaturel lui lécheraient la peau avant de la dévorer tout entière.

Mais elle savait aussi qu'elle ne pouvait pas abandonner à la mort des milliers d'hommes et de femmes – son peuple. Si l'autre barrage cédait, le feu de mer s'étendrait. La ville commencerait par brûler avant de finir noyée.

Arrivée sur le quai, elle se jeta la tête la première dans les flots. Au milieu de la fumée et des flammes, jusqu'à ce qu'elle soit trop bas pour que le feu de mer puisse la dévorer.

Puis elle nagea aussi vite que sa magie le permettait jusqu'à l'aqueduc nord.

TRENTE-CINQ

Jamais le cœur d'Iseult n'avait battu aussi fort.

À tous les coups, les hommes l'entendaient. À tous les coups, ils le voyaient tambouriner contre ses côtes, une pulsation après l'autre.

Douze hommes s'agitaient sous ses yeux. Neuf venus du rivage, trois de la forêt. L'un d'eux, sa botte plantée dans le sol à quelques pas seulement, devait être en train d'aiguiser un couteau : elle entendait le crissement de l'acier contre la pierre.

Elle avait rabattu ses cheveux et remonté son col pour cacher au mieux sa peau claire. Mais les mouches continuaient de lui tourner autour. Elles lui grimpaient sur les oreilles et les mains, glissaient sur sa nuque pour s'infiltrer sous sa cape.

Iseult restait immobile. Les lèvres entrouvertes, elle respirait le plus discrètement possible.

Les hommes, qui patientaient en silence, furent rejoints par un dernier. Même les yeux fermés, Iseult sentait ses Filaments d'un gris violent mêlé de rouge enflammé. *Un Firewitch.*

Le chef de la troupe, puisqu'à son arrivée les Filaments des autres se teintèrent d'un vert mousse plein de déférence.

Le Firewitch s'avança au milieu du massacre.

– Ils ont la gamine.

– Les Bornyes ? demanda l'homme à la botte en se courbant davantage.

On entendit des os craquer.

– À ton avis ?

Une onde de chaleur se répandit aussitôt, comme s'il exhalait une flamme à chaque mot. Ses Filaments devaient sans doute s'entortiller d'orange, la couleur du feu magique.

– Je pensais que Ragnor n'avait parlé de l'enfant à personne d'autre, dit un troisième homme à l'accent prononcé.

– On dirait bien qu'il a menti.

Le Firewitch se rapprochait. Iseult sentait ses Filaments, elle l'entendait renifler au milieu des cadavres comme un chien de chasse.

Son cœur se mit à battre plus fort. Elle tremblait.

Faites qu'il ne vienne pas de ce côté. Faites qu'il ne vienne pas de ce côté.

– Si ça se trouve, les Bornyes ne savent pas qui elle est. Peut-être qu'ils l'ont emmenée par hasard.

– En tuant sept de nos hommes ?

Hulotte, conclut Iseult avant d'en déduire aussitôt : *Aeduan a tué sept hommes.*

Le Firewitch avança de quelques pas. Il avait trouvé quelque chose d'intéressant. Ses Filaments brillaient de curiosité et de désir.

Une gerbe de feu jaillit tout à coup. Iseult sentit une vague de chaleur lui brûler la joue.

L'homme à la botte se redressa en soufflant des jurons.

Iseult entendit le Firewitch éclater de rire. Une odeur de cheveux brûlés lui chatouilla les narines : il mettait le feu aux cadavres.

– Arrête ! dit l'homme à la botte, dont les Filaments affichaient un beige révulsé. Les Bornyes vont voir la fumée.

– Et alors ? lâcha le Firewitch.

Il frappa néanmoins dans ses mains pour éteindre le feu. Après un dernier bruit d'explosion, seule l'odeur persista dans l'air.

– On pourrait s'emparer de leurs navires. Et de leurs chevaux. On pourrait même s'emparer de toute la Saldonique, si on attaquait dès maintenant, tous ensemble, en prenant les Bornyes par surprise.

À ces mots, tous les Filaments alentour se parèrent d'un violet affamé. Ils convoitaient les biens des Bornyes.

– Et Ragnor ? demanda une nouvelle voix. Et l'enfant ?

– L'enfant, on la récupère et on la vend. Si Ragnor tient à ce point à elle, c'est que son pouvoir a de la valeur. On trouvera sûrement un autre acheteur.

Les Filaments manifestèrent à nouveau leur accord en vibrant. Mais si les hommes poursuivaient leur conversation, Iseult n'entendait plus rien. Elle n'arrivait plus à les écouter car le Firewitch marchait dans sa direction.

Le monde entier se réduisit à ces bottes qui approchaient du côté gauche. Un pas, puis deux.

Il se trouvait maintenant tout près. Il lui marcha sur le bras, déclenchant dans sa tête un éclair blanc. Ses poumons se contractèrent. Elle n'arrivait plus à respirer, à bouger, à réfléchir. Elle crevait d'envie d'ouvrir les yeux.

Le Firewitch s'agenouilla. Iseult le devina, puisqu'elle ne pouvait pas le voir. Elle ne pouvait pas le regarder enfoncer son genou dans son coude à elle, obligeant l'articulation à plier d'une manière tout sauf naturelle.

Elle percevait nettement son souffle. Son haleine charriait une odeur de cadavres et de fumée. Plus près. Penché sur elle, il agrippa sa cape de salamandre…

Un son de cor fendit l'air. Profond, caverneux, assoiffé de sang.

D'un seul coup, les Filaments qui encerclaient Iseult se teintèrent d'un turquoise stupéfait. Puis d'un beige désemparé. Une seconde plus tard, ils se paraient d'une fureur écarlate.

Puis un canon résonna. Une fois. Deux fois.

Le Firewitch lâcha la cape d'Iseult avant de se redresser. Il grogna, et elle sentit la chaleur des flammes lui caresser la joue. Mais elle ne remua pas un petit doigt.

Elle attendit qu'il s'éloigne, qu'il ait rejoint les autres pour lancer de concert leurs cris de rage dans les airs.

Dès qu'ils eurent décampé – dès qu'elle sentit leurs Filaments suffisamment éloignés – elle se mit debout.

La cape de salamandre était intacte, mais ses braies étaient déchirées sous le genou, laissant apparaître des plaques rouge vif. Au moins, elle était en vie. Par la grâce de Mère Lune, elle était en vie !

Elle hésita le temps de deux ou trois soupirs. À moitié debout, à moitié accroupie, dans la fumée d'un cadavre noirci qui finissait de brûler.

Il lui fallait prendre la fuite. Sans tarder. Avant que les combats ne fassent rage. Mais où aller ? Iseult savait ce qu'elle voulait faire ; elle savait aussi ce qu'elle *devait* faire. Or ces deux options se contredisaient.

Elle chercha à attraper sa pierre filaire. Celle-ci avait laissé son empreinte sous sa clavicule, tout comme le thaler d'argent. De toutes ses forces, Iseult serra les doigts autour des deux pendentifs. Sa logique de Threadwitch lui conseillait de suivre une direction précise. De filer, de foncer pour échapper à la menace. Son cœur lui indiquait la même direction – les Filaments qui unissaient l'attiraient vers le sud.

Mais la moitié seulement, car l'autre mourait d'envie de gagner le nord. Un choix absurde qui mettrait sa vie en danger.

Au loin, les canons se remirent à gronder. Des panaches de fumée moutonnaient dans le ciel. La bataille avait commencé, et elle ne tarderait pas à gagner le lieu où Aeduan et Hulotte étaient censés se trouver. En cheminant vers le sud, Iseult y échapperait.

Elle ruminait toujours son indécision quand une rafale de magie la fouetta. Un ouragan d'énergie accompagné d'ardents Filaments embrasa le ciel, dans un éclair de chaleur assez puissant pour incendier la forêt.

À ce moment précis, Iseult comprit ce qu'elle devait faire. Tant pis pour la logique, tant pis pour son sens pratique de Threadwitch, tant pis pour les deux moitiés de son cœur. L'important, c'était de faire le bon choix.

Une fois sa décision prise, elle se mit à courir.

Aeduan portait Hulotte sur son dos. Terrorisée, la fillette gigotait, se contorsionnait.

Mais comme l'oiseau de nuit, Hulotte savait se battre. Accrochée au moine, elle se laissa entraîner dans la course. Le sang d'Aeduan, ivre de magie, le propulsait à une vitesse inhumaine. Personne n'aurait pu le rattraper.

C'est du moins ce qu'il espérait. Jamais encore il n'avait mis autant d'énergie à défendre une personne.

Un cor lança dans l'air sa longue plainte monocorde – *ouuuuuh !*

Un incendie enflamma aussitôt le ciel, brasier né de la magie.

L'œuvre d'un Firewitch. Peut-être cet homme croisé la veille ? Qu'importe. Une énorme conflagration de chaleur et de flammes menaçait Aeduan. Il devait fuir.

C'est alors qu'il vit les chevaux traverser la forêt, montés par des Bornyes. La couleur étincelante de leurs selles illuminait la nuée grise qui filait à travers les arbres.

Aeduan balança Hulotte sur sa hanche avant de la déposer à terre. Une flèche lui frappa le dos. Il bascula en avant pour protéger la petite fille.

Les flèches ne l'atteignirent pas. *C'est déjà ça,* pensa Aeduan.

Il ramena Hulotte plus près de lui pour lui servir de bouclier, tout en dressant le bilan de ses blessures. *Une côte cassée, le poumon gauche perforé, le cœur atteint.*

Le cœur empalé lui poserait problème : sa course s'en trouverait ralentie. Si le sang ne circulait pas correctement dans ses veines, Aeduan ne pourrait pas utiliser la totalité de son énergie.

Il fut touché par une deuxième flèche, qui se planta dans son cou.

Comme toujours, partout où Aeduan se trouvait, le sang jaillissait.

L'incendie se rapprochait dangereusement. La fumée s'infiltrait dans sa gorge, dans ses conduits lacrymaux. Ses yeux ruisselaient et les chênes, les cavaliers, les soldats qui chargeaient lui paraissaient maintenant flous, brouillés.

Fuis, mon fils, fuis !

Le fleuve. S'il réussissait à emmener la petite jusqu'au fleuve, ils pourraient échapper à cette tempête de feu qui se propageait à vue d'œil.

Cerné de voix et d'odeurs de sang, il se redressa et arracha la flèche plantée dans son cou. Chevreuils, taupes et écureuils détalaient de tous côtés.

Sans dire un mot, Aeduan installa Hulotte sur ses épaules et se remit à courir. Un cerf lui passa sous le nez. Il décida de se caler sur son allure. De courir derrière lui au milieu des arbres.

À aucun moment il ne leva les yeux vers Hulotte. Il n'avait pas le temps de se tordre le cou. S'ils voulaient échapper au feu, chaque pas comptait. Il se contentait donc de l'agripper bien fort.

Le cerf, Hulotte et lui réussirent enfin à distancer le grondement de l'incendie. Là où s'élevaient les flammes, on entendait le choc de l'acier contre l'acier. Des effluves de sang chatouillaient les narines d'Aeduan. La guerre faisait à nouveau rage dans les Terres Contestées.

Il ne ralentit pas l'allure. Au contraire – il poussa sur ses jambes. Hulotte rebondissait sur ses épaules, mais il tenait bon. Elle aussi.

Ils allaient bientôt quitter la forêt. Le fleuve leur apparut, mais il était couvert de navires en feu et de canons qui tonnaient.

Le cerf sortit du bois.

Des flèches s'abattirent aussitôt sur lui et il fit demi-tour.

Aeduan eut à peine le temps de s'arrêter. Et de retourner vers le bois avant qu'une nouvelle pluie de flèches ne siffle autour de lui. Il en reçut deux dans le bras gauche – mais il réussit à déposer Hulotte à terre.

Saine et sauve. Ouf.

Le Bloodwitch, en revanche, n'allait pas fort. Trop de blessures ; trop de sang qui s'écoulait de son corps ; trop de fumée dans ses poumons. De plus, il ne voyait pas comment traverser le fleuve.

Fuis, mon fils, fuis !

Il traîna à nouveau Hulotte dans la forêt. Mais il tirait trop fort sur sa main et elle tomba.

Son regard se planta dans celui d'Aeduan, brillant de terreur, de détresse et de confiance.

La terre se mit à trembler au rythme des halètements de Hulotte. Cette sensation si soudaine, si étrange réduisit en miettes les jambes d'Aeduan. Il chuta à son tour sur la berge, loin des arbres.

Une nouvelle pluie de flèches s'abattit sur lui.

Il se tourna vers Hulotte pour lui dire de *s'enfuir* ! De *se cacher !* Comme sa mère le lui avait ordonné des années auparavant. Mais il ne réagit pas assez vite. Un cavalier bornye s'empara de la fillette avant de faire demi-tour pour s'enfoncer dans la forêt enfumée.

Aeduan se lança tant bien que mal à leur poursuite. La terre continuait de trembler – mille répliques qui enfoncèrent les flèches plus profond dans sa chair. S'il les retirait, son corps mettrait toute son énergie au service de sa guérison. Du coup, il perdrait connaissance.

Secoué de hoquets, il vit du sang jaillir de sa bouche. Sa vision brouillée se teinta de noir.

Il renifla avec frénésie pour localiser le sang de la fillette ou celui de son ravisseur, mais il ne pouvait pas se permettre de convoquer sa magie. Il était trop faible.

Il avança tant bien que mal au milieu des arbres. Les bêtes continuaient de détaler, les oiseaux de fuir, et les flammes se rapprochaient. Aeduan, cependant, sentait à peine l'onde de chaleur qui se propageait. Ils avaient emmené Hulotte dans cette direction. C'était donc la direction qu'il suivrait.

Jusqu'à ce qu'une silhouette surgisse devant lui.

Aeduan crut d'abord à une apparition. À tous les coups, l'épuisement et la fumée inhalée lui jouaient des tours : il croyait voir des ombres arpenter la forêt embrasée.

Mais la silhouette sortait littéralement du feu. De ses mains, qu'elle agitait comme un chef d'orchestre, de ses poignets qui tournoyaient, elle créait de nouveaux foyers. Les arbres, les haies et même les oiseaux se consumaient dans ses flammes létales.

Il était temps de fuir, mais pour aller où ? Toute la forêt brûlait. Aeduan était piégé.

Alors qu'il se tournait vers un bouleau pour l'incendier, le Firewitch aperçut le moine.

Il se fendit d'un sourire blanc. À cet instant, Aeduan le reconnut. Ce Firewitch, il le connaissait. C'était l'homme qui avait déjà tenté de le tuer.

À cette pensée, Aeduan sentit ses muscles se gonfler d'un sursaut d'énergie. Il s'élança dans les spirales de fumée, dans la brûlure des flammes. S'il arrivait à tuer cet homme, l'incendie s'éteindrait peut-être. Après trois enjambées puisées dans sa magie, il se retrouva face au Firewitch et dégaina son épée.

L'homme ouvrit la bouche pour cracher un torrent de feu.

Aeduan eut tout juste le temps de se pencher vers la gauche pour éviter l'attaque. Le rugissement de l'incendie absorbait tous les sons de la forêt. Sa chaleur anesthésiait tous les sens.

Il donna un coup d'épée, mais sa lame se perdit dans les flammes – et voilà que de nouveaux foyers s'allumaient sous ses pieds. *Fuis, mon fils, fuis !*

Il plongea à nouveau vers la gauche. Du feu. Il pivota vers la droite. Des flammes à perte de vue. Il se retourna pour affronter un champ de pierre. *Les colonnes dans la vallée.* Aucune issue possible.

Aeduan se positionna face au Firewitch qui affichait toujours son maudit sourire. Un sourire jubilatoire.

Voilà comment je vais périr. Par les flammes. Aeduan ne l'aurait jamais cru. Il avait envisagé de finir décapité. Ou mort de vieillesse. Mais brûlé vif, non. Pas depuis qu'il avait survécu à un incendie, des années auparavant.

Le monde tremblait, fondait sous ses yeux. Mais son entraînement le sauva. De sa main libre, il vérifia que son baudrier était toujours en place, les couteaux à sa portée.

Puis il se mit en position d'attaque. Son sang brûlerait peut-être ; pas son âme.

Mains levées, le Firewitch s'apprêtait à lancer une ultime salve. Malgré la fumée, Aeduan comprit à l'odeur de son sang qu'une attaque se préparait. Ses muscles se tendirent, prêts à lancer l'offensive. Pour atteindre la nuque de l'homme, il lui faudrait plonger dans les flammes.

Mais l'attaque ne vint pas. Aeduan se préparait, campé sur ses jambes, quand il vit des ombres planer au-dessus du brasier. Il crut d'abord qu'elles émanaient des nuages mais, manifestement, elles venaient du Firewitch.

Des lignes creusèrent sur le corps de l'homme de noirs ruisselets. Il se mit à convulser, à hurler. Il porta les mains à ses bras dont la peau, qui s'obscurcissait, formait des cloques. Il se mit à les gratter, à les griffer.

Il clive, songea Aeduan. Il venait de formuler cette pensée quand le Firewitch s'immobilisa. Ses yeux s'étaient transformés en trous noirs. Autour de lui, les foyers s'éteignaient les uns après les autres.

Une silhouette tout de blanc vêtue apparut derrière le Firewitch. Elle avançait d'un pas raide, les mains tendues, les yeux levés vers le ciel. Le col protège-feu de sa cape de salamandre couvrait à moitié son visage. Elle avait le front taché de cendres.

Aeduan se demanda comment la Threadwitch pouvait bien se trouver là. Et pourquoi. Mais il n'arrivait pas à détacher le regard de sa silhouette.

Elle avança d'un pas régulier vers le Firewitch. Le monstre, qui avait fini de cliver, se tortillait encore. Il poussa un rugissement qui laissa Iseult de marbre.

Impassible, elle se contenta d'abaisser le col de sa cape de salamandre avant de faire claquer ses mâchoires.

Le Firewitch tomba raide mort.

TRENTE-SIX

Vivia remonta à la surface au beau milieu du pont-canal. Le feu de mer ne s'était pas propagé jusque-là. Et aucun vaisseau n'y naviguait. Elle se laissa porter par le courant qu'elle avait créé.

Malgré le tumulte des vagues, Vivia reconnut le navire de guerre des Renards qui croisait un peu plus loin.

Des pirates Bornyes se trouvaient à bord. À cette idée, une vague de chaleur monta dans sa poitrine. Une brûlure lancinante qui circula dans ses veines, sous sa peau, avant d'envahir ses poumons.

La colère Nihar.

Enfin elle allait pouvoir la déverser à son tour. *Enfin* elle pourrait puiser dans la rage de sa lignée paternelle et s'approprier cette force démente qui terrassait la peur.

Propulsée par la violence engrangée, Vivia jaillit de l'eau comme une fusée. Les marins l'aperçurent. Bouche bée, ils la montrèrent du doigt tandis que d'autres accouraient.

Mais ils ne furent pas assez rapides. Vivia se catapulta vers le pont principal, serrant les poings et affûtant ses vagues. Affolés, les hommes reculèrent ; certains tombèrent à l'eau.

Elle atterrit sur le pont tel un boulet de canon, éventrant le bois sous ses genoux. D'un geste de la main gauche, elle souleva une vague géante qui emporta d'autres hommes par-dessus bord. Du tranchant de la main droite, elle souleva des lames d'eau qui vinrent se planter dans la chair des marins. Et en égorger certains.

Le sang chaud de la victoire l'éclaboussa.

Cependant, elle n'y prêta guère attention : elle avisait déjà le tuyau situé à la poupe. Elle n'avait jamais vu de feu de mer, mais elle savait d'où il sortait. Un énorme tube de cuir, aussi gros que le tronc d'un chêne, pompait la résine depuis l'entrepont. Il était projeté dans les airs à l'aide d'un canon modifié que l'on pouvait orienter dans toutes les directions.

Une épée lui arriva en pleine figure. Elle esquiva, mais trop tard : l'acier lui lacéra l'épaule gauche, coupant l'étoffe et la chair, faisant couler le sang. Une onde de chaleur se répandit dans son bras, mais Vivia avait déjà saisi le tuyau. Les marins ne pouvaient plus rien faire. De son bras gauche, elle l'orienta vers le pont principal. Puis elle porta la main droite à la manivelle…

– Arrêtez ! Arrêtez !

Une silhouette gesticulante vêtue d'une tunique ample se dirigeait vers elle.

Serrit Linday.

Vivia, abasourdie, s'immobilisa. Voilà que s'avançait vers elle le coupable censé se cacher quelque part en Nubrevna, la cible de ses espions incompétents. Celui qui travaillait main dans la main avec les Bornyes et avec les Neufs… celui qui avait tenté de tuer Merik… c'était donc Linday !

Vivia ne comprenait pas comment ni pourquoi, mais la vérité s'imposait à elle : tout tournait autour de Serrit Linday.

– Restez où vous êtes, ordonna Vivia.

L'homme se figea. Sa tunique était déchirée, sa figure barbouillée de noir. De la cendre, pensa Vivia, sauf que la tache semblait se déplacer, serpenter, s'enrouler sous sa peau.

– Si vous libérez le feu de mer, lança Linday, vous allez faire exploser toutes les mines situées dans l'entrepont. Je mourrai, mais vous aussi.

Vivia éclata d'un rire creux, caverneux.

– Qu'est-ce que vous faites ici, Serrit ? Vous nous avez déjà dénoncés aux Puristes. Ça ne vous suffit pas ?

Les traits du vizeur se durcirent. La tache d'ombre vibrait sous sa peau. Sa gorge se mit à palpiter comme s'il était en train de s'étouffer.

Pendant ce temps, le navire poursuivait sa route en direction du barrage. En contrebas, la vallée embrumée affichait un vert éclatant.

– Je n'avais pas l'intention de trahir la Nubrevna, gémit-il. Ragnor m'avait promis le trône.

Il s'interrompit tout à coup avant de se plier en deux, pris d'une quinte de toux.

Sa bouche cracha un goudron noir. Sur son visage, où les ombres tournoyaient de plus belle, des pustules apparurent, comme chez les Clivés.

Vivia s'écarta du tuyau pour rejoindre en trois enjambées le vizeur qu'elle appréciait le moins. Les marins se mirent aussitôt en position d'attaque, mais entre deux gerbes de goudron, Linday réussit à articuler :

– Repos !

– Qu'est-ce qui vous arrive ? demanda Vivia. Vous clivez ?

Linday toussa trois fois avant de relever la tête. Les yeux brillants, il adopta une voix mielleuse.

– Les morts ne peuvent pas cliver, Princesse. Pas vraiment, car les morts… leurs Filaments sont déjà en pièces. Je me contente de les ramasser avant qu'ils ne se ratatinent.

– Qui les ramasse ? Qui êtes-vous ?

La question, posée à voix basse, faillit se perdre dans la brise qui traversait les ponts, le grondement de l'orage au loin et le feu de mer.

Mais Linday – ou la force qui le contrôlait – l'entendit très bien.

– Je suis celui que vous feriez mieux de craindre, Princesse. Une fois que le barrage aura cédé, une fois la ville détruite, c'est moi qui viendrai prendre possession des terres. Et de ce Puits dont votre famille cache l'existence depuis toujours.

À ces mots, le monde parut s'étirer comme une pâte informe et visqueuse. Mille pensées se carambolèrent. Mille détails remontèrent à la surface.

Le barrage s'imposait, massif et silencieux malgré sa profonde fissure. D'un calme inattendu. Dans le ciel, des mouettes tournoyaient, et une buse profita d'un courant d'air à proximité du pont. La brise caressait la peau de Vivia, et les marins contemplaient le ciel, comme s'ils attendaient quelque chose.

Ou quelqu'un.

Alors que la scène entière lui paraissait se diluer comme un tableau exposé à la pluie, Vivia fit l'effort de se retourner. Les colonnes de fumée noire qui montaient de Lovats étaient déjà moins denses.

L'orage s'éloignait lui aussi. Finis, les éclairs et la pluie. Des nuages d'un noir moutonneux s'échappaient des murailles, comme du poison qu'on aspire d'une plaie.

Lovats ne survivrait à cette journée que si Vivia réussissait à empêcher le barrage de céder, donc à empêcher la progression du navire. Elle n'était pas sûre que la magie du pont-canal pourrait encaisser le choc, mais une vallée inondée valait toujours mieux qu'une ville entière sous les eaux.

La tête tournée vers la gauche, elle contempla les fermes disséminées à des centaines de mètres sous ses pieds. Ce paysage, c'était la dernière chose que sa mère avait vue avant de quitter ce monde.

Il y avait pire, songea Vivia.

Cette pensée la remit sur les rails. Sortie de sa rêverie, elle sauta sur le canon à feu, s'empara de la manivelle et visa. Une résine luisante jaillit de la bouche du canon, enflammant le pont, le mât, les voiles.

Les marins se mirent à courir. Linday, lui, resta planté là, et son corps s'embrasa telle une torche. Il se mit à brûler, brûler, brûler.

Vivia plongea sous les vagues et utilisa sa magie pour se propulser jusqu'à Lovats.

Mais elle avançait trop lentement.

Le navire explosa. Une onde d'énergie se propagea jusqu'à elle avant de la catapulter dans les airs. Loin dans les airs.

Au moment où son corps quittait le pont-canal pour survoler la vallée dévorée par les ombres et les flammes, elle sourit. Elle allait peut-être mourir écrasée, mais au moins le pont avait tenu.

Et le barrage aussi.

* * *

Safi avait envie de briser quelque chose. Elle avait envie de casser, de déchirer, de frapper, de taillader.

Peut-être qu'ensuite le monde ferait à nouveau sens.

Car Merik Nihar ne pouvait pas être mort. Cette vérité lui martelait la poitrine au rythme de son cœur. Au rythme de ses pas.

Les esclaves, dont les muscles étaient restés longtemps endormis, circulaient dans tous les sens. Les pouvoirs magiques étaient prêts à s'activer. Ça hurlait, ça courait avec frénésie. Des foyers s'allumaient à sa droite ; des rafales de vent soufflaient à sa gauche ; les pierres crissaient sous ses pieds. Un maelström de couleurs et de violence, de faim et de liberté si vrai, vrai, *vrai !* Les esclaves déboulaient dans les tunnels, dont toutes les cavernes étaient identiques. Il était impossible de déterminer qui circulait et qui s'enfuyait.

Safi sentit des doigts lui saisir le coude. Elle brandit haut son épée… mais c'était Lev, avec ses grands yeux et ses cicatrices étirées.

– Où est l'impératrice ?

Safi ne répondit pas : elle n'en avait aucune idée.

– Il faut qu'on s'en aille, continua Lev en la serrant plus fort. Les esclaves sont en train de libérer d'autres esclaves. Les gardes ne vont pas tarder à affluer…

Parfait. Safi sourit. Elle avait envie de réduire cet endroit en miettes, en commençant par les Bornyes qui avaient tué Merik.

Des lumières s'allumèrent. Les pierres d'alarme incrustées dans les murs se mirent à clignoter pour donner l'alerte.

Safi s'en réjouit.

– Lev ! cria Caden qui se frayait un chemin dans la foule, suivi par un essaim de marins cartorréens. On ne peut pas ressortir par la même porte. Zander est parti chercher une autre issue… Où est passée l'impératrice ?

Safi, au lieu de répondre, sourit de plus belle. Zander, dont la tête était apparue au-dessus de la mêlée, leur fit signe de le suivre.

Ravie de se mettre en mouvement, de partir au combat, Safi se jeta en avant. Elle réussit à s'extraire du tumulte pour rejoindre Zander, qui patientait à l'entrée d'un passage étonnamment calme et désert. Quelques esclaves l'empruntaient, mais la plupart le fuyaient.

– C'est le chemin qui mène à l'arène ! Mais je crois qu'il y a un passage vers la sortie.

Sa voix de basse peinait à émerger du chaos ambiant.

– Guide-nous ! ordonna Caden.

Il compta un à un les membres de l'équipage cartorréen à mesure qu'ils défilaient devant lui.

Safi emboîta le pas à Zander, dont la masse sombre s'était mise à grimper. Les flaques se firent plus espacées. Une étrange vibration s'empara du sol.

Safi crut d'abord qu'il s'agissait du vacarme de tous ces esclaves qui luttaient pour leur liberté, mais plus ils se rapprochaient de l'embranchement, plus elle ressentait dans ses jambes la force des secousses.

Même les torches vacillaient sur leurs appliques.

– Que se passe-t-il ? demanda l'un des marins.

– Ça vient de l'arène, affirma un autre.

– Voilà pourquoi nous n'allons pas y pénétrer.

Lev passa devant eux pour arriver la première à l'embranchement.

– Restez ici ! lança-t-elle au groupe avant de s'enfoncer dans le tunnel le plus sombre.

Les minutes s'égrenèrent. Ils s'étaient tous rassemblés à la fourche. Le pouls de Safi se mit à battre au même rythme que les vibrations qui secouaient les pierres – de plus en plus vite. Elle finit par avoir la certitude qu'en choisissant le tunnel noir, Lev avait tout faux, faux, *faux*.

– Rappelle-la, dit-elle à Caden. Il y a quelque chose au bout.

– De quoi…, bégaya-t-il.

Faux, faux. Safi le dépassa et mit ses mains en porte-voix.

– Lev ! Reviens !

– Deux secondes ! répondit une voix lointaine. Je vois quelque chose…

Sa phrase se perdit dans un hurlement strident.

Une lumière orange s'alluma au bout du tunnel, et la voix de Lev rebondit sur les pierres :

– UN FAUCON DE FEU ! SALOPERIE ! ILS ONT UN FAUCON DE FEU ! COUREZ !

– Et merde..., lâcha Caden.

Caden ou l'équipage ? Ou même Safi ? En tout cas, ces mots reflétaient sa pensée peu importe qui les avaient dits. Tournant sur ses talons, Safi fuit à toutes jambes comme si les démons du Vide la pourchassaient.

Les faucons de feu... Les démons... Du pareil au même.

Elle entendit du bruit derrière elle. Un grondement de plus en plus puissant se rapprochait, semblable à une cascade. Sauf que non. Non, bien sûr ! Les cascades ne faisaient pas trembler le sol. Elles n'illuminaient pas les ténèbres.

Puis vint la chaleur. Elle la sentit embraser l'air dans son dos, griffer, enserrer ses épaules bien avant que les hautes flammes ne jaillissent.

Et quand elles surgirent – par les portes de l'Enfer, jamais Safi n'avait détalé aussi vite. Elle fila devant les marins, elle fila devant les esclaves, elle fila devant Caden et Zander et bingo, elle tomba sur l'impératrice qui venait de franchir un porche baigné de soleil.

– COUREZ ! hurla Safi.

Arrivée à sa hauteur, elle agrippa le bras de Vaness et tira de toutes ses forces pour l'éloigner du porche et du faucon de feu.

Mais le chemin choisi par Safi n'était pas une meilleure option : elles arrivaient dans l'arène.

De tous côtés, le Massacre de Baile se déchaînait. Un éclair effleura la joue de Safi avant de s'écraser contre une stalagmite qui émergeait du sol. Un Stormwitch affrontait un Earthwitch. *Excellent.*

Safi fit un bond vers la gauche, évitant de peu une gerbe de pics de glace qui furent aussitôt ravagés par un mur de flammes. Il était impossible de distinguer les alliés des adversaires, les esclaves de leurs propriétaires, les Voiles Rouges des Bornyes. Tout le monde se battait. Il n'y avait pas dans cette arène un seul être vivant qui ne luttât au corps-à-corps, lame contre lame ou magie contre magie.

Sans oublier le faucon de feu qui sortait à l'instant du tunnel, suivi d'une onde incandescente.

Dieux merci, les muscles de Safi raisonnaient plus vite que sa cervelle, car en voyant la bête – une langue de feu aussi longue qu'un galion, avec des ailes deux fois plus larges – elle faillit se figer sur place, fascinée.

Mais ses jambes, elles, voulaient remuer. Aussi plongea-t-elle derrière une stalagmite qui s'écroula aussitôt. Elle chercha désespérément un autre abri, car le faucon se rapprochait en hululant sa colère.

Il rassembla alors ses ailes pour foncer droit sur elle.

Elle tenta de déguerpir, d'esquiver, de plonger sur le côté, mais elle savait très bien – son instinct le lui soufflait – qu'il n'était pas de ces créatures auxquelles on échappe en zigzaguant dans tous les sens.

Cette fois, elle n'en sortirait pas vivante.

Un corps se jeta contre son dos. Elle tomba à terre et son menton heurta le gravier.

– Ferme les yeux ! cria Caden.

Elle obéit. Le faucon de feu frappa.

Sa vie d'avant prit fin à cet instant.

Quand elle était petite, Habim lui avait expliqué qu'aux yeux des Marstokis, les faucons de feu étaient des esprits de vie. De renaissance. En croiser un – et survivre à cette rencontre – revenait à se voir offrir une seconde chance. Un nouveau départ.

C'était sans doute vrai. L'espace d'un instant, tandis que la bête se jetait sur elle dans une tornade de lumière, de chaleur et de bruit, Safi se concentra tout entière sur une pensée fugace. Un souvenir aussi affûté que la plus coupante des lames.

Tout ce à quoi tu tiens, tu le perdras, Safiya…, avait dit son oncle. *Ce sera le massacre. Tu l'apprendras bien assez vite. À tes dépens.* Puis il avait dit : *Si tu voulais, tu pourrais mettre le monde à tes pieds. Tu as été formée dans ce but, j'y ai veillé personnellement. Le problème, c'est que tu n'as aucun sens de l'initiative.*

Tu parles ! Non seulement elle ne manquait pas d'initiative, mais elle était l'initiative incarnée. L'initiative en personne.

Parée, prête.

Elle allait mettre le monde à ses pieds. À sa botte.

À cette pensée, elle entama une nouvelle vie.

Le faucon de feu passa sous ses yeux. Caden, allongé sur son dos, roula sur le côté. Elle avait la chevelure à moitié brûlée, et d'énormes trous dans sa robe.

Caden lui tendit la main. La substance noire qui suintait à nouveau de ses cicatrices ne présageait rien de bon. Ses pupilles agrandies lui dévoraient l'iris.

– La prochaine fois que tu croises un faucon de feu, haleta-t-il d'une voix obscurcie par les ténèbres, pense à t'écarter de son chemin…

Il fit mine de s'éloigner ; Safi attrapa le nœud coulant qu'il portait autour du cou pour le tirer à elle.

– Qui es-tu ?

Mais les ombres sur sa peau s'estompaient déjà. Ses iris retrouvaient leur teinte brune et les volutes noires qui s'échappaient de sa bouche avaient disparu.

– Si on arrive à s'en sortir, dit-il en recouvrant son apparence de Troublant Tricheur, je répondrai à ta question. Pour l'instant, Domna, il faut qu'on avance.

TRENTE-SEPT

Cette tempête, Merik la connaissait bien. Il lui avait survécu à Lejna, en affrontant les mêmes vents ensorcelés pour trouver l'œil du cyclone. La source.

Aujourd'hui, une fois au cœur de l'orage, il faisait face au même homme. Mais cette fois, loin d'être échoué, mourant, Kullen flottait à la verticale dans les airs, comme au sommet d'une montagne.

Une fois, quand Merik était petit, un incendie s'était déclaré dans une maison située sur les terres Nihar. Les habitants s'étaient tous enfuis, sauf le chien. L'image de son cadavre luisant, calciné au milieu des décombres, s'était gravée pour toujours dans son esprit.

Et voilà qu'il revivait la scène. Les gravats. Le cadavre. Terrifiant, mais aisément identifiable, alors même que son esprit lui soufflait : *Arrête de voir ce que tu as envie de voir.*

Kullen aperçut Merik. Des éclairs illuminèrent son sourire tout en dents. Ses lèvres, en s'étirant, lui dessinaient un visage à la fois familier et inhumain. Des tornades noires semées de débris, de feuilles d'automne et de sauge tournoyaient sans fin derrière lui.

– Tu ne me salues même pas, frère filaire ?

– Tu n'es pas mon frère filaire, dit Merik sur un ton indifférent qui le surprit lui-même. Mon frère filaire, je l'ai vu mourir.

– Non. Tu m'as vu cliver, corrigea Kullen, les bras ouverts dans une pose presque langoureuse. Cliver, ce n'est pas disparaître.

De ses doigts jaillissaient des éclairs.

– Qui es-tu ?

– Tu connais la réponse. Je suis la vengeance. Je suis la justice. Je suis la Fureur.

À ces mots, la glace, la colère enfoncèrent leurs griffes dans la poitrine de Merik. Mais ces griffes n'étaient pas les siennes.

– Je t'ai demandé de me tuer, poursuivit Kullen.

Il se rapprocha d'un pas, puis d'un autre. Merik distinguait maintenant les ombres qui évoluaient sous sa peau et habitaient ses yeux, illuminés à chaque éclair.

– Tu te rappelles, Merik ? À Lejna, j'ai réclamé un tue-vent. Grâce à Noden, tu as refusé, sinon nous ne serions pas là tous les deux. Tu serais mort et moi aussi. Au lieu de discuter, on serait en train de danser la valse avec les lamproies.

Merik chercha quoi répondre, mais rien ne lui vint. *Tu serais mort et moi aussi* – Kullen n'avait pas tort.

Ce dernier éclata de rire.

– *Une fois morts, ils ont enfin compris la vie,* récita-t-il. *Et une fois en vie, ils pourront changer le monde.*

Il se frappa la tempe en exagérant son sourire artificiel – car ses yeux restaient morts, bien morts.

– Les souvenirs de la Fureur n'ont jamais quitté mon crâne, Merik. Il m'a suffi de mourir pour les ressusciter. Et maintenant, je vais faire de toi un roi ! Ensemble, nous allons régner sur la ville. Sur la nation entière !

Une onde glaciale émanait de lui, une énergie prête à déferler.

– Non, répondit Merik en secouant la tête tandis que ses larmes s'envolaient dans la tempête. Je ne veux pas, Kull ! Je n'ai aucune envie d'être roi…

– Mais si !

Avant que Merik ne puisse l'en empêcher, Kullen le saisit par le cou, vidant l'air de ses poumons.

– Si tu ne marches pas avec moi, frère filaire, je vais te considérer comme un ennemi. Or souviens-toi : *je suis tranchant comme une lame.*

– Je t'en prie, Kull, supplia Merik en lui frappant les bras. Tu n'es pas comme ça !

– Oh, que si, Merik. Je suis enfin moi-même…

Il enfonça les doigts dans sa chair.

– Mets fin à cet orage, gémit Merik. Va-t'en, Kullen. Pars !

– Pas question.

Kullen se mit à glousser. Ce bruit de gorge provoqua un grondement de tonnerre. Ils étaient si haut dans l'atmosphère…

– C'est moi qui ai construit cette ville. Rien ne m'empêche de la détruire !

– Je ne te laisserai pas faire, souffla Merik.

Ses poumons étaient en feu. Il avait l'impression qu'un incendie le consumait.

Kullen resserra encore son étreinte. Ses doigts de glace lui transperçaient le cou. La neige se mit à tomber autour d'eux.

– Tu crois vraiment pouvoir m'arrêter ? Je suis relié à la Trame, et toi, tu es relié à moi. Si tu envoies mon âme dans les abysses, la tienne suivra. Frères filaires jusqu'au bout !

Sur ces mots, il lâcha Merik qui reprit bruyamment son souffle. Les rafales de vent qui le maintenaient en altitude étaient soulevées par Kullen, d'accord, mais renforcées par son pouvoir à lui. Comme s'ils contrôlaient tous deux la magie, comme si cette sorcellerie – cette rage – était une rivière dont ils formaient chacun une rive. Un puits auquel tous deux s'alimentaient.

C'est à cet instant précis que Merik comprit.

Il était passé du côté des morts. Comme Garren. Comme Linday. Et, pire que tout, comme Kullen qui planait face à lui. Le saint patron de tout ce qui était cassé, plus grotesque encore que les lamproies. Kullen était bel et bien la Fureur.

– Ça y est, tu as compris…

Ces mots écorchèrent l'âme de Merik avant de se perdre dans la tempête.

– L'explosion du *Jana* t'a tué, mais en tant que frères filaires, nous sommes liés. La trame magique qui me maintient en vie s'est infiltrée en toi. Si l'un de nous meurt, l'autre ne survit pas. Tu n'as donc pas le choix.

Derrière Kullen apparut une lumière si vive que Merik dut fermer les paupières, les mains levées comme pour se protéger. Puis vint l'explosion, dévastatrice. Quand Merik rouvrit les yeux, Kullen regardait vers le bas.

À travers les nuages et le chaos, Merik constata à son tour que le navire chargé de feu de mer avait explosé.

Kullen reporta son attention sur lui. Ses yeux d'un noir profond n'étaient plus traversés d'éclairs lumineux ; ils étincelaient de glace, de vent, de colère.

– Ta sœur croit qu'elle a gagné, hein ? Mais je vais détruire le barrage. Cette ville retournera enfin à son propriétaire légitime !

Merik n'écoutait plus. Les yeux embués, il distinguait malgré l'orage des silhouettes qui plongeaient vers la vallée, uniques taches de couleur dans un monde envahi de flammes noires et de fumée.

L'une d'elles essayait d'attirer à elle la masse d'eau. De replonger dans le pont-canal. *Vivia*. Elle était sur le point de s'écraser, ce qui laissait à Merik deux options.

Soit il sauvait la ville.

Soit il sauvait sa sœur.

La réponse s'imposait. Un pour tous ! Toute sa vie, il avait défendu ce principe. Il s'était sacrifié, puis il avait abandonné Safi et perdu Kullen au profit de ce qu'il considérait comme un intérêt supérieur.

Mais ça n'avait pas marché.

Ça ne marchait jamais. Merik se retrouvait toujours les mains vides et à chaque fois, les ténèbres le rongeaient davantage. Il ne resterait bientôt plus rien de lui. Il n'aurait plus rien à donner.

Il s'en rendait compte à présent. Que savait-il de cette ville ? Que savait-il des vizeurs, de la flotte royale ? Il avait bien essayé – Noden lui en avait été témoin, il avait essayé de se conformer à ce qu'attendaient les gens, mais qu'avait-il obtenu en échange ? De la poussière et des cendres.

Quant à Vivia…, cette sœur qu'il n'avait jamais comprise, qu'il avait oublié d'aimer, cette Nihar qui pourrait garantir à la nation sécurité et prospérité, qui pourrait – elle ne s'en priverait pas – dompter les empires comme elle arrivait à dompter les flots…

Vivia devait devenir reine. La couronne lui revenait de naissance ; elle était taillée pour ça.

– Viens, ordonna Kullen, ramenant à lui son attention. Il est temps de rappeler aux hommes que je les surveille.

Des vents glacés agitaient les Filaments qui les unissaient. Merik sentit cristalliser en lui le besoin d'obéir, l'envie d'utiliser le cyclone de Kullen, de succomber à ce pouvoir infini. De briser, de crier, de démolir, de détruire.

Il n'y céda pourtant pas. Au contraire, il puisa dans ses entrailles le tempérament Nihar. Le feu de la colère. Sa magie venait de là. Elle était peut-être discrète, faible, mais au moins elle lui appartenait en propre. Il devrait faire avec.

Sinon, Merik ne sauverait pas sa sœur avant que les lamproies ne la dévorent.

Il se détourna donc de Kullen pour faire usage de sa propre magie, issue de sa volonté.

Tous pour un !

Ils échappèrent au Massacre de Baile dans un tourbillon d'acier, de sang et de magie. L'acier de Safi. Le sang des autres. La magie de Vaness.

Non loin de la sortie principale, ils retrouvèrent Zander et Lev, suivis de la plupart des membres de l'équipage cartorréen.

– Crotte de cafard ! jura Safi une fois dehors.

Dans les rues, le tohu-bohu était pire encore qu'à l'intérieur des murs.

– Crotte de cafard, confirma Caden.

La seule artère qui menait au quai grouillait de gens qui fuyaient ou se battaient. Deux ponts s'étaient écroulés sous le poids des passants et trois autres étaient ravagés par les flammes.

Pour couronner le tout, les eaux qui entouraient l'arène bouillonnaient de sang et de mouvement. Des crocodiles battaient les flots, à l'affût de corps vivants ou morts à dévorer dans des tourbillons d'écailles.

– Je ne vois pas comment on pourrait rejoindre le port ! cria Safi.

Caden accueillit sa remarque avec un petit sourire suffisant avant de claironner :

– Rien de plus facile. Bardes ! En formation ! Tout le monde en rang derrière ! *Vous* – dit-il en désignant l'impératrice. Il nous faut trois boucliers. Costauds.

Vaness se mit au diapason. Toujours aussi précise dans ses gestes et sa magie, elle leva les mains en l'air. Trois énormes boucliers de fer surgirent, constitués de toutes les pièces de fer qui traînaient dans les parages. L'épée de Safi elle-même s'échappa de ses mains pour se transformer en bouclier incurvé à l'usage de Caden.

– Passez derrière ! cria le barde.

Safi s'exécuta.

– Chargez !

Aussitôt, les bardes de l'Enfer formèrent un triangle. Zander devant, Caden et Lev au deuxième rang. Puis ils chargèrent à pleine vitesse.

Avant de s'arrêter.

Avant de charger à nouveau.

Safi n'avait jamais rien vu de tel. Ils étaient parfaitement synchronisés. Charge. Pause. Charge. Pause. Même si quelques téméraires les attaquaient par le flanc ou par-derrière, les marins étaient bien entraînés.

Grâce à ce procédé, les Cartorréens réussirent à traverser les marécages. Le cours du temps n'existait plus. Les secondes, les respirations se mêlaient aux assauts, aux arrêts. Aux lames qui s'abattaient et aux mâchoires qui se refermaient. *Charge. Pause. Charge. Pause.* Et ainsi de suite, sous un ciel bleu immaculé.

Enfin ils arrivèrent au port.

Enfin ils arrivèrent au navire.

Ils n'étaient pas les seuls à rejoindre le cotre cartorréen amarré au bout du quai. Des marins s'affairaient déjà sur le pont tandis qu'une femme aux cheveux gris glapissait ses ordres depuis la poupe.

Elle les vit approcher avant son équipage. Elle se fendit d'un sourire – dont l'hypocrisie titilla la magie de Safi – avant de brailler :

– Il est trop tard pour récupérer votre navire, les chéris !

Un par un, ses hommes se tournèrent pour regarder qui arrivait. Un par un, ils dégainèrent leurs couteaux, leurs épées, leurs pistolets ensorcelés.

Les bras de Vaness se levèrent à nouveau. Safi savait exactement ce qui les attendait. Encore des combats, du sang versé, des vies sacrifiées.

Puis elle réfléchit à cette histoire d'initiative. À cette idée de mettre le monde à ses pieds. Sans même le vouloir, elle se planta devant l'impératrice. Devant les bardes.

– Attendez !

Kahina, interloquée, se figea.

– On pourrait éviter de se battre, dit Safi.

Merik était peut-être mort, comme tant d'autres, mais elle pouvait arrêter le massacre.

– Dégagez ! lança Kahina en marchant vers le bastingage, son épée battant contre sa hanche. Je n'ai rien contre vous, mais ce navire, je l'ai confisqué. Et je compte bien le garder.

– Et si on le jouait ?

Les mots étaient sortis tout seuls de la bouche de Safi. Quelle idiote. Mais quelle idiote ! Au moins, elle les prenait par surprise...

Caden et Vaness, éberlués, se tournèrent vers elle.

L'amirale Kahina eut l'air enchantée. Un sourire félin se dessina sur son visage, et elle tendit la main par-dessus le bastingage.

– Pas au tarot. Mais en duel. Moi, dit-elle en posant la main sur sa poitrine. Contre toi. Pas d'armes. Juste la tête et les muscles. Celle des deux qui survivra remportera le navire.

– Non, dit Caden en s'approchant de Safi. Pas question.

Mais il était trop tard. D'un hochement de tête, Safi venait d'accepter le défi. Elle se dirigeait déjà vers la passerelle qui menait au bateau.

Parée, prête.

TRENTE-HUIT

Aeduan n'arrivait pas à décoller les yeux de la Threadwitch, qu'enveloppaient des panaches de fumée. Sans Firewitch pour alimenter le feu, il ne restait que la terre carbonisée ; il réussit enfin à se repérer.

Ils se trouvaient à l'extrême sud de la vallée des colonnes, là où le fleuve infiltrait d'anciens champs de bataille.

Aeduan, adossé à un pilier, regardait Iseult approcher. Elle venait de cliver cet homme. Aussi facilement qu'Aeduan figeait le sang de son adversaire, elle avait coupé les liens qui reliaient le Firewitch à la vie. Il avait déjà été confronté à ce type de magie – la magie noire. Une magie issue du Vide, comme la sienne. Mais jamais, en mille ans de vie, il n'aurait pensé que cette Threadwitch…

N'en était pas une.

La comptine qu'elle avait chantonnée ce matin-là lui revint en mémoire. *Le feu ravive les herbes mortes, la pluie ravive la terre morte.* Il avait la sensation qu'une éternité s'était écoulée depuis ce moment passé au milieu des ruines. Mais non. Iseult restait cette femme qui s'était entraînée avec lui. Qui avait fait la course avec lui.

Qui était revenue le chercher.

La pluie s'était mise à tomber, éteignant les flammes ensorcelées. Les canons continuaient à tonner, les pistolets à tirer. Des voix déferlèrent dans la bruine, signe que la bataille s'étendait désormais dans la vallée.

Iseult vint à ses côtés. Les cendres, mêlées à la pluie, dessinaient sur ses joues des rivières noires. L'espace d'un instant, elle lui parut aussi défigurée que l'homme qu'elle venait de tuer.

Mais l'illusion ne dura pas. Ses doigts atterrirent sur l'épaule d'Aeduan, et sans un mot elle l'orienta face à elle, d'un geste efficace à défaut d'être doux. Et elle agrippa la flèche plantée dans ses poumons et son cœur.

Aeduan savait ce qu'elle s'apprêtait à faire. Il ferait mieux de l'en empêcher. Tout de suite. Avant de lui devoir encore une fois la vie.

Mais il n'en fit rien. Il la laissa poser son pied contre la colonne pour faire levier. Il la laissa extraire le fer de son cœur.

Une vague de douleur le submergea et il s'affaissa davantage contre la pierre. Sa poitrine tantôt se soulevait, tantôt se contractait. Le sang s'écoulait.

– Ils ont emmené Hulotte, dit Iseult.

Aeduan acquiesça en frottant son front contre le pilier. Iseult se mit à réfléchir à voix haute.

– Ce n'est pas une enfant comme les autres. Si les Bornyes et les Voiles Rouges cherchent à s'emparer d'elle, il y a forcément une raison.

Il hocha à nouveau la tête. Il était lui aussi arrivé à cette conclusion, sans pour autant trouver l'explication.

– Ils viennent la récupérer, Aeduan.

La voix d'Iseult, plus dure, transperçait l'averse.

Aeduan ouvrit les yeux. Des gouttes de pluie noires dessinaient de nouvelles lignes sur les sillons des colonnes antiques.

Deux autres flèches furent arrachées de sa chair. L'une de sa cuisse, l'autre de son épaule. Aussitôt, sa vision se fit plus nette.

Encore deux flèches et Aeduan put se redresser. Trois de plus, et sa magie se redéploya. Il se tourna vers Iseult.

– Ils arrivent par centaines, lâcha-t-il.

Loin de paraître surprise, elle acquiesça.

– Les Voiles Rouges qu'on a croisés sur le fleuve… Ils cherchent à récupérer Hulotte. Il faut absolument qu'on la trouve avant.

Ce fut à ce moment précis que la vérité le frappa. Aeduan comprit qu'Iseult était avec lui. Elle n'était pas en train de courir après la Truthwitch : elle se dressait fièrement sous ses yeux, au milieu d'un champ de ruines. Il s'apprêtait à lui demander comment elle avait entendu parler des Voiles Rouges quand un hululement inhumain fendit l'air. Plus assourdissant que l'averse qui se calmait, plus puissant que le grondement des canons.

La chauve-souris des montagnes plongeait sur eux.

Aeduan eut tout juste le temps de tirer Iseult à lui avant que le monstre ne plante ses serres sur les rochers.

Merik n'arrivait pas à atteindre sa sœur.

Le cyclone de Kullen l'attaquait de tous côtés, même quand il tenta d'envoyer ses vents attraper Vivia. Même quand il essaya d'y aller lui-même.

On aurait dit que Kullen sentait à l'avance ce que le prince s'apprêtait à faire.

Kullen et lui étaient liés. Leurs âmes, leurs magies, ce qui signifiait… que sa magie à lui n'opérait plus. Merik ne pouvait plus utiliser son pouvoir de Windwitch.

Tant pis s'il en sortait la poitrine douloureuse et le corps meurtri : il abandonna la rafale. Il abandonna la magie. Il abandonna la fureur.

Et il tomba la tête la première au cœur de l'orage. En chute libre jusqu'au pont-canal. Le cri poussé par Kullen explosa dans son crâne. Sa magie lui transperça les entrailles et se répandit dans ses membres. *Utilise-moi, utilise-moi, utilise-moi.*

Merik s'y refusa. Il continua de piquer tout droit vers le feu de mer noir.

Il dépassa le pont-canal. La chaleur le consumait. Les ombres se déchaînaient. Mais en contrebas… en contrebas, la vallée verte l'attendait.

À travers les larmes provoquées par la vitesse et la fumée, Merik aperçut sa sœur. Les mains et les jambes tendues, elle attirait à elle de vastes filets d'eau qui se désagrégeaient au fil de sa descente. Trop fins pour l'empêcher de s'écraser dans la vallée, ils étaient assez épais pour ralentir sa chute. Ce qui permettrait à Merik de la rejoindre.

Il colla ses bras à son corps et tendit les pointes de pied.

Des gouttes qui avaient échappé au contrôle de Vivia lui éclaboussèrent le visage.

Plus vite. Plus vite ! Sans magie, la seule énergie qui le guidait venait de Noden. De la gravité. *Laissez-vous porter par le vent. Laissez-vous porter par les flots.*

Quand Merik finit par la rejoindre, l'eau le frappa de plein fouet. Il enlaça sa sœur de toutes ses forces.

Ils se mirent à tournoyer. Encore et encore. Dans l'eau, dans le vent, avec la certitude de foncer vers la mort.

Sauf que maintenant Merik pouvait voler. Il pouvait enfin utiliser l'énergie qui le reliait à Kullen.

Une éruption de vent, en déferlant sous leurs corps, les propulsa dans une nouvelle spirale. Et encore, et encore. Merik en réclama *encore* dans une gerbe de chaleur que Kullen ne pouvait pas maîtriser. Une masse d'air assez épaisse pour les arrêter. Un vent assez puissant pour coucher le tapis d'herbes. Un vaste cercle qui permit à Merik et Vivia de ralentir, puis de se poser.

Ils atterrirent sur leurs pieds, mais leurs jambes se dérobèrent sous le choc. Les mains de Merik s'enfoncèrent dans l'herbe mouillée, puis la terre grasse dont l'odeur était fraîche et pleine de vie.

– Merry, souffla Vivia.

Son épaule saignait.

– Ton bras, répondit Merik.

Il se releva, tremblant. L'herbe avait-elle toujours été aussi touffue ? Les brins se redressaient déjà, comme si ses vents ne les avaient jamais aplanis.

Vivia se rétablit à son tour.

– Tout va bien. Je ne sens rien. Merry, il faut que je te dise…

Un craquement assourdissant retentit dans la vallée. Comme si une montagne s'était écroulée. Comme si la terre elle-même s'était fendue.

Le barrage était en train de céder.

Safi contre Kahina.

Elles combattaient sur le pont du cotre, sous les yeux des équipages rassemblés sur la jetée. Sans armes, pieds nus et seules à bord. Deux femmes sous un ciel où dansaient les mouettes.

Le reste du monde avait disparu. On n'entendait plus la clameur de l'arène. Ni même les craquements du bateau. Le monde avait disparu parce que Safi l'avait fait disparaître, comme Habim le lui avait appris près d'une décennie auparavant. Elle posa son regard sur la poitrine de Kahina, de manière à voir l'ensemble de son corps dans ses moindres mouvements. Elle planta ses talons dans le bois brut afin de pouvoir sentir le navire tanguer et gîter.

Kahina était plus petite qu'elle, mais Safi n'avait pas la naïveté de croire qu'elle en tirerait profit. Elle avait en face d'elle une femme expérimentée. On le voyait à sa manière de se balancer d'un pied sur l'autre, les bras tendus, les poings déliés.

Ses oreilles, gonflées et déformées par des années de coups de poing reçus sans jamais capituler, la trahissaient aussi.

Mais ce qui rendait Kahina redoutable, c'était sa vigueur. Elle n'avait pas passé la matinée à fuir les flammes, les Bornyes ou une arène en furie. Safi allait devoir rester alerte. Concentrée…

Un poing s'abattit. Safi jura. Kahina venait de lancer le combat. Un nouveau coup, puis un autre. Safi eut tout juste le temps de les parer ; elle recula.

Elle ne tarda pas à manquer d'espace. Comme le bastingage approchait, elle n'avait plus qu'une option avant de se retrouver bloquée : l'attaque. Elle envoya un coup de pied – une feinte pour que Kahina baisse les bras –, puis abattit ses deux poings.

Le premier s'écrasa sur le nez de son adversaire, l'autre sur sa poitrine. Non pas pour la blesser, mais pour l'affaiblir et la faire reculer.

L'amirale, malgré ses yeux mouillés, souriait de toutes ses dents avariées. De toute évidence, Safi ne lui avait pas cassé le nez.

Kahina renifla.

– Tu sais quoi, ma jolie ? Je ne connais même pas ton nom.

Elle frappa le sol pour attirer l'attention de Safi avant de se jeter sur elle. Sa main, tel un couperet, s'abattit sur la gorge de la Truthwitch. Puis elle lui brisa le nez d'un crochet et, d'un ultime coup de pied, l'envoya valser en arrière.

Safi avait les narines en sang et les yeux pleins de larmes, mais elle parvint à tenir la douleur à distance. Elle avait l'habitude de prendre des coups ; il en fallait davantage pour la ralentir.

Malgré tout, elle était à nouveau en position de faiblesse. Kahina s'était remise à parler. Pour la déconcentrer.

– Je suis enchantée que tu aimes autant que moi les défis, dit-elle en enchaînant direct, crochet et coup de pied dans les côtes.

Encore du sang. De la douleur. *N'écoute pas, n'écoute pas.*

– Mais tu sais ce que j'aime encore plus ? reprit-elle.

Kahina esquiva le direct de Safi avant de sauter en arrière pour éviter son coup de pied dans le genou.

Safi continua son offensive. Coups de pied, coups de griffe, coups de poing. Plus elle s'acharnait, moins l'amirale arrivait à esquiver. Safi enchaîna les attaques. Elle s'apprêtait à lui enfoncer son genou dans le ventre et son coude dans le menton quand…

Kahina la fit basculer.

Safi, recroquevillée au sol, tenta d'attraper une jambe ou un pied et réussit à empoigner le pantalon de son adversaire. Elle s'en contenterait. Elle tira dessus pour déséquilibrer la pirate.

En vain. Kahina utilisa son élan pour tirer Safi vers le haut – droit vers le poing qui l'attendait.

Le nez de Safi, déjà cassé, fut réduit en miettes. Un rideau noir lui obtura la vue. Elle bascula en arrière et son crâne s'écrasa sur le pont. Mais elle ne le sentait déjà plus.

L'amirale, à cheval sur elle, colla son avant-bras sur sa trachée, son autre main posée sur le sol.

– Tu ne m'as pas répondu, ma belle. Je répète : Tu sais ce que j'aime encore plus ?

Sa bague de jade renvoyait les rayons du soleil.

– Quoi ?

Safi avait du mal à articuler. Le sang imprégnait tout ce qu'elle voyait. Et l'air qu'elle respirait.

– J'aime les bonnes affaires.

Safi n'avait rien à répondre. À quoi bon s'esquinter les neurones alors qu'elle avait déjà perdu la bataille ? Si l'amirale avait envie de la distraire en papotant, pourquoi pas ?

– Dis-moi comment tu t'appelles, demanda Kahina.

Safi comprit alors qu'elle cherchait non seulement à la distraire, mais à la déstabiliser. Mathew lui avait dit et répété qu'*au-delà des mots prononcés, il fallait s'intéresser à ceux qui étaient tus*. Du reste, cet échange permettait aux deux combattantes de retrouver leur souffle.

– Tu veux perdre, répondit Safi en accrochant le regard de l'amirale. Pourquoi ?

Les yeux de Kahina se plissèrent. Non – ils se froissèrent. Elle souriait.

– Parce que je n'ai pas besoin de ce navire. Mais si la future *impératrice* de Cartorra pouvait m'accorder une faveur… Imagine ce que je pourrais en faire, Safiya fon Hasstrel.

Safi, horrifiée, sentit sa poitrine se contracter. Kahina connaissait évidemment son identité ! Ce n'était un secret pour personne. Au moins, elle ne paraissait pas soupçonner qu'elle avait en face d'elle une Truthwitch. Cette information-là restait privée.

Kahina accentua très légèrement la pression sur sa gorge, et le monde s'assombrit.

– Voilà mon offre, ma jolie. Je te laisse gagner ce combat. Mon équipage et moi, on s'en va. Mais tu auras une dette envers moi. Un jour, je te ferai une demande et tu devras t'en acquitter. On est d'accord ?

Face à cette offre qui vibrait de vérité, Safi se tendit. Elle se tortilla. Elle se contorsionna. Mais elle ne pouvait plus respirer, et elle n'avait jamais jugé utile de s'entraîner au corps-à-corps. Le ciel, le visage de l'amirale, le bateau – tout affluait et refluait devant ses yeux. Elle n'avait d'autre choix que d'accepter le marché.

– À deux… conditions, réussit-elle à articuler.

Comme elle étouffait, ses paroles étaient à peine audibles ; Kahina en saisit toutefois le sens. Elle desserra son étreinte juste assez pour permettre à Safi de développer.

– Je ne tuerai personne pour toi, et je… refuse de sacrifier ma vie.

Le sourire de Kahina s'élargit.

– Marché conclu.

Ces mots s'accompagnèrent d'un soupçon de magie qui effleura la peau de Safi. Un éclair se refléta dans sa pupille.

La bague en jade de l'amirale rayonnait de magie.

– Maintenant, prends le dessus, ma jolie, et frappe-moi jusqu'à ce que j'implore…

Safi la fit basculer sur le côté d'un coup de hanche qui, cette fois, se révéla efficace.

Des acclamations s'élevèrent du côté du quai. Les bardes de l'Enfer. L'équipage cartorréen.

Faux, faux, faux. Le dos de Kahina heurta le pont, et Safi passa à l'attaque. *Faux, faux, faux.* À nouveau, des acclamations et du sang – et sa magie qui débusquait l'entourloupe. Un mensonge qu'elle forgeait elle-même. Un mensonge en échange de leur liberté.

– Arrête, grogna Kahina. *Arrête !* Ça suffit, ma jolie. Stop.

Ses yeux étaient enfoncés dans leurs orbites. Safi s'arrêta de cogner, puis elle libéra la femme plus forte, plus petite et plus sage qu'elle chevauchait.

– Le navire est à nous ! cria Safi, hors d'haleine, de manière à être entendue par les équipages. Rassemble tes hommes et dégage.

Faux, faux, faux.

Kahina s'affala en soupirant sur le pont pour feindre la défaite. Elle avait la figure en bouillie, mais tout ça n'était que mensonges.

– Je m'en vais. Le navire t'appartient.

Et voilà. Combat fini, marché conclu.

Safi ne regarda pas partir l'amirale. Ni l'équipage cartorréen monter à bord, ni les bardes discuter avec Vaness sur le pont. Elle se contenta de traîner son corps meurtri jusqu'à la poupe pour contempler la baie plongée dans la pénombre. Derrière elle grandissait la rumeur d'une guerre sur les terres de Saldonique.

Le regard perdu dans la houle légère des vagues, tandis que le sang tombait goutte à goutte de son nez, de ses joues, de sa bouche, elle avait néanmoins l'esprit préoccupé par autre chose.

Dans sa paume, la pierre filaire clignotait, scintillait, signe qu'Iseult était à nouveau en danger. Signe qu'elle-même ne pouvait absolument *rien* faire pour l'aider, hormis rester plantée là, à prier les dieux qui voulaient bien tendre l'oreille.

TRENTE-NEUF

UNE CHAUVE-SOURIS DES MONTAGNES. Celle qu'ils avaient croisée ce jour-là. Pourquoi Iseult était-elle si surprise de la revoir ? Après tout, ces créatures avaient soif de carnage, or la bataille faisait rage.

Le temps s'était figé. Campée sur ses deux jambes au côté d'Aeduan, elle observait le monstre. Un frisson, visible au frémissement de sa fourrure, parcourut la bête de la tête aux pieds. La pluie tombait à verse.

Puis l'animal se jeta sur la tête d'Iseult, les mâchoires grandes ouvertes.

Guidée par son instinct, Iseult fit un bond de côté tout en dégainant son coutelas. *Forte.* Elle se sentait plus forte que jamais. Une idée l'effleura : et si c'était grâce…

Grâce au Firewitch ?

Elle restait mille fois moins rapide qu'Aeduan, qui attaquait déjà la chauve-souris à coups d'épée. Sa lame, en touchant la fourrure sombre, en détachait des touffes moussues qui tombaient avec la pluie.

Les Filaments gris du monstre gagnèrent en intensité. Iseult n'arriverait pas à les cliver, mais elle en crevait d'envie, et cette idée suffit à lui tordre l'estomac.

Il y avait toutefois plus urgent que de se morfondre dans la culpabilité, la révulsion ou le regret. Cette force inédite, Iseult devait l'utiliser pour échapper à la bête et sauver Aeduan.

Comme en réponse, celui-ci visa ses pattes, mais la chauve-souris piqua dans un tourbillon assourdissant aux teintes forestières. Aeduan s'attaqua aussitôt à ses crocs.

Iseult chargea à son tour en poussant un cri de guerre.

– Ici ! hurla-t-elle. Viens par ici !

Une demi-seconde – l'intervention d'Iseult ne permit pas à Aeduan de gagner plus de temps, mais il en profita pour se précipiter vers la colonne la plus proche, qu'il escalada en trois sauts.

Puis il plongea sur la bête pour l'empaler par-derrière. Comme la chauve-souris avait étendu ses ailes de chaque côté comme des leviers, elle ne pouvait pas se retourner à temps. Aeduan leva son épée à la verticale, prêt à concentrer toutes ses forces et toute sa magie dans le coup…

Iseult s'aperçut alors que les Filaments argentés avaient changé de couleur pour adopter une teinte absurde, une teinte impossible à ses yeux. Et pourtant, le fuchsia des couchers de soleil se mêlait désormais au gris argent.

Les Filaments qui unissent.

La lame d'Aeduan s'enfonça dans la chair et les poils. La pointe d'une oreille – un morceau de viande aussi gros que la tête d'Iseult – s'écrasa sur le sol gorgé d'eau.

La chauve-souris se mit à rugir, son souffle projetant Iseult en arrière. Puis elle fit pivoter son énorme corps sinueux en écrasant la terre de ses longues ailes. À chacun de ses pas, la terre tremblait.

Désorientée, elle en fit quatre avant de prendre son envol.

Les Filaments du crépuscule gagnaient en intensité à mesure qu'ils virevoltaient vers les chutes. Et vers un bouquet de Filaments rompus, terrorisés, qui se profilait au loin. Iseult les reconnut.

Hulotte. La chauve-souris des montagnes se dirigeait vers Hulotte.

Aeduan, dont le corps et l'épée étaient maculés de sang, rejoignit Iseult. Il avait les joues écarlates et ses yeux brillaient d'un rouge profond.

– Les… les chutes, haleta Iseult. Hulotte est là-bas, et la chauve-souris a pris cette direction.

Après un moment de confusion, Aeduan saisit enfin la portée de ses mots.

– Voilà pourquoi les pirates la cherchent. Cette gamine a le pouvoir de contrôler… une chauve-souris des montagnes.

Il s'essuya le visage sur son épaule avant de tendre la main à Iseult.

Elle l'agrippa fermement et leurs doigts s'entremêlèrent. Puis ils se mirent à courir, évoluant dans un monde de pierre sous une pluie lourde de fumée. Iseult ne voyait plus rien d'autre que les éboulis sous ses pieds et les colonnes disséminées dans la vallée. Sa cape blanche claquait au vent et la main d'Aeduan serrait la sienne.

La chauve-souris, elle, n'avait pas cessé de crier. Ses attaques avaient repris. Les Filaments argent teintés de rose se rapprochèrent. De plus en plus. Mais Iseult savait désormais qu'ils erraient sans but. Elle n'avait pas plus de raisons d'attaquer que Hulotte, d'être piégée.

Au moins, Iseult comprit dans quelle direction la chauve-souris allait piquer.

– À gauche ! cria-t-elle.

Aussitôt, ils se jetèrent derrière une colonne de pierre pas plus large qu'un tronc d'arbre.

Des Filaments argent. Des hurlements de damnés. La chauve-souris s'écrasa.

La colonne aussi.

Aeduan se remit à courir, les doigts enfoncés dans l'avant-bras d'Iseult. La chauve-souris des montagnes traînait en arrière. Plutôt que de prendre de l'altitude pour pouvoir piquer, elle planait juste au-dessus de leurs têtes.

Hulotte. Ils n'allaient plus tarder à tomber sur elle.

– Le fleuve ! cria Iseult.

Aeduan changea aussitôt de direction. Ils sortirent de l'abri des colonnes et l'Amonra les accueillit. Ses flots blancs avaient tourné au rouge ; le courant charriait des cadavres.

Là, une bataille faisait rage. Les flèches tombaient ; les lames se croisaient sans répit. C'était le chaos. Personne ne se souciait de savoir s'il tuait bien un ennemi. Partout où elle posait le regard, Iseult voyait des Filaments violents, pleins de convoitise. Le sol était imbibé de sang.

Un jour, Habim lui avait dit : *La guerre n'a aucun sens*. Elle avait toujours pensé qu'il parlait de logique. Elle comprenait désormais ce qu'il voulait dire. La guerre anesthésiait en effet les sens : vue, ouïe, toucher… et même sa magie. À tous points de vue, Iseult se sentait écrasée. Pulvérisée. Réduite en miettes.

Un peu plus loin, au pied des chutes se trouvait Hulotte. Ses Filaments paniqués, frénétiques, brillaient à travers la brume distillée par le fleuve.

Un *clac !* résonna dans l'air. Aussitôt, une nuée de flèches lancées depuis la falaise noircit le ciel.

Aeduan vira à droite. Il tira Iseult derrière les rochers juste avant que les flèches ne touchent leurs cibles. Soldats, montures, Voiles Rouges, Bornyes – tous tombèrent comme du blé sous la faucille.

Pas le temps de s'arrêter. Ils devaient continuer à courir sous la bruine. Des hommes chargeaient, l'épée à la main, mais rien de plus facile que de les éviter avec Aeduan à ses côtés. Ensemble, ils se cabraient, plongeaient, esquivaient, roulaient. Une combinaison fluide de mouvements articulés autour du sang et des Filaments.

Ils étaient presque arrivés aux chutes. Ils avaient presque rejoint Hulotte.

La brume s'estompa sous les battements d'ailes de la chauve-souris qui se rapprochait, les serres tendues, la gueule ouverte.

Puis le brouillard disparut complètement et Hulotte leur apparut. Dix hommes la surveillaient. Les autres s'étaient transformés en carcasses écrasées sur les rochers ou dérivaient déjà sur le fleuve – car telle était la méthode employée par la chauve-souris, dont les griffes se refermaient en ce moment même sur un Bornye qui se débattait. Une fois lestée de sa proie, elle la fracassait sur la roche avant de la jeter dans les flots.

Une autre attaque assourdissante de la bête dissipa la brume en suspens, ce qui permit à Iseult de collecter les données dont elle avait besoin : désormais, neuf soldats – bientôt huit – entouraient Hulotte qui se pelotonnait derrière les rochers, la tête recouverte d'un sac.

Un Voile Rouge déboula sur la droite ; Aeduan l'arrêta d'une simple torsion du poignet. Il ne le tua pas – il se contenta de le figer comme une statue avant de poursuivre son chemin.

Le brouillard les enveloppait. La chauve-souris volait bas ; il était temps d'agir. Iseult libéra son bras de l'étreinte d'Aeduan.

– Prends Hulotte avec toi ! cria-t-elle, prête à affronter les soldats qui restaient.

Occupés à combattre la chauve-souris, ces derniers ne l'avaient pas vue s'avancer dans la brume.

Avec un grognement animal, elle se jeta sur le soldat le plus proche qu'elle envoya à terre d'un croche-pied. Les pierres étaient glissantes et les eaux tumultueuses de l'Amonra grondaient un peu plus bas – un adversaire auquel il était impossible d'échapper, Iseult le savait.

Aussi rassembla-t-elle toute son énergie avant d'envoyer son pied dans le cou du soldat, qui bascula dans les flots. Le fleuve venait de faire une nouvelle victime. Il restait néanmoins sept hommes, et la terre s'était mise à trembler.

Non, pas la terre – les pierres. Le gravier élimé par le fleuve qui recouvrait les berges. Il ondulait comme une houle marine sous l'impulsion de Filaments presque invisibles.

Fouillant des yeux la brume, Iseult suivit les Filaments vert sombre qui la menèrent à Hulotte. C'étaient ses Filaments à elle. Sa magie à elle.

Elle n'avait pas le temps de s'étendre sur la question ni d'essayer de l'arrêter. Un autre homme l'avait aperçue ; il avait dégainé son sabre.

Iseult plia les genoux. Au-dessus de sa tête, l'air siffla. Trop près. La lame était trop près, et l'homme aussi. Iseult avait besoin d'espace.

Les Filaments d'argent pourraient remédier à ce problème. Iseult se jeta sur le gravier et la chauve-souris fit le travail à sa place, dégommant trois hommes d'un seul coup.

Plus que quatre.

À ce moment précis, Aeduan retira le sac de la tête de Hulotte dont les Filaments jaillirent dans l'air avec une énergie incroyable.

La terre se mit à gronder, la chauve-souris à hululer. Les Filaments ensorcelés de l'Earthwitch se déployaient partout.

Les jambes d'Iseult se dérobèrent. Sa lame lui échappa. Elle tenta de s'agripper aux rochers mais elle glissa dans le fleuve. Dévorés par les flots, ses poumons se vidèrent de tout leur air et son cerveau s'arrêta.

Les eaux glaciales rougies par le sang la happèrent dans leur tourbillon. Elle était piégée. Aspirée dans les profondeurs.

Puis la terre explosa sous ses pieds. Elle s'ouvrit dans un craquement pour la porter, comme une maman porte son bébé, jusqu'à la surface, jusqu'aux berges, pour la déposer dans les bras d'Aeduan.

Il la remit d'aplomb avant de hurler. *File,* devina Iseult. *Cours !* Elle imagina ces mots plus qu'elle ne les entendit, car son attention était tout entière absorbée par la rétractation des Filaments d'une Earthwitch qui avait fait tout ce qui était en son pouvoir.

Iseult se tordit le cou pour voir Hulotte escalader tant bien que mal la falaise tandis que la chauve-souris, au-dessus de leurs têtes, continuait de battre des ailes. Telle une gardienne, elle empêchait les soldats d'approcher. Et elle faisait tomber toutes les flèches qui s'abattaient sur elle.

Incroyable. Une gamine capable de faire trembler la terre et de contrôler une chauve-souris des montagnes. Pourtant, il n'y avait aucun doute là-dessus.

Ils rejoignirent Hulotte en un instant. Sans un mot, Aeduan la hissa sur son dos et, au moment où elle s'accrochait à son cou, ses Filaments se parèrent à nouveau de teintes flamboyantes.

Ils continuèrent alors de grimper tous les trois la paroi détrempée de la falaise tandis que la créature de légende, une créature de champ de bataille, leur ouvrait la voie.

Merik et Vivia se tenaient sur le pont-canal, chacun d'un côté.

Les flots ourlés de blanc fonçaient vers eux. Aussi hauts que le barrage. Aussi hauts que la ville. Le torrent allait les emporter d'une seconde à l'autre. Des vents tièdes et peu puissants se rassemblèrent autour de Merik. Au moins, ils émanaient de sa magie à lui. De son côté, Vivia convoqua ses marées.

Ils échangèrent un regard. Deux Nihar. Deux pouvoirs. Un frère et une sœur qui n'avaient jamais fait connaissance, ni même essayé.

Les flots arrivèrent.

Leurs bras s'activèrent. Énergie, vents, marées. Un mur de magie pour bloquer l'écume blanche. Merik recula d'un pas, ses pieds glissant sur les roches humides alors que ses vents se mettaient à rugir. Un hurlement sortit de sa poitrine. De sa bouche écartelée s'échappèrent des rafales issues de ses entrailles.

Et encore, et encore. Un puits intact au fond de lui. Relié non pas à Kullen, mais à son sang Nihar. À sa sœur, qui se battait à ses côtés contre la puissante vague qui déferlait.

Ni colère, ni haine, ni amour, ni passé. Rien que l'instant présent. Et ce torrent, qui ralentissait, éclaboussait.

Et finalement s'arrêtait.

Merik leva une jambe. Il fit un pas en avant pour s'imposer, repousser le vent, repousser les flots.

Un deuxième pas, suivi d'un troisième. Un pied devant l'autre, dans la vallée verte, sous un ciel moucheté de bleu.

De l'autre côté du pont, Vivia s'était mise en mouvement elle aussi. Ils marchaient en rythme. Une, deux. Lutte. Impose-toi. Trois, quatre. Continue d'avancer.

Soudain, une onde de glace balaya le pont-canal avant de figer le fleuve, puis la vague. Merik baissa un instant la garde et le torrent avança de quelques centimètres.

Stix. Elle accourait vers eux sur la couche de glace qu'elle venait de former. Elle cala son pas sur celui de Vivia, adoptant le rythme Nihar pour se joindre au combat.

Le torrent se mit à reculer.

Bats-toi. Repousse-le. Continue d'avancer.

Ils virent alors arriver d'autres habitants. D'autres sorciers. Des Windwitchs, des Tidewitchs. Des Stonewitchs, des Plantwitchs. Civils et soldats – tous se calaient sur le pas Nihar.

Petit à petit, ils gagnèrent du terrain, ils gagnèrent de la vitesse, et bientôt tout le monde marcha le dos droit. Avant d'accélérer l'allure.

Une fois arrivés au barrage fissuré, ils s'arrêtèrent. Les flots avaient regagné leur domicile, bloqués par une muraille de glace, de racines et de pierres qui s'élevait peu à peu, un niveau après l'autre. Des centaines de sorciers y travaillaient. Des centaines de Nubrevniens.

Bientôt, Merik n'eut plus rien à faire. À nouveau, il échangea un regard avec sa sœur, qui hocha la tête avant d'esquisser un sourire.

Merik l'imita. Puis il releva sa capuche détrempée, en lambeaux, déjà prêt à regagner Lovats. Vivia contrôlait la situation. La bataille, les sorciers, le barrage tout neuf qui s'érigeait sous leurs yeux.

Elle n'avait pas besoin de l'aide qu'il s'efforçait de lui apporter. Pas besoin de l'aide d'un mort.

Aussi Merik décida-t-il de s'envoler pour rejoindre Pin's Keep.

Aeduan marchait depuis des heures, Hulotte sur le dos, suivi par la Threadwitch et par la chauve-souris qui volait au-dessus de leurs têtes.

Ils venaient de quitter les Terres Contestées. Même s'ils ne reprenaient pas le chemin qu'Iseult et lui avaient suivi à l'aller – ils marchaient plus au nord –, il n'osait pas ralentir le pas.

Ni déposer Hulotte, malgré la douleur d'abord sourde, puis lancinante dans ses épaules. Elle dormait si paisiblement… Si elle se réveillait, s'il la laissait marcher… Elle irait trop lentement. Elle les ralentirait.

Le soleil baissait à l'horizon. Les pins dessinaient sur la terre de Nubrevna de longues ombres quand Aeduan consentit enfin à s'arrêter.

Ils arrivèrent bientôt à un étang dont les eaux limpides traçaient un halo irrégulier au milieu des arbres. Un mur oublié, à moitié submergé, s'élevait de l'autre côté.

– Il n'y a personne, constata la Threadwitch. Et si on faisait une pause ?

Voilà des heures qu'ils n'avaient pas échangé un mot. Aeduan crut d'abord à du charabia, puis il se rendit compte qu'elle ne parlait pas en nomatsi, mais en dalmotti. Elle supposait que Hulotte ne comprendrait pas.

– Je n'ai pas perçu une seule présence depuis… bien avant le coucher du soleil, dit-elle en pointant un doigt vers l'horizon. En plus, j'ai soif.

Son raisonnement n'allait pas plus loin.

Aeduan s'apprêtait à répondre quand il sentit que Hulotte remuait ses bras tout en bâillant. Les muscles en feu, il la déposa à terre. Une fois debout, elle s'étira comme tous les enfants normaux après la sieste.

Quatre courants d'air ridèrent la surface de l'eau avant de faire claquer la cape qu'Aeduan ôtait de ses épaules endolories. La chauve-souris vint se poser sur le mur écroulé, balayant les ruines de sa longue queue dont l'extrémité duveteuse trempait dans l'eau.

Hulotte ne prêta aucune attention à cette monstrueuse créature qui faisait maintenant sa toilette comme un chat, en commençant par son oreille ensanglantée. Elle était occupée à se frayer un chemin parmi les galets pour accéder à la rive, où elle tenta d'imiter Iseult en puisant de l'eau afin de boire.

– Petite sœur, dit Iseult. C'est quoi, ton vrai nom ?

Hulotte fit la sourde oreille. Dépitée, Iseult consulta Aeduan du regard.

Celui-ci haussa les épaules. Après tout, Hulotte ne serait pas la première enfant que la guerre rendait muette. Mais la Threadwitch décida d'insister.

– Tu veux bien répondre, petite sœur ? dit-elle en haussant la voix. Tu p-peux nous donner le nom de ta tribu ? D'où tu viens ?

Hulotte continua de s'abreuver, comme si elle était seule au monde.

Iseult, contrariée, finit par abandonner. Elle se redressa avec un grand soupir avant de sauter de pierre en pierre. Sa silhouette longiligne se découpa dans la pénombre du crépuscule. Exposées aux flammes, les pointes de ses cheveux noirs avaient flétri.

Ce n'était plus la Threadwitch qui avait attrapé Aeduan grâce à un piège à ours. Ni celle avec qui il s'était battu le matin même. Cette femme avait changé.

Si le Bloodwitch le remarquait, c'était parce qu'il avait parcouru le même chemin. À son tour, elle apprendrait bientôt qu'il était inutile de chercher à fuir les démons qu'on avait créés.

À compter de ce jour, elle ne cesserait jamais de plier et de déplier les doigts, comme elle le faisait en ce moment même. Elle ferait rouler ses poignets et craquer sa nuque. Elle étirerait ses mâchoires en se demandant qui serait sa prochaine victime. Qui ne s'en tirerait pas.

Pour toujours à partir de ce soir, elle tenterait d'échapper à ses cauchemars. Elle courrait, elle se battrait, elle tuerait à nouveau pour s'assurer que les fantômes existaient bel et bien.

Car elle ne les inventait pas.

Aeduan devrait-il éprouver du remords ? Après tout, si elle avait clivé, c'était pour le sauver. Pourtant, il ne ressentait aucune brûlure dans la poitrine, aucun nœud dans le ventre. Au bout du compte, elle aurait fini par découvrir sa vraie nature.

– Ton amie se déplace à nouveau, dit-il en venant monter la garde avec elle. En bateau, je pense. Même si tu avais continué, tu ne l'aurais pas rattrapée à temps.

Les mains d'Iseult gouttaient sur la pierre. Pour toute réaction, elle plongea son regard dans celui d'Aeduan, qui devait sans doute se teinter de rouge. Il rassemblait toute son énergie – le peu qu'il lui restait – pour repérer l'odeur de la Truthwitch.

– À mon avis, la famille de Hulotte est morte, finit-elle par lâcher sans détourner les yeux.

– Je le pense aussi.

– Tu l'emmènes où, du coup ? Je doute que beaucoup de familles acceptent d'accueillir chez eux une chauve-souris des montagnes...

Comme d'habitude, elle parlait d'une voix monocorde où perçait néanmoins une touche d'humour. Aeduan se mit au diapason.

– Pas plus qu'un Bloodwitch.

Le visage d'Iseult s'illumina un court instant avant de se figer.

– Ou une Weaverwitch, j'imagine.

Ce mot tomba entre eux comme un marteau.

Aeduan ne jugea pas utile de la contredire. À quoi bon nier ce qu'elle était ? Aller contre sa nature était un processus douloureux. Parfois mortel.

– Au monastère Carawen, ils acceptent tout le monde, répliqua Aeduan.

– Même les chauves-souris des montagnes ? dit Iseult avec l'ombre d'un sourire.

– Du moment qu'elles se mettent au service des Cahr Awen…

Iseult se raidit et Aeduan se demanda s'il avait parlé trop vite. Il était déjà difficile d'affronter le Vide. Comment faire si le Vide vous affrontait à son tour ?

Car c'était bien le cas. Il le voyait à sa posture hésitante. À sa langue qui courait nerveusement sur ses lèvres. Si Iseult était en effet une Weaverwitch, alors elle était liée au Vide. Et si c'était une Voidwitch, alors elle pourrait bien être une Cahr Awen. Elle venait de s'en rendre compte.

Aeduan aussi.

– Le monastère Carawen, lâcha-t-elle comme une prière. Je croyais que tu avais quitté les ordres…

Elle paraissait perplexe. Aeduan s'étira les épaules.

– C'est pourquoi je ne compte pas y rester. Je vais vous déposer, toi, la chauve-souris et Hulotte, et repartir aussitôt pour Lejna afin de récupérer mes pièces.

Et, pourquoi pas, mettre la main sur le prince Leopold.

Iseult opina, comme si ce programme lui convenait. Aeduan en fut presque vexé. Le fait qu'elle donne son accord sans hésiter lui serrait le cœur.

Heureusement, sa déception ne dura pas. Hulotte s'amusait maintenant à faire des éclaboussures tandis que la chauve-souris frappait sa queue contre le mur, l'air contrariée. Ou peut-être ravie ? Impossible à deviner.

Tout en s'éloignant d'Aeduan, Iseult conseilla à Hulotte de rester prudente.

Une fois de plus, Aeduan se sentit comme un spectateur qui regarde la vie se dérouler sans lui sous un ciel de plus en plus sombre.

QUARANTE

Je suis déjà venue ici, pensa Safi en scrutant les traînées blanches dessinées par le vaisseau cartorréen. La côte marécageuse de Saldonique avait depuis longtemps disparu. À travers la vitre rendue floue et opaque par l'eau salée, on voyait le soleil couchant embraser les vagues.

Safi ne se trompait pas : elle avait déjà vogué dans ces eaux. Sur un vaisseau ralliant Azmir, pendant qu'une bonne âme soignait ses blessures.

Un violent éclair de douleur la traversait à chaque fois que Caden perçait de son aiguille la peau au-dessus de son sourcil, là où le poing de Kahina avait laissé une coupure. Sans dossier rigide, sans assise solide, elle serait tombée de sa chaise à la première piqûre. Malgré la douceur de ses gestes, le barde lui faisait mal à chaque point de suture.

Voilà une heure que Safi se trouvait dans la cabine du capitaine. Pour commencer, Lev était venue lui casser à nouveau le nez avant de le remettre en place. Safi n'avait pas pu s'empêcher de hurler, ce qui avait augmenté le saignement. La barde lui avait lancé en partant : « Je ne suis pas sûre que tu récupéreras ton nez d'avant, Domna. »

Safi s'était contentée de hausser les épaules. Sans matériel de guérisseur ensorcelé – Kahina avait tout emporté –, elle savait qu'elle garderait des cicatrices et un nez tordu jusqu'à la fin de ses jours. Mais peu lui importait : elle avait d'autres soucis en tête.

Sa pierre filaire avait cessé de clignoter. Iseult était hors de danger, mais pour combien de temps ?

– Je me suis trompé sur ton compte, dit Caden, interrompant ses pensées.

Jusqu'à présent, il s'en était tenu à des instructions comme *Penche la tête en arrière* ou *Ferme les yeux*.

– À Veñaza, reprit-il, je te trouvais téméraire, naïve et égoïste.

Safi ne put s'empêcher de lui lancer un regard noir.

– Je suis censée te remercier ?

La piqûre de l'aiguille se fit plus aiguë. Caden se figea sur son tabouret.

– Arrête de bouger, Domna, fit-il en soupirant.

Safi, vaincue, tenta de se détendre.

– Ton courage, tout à l'heure, sur le bateau, quand tu as affronté l'amirale... C'était téméraire, mais bien joué. Et loin d'être égoïste. Sans parler de ce que tu as fait dans cette auberge, à Saldonique... Je m'étais trompé sur ton compte.

– Et moi, murmura Safi en prenant soin de rester parfaitement immobile, je n'accepte pas tes excuses à la noix.

Caden poussa un grognement qui ressemblait à un rire. Puis il se pencha pour nouer le fil de chanvre qui courait sur son front. Alors que la douleur lui martelait le crâne, Safi garda les yeux rivés sur la chaîne d'or qui pendait à son cou. Le nœud coulant des bardes.

Il se redressa.

– C'est bon. Donne-moi ton poignet droit.

Elle obéit. Il tira son bras vers la fenêtre, vers la lumière qui balayait la mer jusqu'à la cabine. Ses doigts effleurèrent les contusions apparues sur l'avant-bras.

– Barde, dit-elle avec une grimace.

– Hmm ?

Il cala le bras de Safi sur son genou, la paume vers le ciel. Puis il s'empara d'une aiguille et d'un autre fil de chanvre.

– Tu as dit à l'empereur qui j'étais ? Quel pouvoir j'avais ?

– Non.

Sa réponse était claire et nette. Caden passa le fil dans le chas de l'aiguille dont le cuivre scintillait au soleil couchant.

– En revanche, précisa-t-il, j'ai confirmé à l'empereur les informations qu'il tenait d'autres sources.

– Ah.

Safi soupira. Comme ses muscles se relâchaient, elle s'adossa à son siège pour regarder Caden nettoyer la longue plaie à l'aide d'un tissu imbibé d'eau. La douleur jaillit en même temps que le sang frais.

Elle se força à alimenter la conversation.

– Que sais-tu de mon pouvoir ? Et quel est le rôle des bardes de l'Enfer ? Tu as promis de me l'expliquer si on survivait.

– J'espérais que tu oublierais, avoua-t-il en levant les yeux vers elle. Mais j'imagine qu'il est impossible de berner une Truthwitch.

– Réponds à ma question.

Embarrassé, il se mordit la lèvre.

– Disons que… Disons qu'au départ, les bardes étaient des hérétiques, eux aussi. Comme toi.

Il prit le temps de déposer le tissu ensanglanté pour attraper l'aiguille avant de poursuivre.

– Mais nos pouvoirs nous ont été confisqués, Domna. Pour nous punir. Et maintenant, nous sommes au service de celui qui nous en a privés. Enlever ce nœud coulant, c'est mourir.

Safi ferma les yeux pour encaisser la douleur provoquée par l'aiguille qui rentrait à nouveau dans sa chair. Une image se forma dans sa tête : elle vit l'oncle Eron enlever sa chaîne, son nœud coulant – le temps d'un soupir, mais tout de même. Assez longtemps pour qu'elle le perce à jour.

Quand elle rouvrit les yeux, son regard tomba sur le crâne de Caden. Elle n'avait jamais remarqué les taches de rousseur sur son front.

– Quand vous portez le nœud, vous êtes protégés contre les pouvoirs magiques. Comment ?

– Je ne peux pas te révéler tous mes secrets, Domna. Sinon, tu vas t'enfuir et l'empereur va tous nous pendre. Au bout d'un vrai nœud coulant, cette fois.

Il éclata d'un petit rire triste.

Avant que Safi ne puisse exiger des éclaircissements, ils entendirent grincer les charnières de la porte. L'impératrice du Marstok avait fait son entrée, vêtue de son ample robe moutarde tachée. Comme tout le monde, elle n'avait pas changé de tenue depuis qu'ils avaient fui Saldonique. Outre l'équipement du navire, l'amirale Kahina n'avait laissé à bord que des tonneaux d'eau potable.

Vaness vint se poster entre Safi et la fenêtre, le visage faussement serein. Même si cette maladie du sang n'avait laissé aucune trace, même si le cotre filait tout droit vers le Marstok, l'impératrice ne baissait jamais la garde. Jamais.

– Tu en as encore pour longtemps, Barde ? demanda-t-elle.

– Deux ou trois minutes.

– Dans ce cas, tu assisteras à notre conversation.

– Pas de problème.

Caden ne se pressa pas plus qu'il ne ralentit son geste. Concentré sur sa tâche, il maniait l'aiguille avec doigté malgré les vagues de douleur qui ne cessaient d'affluer.

– Nous atteindrons les côtes marstokies demain matin, Safi. Et j'aimerais t'exprimer ma gratitude pour tout ce que tu as fait depuis que nous avons quitté la Nubrevna. Je souhaite donc te laisser le choix. Soit tu restes sous la protection des bardes de l'Enfer jusqu'à ton retour au pays, soit tu rejoins Azmir avec moi. Une fois que tu m'auras aidée à purger ma cour de ses mauvais éléments, tu seras libre de partir. Et moi…

Elle laissa passer un silence, le temps que son masque d'indifférence laisse percer un soupçon d'espoir.

– Moi, reprit-elle, je te donnerai de quoi rejoindre la destination de ton choix. Pour commencer une nouvelle vie.

Cette déclaration – cette offre – plana dans la cabine comme un drap s'envole avant de tomber sur le matelas.

– Un… choix, répéta Safi.

Cette fois, les mains de Caden ralentirent pour de bon.

De sa main gauche, Safi attrapa sa pierre filaire. Ses phalanges meurtries, abîmées, se refermèrent sur la chaîne d'acier que Vaness lui avait passée autour du cou dix-sept jours auparavant.

Il s'en était passé des événements, depuis ! Aujourd'hui, elle ne considérait plus Vaness ni les bardes de l'Enfer comme des ennemis.

Vrai, vrai. La gorge de Safi se serra à cette idée. En se rendant à Cartorra, elle perdrait sa liberté, et Iseult risquait de ne jamais la retrouver, de ne jamais la revoir. Safi redeviendrait la fiancée de l'empereur, la Truthwitch de l'empereur, piégée dans un château glacé dont elle ne pourrait jamais s'échapper.

Mais au Marstok… À Azmir… il lui restait une chance. Une fois éradiquée la corruption au sein de la cour, elle serait libre de partir. Mieux encore, elle toucherait assez d'argent pour leur permettre, à Iseult et elle, de refaire leur vie ailleurs. Elles en rêvaient depuis si longtemps !

Quant aux bardes de l'Enfer… Rentrer en Cartorra sans Safi signerait leur arrêt de mort, comme venait de l'expliquer Caden. Et si Safi s'était escrimée à sauver leurs têtes, ce n'était pas pour les laisser tuer par Henrick.

Elle avait déjà perdu Merik Nihar. Elle ne pourrait tolérer d'autres victimes si elle pouvait intervenir.

– Je vais t'accompagner à Azmir, dit-elle d'une voix qu'elle voulut gonflée d'assurance, et les bardes de l'Enfer resteront avec moi. En tant qu'escorte personnelle.

Ses mots rebondirent sur les murs de l'étroite cabine. Vaness parut décontenancée. Caden s'arrêta de recoudre pour contempler Safi, les yeux écarquillés.

Le silence s'éternisa.

– J'accepte tes conditions, finit par lâcher Vaness. Et… merci de rester à mes côtés.

Les traits enfin détendus, elle hocha la tête.

L'impératrice du Marstok repartit aussi vite qu'elle était arrivée. Une fois la porte refermée, le bateau gîta quatre fois de droite à gauche avant que Caden ne se décide à parler.

Curieusement, les joues de Safi s'enflammèrent dès qu'il ouvrit la bouche.

– Pourquoi tiens-tu à ce qu'on reste avec toi ? demanda-t-il à voix basse. Tu sais bien qu'on a pour ordre de t'emmener en Cartorra.

Safi, l'air innocent, haussa l'épaule gauche avant de lâcher enfin la pierre filaire.

– Je sais. Mais tu sais ce qu'on dit : *On se sent bien quand les amis ne sont pas loin…*

Caden leva la main. L'aiguille lança un éclair de cuivre.

– Je vois, compléta-t-il. *On se sent bien quand les amis ne sont pas loin, mais on se sent mieux quand les ennemis sont dans le coin.*

Safi, tendue, attendit la morsure de l'aiguille.

– Non, corrigea-t-elle. Juste la partie sur les amis, Barde. Pas celle sur les ennemis. Plus maintenant.

Elle se fendit d'un sourire nerveux, auquel il répondit.

Puis il transperça sa peau à l'aide de son aiguille. Une fois. Deux fois. Les derniers assauts de douleur avant que sa blessure ne soit complètement refermée.

Iseult attendit que le soleil se couche et que les étoiles apparaissent avant de se mettre en mouvement.

Ils avaient déniché une clairière un peu plus haut, à côté du ruisseau qui alimentait l'étang. Aux yeux d'Iseult comme à ceux d'Aeduan – qui avait donné son avis à voix haute dès que Hulotte les y avait emmenés –, cet endroit était impossible à défendre. Les arbres grondaient trop fort, et le maigre cours d'eau ne découragerait pas même une puce.

Malgré tout, la petite fille s'était assise, jambes croisées, l'air obstiné. C'est ici que la chauve-souris avait traîné ses lourdes pattes, avant de déplacer son corps à côté de Hulotte. Ses Filaments avaient alors perdu en intensité, comme si le sommeil avait atténué leur férocité, et elle n'avait pas tardé à ronfler.

Quel spectacle incroyable ! songea Iseult. Elle avait hâte de raconter la scène à Safi. Sauf que la bête puait, et que des mouches bourdonnaient dans son épaisse fourrure. Ce qui gâchait un peu son émerveillement.

L'odeur ne semblait pas gêner Hulotte : une fois la créature roulée en boule sur les pierres du rivage, la fillette s'était pelotonnée contre elle pour s'assoupir à son tour.

Iseult pouvait enfin profiter d'un moment de calme.

– Où vas-tu ? demanda Aeduan en la voyant se diriger vers la mare.

– Pas loin, répondit-elle avec un vague mouvement de tête. Je voudrais... m'abreuver à l'étang. Je reviens tout de suite.

Il ne fit rien pour l'en dissuader, mais elle comprit à ses sourcils froncés qu'il n'approuvait pas sa décision. Le rouge lui monta aux joues. À ce point de leur curieuse relation, ils en étaient donc à se demander des comptes...

Arrivée à l'étang, Iseult s'aperçut qu'elle respirait bruyamment. Mais au moins, personne ne la dérangerait. Personne ne l'entendrait ramper jusqu'à la rive avant de s'accroupir.

Elle contempla son reflet dans l'eau. Ses contours étaient incertains, comme si l'étang doutait de son identité.

Coupe, coupe, tords et coupe.

Iseult, détournant le regard, porta les doigts à sa pierre filaire.

Elle fit passer le cordon de cuir au-dessus de sa tête pour contempler le rubis appuyé sur le thaler d'argent au creux de sa paume.

– Safi, murmura-t-elle en posant l'autre main sur la pierre. Safi.

Concentrée, focalisée, elle chercha des Filaments.

Cette pierre était reliée à son amie, où que celle-ci se trouve. Si Esme pouvait lui apparaître en rêve, et si...

Si Iseult était bien comme Esme, elle pourrait peut-être voyager en esprit, elle aussi.

Mais il ne se passa rien. *Rien, rien, rien, corne de bouc !*

Iseult resserra les doigts sur la pierre.

– Pisse de belette ! murmura-t-elle, les yeux brûlants. Où es-tu, Safi, nom d'une chèvre ?

Arrête de jurer, Iz. Ces gros mots ne vont pas avec ton caractère mesuré.

– Safi ? C'est toi ?

Iseult se laissa tomber sur les fesses. Un caillou s'enfonça dans sa cuisse.

Qui d'autre ? Tu es dans mon rêve.

Ça marchait. Iseult n'arrivait pas à le croire. Ça marchait pour de vrai.

– Ce n'est pas un rêve, Saf. Je suis bien là, en train de te parler.

Bien sûr que c'est un rêve. Tu peux me croire : c'est moi qui dors.

– Safi, c'est de la magie de Thread...

Iseult s'interrompit, le cerveau piégé dans une toile d'araignée. Ce n'était pas de la magie de Threadwitch, si ? C'était la magie d'Esme, or Esme n'était pas une Threadwitch.

Peu importait le type de sorcellerie, après tout. L'essentiel était qu'elle soit en contact avec Safi.

– C'est de la magie, résuma-t-elle. Mais crois-moi, je te parle pour de vrai.

Le silence s'installa. Puis des Filaments rose fuchsia se formèrent dans l'esprit d'Iseult, accompagnés de chaleur. Un rayon de soleil envoyé par Safi pour balayer le froid.

Nom d'une déesse, comme cette chaleur lui avait manqué ! Sa sœur filaire lui avait sacrément manqué.

Sérieux ? Pisse de belette, comme tu dis ! On est en train de parler pour de vrai, Iz ! Triplecorne, tu y crois ?

La voix rêvée de Safi lui paraissait maintenant joyeuse, enthousiaste. Elle ne put s'empêcher de glousser.

Safi éclata de rire à son tour. Les couleurs chaudes du crépuscule vinrent enflammer ce qui les reliait. Les Filaments de l'amitié.

Alors qu'elle s'extasiait sur ces teintes parfaites, Iseult aperçut du coin de l'œil une silhouette qui avançait au milieu des pins.

Sans Filaments. Son cœur s'emballa. C'était Aeduan, bien sûr. Mais pourquoi fallait-il qu'il déboule à ce moment précis ? Elle se mit à parler plus vite.

– Où es-tu, Safi ? Tout va bien ?

Je suis sur un bateau qui se dirige vers Azmir. Et oui, tout va bien. On devrait arriver demain à la capitale. Et toi, où es-tu ?

– Je viens t-te chercher.

La langue d'Iseult se fit pâteuse. Elle avait tellement de choses à lui dire. Impossible que cette conversation s'arrête. Mais Aeduan était arrivé au pied du mur à moitié submergé. Il pourrait bientôt entendre ce qu'elle disait.

– Il va me falloir du t-temps pour rejoindre Azmir, Saf, mais je vais faire au plus vite. Je vais devoir te laisser…

Attends ! Ne pars pas ! S'il te plaît !

– Je… je n'ai pas le choix, se désola-t-elle.

Dis-moi juste si tu es en danger ou pas. Et ne mens pas, Iz. Parce que je le saurai.

Iseult ne pouvait pas résister. Son bégaiement s'effaça au profit d'un sourire.

– Je ne suis pas en danger, Safi. Tu auras bientôt de mes nouvelles. Promis.

Puis elle ôta sa main de la pierre.

Aussitôt, les Filaments de Safi se dissipèrent. Le cœur désormais froid, Iseult enfila à nouveau le cordon de cuir autour de son cou.

Aeduan avait atteint le rivage. Il avançait sur les rochers sans dire un mot et, à sa grande surprise, Iseult s'aperçut que sa frustration s'amenuisait déjà.

Après tout, il lui suffirait de faire à nouveau voyager son esprit pour parler à Safi. Ce n'était que le début.

Aeduan s'arrêta à quelques pas et contempla son reflet, comme Iseult l'avait fait. Sans s'asseoir, bien entendu – elle se demandait d'ailleurs s'il s'était déjà assis dans sa vie. S'il avait pris le temps de souffler. S'il s'était jamais comporté comme un être ordinaire.

Cela dit, elle ne se considérait pas non plus comme « ordinaire ». Une Weaverwitch…

Non. Ce n'était pas le moment d'y penser.

Elle plongea les mains dans l'eau gelée, ce qui lui changea aussitôt les idées. Puis elle enfonça ses bras jusqu'aux coudes, aux biceps…

– Des lucioles.

Elle se redressa brusquement, les bras piquetés de chair de poule.

– Quoi ?

– Là, dit Aeduan en montrant du doigt l'autre côté de l'étang. Des lucioles. On m'a dit qu'au Marstok, elles étaient considérées comme des porte-bonheur. Quand ils en voient, les enfants font des vœux…

Aeduan parlait d'une voix légère, comme si…

– Tu plaisantes ?

Iseult, en se levant, constella les pierres de gouttes d'eau.

– Non.

Mais elle ne le croyait pas. La bouche tordue dans un sourire, elle tourna les yeux vers les lumières qui clignotaient parmi les arbres. L'air, le ciel, l'eau – tous ces éléments lui rappelaient leur rencontre deux nuits auparavant.

Et pourtant, tout avait changé. L'avant-veille, Iseult et le Bloodwitch étaient des ennemis que seule cette histoire de pièces avait réunis. Ce soir, ils étaient des alliés réunis par… par quoi exactement ? Iseult n'en avait aucune idée. Par Hulotte, sûrement, et peut-être aussi par la chauve-souris.

Elle inspira une goulée d'air, émerveillée de pouvoir gonfler ses poumons à bloc. Puis elle ferma les yeux. Elle avait bien envie de formuler un souhait, mais lequel ? Elle souhaitait avoir Safi à ses côtés. Mais aussi Habim et Mathew. Et même, sans qu'elle sache trop pourquoi, sa mère.

Et surtout, elle souhaitait trouver des réponses aux questions qu'elle se posait. Sur sa magie. Sur les Cahr Awen.

J'aimerais savoir qui je suis.

Lorsqu'elle rouvrit les paupières, Aeduan continuait d'observer les lucioles.

– Tu as fait un vœu ? demanda-t-elle.

À sa grande surprise, il acquiesça d'un petit hochement de tête.

– Qu'est-ce que tu as demandé ?

Il fit pivoter ses poignets avant de hausser les épaules.

– Si mon vœu se réalise, je te le dirai peut-être un jour.

Et il se mit à longer le rivage avant de s'arrêter au pied des arbres.

– Fais attention en remontant, conseilla-t-il, la chauve-souris a étendu sa queue sur ton rocher.

Iseult le regarda s'éloigner jusqu'à devenir un filet d'ombre au milieu des pins.

Elle se rendit alors compte qu'un sourire éclairait son visage. Était-il lié à Aeduan, au vœu ou à Safi ? Bonne question.

Une fois sur les rochers, elle ôta ses bottes pour tremper ses orteils dans l'étang. Le froid s'empara d'elle. Ancrée dans le sol, la main sur sa pierre filaire, elle réussit à établir une connexion instantanée dès qu'elle chuchota le nom de Safi.

La nuit se déroula, parfaite à tous points de vue. Iseult et Safi se racontèrent dans le détail toutes leurs aventures des deux dernières semaines en gloussant.

Autour d'elles, les pins se balançaient dans le vent, la surface de l'eau ondulait et les lucioles dansaient.

QUARANTE ET UN

La salle des Batailles. Vivia se trouvait à nouveau devant les portes de chêne. Mais cette fois, encadrée par les valets de pied.

Et cette fois, en poussant la chaise roulante de son père.

Elle perçut d'abord l'odeur du romarin mélangé à la sauge. Puis une marée de robes bleu iris, d'où surnageaient une bonne trentaine de têtes. Les vizeurs et leurs familles se tournèrent vers les portes comme un seul homme. Leurs murmures s'estompèrent et ils se levèrent. Une vague de révérences déferla alors sur l'assemblée.

Vivia fit claquer ses bottes. Les froufrous de sa robe frappaient d'un contretemps le crissement de la chaise roulante qui transportait son père.

– Votre Altesse, Majesté, murmura la fille aînée du vizeur Eltar à son approche.

Elle se fendit d'une courbette et Vivia ne put s'empêcher de lui sourire en retour. De mémoire, jamais encore la salle des Batailles n'avait accueilli d'autre femme en sa présence.

À partir de ce jour, de cette cérémonie de commémoration, Vivia entendait bien changer la donne.

Arrivée en bout de table, elle se mit à genoux pour immobiliser la chaise de son père.

En ce jour de deuil théorique, personne ne paraissait triste. Comment auraient-ils pu se lamenter alors que la ville avait survécu au feu de mer et à la tempête ? Contre toute attente, ce combat contre les éléments les avait rendus plus forts.

Le peuple de Lovats avait maintenant connaissance de la ville souterraine. Ingénieurs et sorciers en arpentaient déjà les artères pour s'assurer qu'elles étaient habitables. La première livraison de nourriture en provenance des fermes des Hasstrel, en Cartorra, était arrivée, et un nouveau traité avec l'empire du Marstok était en cours d'élaboration – maintenant que Vivia savait Vaness en vie, les négociations prendraient un autre tour.

Il lui était particulièrement difficile d'afficher autre chose que de la joie ce jour-là. Elle avait une information que le peuple n'avait pas. La ville entière croyait que c'était la Fureur qui l'avait aidée sur le pont-canal, alors que c'était Merik.

Merik était en vie.

Toutefois, il avait dit qu'il quitterait la ville. Que lui et ses deux amies – cette fille du nom de Cam, et une certaine Ryber qui venait d'arriver – prendraient la direction des Sirmayennes, au nord.

– Ryber prétend qu'on peut trouver des solutions à mon… *problème*, avait-il affirmé en désignant son visage dissimulé sous la capuche. Et personne n'a besoin de moi ici. Tu te débrouilles très bien.

Loin de partager cet avis, Vivia n'avait pas protesté pour autant. Merik l'avait rejointe dans le hall principal de Pin's Keep, où cent autres voix réclamaient quelques bribes d'attention. Elle n'avait pas été capable de lui offrir d'autre solution.

De plus, si Merik souhaitait vraiment partir, de quel droit l'en aurait-elle empêché ? Aussi s'était-elle contentée d'acquiescer.

– Donne-moi des nouvelles dès que possible, Merry. Les Voicewitchs royaux ne prennent jamais de répit.

– J'essaierai.

Sur ces mots, il avait enfoui la tête dans sa capuche toute neuve – Vivia avait insisté pour qu'il reparte bien équipé – avant de s'éloigner pour toujours de Pin's Keep.

Il n'essaierait pas de la contacter. Elle l'avait compris dès le départ et en restait persuadée aujourd'hui.

Le col en laine de sa robe la démangeait. Elle y passa un doigt avant de se redresser. Les familles des vizeurs s'attendaient toutes à ce que son père prenne la parole, maintenant qu'il était rétabli. Elles devaient toutes avoir leurs yeux rivés sur lui. Mais Serafin avait insisté auprès de Vivia pour qu'elle soit « la reine dont ils avaient besoin, afin de mériter ta couronne ».

Elle s'éclaircit la voix une première fois. Puis une deuxième. Tous les regards se tournèrent vers elle, dociles. Vivia s'efforça d'adopter à son tour l'emphase qu'elle avait remarquée à maintes reprises chez son père.

– Même si nous sommes aujourd'hui réunis pour célébrer la mémoire de mon frère, tonna-t-elle, nous devons aussi rendre hommage aux centaines de Nubrevniens morts au combat il y a trois jours. Des soldats, des familles, mais aussi… l'un des nôtres. Un membre de notre Conseil.

Il y eut du mouvement dans l'assemblée. Tous les convives se mirent à regarder leurs pieds. Personne ne connaissait la vérité sur Serrit Linday ; Vivia ne comptait pas les éclairer.

Pas avant de savoir précisément sur ordre de qui il avait agi. Et pourquoi.

– Aussi, continua-t-elle en forçant sa voix, à chaque fois que vous jetterez une feuille depuis l'aqueduc, je vous demande de penser à ceux qui ont combattu en notre nom. Qui sont morts pour nous. Je vous demande de penser à ceux qui poursuivent la lutte aujourd'hui, au risque de leur vie. Cette guerre ne fait que commencer. Bientôt, notre récente victoire ne sera plus qu'un souvenir, mais n'oublions jamais ceux qui ont franchi le dernier palier des abysses de Noden pour la gagner. N'oublions jamais… N'oublions jamais mon frère, le prince de Nubrevna, amiral de la Marine, Merik Nihar. Car, *même si nous n'avons pas toujours conscience qu'une perte peut être une bénédiction…*

La foule termina pour elle d'une seule voix :

– *Lady Baile nous fait don de sa force… et jamais elle ne nous abandonnera.*

Il n'y avait pas que des avantages à être un homme mort.

Merik Nihar, prince de Nubrevna et ancien amiral de la Marine nubrevnienne, regrettait de n'avoir jamais vraiment choisi de *vivre*.

S'il avait fait ce choix, il n'en serait sans doute pas à accumuler les regrets. Il aurait engrangé plus de précieux souvenirs de Kullen, de Safi, et même de Vivia. Des souvenirs aussi nombreux que les feuilles jetées en ce moment même depuis l'aqueduc.

Merik, Cam et Ryber avaient escaladé une colline près du barrage. Ils étaient censés longer le fleuve jusqu'aux Sirmayennes, mais entre-temps les funérailles avaient commencé.

Les filles voulaient regarder, et Merik aussi. Même si l'idée paraissait morbide.

Les feuilles, d'un orange enflammé ou vert vif, tombaient plus ou moins vite. Certaines, emportées par un courant d'air, montaient dans les cieux tandis que d'autres chutaient, aspirées par la gravité. Certaines laissaient derrière elles un sillage de fumée ; d'autres se contentaient de scintiller sous les feux du coucher de soleil.

– C'est beau, dit Cam, le bras gauche en travers de la poitrine.

Les guérisseurs lui avaient conseillé de garder cette position et, pour une fois, elle suivait les consignes.

Non, non, pas « elle », se rappela Merik. Cam se présentait comme un garçon ; il avait encore du mal à s'y faire, mais les quelques semaines de voyage qui s'annonçaient lui permettraient de s'y habituer.

– Carrément, confirma Ryber.

Postée de l'autre côté de Cam, elle jouait avec une tresse qui lui tombait devant les yeux. Contrairement à Cam, elle avait gardé ses nattes de moussaillon dont l'une persistait à s'échapper du lien qui les attachait.

– J'en ai assez vu, finit par lâcher Merik avant de détourner la tête.

Il avait sa dose de macabre pour la journée.

Il tira à fond sur sa capuche pour se protéger du regard des curieux. Nombreux étaient les fermiers venus de la vallée, les soldats assignés à la garde du barrage profitant de leur temps libre. Avec ses cicatrices qui se faisaient plus discrètes, ses cheveux qui repoussaient et son vrai visage qui émergeait sous ses épais sourcils broussailleux, il ne tenait pas à être reconnu.

On devait continuer à le croire mort et enterré. Non seulement pour qu'il puisse se lancer à la recherche de Kullen en toute tranquillité, mais aussi parce que le monde n'avait plus besoin de lui. Vivia non plus, d'ailleurs. Il avait conscience que sa vie serait plus facile sans lui.

Un pour tous.

Alors que Ryber et Cam le rejoignaient sur les berges de la Timetz, où un sentier creusé par les sabots traversait le bois, Cam se mit à chanter un air familier.

Aussitôt, Merik sentit ses poils se hérisser. Il accéléra le pas. Les arbres s'élevaient autour de lui, bouleaux, érables et pins.

– Pitié, pas cette chanson !

Ryber allongea le pas pour le rattraper, elle aussi. Ses bottes s'enfonçaient dans les sillons du chemin.

– Pourquoi pas ? demanda-t-elle. C'est une comptine qui finit bien !

Avant que Merik pût l'en empêcher, elle se mit à chanter.

Frère Daret, qui n'y voyait rien,
sentit le danger qui menaçait.
Il dit à la Reine : c'est moi le plus gras !
Libère-le et fais de moi ton repas !

Sa gueule s'ouvrit grand, Filip en sortit
pour rejoindre son frère.
Il le prit par la nageoire et fuit,
laissant la Reine Crabe loin derrière.

Une fois sortis d'affaire, Filip, le frère idiot,
dit à Daret, le frère aux yeux clos :
J'ai eu tort de te laisser.
Mon ami, mon frère, tu es un héros !

Pardonne-moi, Daret, car maintenant je sais
qui a les yeux morts – c'est moi.
Je n'ai pas besoin d'or, de bijoux ni de trésor
Si tu ne m'abandonnes pas.

– Vous voyez ? Ça finit bien, répéta-t-elle, tout sourire.

Deux cartes à jouer au verso doré tombèrent de sa manche. Elle les montra à Merik : le Neuf de Lévrier et l'Idiot se mirent à vibrer dans une brise pas tout à fait naturelle.

Merik s'arrêta. Son sac tomba à terre dans un *Oumpf !* Plié en deux, il posa les mains sur ses genoux. Son cœur cognait contre ses côtes. La boue, les cailloux se brouillaient, lignes rouges et grises qui oscillaient au rythme accéléré de son pouls, de ses vents.

Pardonne-moi, Daret, car maintenant je sais
qui a les yeux morts – c'est moi.

Merik était le frère idiot. Depuis le début. Sans aucun doute. Il courait une chimère, un trésor inaccessible qu'il convoitait pour les mauvaises raisons.

Il voyait ce qu'il avait envie de voir.

Heureusement, son histoire – comme celle des deux frères – finissait bien. Il était encore en vie, non ? Et Kullen aussi. Avec un peu de chance – avec beaucoup de chance – ils pourraient être sauvés tous les deux.

Apparemment, Ryber savait comment le guérir. Comment interrompre ce semi-clivage étrange qui s'était emparé de lui. Selon elle, ils trouveraient la solution dans les Sirmayennes, et comme Merik n'avait rien à perdre – et tout à gagner – à lui faire confiance, il avait fait ses bagages et s'était mis en route.

Cam, bien entendu, avait insisté pour l'accompagner.

L'image de Cam, avec sa mâchoire volontaire et ses lèvres pincées, l'apaisa. Ses épaules se détendirent, son souffle se relâcha.

Il se redressa, l'oreille tendue pour écouter le crépuscule autour de lui. Les chants des criquets, des chouettes, des engoulevents se faufilèrent alors jusqu'à ses tympans. Ces sons qui avaient baigné leur jeunesse, à Kullen et lui. Ces sons qu'ils écouteraient à nouveau bientôt.

– Chef ? murmura Cam en s'approchant.

La lueur d'inquiétude qui brillait dans ses yeux noirs la rendait à la fois familière et étrange. Il lui avait pardonné d'avoir caché la vérité sur Garren et les Neufs.

La Reine Crabe régna très longtemps
car elle savait ce que voulaient les poissons :
le lustre de l'argent, devenir puissant,
et trouver l'amour, évidemment.

Merik avait aussi pardonné à Ryber de l'avoir abandonné dans la crique Nihar. D'avoir gardé ses secrets, et même d'avoir voulu le cœur de Kullen, son temps et son amour.

Après tout, personne d'autre qu'elle et Cam n'était revenu le chercher.

Hormis Vivia.

Il ne put s'empêcher de leur sourire.

– Venez, dit-il. On a une sacrée route à faire et le soleil ne va pas tarder à se coucher.

Il glissa son sac à dos sur son épaule. Pour la première fois depuis des semaines, il se sentait vivant.

Puis il se mit en route, sans richesses, sans or, sans couronne, mais heureux d'avoir des amies à ses côtés.

Remerciements

Selon un proverbe anglais, « il faut tout un village pour élever un enfant ». Pour écrire ce livre aussi ! Jamais je n'en serai venue à bout sans l'aide de nombreuses personnes tout aussi extraordinaires les unes que les autres.

Pour commencer, il me faut remercier mon éditrice, Whitney Ross. Ce livre est son œuvre autant que la mienne ; elle a donné tout ce qu'elle a pu, voire plus. Merci, Whitney. *À l'attaque !*

Cher, très cher Sébastien, merci pour ta patience, ton amour et ton imperturbable bonne humeur. *Je t'aime.*

Joanna Volpe et toute l'équipe de New Leaf : je ne pourrais pas avancer sans vous. Merci pour votre travail acharné.

À l'équipe incroyable de Tor : vous êtes ces machinistes qui travaillent discrètement en coulisses pour faire de mes délires une vraie histoire. Merci, merci. *Windwitch* n'existerait pas sans vous.

À ma « femme », Rachel Hansen : je ne serais jamais arrivée jusqu'au mot Fin sans toi. Merci. (P.S. Les doigts qui se détendent, c'est pour toi. P.P.S. Dépêche-toi !)

Il me faut aussi remercier, du fond du cœur, mes amies écrivaines/lectrices. Vous avez répondu à la seconde où je vous ai appelées : Amity Thompson, Erica O'Rourke, Mindee Arnett, Melissa Lee, Leo Hildebrand, Akshaya Ramanujam (la tueuse d'Aks !), Madeleine Colis, Savannah Foley, Kat Brauer, Elise Kova, Biljana Likic, Meredith McCardle, Leigh Bardugo, Meagan Spooner, Amie Kaufman, Elena Yip et Jennifer Kelly.

Ah oui, Erin Bowman et Alexandra Bracken – juste un mot pour vous : #cattleprod.

Je remercie mes amis de Fabiano, surtout Sensei Jon Ruiter et Sensei Brant Graham, qui m'ont laissée les castagner au nom d'une scène de combat crédible.

Je remercie mes chers, très chers #Witchlanders, vous êtes mon Patronus. Je suis sérieuse. Vous me protégez des ténèbres. C'est grâce à vous que je continue à écrire jour après jour, que je n'ai pas abandonné alors que ce livre a failli me tuer, que j'ai eu envie de raconter cette histoire, dès le départ. Merci du fond du cœur.

À Maman et Papa, qui êtes depuis toujours mes héros. Tous les jours de ma vie, je rêve de vous ressembler.

Enfin, à David et Jenn : Désolée de n'avoir pas toujours été une grande sœur exemplaire. Comme Vivia, j'avais besoin d'être en paix avec moi-même pour être en paix avec vous. Mais vous savez, je l'espère, que je ferais tout pour vous – oui, jusqu'à me jeter dans le vide au-dessus d'une vallée ravagée par le feu de mer. Mais si on pouvait éviter, ça m'arrangerait.

Composition et mise en pages
Nord Compo à Villeneuve-d'Ascq

Achevé d'imprimer sur Roto-Page
en août 2023
par l'Imprimerie Floch à Mayenne.
Dépôt légal : septembre 2023
N° 152031-1 (103025)

Imprimé en France